A IDIOTA

ELIF BATUMAN

A idiota

Tradução
Odorico Lea

2ª reimpressão

COMPANHIA DAS LETRAS

Copyright © 2017 by Elif Batuman

Grafia atualizada segundo o Acordo Ortográfico da Língua Portuguesa de 1990, que entrou em vigor no Brasil em 2009.

Título original
The Idiot

Capa
Estúdio Passeio

Foto de capa
Prints and Photographs Division/ Library of Congress

Preparação
Ana Cecília Agua de Melo

Revisão
Márcia Moura
Angela das Neves

Dados Internacionais de Catalogação na Publicação (CIP)
(Câmara Brasileira do Livro, SP, Brasil)

Batuman, Elif
   A idiota / Elif Batuman ; tradução Odorico Leal. —
1ª ed. — São Paulo : Companhia das Letras, 2021.

   Título original: The Idiot.
   ISBN 978-85-359-3264-5

   1. Ficção norte-americana I. Título.

19-27899   CDD-813

Índice para catálogo sistemático:
1. Ficção : Literatura norte-americana 813

Cibele Maria Dias – Bibliotecária – CRB-8/9427

Todos os direitos desta edição reservados à
EDITORA SCHWARCZ S.A.
Rua Bandeira Paulista, 702, cj. 32
04532-002 — São Paulo — SP
Telefone: (11) 3707-3500
www.companhiadasletras.com.br
www.blogdacompanhia.com.br
facebook.com/companhiadasletras
instagram.com/companhiadasletras
twitter.com/cialetras

Mas a característica da idade ridícula que eu atravessava — idade nada ingrata, aliás muito fecunda — é que não se consulta a inteligência e que os menores atributos das criaturas parecem fazer parte indivisível de sua personalidade. Sempre cercados de monstros e deuses, a gente quase não conhece o sossego. E quase todos os gestos que fazemos por essa época, desejaríamos suprimi-los mais tarde. Mas, ao contrário, o que se deveria de fato lastimar seria não mais possuirmos aquela espontaneidade que nos inspirava. Depois, veem-se as coisas de maneira mais prática, em plena concordância com o resto da sociedade, mas a adolescência é a única época da vida em que aprendemos algo.

Marcel Proust, *Em busca do tempo perdido* (v. 2: À sombra das raparigas em flor. Trad. de Fernando Py)

Sumário

PARTE I
Outono, 11
1. A carta, 38
2. O número de telefone, 50
3. O destino em Novosibirsk, 64
4. Um romance de laboratório, 74
5. Trabalhe muito, esqueça tudo, 89
6. O poder das conexões, 102

Primavera, 120
7. O eclipse, 122

PARTE II
Junho, 261
Julho, 355
Agosto, 450

Agradecimentos, 479

PARTE I

Outono

Eu não sabia o que era e-mail até entrar na faculdade. Tinha ouvido falar sobre isso e sabia que, de algum jeito, eu "teria" um e-mail. "Vai ser muito chique", disse a irmã da minha mãe, que se casara com um cientista da computação, "você enviando seus e, mails". Enfatizou o "e" e fez uma pausa antes do "mail".

Naquele verão, ouvi menções ao tal e-mail numa frequência crescente. "As coisas estão mudando tão rápido", comentou meu pai. "Hoje no trabalho naveguei pela rede mundial de computadores. Num segundo, eu estava no Metropolitan Museum of Art. No outro, estava em Anıtkabir." Anıtkabir, o mausoléu de Atatürk, localizava-se em Ancara. Eu não tinha a menor ideia do que meu pai estava falando, mas sabia que naquele dia ele não estivera "em" Ancara em nenhum sentido concreto, então não dei muita atenção.

No primeiro dia de faculdade, esperei numa fila para receber um endereço de e-mail e uma senha temporária. O "endereço" tinha meu sobrenome — Karadağ, mas em letras minúsculas e sem o ğ turco, silencioso. Desde muito cedo aprendi que a ideia de um g silencioso era uma coisa engraçada. "O g é silencioso", eu costumava dizer, numa voz cansada, e sempre provocava risos. Eu não entendia como o endereço de e-mail podia ser um endereço, ou se era uma abreviação. "E o que a gente faz com isso, se enforca?", perguntei, mostrando o cabo Ethernet.

"Você conecta na parede", respondeu a moça atrás da mesa.

Como eu não entendia nada daquilo, imaginava que o e-mail se parecia com o fax e envolvia uma impressora. Mas não havia impressora. Havia outro mundo. Era possível acessá-lo a partir de certos computadores espalhados pela paisagem corriqueira, em nada diferentes dos demais. Sempre lá, intacta, numa configuração que ninguém mais podia ver, você encontrava uma lista reluzente de mensagens de todas as pessoas que você conhecia e de pessoas que você não conhecia, todas com as mesmas letras, numa caligrafia universal do pensamento ou do mundo. Algumas mensagens mantinham a forma epistolar, com "Querida" e "Atenciosamente"; outras, telegráficas, em letras minúsculas, faltando pontuação, como se tivessem sido transmitidas diretamente do cérebro das pessoas. E cada mensagem continha a anterior, de modo que suas próprias palavras voltavam para você — todas as palavras que você jogava ao vento voltavam. Era como se a história de suas relações com os outros, a história da intersecção da sua vida com outras vidas, estivesse sendo constantemente registrada e atualizada, e você pudesse consultá-la a qualquer momento.

Era necessário esperar em muitas filas e recolher um bocado de material impresso — instruções, na maior parte: como reagir em casos de assédio sexual, relatar distúrbios alimentares ou solicitar empréstimos estudantis. Num vídeo, mostravam um estudante recentemente graduado que quebrara a perna e não conseguira pagar os empréstimos. O objetivo era demonstrar que o orçamento que ele havia traçado não era bom: um bom orçamento leva em conta a possibilidade de lesões debilitantes. O banco era uma beleza, pelo menos em termos de filas e materiais impressos. Ganhava-se também um dicionário grátis. O dicionário não incluía nem "*ratatouille*" nem "diabo-da-tasmânia".

Na escada próxima ao meu quarto, ouvi uma cantoria desafinada e o estalar de chinelos de borracha. Era minha nova colega de quarto, Hannah, de pé numa cadeira, colando logo acima da escrivaninha um aviso em que se lia "ESCRIVANINHA DA HANNAH PARK". Cantarolava monotonamente, acompanhando a música dos Blues Traveler que ouvia no discman. Quando entrei, ela se virou numa pantomima de surpresa, balançou pra lá e pra cá, até pular no chão ruidosamente, retirando os fones de ouvido.

"Você já pensou em seguir carreira como mímica?", perguntei.

"*Mímica*? Querida, sinto informar que meus pais me colocaram em Harvard para que eu me torne cirurgiã, não mímica." Assoou o nariz. "Ei! *Meu* banco não me deu um dicionário!"

"Não tem 'diabo-da-tasmânia'", eu disse.

Ela puxou o dicionário da minha mão, folheando as páginas. "Tem um número suficiente de palavras."

Eu disse que podia ficar com ele, e ela foi guardá-lo na prateleira, ao lado do dicionário que ganhara no colégio, como prêmio por ser a oradora da turma. "Ficam bem juntos", comentou. Perguntei se o outro dicionário tinha "diabo-da-tasmânia". Não tinha. "O diabo-da-tasmânia não é um personagem de desenho?", perguntou, com ar suspeito. Mostrei-lhe a página no meu outro dicionário em que constava não apenas "diabo-da-tasmânia", como também "lobo-da-tasmânia", com uma imagem do lobo, um pouco entristecido, olhando por cima do ombro esquerdo.

Hannah chegou bem perto de mim e examinou a página. Depois, olhando para os lados, sussurrou calorosamente no meu ouvido: "Essa música está tocando o dia todo".

"Que música?"

"Psiuuu — silêncio absoluto."

Fizemos silêncio absoluto. Distantes cordas românticas se esgueiravam por debaixo da porta da nossa outra colega de apartamento, Angela.

"É a trilha sonora de *Lendas da paixão*", Hannah sussurrou. "Ela está ouvindo isso a manhã inteira, desde que me levantei. Ficou lá dentro com a porta fechada, tocando essa fita sem parar. Bati na porta, pedi que abaixasse o som, mas ainda dá pra ouvir. Tive de colocar meu discman pra abafar."

"Não está tão alto", eu disse.

"Mas é esquisito ela ficar lá trancada desse jeito."

Angela chegara ao nosso alojamento de dois quartos às sete da manhã do dia anterior e se instalara no quarto individual, me obrigando a compartilhar com Hannah o quarto com beliche. Quando cheguei, à noite, encontrei Hannah andando em círculos, furiosa, mudando os móveis de lugar, espirrando, aos berros com Angela. "Eu nem cheguei a ver a cara dela!", gritou de debaixo da escrivaninha. De repente, conseguiu desencaixar duas coisas que vinha puxando arduamente e bateu a cabeça. "Ahhh!", exclamou. Engatinhou de onde estava e apontou com ódio a mesa de Angela: "Sabe esses livros aí? São falsos!". Pegou o que parecia ser uma pilha de quatro volumes encadernados — *A Bíblia Sagrada* impresso na lombada de um deles —, sacudiu o conjunto bem na minha cara e largou de novo na mesa. Era uma caixa de madeira. "O que será que tem aí?" Deu batidinhas na Bíblia. "O último testamento de Angela?"

"Hannah, por favor, seja mais cuidadosa com a propriedade alheia", disse uma voz suave. Só então reparei na presença de um pequeno casal de coreanos sentados à janela — os pais de Hannah, evidentemente.

Angela apareceu. Era negra, tinha uma expressão doce e usava uma jaqueta e uma mochila da Harvard. Hannah imediatamente a confrontou em relação ao quarto individual.

"Pois é", disse Angela. "É que eu cheguei muito cedo e estava com um monte de malas."

"É, eu bem reparei nas malas", retorquiu Hannah, escancarando a porta do quarto da outra. Por cima da única janela Angela havia pendurado um tecido amarelo e uma grinalda de rosas de pano. Na penumbra, viam-se quatro ou cinco malas do tamanho de uma pessoa.

Sugeri que talvez cada uma de nós pudesse ficar por um terço do ano com o quarto individual. Angela ficaria primeiro. A mãe de Angela chegou, arrastando outra mala. Parou na entrada do quarto da filha e disse: "A vida é assim".

O pai de Hannah se levantou e sacou a câmera. "As primeiras colegas de quarto! É um relacionamento importante!" Tirou várias fotos de Hannah comigo e nenhuma com Angela.

Hannah comprou uma geladeira para a área comum e disse que eu poderia usá-la caso também comprasse alguma coisa para o quarto, como um pôster. Perguntei que tipo de pôster ela tinha em mente.

"Psicodélico."

Eu não sabia o que era um pôster psicodélico, então ela me mostrou o caderno psicodélico dela. Tinha uma espiral fluorescente multicolorida, com lagartos roxos andando ao redor e desaparecendo no centro.

"E se não tiverem nada assim?"

"Então uma fotografia do Albert Einstein", respondeu resoluta, como se essa fosse a óbvia opção seguinte.

"Albert Einstein?"

"Sim, uma daquelas fotos preto e brancas. Você sabe, Einstein."

A livraria do campus tinha mesmo uma seleção enorme de pôsteres de Albert Einstein: Einstein diante do quadro-negro, Einstein num carro, Einstein mostrando a língua, Einstein fumando cachimbo. Eu não entendia exatamente por que era preciso ter um retrato de Albert Einstein na parede. Mas era melhor do que comprar minha própria geladeira.

O pôster que comprei não me parecia nem melhor nem pior do que os outros pôsteres do Einstein, mas Hannah pareceu não gostar. "Hum. Acho que vai ficar legal ali." Apontou para o espaço em cima da minha estante de livros.

"Mas assim *você* não vai ver o pôster."

"Não tem problema. Ali fica melhor."

A partir daquele dia, todo mundo que aparecia no nosso quarto — vizinhos querendo alguma coisa emprestada, membros da equipe de computação da residência universitária, candidatos ao conselho estudantil, o tipo de gente para quem meus pequenos entusiasmos deveriam ser fonte de pouca ou nenhuma preocupação — não poupava esforços para me dissuadir da minha grande admiração por Albert Einstein. Einstein tinha inventado a bomba atômica, maltratava cachorros, negligenciava os filhos. "Tivemos gênios muito mais importantes do que Einstein", disse um calouro búlgaro que veio pegar emprestado meu exemplar de O *duplo*, do Dostoiévski. "Alfred Nobel odiava matemática e não deu nenhum prêmio Nobel para matemáticos. Vários deles mereciam muito mais do que Einstein."

"Entendo." Entreguei o livro. "Bem, a gente se vê."

"Obrigado", ele disse, ainda encarando o pôster. "Esse homem bate na mulher, obriga a mulher a resolver os problemas matemáticos dele, a fazer todo o trabalho sujo, e ele não dá nenhum crédito a ela. E você coloca uma foto dele na parede."

"Olha, não me envolva nisso", falei. "Esse pôster não é meu. É uma situação complicada."

Ele não me dava ouvidos. "Neste país, Einstein é sinônimo de gênio, enquanto gênios muito maiores são totalmente desconhecidos. E por quê? Eu gostaria de saber."

Suspirei. "Talvez porque ele seja, de fato, o melhor de todos, e mesmo os difamadores mais invejosos não chegam a afetar o estrelato dele", eu disse. "Nietzsche diria que um gênio assim tem *autorização* para bater na mulher."

Aquilo calou a boca dele. Depois que saiu, pensei em tirar o pôster. Eu queria ser uma pessoa corajosa e nunca me intimidar com as opiniões estúpidas de outras pessoas. Mas qual era a opinião estúpida: acreditar que Einstein era incrível ou que era a pior pessoa do mundo? No fim, deixei o pôster no mesmo lugar.

Hannah roncava. As vidraças, as vigas da cama, as molas do colchão, minha caixa torácica, tudo no quarto que não fosse um bloco sólido de madeira vibrava em simpatia. Não fazia diferença acordá-la ou virá-la de lado. Ela simplesmente recomeçava um minuto depois. Se ela estivesse dormindo, eu, por definição, estava acordada, e vice-versa.

Convenci Hannah de que ela tinha apneia obstrutiva do sono, que privava suas células cerebrais de oxigênio e comprometia suas chances de ingressar em uma das dez melhores faculdades de medicina. Ela foi ao centro médico do campus e voltou com uma caixa contendo tiras adesivas que, coladas ao nariz, supostamente evitavam o ronco. A imagem na caixa mostrava um homem e uma mulher olhando para longe, ambos com tiras nasais de plástico, uma brisa suave soprando no cabelo da mulher.

    Hannah puxou o nariz para cima, pela lateral, e, com os polegares, coloquei com delicadeza a tira no lugar indicado. Seu rosto parecia tão pequeno, tão de bonequinha, que senti uma onda de ternura por ela. Mas logo começou a gritar alguma coisa, e a ternura passou. As tiras funcionaram, mas lhe causavam cefaleias sinusais, então ela parou de usá-las.

    Nos longos dias que se estendiam entre noites ainda mais longas, eu perambulava de sala em sala realizando testes de aptidão. Você tinha de sentar em alguma sala num subsolo e escrever ensaios discutindo se era melhor ser polímata ou especialista. Havia um teste de raciocínio quantitativo repleto de exercícios matemáticos entremeados por narrativas melancólicas — "O gráfico a seguir prevê a massa hipotética em gramas de um frango de corte de até oito semanas de idade". Toda noite acontecia alguma reunião importante em que você sentava no chão e era informada de que agora você era um pequeno peixe num enorme oceano e que era preciso enxergar essa circunstância como um desafio excitante em vez de uma fonte de ansiedade. Tentei não dar muita importância à coisa toda sobre o peixe, mas depois de um tempo aquilo começou a me deprimir. Era difícil ficar animada quando alguém insistia em lhe dizer que você era um peixinho num oceano gigante.

    Minha orientadora acadêmica, Carol, tinha sotaque britânico e trabalhava na Secretaria de Tecnologia da Informação. Vinte anos antes, na década de 1970, recebera o grau de mestre em nórdico antigo por Harvard. Eu sabia que a Secretaria de

Tecnologia da Informação era para onde você enviava sua conta de telefone todos os meses. Fora isso, a esfera de atividade de Carol era misteriosa. Onde entrava o nórdico antigo? Sobre o trabalho que fazia, disse apenas que era "uma pessoa de muitos interesses".

Hannah e eu pegamos um resfriado terrível e nos revezamos comprando os remédios. Bebíamos o xarope no copinho de plástico, entornando tudo de uma vez, como se fosse uma dose de vodca.

Quando chegou a hora de escolher as disciplinas, todo mundo disse que era de suma importância se inscrever nos seminários para calouros, pois de outra forma poderia levar muitos anos até você ter uma chance de trabalhar com professores titulares. Fiz a inscrição em três seminários de literatura e fui convocada para uma entrevista. Compareci ao andar mais alto de um frio prédio branco, onde tremi por vinte minutos num sofá de couro debaixo de uma claraboia, me perguntando se eu estava no lugar certo. Na mesa de centro, alguns jornais estranhos. Foi a primeira vez que vi o *Times Literary Supplement*. Não conseguia entender nada no *Times Literary Supplement*.

Uma porta se abriu e o professor me chamou. Estendeu a mão — uma mão imensa, num pulso incrivelmente magro e pálido, que o casaco enorme só destacava.

"Acho que eu não devia apertar sua mão", eu disse. "Estou resfriada." Na mesma hora tive uma violenta crise de espirros. O professor me olhou espantado, mas rapidamente se recompôs. "*Gesundheit*", disse, com muita civilidade. "Que pena que você não está se sentindo muito bem. Esses primeiros dias de faculdade podem ser difíceis para o sistema imunológico."

"É o que estou aprendendo."

"Bem, é disso que se trata", ele disse. "Aprender! Ha, ha!"

"Ha, ha", respondi.

"Bem, vamos ao que interessa. Pela sua solicitação, você parece ser muito criativa. Gostei do seu ensaio. Minha única preocupação é que você entenda que esse seminário é uma disciplina acadêmica, não uma aula de escrita criativa."

"Certo", eu disse, concordando energicamente com a cabeça e tentando determinar se algum dos retângulos na minha visão periférica era um caixa de lenços de papel. Infelizmente, eram livros. O professor falava das diferenças entre escrita acadêmica e escrita criativa. Eu continuava concordando, mas na verdade pensava nas equivalências estruturais entre uma caixa de lenços de papel e um livro: ambos consistiam em folhas de papel branco numa caixa de papelão; no entanto — e isso era irônico —, havia pouquíssima equivalência funcional, especialmente se o livro não era seu. Eu pensava nesse tipo de coisa o tempo todo, embora nada disso fosse nem útil nem agradável. Eu não tinha a menor ideia sobre o que eu deveria estar pensando.

"Você acha", o professor dizia, "que conseguiria passar duas horas lendo a mesma passagem, a mesma frase, talvez até a mesma palavra? Será que você acharia isso tedioso ou maçante?"

Como minha habilidade em passar horas contemplando a mesma palavra raramente tinha sido encorajada antes, fingi que tinha de pensar sobre o assunto. "Não", respondi, por fim.

O professor assentiu com a cabeça, pensativo, franzindo as sobrancelhas e cerrando os olhos. Compreendi com um aperto no coração que eu tinha de continuar falando. Elaborei: "Eu *gosto* de palavras. Elas não me entediam de jeito nenhum". Depois, espirrei cinco vezes.

Não fui aceita. Me chamaram somente para mais uma entrevista, para um seminário chamado "Forma no cinema de não ficção". Eu me candidatei porque minha mãe, que sempre quis ser atriz, tinha entrado havia pouco num curso de criação de roteiro e agora queria fazer um documentário sobre a vida de estrangeiros com diploma de medicina na América — pessoas que não tinham passado nos exames da junta médica e terminaram dirigindo táxis ou trabalhando em farmácias; e pessoas, como a minha mãe, que passaram no exame e se tornaram pesquisadores em instituições de segunda categoria, onde sempre tinham as ideias roubadas por gente da Johns Hopkins ou de Harvard. Minha mãe expressou várias vezes a esperança e a convicção de que eu a ajudaria a fazer esse documentário.

O professor de cinema estava com um resfriado pior que o meu. Parecia uma coisa mágica, um presente. A gente se encontrou numa sala cheia de telas azuis cintilantes. Contei sobre minha mãe, nós dois espirrando continuamente. Foi o único seminário para calouros em que fui aceita.

Fui comprar uma coca diet na lanchonete do centro estudantil. Na fila, o rapaz na minha frente demorava uma eternidade para fazer o pedido. Primeiro, queria chá gelado, mas não tinha.
"Tem limonada?", perguntou.
"Limonada tenho em lata e na garrafa."
"É a mesma marca em lata e na garrafa?"
"A garrafa é Snapple. A lata é, hum, Country Time."
"Quero a garrafa. E um folhado de maçã."
"Estamos sem folhado de maçã. Tem de queijo e framboesa."
"Tem chips de batata assados?"
"De que tipo?"
Era a conversa mais tediosa do mundo, mas, por algum motivo, eu não conseguia parar de ouvir. Aquilo continuou até que o rapaz finalmente pagou pela limonada Snapple e por um muffin de blueberry e se virou para sair. "Desculpa a demora", falou. Ele era bem bonito. "Sem problema", respondi.
Ele sorriu e começou a se afastar, mas hesitou. "Selin?"

"Ralph!", exclamei, me dando conta de que conhecia o rapaz.

Ralph e eu tínhamos nos conhecido no verão passado num programa para alunos do ensino médio, quando passamos cinco semanas numa casa em Nova Jersey, estudando a história interdisciplinar da Renascença na Europa do Norte. O que nos uniu foi o modo como a professora de história mencionava o *doge* de Veneza — que ela chamava simplesmente de "o *doge*" — em praticamente toda aula, independentemente do assunto. Podia estar falando sobre a vida cotidiana no burgo de Delft e de algum modo o *doge* entrava na história. Ninguém mais pareceu notar isso ou achar engraçado.

Sentamos juntos com as nossas bebidas e o muffin dele. Havia algo onírico na nossa conversa, já que eu não lembrava muito bem quão próximos tínhamos ficado no último verão. Eu lembrava que o admirava, pois ele era muito bom em imitar as pessoas. Descobri também que de alguma forma eu tinha muitas informações sobre suas cinco tias — mais do que se saberia sobre alguém que não é seu amigo. Ao mesmo tempo, Ralph estava categorizado na minha mente como o tipo de pessoa de quem eu nunca seria verdadeiramente amiga, porque ele era bonito demais e muito bom em se relacionar com adultos. Era o que minha mãe chamava, em turco, de "um garoto de família": alinhado, bem articulado, do tipo que não se incomodava em usar um terno ou conversar com os amigos dos pais. Minha mãe tinha adorado Ralph.

Ralph e eu conversamos sobre nossas entrevistas para os seminários de calouros. Ele foi entrevistado por um físico vencedor do prêmio Nobel que não perguntou nada, só o fez limpar parte do equipamento de um laboratório — possivelmente, um detector de raios gama.

Eu me inscrevi numa disciplina chamada "Mundos construídos", no Departamento de Artes Plásticas. Encontrei o professor, um artista visitante de Nova York, num estúdio cheio de mesas brancas vazias. Levei meu portfólio de arte do ensino médio. Ele me olhou de soslaio.

"Então, quantos anos você tem, afinal?"

"Dezoito."

"Ai, meu Deus. Essa disciplina não é para calouros."

"Ah. Devo ir embora?"

"Não, não seja ridícula. Vamos dar uma olhada no seu trabalho." Ele ainda olhava para mim, não para o portfólio. "Dezoito anos", repetiu, balançando a cabeça. "Quando eu tinha sua idade, estava tomando ácido e matando aula no colégio. No verão trabalhava numa fábrica de peixe em Secaucus. Secaucus, Nova Jersey." Ele me olhava com desaprovação, como se eu estivesse de alguma forma atrasada na vida.

"Talvez eu faça isso quando tiver a *sua* idade", sugeri.

"Sei." Ele fungou e pôs os óculos. "Bem, vejamos o que temos aqui." Em silêncio, contemplou os desenhos. Fiquei observando pela janela dois esquilos subindo numa árvore. Um dos esquilos escorregou e caiu pelas várias camadas de folhagem. Era algo que eu nunca tinha visto na vida.

"Bem, olha só", ele disse, finalmente. "A composição dos desenhos está... o.k. Mas... Posso ser honesto com você, né? Essas pinturas me parecem... meio de menininha? Entende?"

Olhei para as pinturas que ele tinha disposto na mesa. Não é que eu não entendesse o que ele queria dizer. "A questão é", eu disse, "há pouco tempo eu era mesmo uma menininha."

Ele riu. "Verdade, verdade. Bem, nesse fim de semana, eu decido. E entro em contato com você. Ou não."

Hannah se candidatou para ser guia de passeios pelo campus. De manhã eu a ouvia no chuveiro, recitando curiosidades sobre Harvard numa voz encantadora. Mais tarde, como ela não conseguiu o emprego e parou de recitar as curiosidades, senti falta daquilo.

Fui com Angela a uma reunião introdutória no jornal estudantil de Harvard, onde um jovem com costeletas nos disse, repetidamente, da maneira mais agressiva possível, que o jornal estudantil de Harvard era a sua vida. "É a minha *vida*", insistia, com uma expressão venenosa. Angela e eu trocamos olhares.

No domingo à noite o telefone tocou. Era o artista visitante. "Sua redação até que ficou interessante", disse. "Os trabalhos em geral eram incrivelmente tediosos. Então, ficarei feliz em tê-la na minha aula."

"Ah", eu disse. "O.k."

"Isso é um sim?"

"Como?"

"Você aceitou?"

"Posso pensar um pouco?"

"Pensar um pouco? Na verdade, não. Tem vários outros candidatos que eu posso chamar. Você topa ou não?"

"Então, acho que topo."

"Ótimo. Até quinta."

Fiz um teste para a orquestra da faculdade. O escritório do regente era uma sala hexagonal com uma janela saliente, um piano de cauda e estantes cheias de livros: partituras, enciclopédias, volumes de história da música e crítica. Eu nunca tinha visto uma pessoa da música com tantos livros. Toquei a sonata que eu preparara. Minhas mãos não tremeram, a sala tinha uma acústica maravilhosa, e a expressão do condutor era gentil e atenta.

"Que bonito", ele disse, com uma ênfase especial que não consegui interpretar. "Muito, muito bom."

"Obrigada", respondi. Na segunda seguinte, voltei ao prédio para conferir a tabela de assentos. Meu nome não estava em lugar nenhum, nem mesmo entre os segundos violinos. Senti meu rosto mudando. Tentei controlar, mas não estava funcionando. Eu sabia que qualquer um tocava violino em Harvard, era praticamente obrigatório, e não havia como todo mundo caber na mesma orquestra — o palco desabaria. Ainda assim, em nenhum momento considerei seriamente que talvez eu não entrasse.

Eu não tinha religião e não praticava esportes, e por muito tempo a orquestra foi o único lugar onde eu me sentia parte de alguma coisa maior do que eu, onde eu podia me esforçar e ao mesmo tempo me esquecer. A perda daquele sentimento foi extremamente dolorosa. Já teria sido ruim estar num lugar onde não houvesse orquestra nenhuma, mas era ainda pior saber que havia uma orquestra e que muitas pessoas faziam parte dela — só que eu não. Quase toda noite eu sonhava com isso.

Eu tinha parado com aulas particulares — não conhecia nenhum professor de música em Boston e não queria pedir mais dinheiro aos meus pais. Nos primeiros meses, ainda pratiquei todos os dias, sozinha, no apartamento, mas aquilo começou a parecer uma atividade estranha e triste, desconectada do resto dos empreendimentos humanos. Em pouco tempo só o cheiro do violino — a cola ou a madeira ou seja lá o que fosse que cheirava daquele jeito quando você abria o estojo — já me deixava melancólica. Às vezes, aos sábados, que era o dia em que eu costumava ir à escola de música, eu ainda acordava animada, querendo tocar. Então lembrava da minha situação atual.

* * *

Foi difícil optar por uma disciplina de literatura. Tudo o que os professores diziam parecia irrelevante de certa forma. Você queria saber por que Anna tinha de morrer; em vez disso, eles te explicavam que os fazendeiros russos do século XIX não sabiam se eram de fato parte da Europa. Soava ingenuidade querer falar sobre qualquer coisa interessante, ou pensar que você algum dia poderia aprender alguma coisa útil.

Eu não estava interessada na sociedade ou nos problemas financeiros dos povos de épocas antigas. Eu queria saber o que os livros realmente significavam. Era assim que minha mãe e eu sempre tínhamos falado de literatura. "Quero que você leia isso aqui também", ela dizia, me mostrando um conto da *New Yorker* em que um marido infeliz no casamento tinha de tomar uma vacina antirrábica, "para você me explicar o que isso realmente significa." Ela acreditava, e eu também, que toda história tinha um sentido central. Ou você compreendia esse sentido, ou não tinha a menor ideia.

Fui fazer "Introdução à linguística" para descobrir do que tratavam os estudos linguísticos. Tratavam de como a linguagem era uma competência biológica, inscrita no cérebro — infinita, regenerativa, nunca a mesma coisa duas vezes. A lei mais alta, mais alta que a Sagrada Escritura, era "a intuição de um falante nativo", uma lei que você não encontrava em nenhuma gramática nem podia programar em nenhum computador. Talvez fosse aquilo que eu quisesse aprender. Sempre que minha mãe e eu falávamos de um livro e eu pensava em alguma coisa que ela não tinha pensado, ela olhava para mim e dizia, admirada, "você *realmente* fala inglês".

O professor de linguística, um gentil foneticista com um

leve problema de fala, era especializado em dialetos tribais turcos. Às vezes ele dava exemplos do turco para mostrar como a morfologia podia ser diferente nas línguas não indo-europeias. Nessas ocasiões ele sorria para mim e dizia: "Eu sei que temos alguns falantes de turco aqui". Uma vez, no corredor, ele me falou de sua pesquisa sobre variações consonantais nos nomes de algum tipo de braseiro que os turcos cavavam em algum lugar.

Acabei me inscrevendo também numa disciplina de literatura sobre a cidade e o romance do século XIX na Rússia, na Inglaterra e na França. O professor falava frequentemente sobre a inadequação das traduções, lendo passagens de romances em francês e em russo para mostrar como as traduções eram ruins. Eu não entendia nada do que ele dizia em francês ou russo, então eu preferia as traduções.

A pior parte dessas aulas era o final, quando o professor tirava dúvidas. Não importava quão óbvia e estúpida fosse a pergunta, parece que ele nunca entendia. "Não sei se entendi o que você quer saber", dizia. "Mas se o que você quer saber é essa outra coisa..." Então ele falava sobre essa outra coisa, que, regra geral, também não era interessante. Muitas vezes um ou mais estudantes insistia em reformular a pergunta original, agitando os braços e fazendo outros gestos, até que o rosto do professor se transformava numa máscara de aborrecimento e ele sugeria que, por consideração ao restante da classe, a discussão continuasse em seu gabinete. Essa quebra na comunicação sempre me deprimia.

Você só precisava cursar quatro disciplinas, mas, quando descobri que não cobravam pela quinta, me inscrevi no primeiro semestre de russo.

A professora, Barbara, que se formara na Alemanha Oriental — ela mesma especificou, "Alemanha Oriental" —, nos falou sobre nomes russos e patronímicos. Como o nome do pai dela era Dieter, seu nome russo completo seria Barbara Dietrevna. "Mas Barbara Dietrevna não soa muito russo", explicou, "então me adaptei para Varvara Dmitrievna — como se o nome do meu pai fosse Dmitri."

Nós também precisávamos ter nomes russos, embora não houvesse necessidade de um patronímico, já que não éramos figuras de autoridade. Greg se tornou Grisha, Katie virou Kátia. Havia dois estudantes estrangeiros cujos nomes não mudaram — Ivan, da Hungria, e Svetlana, da Iugoslávia. Svetlana perguntou se podia mudar o nome para Zinaida, mas Varvara disse que Svetlana já era um excelente nome russo. Meu nome, por outro lado, embora adorável, não terminava em -*a* ou -*ia*, o que traria complicações quando estudássemos declinações. Varvara disse que eu podia escolher qualquer nome russo que eu quisesse. Não consegui pensar em nenhum. "Talvez *eu* pudesse ser Zinaida", sugeri.

Svetlana se virou no assento e olhou bem na minha cara. "Isso é muito injusto", ela me disse. "Você é uma Zinaida perfeita."

Por algum motivo me pareceu que Varvara não queria que ninguém se chamasse Zinaida, então dei uma olhada nas páginas com nomes russos e escolhi Sônia.

"Ei, Sônia, que chato isso", Svetlana, simpática, me disse mais tarde no elevador. "Eu acho que você tem muito mais cara de Zinaida. Que pena que *Varvara Dmitrievna* é uma eslavófila tão calorosa."

"Vocês torturaram mesmo a professora com essa história de Zinaida", disse Ivan, o húngaro, que era excepcionalmente, quase insensatamente alto. Nós nos viramos para erguer a cabeça e olhá-lo. "Fiquei com pena", continuou. "Pensei que ela ia desabar. Aquilo foi demais para seu senso de ordem alemão." Ninguém disse mais nada durante a viagem de elevador.

O comentário de Ivan sobre o "senso de ordem alemão" foi minha primeira introdução a esse estereótipo. Lembrei de uma piada que nunca entendi em *Anna Kariênina*, quando Oblónski diz do relojoeiro alemão que "tinham dado corda nele a vida toda para que ele, por sua vez, desse corda nos relógios". Então alemães tinham de ser particularmente organizados e maquinais? Era possível que alemães fossem *de fato* organizados e maquinais? Varvara sempre chegava cedo à aula, vestindo sempre a mesma roupa — uma blusa branca e uma saia preta justa. Na sacola de pano trazia os mesmos três itens de vocabulário: uma garrafa de Stolichnaya, um limão e um rato de borracha, o conteúdo de alguma geladeira deprimente.

Todo dia tinha aula de russo, e rapidamente a língua foi se internalizando e ficando rotineira e séria, embora o que estivéssemos aprendendo fossem coisas que crianças pequenas saberiam, se tivessem nascido na Rússia. Uma vez por semana havia aula de conversação com uma pessoa que tinha vindo de fato da Rússia, Irina Nikolaevna, e sido professora de teatro em Petersburgo quando a cidade ainda se chamava Leningrado. Sempre chegava um ou dois minutos atrasada, falando em russo sem parar, de um jeito comovido e animado. Cada um reagia a seu modo ao ser interpelado numa língua que não entendia. Kátia se calava, com medo. Ivan se inclinava para a frente, com uma expressão animada. Grisha cerrava os olhos e concordava com a cabeça, de um jeito que sugeria os primórdios da compreensão. Bóris, um estudante de doutorado barbudo, folheava cheio de culpa suas anotações, como se estivesse num pesadelo em que já devesse saber russo. Só Svetlana entendia quase tudo, porque o servo-croata era muito similar.

O sistema de transporte de Boston era completamente diferente do metrô de Nova York — as linhas tinham nomes de cores e os veículos eram limpos e pequenos como brinquedos. Mas não eram brinquedos: adultos com expressões sérias no rosto os usavam. A linha vermelha seguia em duas direções, Alewife e Braintree. Nunca se ouviam esses nomes em Nova Jersey, onde tudo se chamava Ridgefield, Glen Ridge, Ridgewood ou Woodbridge.

Ralph e eu fomos a uma confeitaria que ele conhecia em North End. Vendiam *cannoli* em formato de meia-lua, rocambole em formato de tronco de árvore de Natal e biscoitos *palmier*. Ralph pediu um doce chamado *lobster tail*. Comi um pedaço de bolo de chocolate recheado que tinha o tamanho de uma lápide de criança.

Ralph fazia o curso preparatório para medicina e assistia a aulas de história da arte, mas achava que talvez se formasse em administração pública. Boa parte dos estudantes de administração pública era formada por atletas. Não estava claro para mim o que aconteceria com eles depois da faculdade. Seriam nossos governantes? Ralph se tornaria um deles? Ele já *era* um deles? Por um lado, Ralph era engraçado demais e com certeza não tinha muito interesse em guerras. Mas tinha, sim, certa aura tipicamente americana, uma coisa meio ombros largos e perfil altivo, além de uma poderosa obsessão pelos Kennedy. Imitava Jack e Jackie o tempo todo, com aquelas vozes lentas e apatetadas dos anos 1960.

"Gostei muito da campanha, sra. Kennedy", dizia, olhando para longe com uma expressão surpresa e inibida. Ralph já tinha se candidatado a um estágio na Biblioteca Presidencial JFK.

As aulas de "Mundos construídos" aconteciam às quintas — uma hora antes do almoço e três horas depois. Antes do almoço, o artista visitante, Gary, apresentava uma palestra com slides enquanto passeava pela sala, dando instruções cada vez menos gentis à professora assistente, uma moça silenciosa de aspecto gótico chamada Rebecca.

No primeiro dia, analisamos pinturas de gênero. Num quadro, homens musculosos sem camisa aplainavam um terreno. Em outro, catadores se curvavam num campo amarelado. Em seguida, vimos um still de um filme com pessoas em roupas de gala, sentadas num teatro, seguido de uma gravura cartunesca de um coquetel cheio de homens e mulheres grotescos lançando olhares maliciosos.

"Conhecem *bem* essa festa?", Gary suspirou, balançando-se nos calcanhares. "Você olha e pensa: eu *conheço* essa cena. Já fui numa merda de coquetel exatamente assim. E, se você nunca foi, irá — eu garanto, um dia você irá. Porque todos vocês querem ter sucesso, e esse é o único modo... Selin não acredita em mim, mas ela acreditará, cedo ou tarde."

Dei um pulo. O coquetel se reproduzia em miniatura nas lentes dos óculos de Gary. "Não, não, eu acredito", disse.

Gary riu. "De verdade? Bem, eu espero que você acredite em mim, porque algum dia você vai conhecer essa cena de trás pra frente. Vai saber o que cada um deles está dizendo e comendo e pensando." Falou isso como se fosse uma maldição. "Poder, sexo, sexo *como* poder. Tudo isso está aí." Apontou para a face biliosa de um homem que segurava uma taça de martíni numa mão e tocava piano com a outra. Decidi que Gary estava enganado, que eu definitivamente não conheceria aquele homem. Quando eu tivesse idade para beber, aquele homem provavelmente estaria morto.

O slide seguinte mostrava uma fotografia colorida de uma

mulher numa penteadeira, passando batom. A fotografia fora tirada por trás, mas o rosto dela era visível no espelho.

"Pondo a máscara: preparando o eu para exibição, para uma festa ou performance", Gary cantarolou. "Reparem na expressão dela. *Olhem* bem. Ela parece feliz?"

Houve um longo silêncio. "Não", entoou um estudante — um novato magrelo de cabeça raspada, cujo nome era ou soava como "Ham".

"Obrigado. Ela *não* parece feliz. Eu vejo essa peça mais como uma cena de gênero do que como um retrato, porque o que você vê é uma situação genérica: aquilo que está em jogo na invenção do eu."

O slide seguinte era uma gravura de um teatro visto da perspectiva do palco, revelando os fundos não pintados do cenário, a silhueta dos atores e, mais além, um grande espaço negro.

"Artifício", disparou Gary, como alguém tendo uma convulsão. "Enquadramentos. Quem seleciona o que vemos?" Começou a falar sobre como os museus, que considerávamos portais para a arte, eram, na verdade, os principais agentes ocupados em esconder a arte do público. Todo museu possuía dez, vinte, cem vezes mais pinturas do que as que eram vistas em exibição. O curador era como um superego, enterrando noventa e nove por cento dos pensamentos na escuridão, atrás de uma porta de acesso restrito. O curador tinha o poder de erguer ou destruir um artista — de *su*-primir ou *re*-primir qualquer pessoa pela vida toda. Enquanto falava, Gary parecia ficar cada vez mais irritado e agitado.

"Vocês têm carteirinhas de Harvard. Isso abre portas para vocês. Por que vocês não as usam? Por que não vão aos museus, ao Fogg, ao Museu de Zoologia Comparativa, à galeria Glass Flowers, e pedem para ver o que eles não estão mostrando? Se vocês têm a carteirinha, eles têm de mostrar, têm de deixar vocês entrarem."

"Vamos!", gritou Ham.
"Você quer? Você quer mesmo?", perguntou Gary.
Era hora do intervalo de almoço. Na volta, iríamos aos museus, exigir que nos mostrassem o que não estava em exibição.

Eu era a única caloura da sala, então fui sozinha ao refeitório dos calouros. Retratos de homens velhos pendiam das escuras paredes apaineladas. O teto era tão alto que você mal conseguia vê-lo, embora, com esforço, fosse possível distinguir algumas manchas pálidas, possivelmente marcas de pedaços de manteiga que estudantes de espírito irreverente atiraram para cima nos anos 1920. Babacas, na minha opinião. A luz ali vinha de umas poucas janelinhas e de vários candelabros gigantes com galhadas acopladas. Sempre que uma lâmpada queimava, um funcionário da manutenção tinha de subir uma escada de dois andares, empurrar as galhadas, esquivando-se para não ser espetado, até alcançar o soquete certo.

Saindo da fila do almoço com um sanduíche de faláfel, vi Svetlana, do russo, sentada sozinha perto de uma janela, com um caderno de anotações.

"Sônia, oi!", ela gritou. "Eu queria mesmo falar com você. Você está fazendo linguística, certo?"

"Como você sabe?" Puxei a cadeira na frente dela.

"Dei uma olhada na aula semana passada. Vi você lá."

"Eu não vi você."

"Eu cheguei cedo. Vi quando você entrou. Você tem um aspecto muito marcante, sabia? Literalmente. Claro, você é muito alta, mas não é só a altura." Eu era de fato o membro vivo mais alto da minha família, entre os homens e as mulheres. Meus primos diziam que era porque nasci comendo comida americana e levando uma vida ociosa.

"Seu rosto é muito incomum. Olha só, eu também andei flertando com a ideia de fazer linguística. Como é?"

"É o.k.", eu disse. Contei sobre os braseiros que os turcos cavavam e sobre as vogais que mudavam com o tempo e a geografia.

"Isso é *interessante*." Pôs uma ênfase quase voraz na palavra "interessante". "Com certeza é muito mais *interessante* do que "Introdução à psicologia", mas é meio inevitável que eu faça psicologia. Meu pai é psicanalista. Junguiano, uma sumidade. Fundou a única revista séria de psicanálise da Sérvia. Depois dois pacientes dele se tornaram líderes da oposição, e o partido começou a ameaçar meu pai. Queriam as transcrições. Ele estava sendo perseguido, claro."

Pensei sobre isso enquanto tentava manter o faláfel dentro do sanduíche. "E conseguiram as transcrições?"

"Não. Não tinha transcrição nenhuma. Meu pai tem memória fotográfica, nunca anota nada. Eu sou o exato oposto, uma verdadeira grafomaníaca. É triste, na verdade. Olha só todas as anotações que eu fiz, e é só a segunda semana de aula." Svetlana folheou o caderno, exibindo muitas páginas preenchidas frente e verso com uma caligrafia pequena e arredondada. Depois, pegou o garfo e, criteriosamente, compôs uma bela garfada de salada.

"Soldados revistaram nosso apartamento", disse, "procurando pelas transcrições imaginárias. Vieram de uniforme, portando armas, às onze horas da noite, e destruíram tudo — até meu quarto e o quarto das minhas irmãs e do meu irmão. Tiraram todos os nossos brinquedos das caixas e jogaram no chão. Eu tinha uma *boneca* nova, que quebrou."

"Que horror."

"Ela dizia 'mamãe' quando você puxava uma corda. Quando a jogaram no chão, ela ficou repetindo 'mamãe', então deram um chute nela. No escritório do meu pai, arrancaram as páginas dos livros, espalharam papéis, arruinaram as paredes.

Vasculharam até os azulejos do banheiro. Na cozinha despejaram toda a farinha e o açúcar e o chá das latas, procurando fitas. Meu irmãozinho deu uma mordida num deles, e lhe deram um tapa na boca. Pegaram todas as fitas cassetes. E todos os meus discos do U2. Eu chorava e chorava." Svetlana suspirou. "Não acredito nisso", ela disse. "Essa é a primeira conversa real que a gente tem e eu já estou te sobrecarregando com a minha bagagem emocional. Já chega. Me fale de você. Vai se formar em linguística?"

"Ainda não decidi. Talvez faça artes plásticas."

"Ah, você é artista? Minha mãe é artista. Quer dizer, era. Depois virou arquiteta, depois designer, agora é louca e desempregada, basicamente. Mas já estou falando da minha família de novo. Você está cursando alguma disciplina de artes agora?"

Falei sobre a disciplina "Mundos construídos", sobre como os museus escondiam coisas das pessoas e como a turma estava planejando algum tipo de manifestação.

"Eu nunca teria coragem de fazer uma disciplina dessas", ela disse. "Sou muito tradicional, academicamente — outra herança do meu pai. Quando eu tinha cinco anos, ele listou todos os livros que eu tinha de ler, e desde então venho lendo esses livros. Você deve me achar um tédio."

"Você também quer ser psicanalista?"

"Não, eu quero estudar Joseph Bródski. É por isso que estou fazendo russo. Aliás, tenho más notícias: não vamos mais ficar na mesma classe. Tive de mudar de turma por causa do meu laboratório de psicologia."

"Que pena."

"Pois é... eu adorava ter aula logo no início da manhã. Mas não se preocupe, acho que a gente mora no mesmo prédio. Matthews, né? Estou no quarto andar. A gente vai acabar se vendo muito." Fiquei comovida e envaidecida com toda aquela convicção. Anotei seu telefone na mão, e ela anotou o meu na agenda. De cara me tornei a figura impetuosa da relação — a que se importava menos com tradições e segurança pessoal, que avaliava todas as situações do zero, como se acontecessem pela primeira vez —, ao passo que Svetlana era a que aderia a regras e sistemas, que anotava as coisas no lugar certo e que via a si mesma como a herdeira de séculos de responsabilidades e história humana. Em pouco tempo já estávamos fazendo comparações, tentando determinar qual era o melhor modo de fazer as coisas. Mas era menos uma competição do que um experimento. Nenhuma de nós era capaz de agir de forma diferente, e víamos uma à outra com uma admiração que se confundia com pena.

Na segunda metade da aula de "Mundos construídos", fomos ao Museu de História Natural, onde encontramos uma dupla de faisões que pertencera a George Washington, uma tartaruga coletada por Thoreau e "por volta de um milhão de formigas", descritas como "as favoritas de E. O. Wilson". Fiquei impressionada que E. O. Wilson tivesse conseguido identificar, nesse mundo de formigas aparentemente incontáveis, seu um milhão de formigas preferidas. Vimos também o que se acreditava ser o maior crânio de uma espécie vivente de crocodilo do mundo. Quando abriram o estômago do crocodilo, encontraram um cavalo e setenta quilos de pedras.

Depois de uma hora perturbando funcionários na recepção e esperando enquanto faziam telefonemas, conseguimos alguém para nos mostrar o depósito dos fundos, onde guardavam as coisas que não estavam em exibição. Havia um diorama da Nova Zelândia — um campo de argamassa repleto de ovelhas de pelúcia decrépitas, um emu e um kiwi, o pássaro, infestado de traças.

"Estamos desinfetando e restaurando com acrílico", um funcionário do museu nos informou.

"Acrílico? Por que não usa lã?", Gary perguntou.

"Hum, a gente tentou primeiro com lã, mas acrílico segura melhor."

"Estão vendo?", Gary indagou, voltando-se para a turma. "Estão vendo o artifício?"

Vimos vários indígenas americanos de gesso partidos em dois. Grupos escolares frequentemente tentavam fazê-los lutar.

"Então é isso que os curadores estão escondendo de nós", comentou Ham, apontando para um bisão cujas entranhas de enchimento estavam para fora.

Gary sorriu sem alegria. "Você acha que é muito diferente disso no Whitney ou no Met? Deixa eu te dizer, garoto: de um jeito ou de outro, tudo acaba em sangue e entranhas no depósito dos fundos."

O colega de quarto de Ralph se chamava Ferro, abreviação para Cachorro de Ferro. Era um nativo americano que de fato usava bastante o ferro de passar roupa todas as manhãs, bem cedo. Além disso, era o colega de quarto perfeito: gentil, educado, tinha uma namorada mais velha que fazia faculdade de direito, então raramente estava em casa; só aparecia de manhãzinha, vez por outra, para usar o ferro de passar.

Numa noite, quando Ferro estava na faculdade, fui estudar no apartamento de Ralph. Ralph lia os *Federalist Papers*, eu lia "Nina na Sibéria", um texto russo escrito especialmente para iniciantes. A primeira parte se chamava "A carta".

1. A CARTA

O pai de Ivan abriu a porta. "Quem está aí?"

"Bom dia, Alexei Alexeich", Nina disse. "Ivan está em casa?"

O pai de Ivan não respondeu. Permaneceu parado, olhando para ela.

"Perdão", disse Nina, repetindo a pergunta: "Ivan está em casa?".

"Por que nunca o compreendemos?", perguntou o pai de Ivan, lentamente.

"Desculpe, mas não consigo entender o senhor", Nina disse. "Onde está Ivan?"

"Só Deus sabe", respondeu o pai de Ivan. Ele suspirou. "Você sabe onde fica o quarto dele. Lá, sobre a mesa, tem uma carta."

No quarto de Ivan, alguma coisa estava errada. A janela estava aberta. A cadeira estava caída no chão. A fotografia de Nina estava em cima da mesa, e a moldura, quebrada.

"Minha fotografia!" Nina pegou a carta, abriu e leu.

Nina!

Quando você receber esta carta, estarei na Sibéria. Abandonei minha dissertação, pois a física de partículas já não me interessa. Viverei e trabalharei em Novosibirsk, na fazenda coletiva Siberian Spark, onde meu tio vive. Acredito que vai ser melhor assim. Sei que você me entenderá. Por favor, me esqueça. Eu nunca esquecerei você.

Seu Ivan

Nina olhou para o pai de Ivan. "O que é isso?", perguntou. "É uma piada? Eu conheço Ivan e sei que ele quer terminar a dissertação. Como pode abandonar a física? Ele escreve que eu vou compreendê-lo, mas não o compreendo."

O pai de Ivan também leu a carta. "Sim", ele disse.

"Você acha que essa carta é séria?"

"Só Deus sabe."

"Mas, se Ivan está mesmo na Sibéria, precisamos encontrá-lo."

O pai de Ivan olhou para ela.

"Você não quer encontrar seu filho?", Nina perguntou.

O pai de Ivan manteve-se calado.

"Adeus", Nina disse.

O pai de Ivan não respondeu.

A história fora engenhosamente escrita, usando apenas a gramática que tínhamos aprendido até então. Como não tínhamos estudado o caso dativo, o pai de Ivan, em vez de entregar a carta *para* Nina, teve de dizer "Lá, sobre a mesa, tem uma carta". Porque não tínhamos aprendido os verbos de locomoção, não se podia dizer logo de cara "Ivan foi para a Sibéria". Em vez disso, Ivan escreveu: "Quando você receber esta carta, estarei na Sibéria".

A história tinha um tom empolado; ainda assim, ao ler, você se sentia totalmente dentro daquele mundo, um mundo onde a realidade espelhava os limites gramaticais, e tudo o que a disciplina de "Russo 1" não pudesse nomear não existia. Não havia "foi" ou "enviou", nem intenção ou causalidade — simplesmente aparições e desaparições sem explicação.

Me peguei lendo e relendo a carta como se tivesse sido escrita para mim mesma, tentando descobrir onde estava Ivan e se ele se importava comigo ou não.

Para o seminário de cinema de não ficção, assistimos a *O homem de Aran*, um filme mudo dos anos 1930, ambientado numa ilha irlandesa. Primeiro, uma mulher balançava um bebê num berço. Isso levou um bom tempo. Em seguida, um homem acertava uma baleia com um arpão, depois raspava alguma coisa com uma faca. A legenda dizia: "Preparando sabão". Por fim, o homem e a mulher remexiam a terra: "O povo de Aran precisa arar o solo inóspito para plantar tomates".

Nunca na minha vida eu tinha visto um filme tão chato. Masquei nove chicletes consecutivos para lembrar que eu ainda estava viva. O garoto na minha frente dormiu e começou a roncar. O professor não percebeu nada, pois ele mesmo saiu depois da primeira meia hora. "Já vi esse filme várias vezes", explicou.

Na aula, o professor nos informou que, na época em que o filme foi feito, o povo de Aran já não caçava baleias com arpões havia mais de cinquenta anos. Para capturar em filme a prática milenar, o diretor precisou importar um arpão do Museu Britânico e ensinar os ilhéus a usá-lo. Sabendo disso, perguntou o professor, podemos classificar corretamente esse filme como não ficção? Tivemos de debater essa questão por uma hora. Eu não conseguia acreditar. *Essa* era a diferença entre ficção e não ficção? Eu devia me importar com isso? Eu estava mais preocupada em saber se o professor era gentil ou não, se gostava ou não da gente. "É muito interessante ver que você acredita que há, ou deve haver, uma resposta certa ou errada", ele disse a um dos alunos, numa voz suave. No fim da aula, outro estudante disse que precisaria faltar na semana seguinte para visitar o irmão em Praga.

"Será que posso tentar gravar a aula?", o garoto perguntou.

"Não valeria muito a pena", o professor respondeu num tom amigável, "você não acha?"

Na quinta, cheguei cedo à aula de conversação em russo. Só Ivan tinha chegado. Ele estava lendo um romance estrangeiro que tinha uma ilustração familiar na capa, mostrando duas mãos jogando um chapéu-coco para cima.

"É *A insustentável leveza do ser?*", perguntei.

Ele baixou o livro. "Como sabe?"

"É a mesma capa em inglês."

"Ah. Pensei que talvez você soubesse ler em húngaro." Quis saber se eu tinha gostado do livro em inglês. Pensei se mentia ou não.

"Não", respondi. "Talvez eu devesse ler de novo."

"Hum. É isso que você costuma fazer?"

"O quê?"

"Você lê um livro e não gosta, depois lê de novo?"

Aos poucos, os outros alunos foram chegando, seguidos pela professora, Irina, que tinha toda uma América Central costurada ao suéter: pequenas bonecas com cabelo de palha, burricos com crinas de algodão e cactos com espinhos feitos de fios amarelados. Ela não tingia o cabelo, que usava amarrado, todo branco, num coque torcido. Seus olhos, negros e brilhantes, tinham uma expressão inflamada que parecia não haver mudado desde menina.

Assim que entrou, começou imediatamente a dar instruções que ninguém conseguia entender, dizendo para algumas pessoas sentarem e outras ficarem de pé. Por fim, entendemos que teríamos de nos revezar em encenações da abertura de "Nina na Sibéria". As meninas eram Nina, e os meninos, o pai de Ivan.

Meu par foi Bóris, o aluno que sempre parecia estar num pesadelo — que, depois acabei descobrindo, estava aprendendo russo para fazer uma pesquisa em arquivos sobre pogroms. Ele não sabia nenhuma das falas. Estávamos de pé, ali, na frente de todos, e ele tinha de dizer: "Por que nunca o compreendemos?".

"Me fale do Ivan", eu disse, tentando incitá-lo. "Nós o compreendemos?"

"Ah, Ivan", ele disse. "Ah, sim, meu filho."

Depois eu tive de repetir a mesma cena com Ivan, que sabia tudo e disse tudo. Tinha estudado russo por muitos anos quando era criança, do outro lado da Cortina de Ferro. Lembro que, quando perguntei "Você acha que essa carta é séria?", ele tinha de responder "Só Deus sabe", mas respondeu: "Sim, acho que é séria".

Para a disciplina de linguística, tive de entrevistar dois falantes nativos de inglês de regiões diferentes sobre como eles usavam as palavras "jantar" e "ceia". Hannah, que cresceu em Saint Louis, achava que ceia acontecia mais tarde e era mais formal. Angela, que cresceu na Filadélfia, achava que um jantar era quando todo mundo se arrumava e comia com a família.

"A gente não fala assim", Hannah disse.

"Como vocês chamam uma grande refeição formal num fim de semana?"

"Não sei. Uma festa?"

Festa, escrevi. "Não, 'festa' não", Hannah corrigiu. "Coloca 'banquete'."

Angela e Hannah começaram uma discussão sobre o que era mais formal, o jantar de Ação de Graças ou a Última Ceia. Debateram a diferença entre um jantar que acontecia mais cedo e um lanche. Hannah achava que dependia se a comida era quente ou fria.

"Não na minha opinião", Angela disse. "Na minha opinião" — disse isso como se consultasse um livro — "um jantar, mesmo cedo, implica sentar e relaxar. Se você come de pé e apressada, está só fazendo um lanche."

"Mesmo se você estiver comendo lasanha?"

"Eu não como lasanha."

"Você entendeu."

"Se você come de pé, entre duas aulas, é um lanche."

"Isso é só pra sentirem *pena* de você", Hannah disse, após uma pausa. "Pra poder dizer depois: 'Ah, eu nem tive tempo de jantar hoje, estava trabalhando. Só consegui fazer um lanche'. O que foi?", gritou.

"Alguém está batendo na porta há dez minutos."

A porta se abriu, e Svetlana entrou. "Vocês já estão dormindo?"

"Não, estou de saída", expliquei. "Obrigada por me ajudarem com a tarefa", disse para Angela e Hannah. Isso era a melhor coisa da faculdade: era fácil ir embora. Você podia estar no lugar onde você mora, no meio de uma discussão que você mesma provocou, dizer simplesmente "Já vou" e ir embora.

Enquanto vestia a jaqueta, olhei para o quarto, tentando enxergá-lo pelos olhos de Svetlana. Não havia quase nada nas paredes, só o pôster do Einstein, uma flâmula de Harvard da Angela e alguns certificados que Hannah tinha imprimido no computador dela. Imprimiu um "Prêmio de Procrastinação", que concedeu a si mesma, e um "Prêmio de Melhor Colega de Apartamento", que eu ganhei e que foi meio triste, tanto porque Hannah queria muito ser amada, como porque o prêmio era em parte um insulto à Angela. Eu não o pendurei na parede.

Svetlana queria que escrevêssemos e ilustrássemos uma história cheia de depravação e decadência. Compramos cartolina, cola, canetinhas e um exemplar da *Vogue*. "Acho que minha colega de quarto está com laringite", comentou. Passamos na farmácia e ela comprou ainda uma caixa de chá medicinal. "Ou é isso ou não quer falar com a gente. Mas ela precisa aprender a ser socialmente funcional."

Tudo que Svetlana dizia me causava uma forte impressão: a certeza dela de querer escrever um livro sobre pessoas depravadas, a ideia que tinha de como a colega de apartamento tinha de se comportar e a suposição de que um chá tornaria alguém socialmente funcional.

Entramos na fila para pagar. Quando retirei meu combo de chaveiro e carteira, Svetlana segurou minha mão e disse que era ela quem devia pagar. "Minha família tem muito dinheiro." Não entendi o que ela quis dizer. Não tínhamos todas nós muito dinheiro? Separei algumas notas para exatamente metade de tudo, exceto o chá para laringite. "Se você diz, tudo bem, mas está sendo tola", Svetlana disse, guardando o dinheiro no bolso e pagando com o cartão de crédito.

A área comum do apartamento de Svetlana tinha um tapete marroquino, dois grandes pufes vermelhos, um pôster do R.E.M., um pôster do Klimt, um pôster do Ansel Adams e prateleiras cheias de catálogos de museus e livros de arte que pareciam caríssimos. Uns poucos vasos de plantas ficavam perto da janela, e uma das três mesas estava quase completamente coberta de plantinhas menores: pálidos brotos amuados, lúgubres musgos verdes e suculentas inescrutáveis em pequenos vasos de plástico.

Uma das garotas mais magras que vi na vida estava sentada no chão e usava um ferro de solda. Era a menina que morava com Svetlana, Valerie. Estava montando um rádio.

"Como está a Samambaia?", Svetlana perguntou.

"Do mesmo jeito", Valerie respondeu, dando de ombros e caminhando na direção de um dos quartos. No beliche de cima, distingui um saco de dormir do Exército, com uma grinalda de cabelos encaracolados numa das pontas.

"Samambaia, você está acordada?", Svetlana perguntou. A grinalda assentiu. "Trouxe um chá pra você. Você não pode ficar aí sem falar nada só porque não tem vontade." Encheu uma chaleira elétrica branca e derramou um saquinho de chá em pó numa caneca de plástico em forma de abacaxi. "Samambaia, essa aqui é minha amiga Selin."

"Oi", eu disse.

Sem resposta.

"Ela diz que não pode falar", Svetlana me explicou. "Ela estuda botânica, o nome dela é Sam, então claro que a apelidamos de Samambaia. Combina com ela porque samambaias são misteriosas e meio elusivas e conseguem sobreviver em qualquer lugar. Existem samambaias de milhões de anos, mais velhas que os dinossauros. Algumas nem precisam de solo pra crescer. No folclore eslavo, se você encontra uma semente de samambaia, você ganha o poder de ficar invisível. Obviamente, samambaias não têm sementes." Svetlana não baixou a voz em nenhum momento, mesmo com Sam a apenas alguns passos de distância, no quarto ao lado. Derramou a água fervente na caneca e misturou com uma colherinha de café.

"Esse cheiro é horrível", Valerie disse. "Coitada da Samambaia."

Svetlana levou a caneca até o quarto e a ergueu até o beliche de cima. O saco de dormir ondulado mudou de forma, revelando um rosto arredondado de olhos enormes.

"Obrigada", disse Sam, num tom não muito agradecido.

"Beba", Svetlana respondeu, com neutralidade, voltando à área comum. "Vamos para o meu quarto, para não incomodar a Valerie."

O quarto de Svetlana era bem iluminado, tinha um abajur de lava, um som estéreo, uma prateleira cheia de livros e CDs e um pôster do Edward Gorey exibindo um bando de crianças vitorianas morrendo em situações terríveis. Na cama, um tatu de pelúcia. Perguntei a Svetlana como ela e as colegas de apartamento decidiram quem ficaria com o quarto individual e se por acaso iriam revezar. Ela suspirou: "É constrangedor: A Val e a Samambaia *queriam* revezar, mas eu disse que isso daria muito trabalho e as convenci a tirar no palitinho. Daí, quem diria, *eu* ganhei, como se eu tivesse planejado tudo. Mas, sinceramente, às vezes acho que foi melhor assim. A Valerie é tão legal que nem parece se importar se tem ou não um quarto, e a Samambaia não é tão reservada quanto parece. Na verdade ela precisa de muita atenção e estabilidade, então a Val é a colega de quarto ideal pra ela. Agora, eu sei que isso vai parecer terrível, mas de certo modo eu acho que eu sou mais complicada do que elas. Algumas pessoas são mais complicadas do que as outras. Não acha?".

"Pode ser", respondi.

"E a privacidade é mais importante para elas." Svetlana passou então a descrever os históricos familiares das colegas como se fossem personagens num romance. Os pais de Sam queriam que ela trabalhasse na loja deles em vez de se matricular em Harvard, ainda que ela tivesse bolsa integral. O pai não deveria telefonar para ela, mas, de vez em quando, ligava e pedia dinheiro, que ela ganhava lavando pratos no Mather, onde moram os atletas. Basicamente, os atletas comem uma quantidade absurda de comida e fazem coisas nojentas, tipo misturar ketchup e molho de maçã, e depois quem limpa tudo são estudantes, como a Sam, que também trabalham.

Valerie aparentava ser a pessoa mais tranquila do mundo, mas era muito sensível em relação ao irmão. Embora fosse apenas dois anos mais velho, já estava na pós-graduação em matemática. Aos quinze anos ele decifrou algum problema de criptografia e foi recrutado pela CIA.

"Você pode imaginar como é difícil", Svetlana disse. "A Valerie é superinteligente, mas, por não ser um prodígio em nenhum campo em particular, ela simplesmente não sabe o que fazer da vida. Matemática implicaria competir com o irmão. Por outro lado, ela acha que matemática é a única disciplina rigorosa — a única coisa que vale a pena estudar. Como ela poderia se diferenciar do irmão, se ele é a única base de comparação que ela tem?

"Agora ela está cursando uma matéria de física da qual só os calouros mais avançados participam. Dos vinte e cinco melhores estudantes entre todos os calouros, é provável que ela esteja entre os três primeiros, mas, em vez de se sentir feliz com isso, fica envergonhada por estar na mesma categoria que os outros. Até porque, quando era calouro, o irmão dela já estava fazendo uma disciplina da pós."

O livro que Svetlana queria escrever a quatro mãos era sobre a iniciação sexual de um fracassado ladrão de automóveis russo em Paris. O nome dele era Igor e era representado por um cara sentado numa rocha num anúncio de perfume na *Vogue*. Svetlana recortou a figura, colou num pedaço de papel e desenhou o resto da cena com grande segurança, quase sem hesitar quanto a qualquer detalhe.

"Eu desenho como uma criança do jardim de infância, então não ria", ela disse. Igor estava sentado sob uma lâmpada exposta, num colchão sem lençol, os pés de molho numa banheira, perto de um cinzeiro, um telefone e algumas garrafas vazias. Pela porta atrás dele se via uma privada com a tampa levantada.

Igor estava mal, Svetlana escreveu. *Fazia duas semanas que sobrevivia comendo sanduíches de mostarda. Roubou a mostarda da mesa de um café.*

"Puxa", eu disse. "E ele vai ter a primeira relação sexual nessas condições?"

Svetlana disse que sim. "Essas coisas acontecem quando você menos espera." *Naquela noite ele tinha fumado seu último cigarro e bebido a última garrafa de vodca que a ex-namorada deixara no apartamento,* acrescentou à história.

"Ele tinha uma namorada?"

"Sim, mas por alguma razão ela se recusava a fazer sexo com ele. Depois ela foi embora. Era a única amiga que ele tinha em Paris e tinha ido embora. E então, quando o telefone tocou naquela noite, ele tinha certeza de que era uma ligação errada. Mas atendeu mesmo assim."

Quem telefonava era uma garota misteriosa que disse para Igor encontrá-la no Clube Zodíaco. Igor foi até o Clube Zodíaco, sentou no bar e pediu uma cerveja. Só havia uma garota lá, bebendo um drinque verde. Não dava nenhuma atenção a Igor. Ele esperou um pouco, mas ninguém apareceu. Então perguntou à garota se ela queria dançar.

Ela disse que não podia dançar com ninguém, porque era a filha de Adolf Hitler.

Às onze e meia, tão abruptamente quanto aparecera no meu quarto, Svetlana disse que precisava se deitar. "Sou meio rígida em relação à hora de dormir", ela disse, levantando-se.

Na área comum, o rádio de Valerie já captava sinais. Funcionava mesmo.

"Bem, já era hora", ela disse. "Estou aqui desde as dez da manhã." Ela fez alguma coisa com um fio e captou uma voz humana no ar. "Eu certamente não tenho vergonha *nenhuma* dos Evangelhos", a voz dizia.

O programa de "Mundos construídos" era uma lista dos livros e filmes favoritos de Gary, sem nenhum prazo ou trabalhos definidos. Devíamos apenas ler os livros, ver os filmes e discuti-

-los em sala. As discussões nunca eram muito boas, pois todos escolhiam livros e filmes diferentes.

"Será que eu tenho mesmo de passar lição de casa, como se vocês fossem crianças?", Gary perguntou, constatando que, mais uma vez, ninguém tinha lido ou assistido às mesmas coisas. "Tudo bem. Todos vocês têm de ler Às avessas."

A princípio, fiquei animada com Às avessas, pois Gary disse que era sobre um homem que decide viver de acordo com princípios estéticos e não princípios morais, e Svetlana recentemente tinha me dito algo parecido: que eu vivia segundo princípios estéticos, ao passo que ela, que fora educada na filosofia ocidental, estava condenada a viver tediosamente segundo princípios éticos. Nunca tinha me ocorrido pensar em ética e estética como opostos. Eu pensava que ética *era* estética. "Ética" implicava uma regra de ouro, que era basicamente uma regra estética. Por isso se diz "de ouro", como a proporção áurea, da álgebra.

"Não é por isso que você não trapaceia nem rouba — porque é feio?", eu disse. Svetlana respondeu que nunca tinha conhecido ninguém com uma sensibilidade estética tão forte.

Pensei que Às avessas seria um livro sobre alguém que via as coisas como eu mesma via — alguém tentando viver uma vida intocada pela preguiça, pela covardia e pela conformidade. Mas me enganei; o livro era mais sobre decoração de interiores. Nas horas em que não estava mergulhando nas profundezas sub-racionais do estofamento de sofás, o personagem principal devotava-se à preparação de refeições de cor escura, à convivência com uma tartaruga incrustada de joias e a pensar coisas do tipo: "Tudo é sífilis". Como *aquilo* poderia ser uma vida estética?

Na aula de literatura, aprendemos sobre Balzac. Ao contrário de Dickens, a quem às vezes era comparado, Balzac não se importava com crianças e era essencialmente desprovido de humor. Crianças não tinham a menor importância para ele — mal apareciam em seu mundo. Sua atitude em relação a elas era de desinteresse, quase de desprezo; e, embora ele conseguisse ser sagaz, não era exatamente engraçado — não como Dickens. Enquanto o professor falava, tomei consciência de um leve senso de injúria. Parecia que a atitude de Balzac em relação a mim seria de desinteresse e desprezo. Não que eu fosse uma criança, é claro, mas eu não tinha de fato uma história. Ao mesmo tempo, era excitante pensar que existia um universo — um *"monde"*, como o professor insistia em dizer de modo irritante — que era completamente diferente de tudo que eu tinha feito ou sido até então.

2. O NÚMERO DE TELEFONE

Nina pensou em Ivan a semana inteira.
Numa aula de física: "Ivan não me ama?".
No trem: "Por que Sibéria? Por que ele não me disse nada?".
No laboratório: "Logo ele ligará e explicará tudo".
Duas semanas se passaram. Ivan não ligou. Nina leu e releu a carta.

Mais uma vez, Nina bateu na porta do apartamento de Ivan. Por um bom tempo não houve resposta. Finalmente, o pai de Ivan perguntou: "Quem é?".
"Sou eu de novo, Nina."
O pai de Ivan abriu a porta lentamente.
"Alexei Alexeich, preciso encontrar Ivan", Nina disse.

"Onde você acha que ele está? Você acha que ele pode estar com a mãe?"

O pai de Ivan suspirou. "Na carta, ele diz que está com meu irmão."

"Você ligaria para o seu irmão e perguntaria se é verdade?"

"Impossível", disse o pai de Ivan.

"Por favor, Alexei Alexeich. Preciso da sua ajuda."

Lentamente, ele pegou uma caneta e um papel e anotou um número. "Aqui está o número dele", disse. "Por favor, não volte mais aqui."

Nina pegou o papel e guardou na bolsa. "Obrigada", disse.

Por um longo tempo, depois que ela se foi, Alexei Alexeich ficou parado, olhando pela janela. "De novo, meu irmão!", pensou, amargamente. "Primeiro, minha esposa; agora, meu filho..."

Em casa, Nina ligou para o número que o pai de Ivan lhe dera.

Pôde-se ouvir a voz de uma mulher. "Laboratório de Cosmologia e Física de Partículas Elementares."

Nina ficou muito surpresa e nada disse.

"Alô? Alô?", a mulher falou. "Tem alguém aí?"

"Desculpe", Nina disse. "Não é da fazenda coletiva Siberian Spark?"

"Não. Este é o Laboratório de Cosmologia e Física de Partículas Elementares, no Centro Científico Novosibirsk, na Divisão Siberiana da Academia Russa de Ciências."

"Estou procurando por Ivan Alexeich Bazhanov, um jovem físico. Ele trabalha no seu laboratório?"

Houve uma pausa. "Não conheço esse nome" a mulher disse. Ela desligou sem se despedir.

Ralph e eu estávamos lendo no quarto dele. Ele lia *Contos da Cantuária*. Por algum motivo, estava sob tremenda pressão para terminar *Contos da Cantuária* naquela sentada. Eu lia a segunda parte da história sobre Nina. Depois, fomos à videolocadora alugar um filme. Era tarde, e tudo o que queríamos ver estava alugado. No fim, escolhemos um filme estrangeiro chamado *O presente*. A capa tinha uma mulher enrolada em papel de presente, o rosto escondido por trás de uma echarpe, um grande laço vermelho amarrado nos braços: "A comovente história de uma esposa incapacitada que dá ao marido o único presente de aniversário que ele nunca esperaria — outra mulher!".

Voltamos para o campus e encontramos uma sala vazia com um videocassete. No fim o filme era uma cáustica invectiva contra o sistema de saúde britânico, a partir da perspectiva de um casal de velhos trabalhadores de Yorkshire. A esposa estava numa cadeira de rodas, por causa de um "erro na ponta do bisturi do cirurgião". Por duas horas e meia o marido empurrou a cadeira de rodas da mulher pela sarjeta para visitar vários médicos, enquanto ela fazia piadinhas que, por causa do sotaque, a gente nunca entendia. O presente de aniversário era um colete ortopédico preto. Não havia nenhuma outra mulher.

Svetlana e eu pegamos o trem para Brookline para visitar uma loja de conveniências russa que alugava vídeos. Os trilhos corriam no meio de uma rua de mão dupla, margeada por igrejas, cemitérios, hospitais e escolas interminavelmente recorrentes: instituições das quais Boston parecia ter um estoque infinito.

Svetlana me contava de um sonho que tivera em que ia ao Taco Bell e tinha de comer um burrito de carne humana.

"Eu sabia que meu pai ia ficar bravo se eu comesse, mas também sabia que ele secretamente queria que eu comesse", explicou aos gritos, por cima do barulho do trem. "O.k., então, o burrito era obviamente um falo, um falo *humano*; é, simultaneamente, um tabu, tipo canibalismo, e também algo que tem de entrar no seu corpo. Acho que talvez meu pai tenha sentimentos ambíguos sobre a minha sexualidade."

Concordei, olhando ao redor do trem. Uma velha cem por cento impassível com um xale na cabeça tinha o olhar fixo no chão.

"Às vezes eu penso no homem com quem vou perder minha virgindade um dia", Svetlana continuou. "Tenho certeza de que vai ser na faculdade. Tive relacionamentos que eram intelectualmente eróticos, mas nunca aconteceu nada físico. Eu me sinto um pouco como uma bomba sexual prestes a explodir.

"As meninas que moram comigo são tão diferentes — a Samambaia acha que, se fizer sexo na faculdade, isso vai significar que alguma coisa deu errado. Já eu acho que se eu *não* fizer sexo na faculdade alguma coisa terá ido muito mal. E a Valerie é tão tranquila que você nunca sabe o que ela está pensando. E você, está planejando fazer sexo?"

"Não sei", respondi. "Nunca pensei muito sobre isso."

"Eu pensei. Eu reparo nos rostos de estranhos quando passo pela rua e me pergunto: Será que é ele? Eu me pergunto se já o vi, se já li o nome dele impresso em algum lugar, talvez em alguma lista ou diretório. Ele deve existir em *algum lugar* — não é possível que não tenha nascido ainda. Então, onde ele está? Onde está esse treco que vai entrar no meu corpo? Você nunca se pergunta isso?"

Muitas vezes folheei calendários pensando em qual dos 366 dias (contando o dia 29 de fevereiro) eu iria morrer, mas nunca me ocorreu imaginar se eu já havia conhecido a primeira pessoa com quem eu faria sexo.

Saltamos no Círculo Euclidiano. Não havia círculo nenhum — só uma plataforma de concreto com um orelhão e um cartaz em que se lia "CÍRCULO EUCLIDIANO". Achei que Euclides ficaria bem irritado. "É uma atitude bem típica sua", Svetlana disse. "Você sempre acha que todo mundo está bravo. Tente ver por outra perspectiva. Passaram-se dois mil anos desde a morte dele, ele vem a Boston pela primeira vez e descobre que nomearam alguma coisa em homenagem a ele — por que sua primeira reação seria ficar furioso?"

Um sino tocou quando abrimos a porta do mercado, e o odor de salame e peixe defumado nos acertou bem em cheio na cara, como uma cortina. Dois atendentes, um magro e outro gordo, esperavam atrás de um balcão de vidro.

"Olá", Svetlana disse, em russo.

"Olá", responderam os atendentes, num tom que de alguma forma parecia irônico. Era interessante ver tantas coisas russas: queijos duros e moles, caviar preto e vermelho, charuto de repolho, blini, pirozhki, picles de cogumelo, arenque em conserva, um tanque barrento de carpas ainda vivas, mas talvez já nas últimas, e um barril cheio de doces num desafiador aspecto retangular, em embalagens enfeitadas com o alfabeto cirílico e desenhos de esquilos. Na seção de produtos secos, um corredor inteiro era dedicado a produtos turcos: halva da marca Koska, pasta de pimenta Tat, geleia de rosas e folhas de parreira em lata Tamek e biscoitos Eti. "Eti" significava hitita — quando eu era pequena tinha um comercial com crianças cantarolando "Hitita, Hitita, Hitita". Os hititas eram amados por todas as crianças turcas, porque Atatürk disse que os turcos descendiam deles —

então tudo bem a Anatólia ser a terra natal dos turcos. Tinha a ver com os Catorze Pontos, com o direito à autodeterminação dos povos.

No fim, Svetlana conhecia todas essas marcas, pois também eram vendidas em Belgrado, e as palavras para berinjela, feijão, grão-de-bico e ginja eram as mesmas em servo-croata e em turco. "Faz sentido", ela disse, "já que os turcos ocuparam a Sérvia por praticamente quatro séculos." Concordei, como se soubesse do que ela estava falando.

Svetlana comprou meio quilo de chá a granel e perguntou num russo exageradamente correto se era verdade que a loja alugava vídeos. Um dos atendentes apresentou uma pasta com uma lista de títulos. Svetlana folheou as páginas plastificadas muito mais rapidamente do que eu conseguia acompanhar e escolheu uma comédia soviética sobre um agente de seguros de carros. O atendente magrelo entregou a fita, o gordo pediu a ela que escrevesse nome e endereço num caderno de registros.

"Escrevo em inglês... ou em russo?", perguntou Svetlana.

"Como você quiser, não importa", respondeu o atendente. "Você é da Rússia?"

"Não, não sou russa."

"Não é russa? E como você fala russo perfeitamente?"

"Não falo russo perfeitamente. Sei dizer algumas coisas. Estou fazendo um curso na universidade."

"Para mim, soa perfeito. E eu, bem, sou russo."

"O caso é que, pela nacionalidade, eu sou sérvia."

"Ah, bom", disse o atendente gordo.

"Ela é o quê?", perguntou o magro, voltando com a fita.

"*Sérvia.*"

"Ah, bom."

No trem de volta Svetlana me falou de um diretor de cinema sérvio que tinha sido amigo de seu pai em Belgrado. A mulher do diretor, uma atriz, fora a Paris fazer um filme com um jovem diretor francês. O diretor francês morreu tragicamente, tombando de um banco de bar. "Dizem que pode ter sido suicídio", Svetlana comentou.

Às dez, quando chegamos ao campus, me senti exausta e incapaz de falar. Abram minha cabeça e vocês encontrarão, como no estômago do maior crocodilo do mundo, um cavalo e oitenta quilos de pedras — era assim que me sentia. Abri meu caderno de anotações. *Morreu ao cair de um banco de bar*, escrevi. *Pode ter sido suicídio.*

O telefone tocou — era Ralph. Conseguira o estágio na Biblioteca Kennedy. Era um estágio de verdade, aberto a calouros, veteranos e até pós-graduandos. Entre todos os candidatos, escolheram Ralph. Ele trabalharia na divisão de arquivos, classificando materiais e inserindo informações no banco de dados.

Para comemorar, fomos ao subsolo do Garage, onde uma pequena senhorinha asiática vendia frozen yogurt até altas horas da noite.

"Estou pensando no de café", Ralph disse, "mas parte de mim também quer muito experimentar o de amora."

"Por que não pega os dois?"

"Ah, seria exagero."

"Você pega um e eu pego o outro, daí a gente divide."

"Mas eu não quero impor nada."

Compramos um de cada. Tinham o mesmo gosto.

Ralph tinha me trazido um livro, uma edição de bolso de 1980. Era a autobiografia de Oleg Cassini, aristocrata russo que fugiu da Revolução em 1918 e terminou nos Estados Unidos como estilista oficial de Jackie.

A equipe de Jackie Kennedy entrou em contato com Oleg

Cassini pela primeira vez em dezembro de 1960, quando ele estava de férias na Flórida. Disseram-lhe para se apresentar ao hospital da Universidade de Georgetown, onde Jackie tinha acabado de dar à luz seu filho, John Jr.

No avião, Cassini pensou e pensou sobre Jackie — o corpo de hieróglifo, a natureza de esfinge — e começou a rabiscar. Ao pé da cama do hospital, mostrou a ela vestidos com corte trapézio inspirados pelos traços simples da arte do Egito antigo. O chapéu era baseado no de Nefertiti. Nenhum outro estilista havia preparado uma coleção inteira só para Jackie. Cassini conseguiu o emprego: tornou-se o costureiro pessoal da primeira-dama. Ela sempre manteve certa independência e continuou comprando vestidos de Balenciaga.

Na aula de linguística, analisamos casos de pessoas que perderam a habilidade de combinar morfemas depois de terem o cérebro perfurado por estacas de ferro. Aparentemente, havia muitas pessoas assim, gente que teve estacas de ferro enfiadas no crânio e que viveu pra contar a história — ainda que sem morfemas. Estudando em que ponto as estacas haviam perfurado e que morfemas se perderam era possível descobrir onde cada morfema se alojava.

Estudamos também os muitos pontos em que Noam Chomsky estava certo, e B. F. Skinner, errado. Skinner superestimava a proximidade entre humanos e animais, e depois subestimava os animais. Seres humanos não entendiam o canto dos pássaros.

Aprendemos que, sendo a linguagem um instinto humano universal, nenhum ser humano era ruim de gramática — nem mesmo bebês ou negros. Era o que o livro dizia: você pode pensar que bebês de dois anos de idade e negros não sabem gramática, mas se você analisar bem as frases deles vai ver que, na verdade, estão seguindo regras tão sofisticadas que não poderiam ser programadas em nenhum computador.

Estudamos a hipótese de Sapir-Whorf, que dizia que a língua que você fala afeta o modo como você processa a realidade. E aprendemos que a hipótese estava errada. Whorf, um inspetor de segurança contra incêndios — sempre o chamavam de inspetor de incêndios — acreditava que o povo hopi percebia o tempo de um jeito diferente de nós, pois os verbos deles não tinham modos. Dizia que os hopis não viam dois dias como coisas diferentes, mas como uma única coisa que aconteceu duas vezes. Mas estava enganado sobre isso — sobre os hopis.

Os chomskianos viam a hipótese de Sapir-Whorf como a injúria mais vil — não apenas incorreta, mas odiosa, equivalente a dizer que raças diferentes têm quocientes intelectuais diferentes. Como todas as línguas eram igualmente complexas e identicamente expressivas da realidade, diferenças gramaticais jamais poderiam corresponder a diferenças na forma de pensar. "Pensamento e linguagem não são a mesma coisa", o professor disse, gaguejando levemente, coisa que ele só fazia em momentos emotivos. Disse que a hipótese de Sapir-Whorf era inconsistente com o "fenômeno da ponta da língua", aquela sensação de estar com a palavra na ponta da língua. Chamavam isso de *fenômeno*.

No meu coração, eu sabia que Whorf estava certo. Sabia que eu pensava diferente em turco e em inglês — não porque pensamento e linguagem fossem a mesma coisa, mas porque línguas diferentes te forçam a pensar sobre coisas diferentes. Turco, por exemplo, tem um sufixo, *-miş*, que você adiciona a verbos para relatar qualquer coisa que você não presenciou pessoalmente. O tempo todo você informa seu grau de subjetividade. Está sempre pensando sobre isso, toda vez que abre a boca.

O sufixo -*miş* não tinha um equivalente exato em inglês. Podia ser traduzido por "parece que" ou "ouvi dizer" ou "aparentemente". Eu o associava a Dilek, meu primo por parte de pai — o pequeno e magrelo Dilek, de pele escura, que tinha a minha idade, mas era muito menor. "Você reclamou-*miş* pra sua mãe", Dilek me dizia, com sua voz calma e precisa. "O cachorro assustou-*miş* você." "Você contou-*miş* aos seus pais que se a tia Hülya viesse pros Estados Unidos ela podia morar na sua garagem." Ao ouvir o -*miş*, você sabia que tinha sido evocado na sua ausência — não só você, mas sua hipocrisia, sua covardia, sua falta de generosidade. Toda vez que eu ouvia aquilo me sentia flagrada. Eu *tinha* medo de cachorros. Reclamei, sim, para a minha mãe, muitas vezes. E o modo -*miş* foi uma das coisas *sobre* as quais eu reclamei. Minha mãe tinha achado engraçado.

Na aula de russo aprendemos o verbo "gostar" e falamos de que tipos de filme nós gostávamos. Eu disse que gostava de documentários. Varvara pareceu incrédula. "Você não acha chato?"
Olhei para baixo. Era tão óbvio assim?
Ivan disse que gostava de filmes do Fellini. Varvara disse que, então, ele gostava de filmes italianos. Eu não sabia nada sobre Fellini; minha imagem mental era a de um gato do tamanho de uma pessoa.
O Acervo de Cinema de Harvard fez uma retrospectiva dos filmes de Fellini. Decidi ir, pois Fellini também estava no programa de Gary. Parecia estranho que Gary e Ivan compartilhassem o mesmo diretor favorito. O filme favorito de Gary era *La dolce vita*; o de Ivan era *La strada*. Svetlana me acompanhou ao *La dolce vita*. "Você só fala dessa cozinha e do banheiro!", Marcello Mastroianni gritava para a noiva. Rejeitava o amor maternal e sufocante dela, preferindo encontrar estrangeiras glamorosas em

festas. Em *La strada*, não havia festas e ninguém era glamoroso. Giulietta Masina estava apaixonada por um lutador de circo. O lutador lhe dizia que ela parecia menos uma mulher do que uma alcachofra.

Svetlana começou a fazer aulas particulares de francês com um estudante chamado Anouk. Toda semana ela escrevia um ensaio sobre o amor, em francês, e enviava por e-mail a Anouk, depois eles se encontravam no Café Gato Rojo para discuti-lo juntos. Svetlana costumava me falar do seu ensaio quando estávamos correndo juntas. Ela não tinha dificuldade nenhuma em falar e correr ao mesmo tempo; parecia ser capaz de fazer isso indefinidamente.

"Para hoje", ela dizia, "escrevi sobre como você pode fazer qualquer pessoa se apaixonar por você, se você tentar pra valer."

"Mas isso não é verdade", eu disse.

"Por que não?"

"Como eu poderia fazer um líder zulu se apaixonar por mim?"

"Bem, é claro que você precisaria de acesso geográfico e linguístico, Selin."

Estávamos correndo lado a lado pela Oxford Street. Por um breve momento, me deixei ficar para atrás para dar passagem a uma mulher empurrando um carrinho de bebê. No ensaio, Svetlana indagava se o amor era um jogo no qual você poderia ficar infinitamente melhor, como nos romances franceses — se era uma questão de jogar bem as cartas —, ou se era algo que existia entre certas pessoas, algum tipo de corrente da qual você só precisava tirar proveito.

"Então você acha que é uma questão de jogar bem as cartas?", perguntei.

"Bem deprimente, não? Às vezes acho que existem dois tipos de amor. Pode haver um tipo raro que existe naturalmente entre algumas pessoas. E tem o mais comum, que é construído."

Era um mistério para mim como Svetlana conseguia formar tantas opiniões. Qualquer informação parecia produzir uma opinião imediata. Enquanto isso, eu ia de aula em aula, lia centenas, milhares de páginas de ideias diluídas dos grandes pensadores da história humana, e nada acontecia. Na escola, eu era cheia de opiniões, mas a escola fora uma espécie de prisão, com oposição e obstáculos constantes. Quando os obstáculos se foram, foi como se o sentido de tudo tivesse desaparecido também. Era como Tchékhov escreveu, em "Queridinha":

> Ela via objetos em volta dela e entendia tudo o que acontecia, mas não conseguia formar opiniões sobre nada e não sabia do que falar. Como é terrível não ter opiniões! Você vê uma garrafa parada ali, por exemplo, ou a chuva caindo, ou um camponês passando com sua carroça, mas de que servem a garrafa ou a chuva ou o camponês, qual o sentido de tudo aquilo — isso você não consegue dizer, nem se lhe oferecessem mil rublos.

Vez por outra, um livro trazia coisas assim, e era reconfortante. Mas não era a mesma coisa que ter uma opinião.

Demos a volta na estação T em Porter Square. Abaixo de nós, do lado de lá de uma grade de ferro, trilhos de trem e cascalho úmido brilhavam sob luzes rosadas. Havia uma placa de um Dunkin' Donuts e um grande relógio. Alguém em algum lugar pedia dinheiro.

"Tudo bem se eu fizer uma pergunta pessoal?", Svetlana perguntou.

"Tudo bem", eu disse.

"Você está saindo com alguém?"

"Não."

"Então quem é aquele cara que eu sempre vejo com você? Você sabe quem é. Da sua altura, cabelo castanho, bem alinhado, muito americano."

"Ah, o Ralph. Somos amigos de escola."

"Eu não consegui adivinhar pela linguagem corporal de vocês. Primeiro pensei que estavam juntos, depois que não. Vocês já namoraram ou alguma coisa assim?"

"Não."

"Sério? Por que não? Ele é bonito."

"Não sei. Na verdade, acho que talvez ele seja gay."

"Por que acha isso?"

"Ele é fascinado pela Jackie Kennedy."

"Humm. *Interessante*." Svetlana disse que tinha um amigo gay no Clube dos Sérvio-Croatas e que tinha pensado muito sobre Jackie Kennedy, Maria Callas e Marilyn Monroe — sobre como elas eram seres estéticos, performáticos, que viviam perto de homens poderosos e eram infelizes.

No dia seguinte, quando Ralph e eu estávamos jantando, Svetlana veio até nossa mesa. "Posso sentar com vocês? Não estou atrapalhando nada?"

"Pode, claro", Ralph respondeu. Svetlana pousou a bandeja e contou da amizade da Valerie com uma garota surda da aula de física chamada Patience. "Eu nem acho que a Val goste tanto dessa menina, mas você não pode simplesmente dispensar uma pessoa surda chamada Patience. Deve ser tão cansativo conversar com ela! O.k., ela sabe fazer leitura labial, mas você precisa estar parada na frente dela e falar com clareza, tentando ao mesmo tempo não parecer condescendente. Com algumas pessoas ela não consegue entender nada, então a Valerie traduz. A Valerie também faz todas as ligações dela. É muito estressante. Não sei quanto tempo isso vai durar.

"Já a Samambaia está com uma irritação no pescoço por conta da prova de bioquímica. Ela sempre desenvolve alguma irritação, mas dessa vez parece urticária se espalhando pelas costas. É bem nojento, então não vou entrar em detalhes enquanto vocês comem. Naturalmente, ela se recusa a ir ao médico. Olá, eu sou a Svetlana, você deve ser o Ralph. Eu apertaria sua mão, mas acho que estou pegando o resfriado da Samambaia. Ainda tem essa — ela está resfriada. Desculpa, estou falando demais. É que é um alívio tão grande não ter de me preocupar com leitura labial."

Depois do jantar, terminamos indo ver *Casanova*, de Fellini, no Arquivo de Cinema. A calçada era estreita demais para que nós todos andássemos juntos, então caminhei ao lado de Ralph. Falamos sobre como Jackie não quis ler as memórias de Casanova, que ela considerava um charlatão, mas Cassini a convenceu a ler e mais tarde ela lhe escreveu um elegante bilhete de agradecimento por isso.

Depois de um tempo, fiquei preocupada por deixar Svetlana sozinha, então Ralph foi na frente. "Eu definitivamente consigo perceber o que você disse sobre a possibilidade de ele ser gay", Svetlana disse. Um terror explodiu no meu peito. A sensação de ter traído alguém era tão horrível quanto a sensação de ser traída. Até pior.

"Svetlana!"

"O quê? Ele não está ouvindo, não seja paranoica."

Nada nas costas de Ralph indicava que ele tinha ouvido ou não.

Como pude ter falado sobre ele com Svetlana — como pude ter dado a ela qualquer informação sobre ele? Pensei em como eu me sentiria mal se mesmo Hannah descobrisse como falo sobre ela às vezes. Qual era o jeito certo de falar sobre as pessoas?

Casanova parecia vingativo, como se Fellini tivesse inveja de Casanova por ele transar tanto e quisesse fazê-lo parecer estúpido. Não entendi por que as mulheres riram tanto.

3. O DESTINO EM NOVOSIBIRSK

"Com licença — você vai até a fazenda coletiva Siberian Spark?", Nina perguntou, dirigindo-se a um motorista de ônibus. Ela estava no aeroporto de Novosibirsk.

"Não", respondeu o motorista. "Você precisa pegar um táxi."

"Você vai à Siberian Spark?", alguém perguntou. Nina se virou e viu um rapaz com uma mala. "Eu também vou naquela direção", ele disse. "Vamos juntos."

"O.k.", Nina respondeu.

No táxi, Nina tirou a carta de Ivan de dentro do livro de física e releu.

"Olha ali", disse o rapaz, apontando pela janela. "Está vendo aquelas luzes? Ali é o centro da cidade, onde vive mais de um milhão de pessoas."

"Ah", Nina respondeu.

O rapaz olhou para ela. "Reparei que você tem um livro de física. Você é física?"

"Sim, sou estudante."

"Também sou. Vamos nos apresentar. Meu nome é Leonid. Estudo no Centro Científico de Irkutsk."

"Eu sou Nina", Nina respondeu. "Estudo na Universidade Estadual de Moscou."

"Meu Deus, uma moscovita! O que faz em Novosibirsk?"

"Estou estudando o problema físico da locomoção das renas", Nina respondeu. Era mentira.
Leonid parecia pensativo.
Nina ficou em silêncio.

"Ivan Alexeich Bazhanov?", repetiu a diretora da Siberian Spark. Folheava o livro de funcionários. "Não tem nenhum Bazhanov aqui. Contudo, tem um Boiarski, também Ivan Alexeich."
"Ele trabalha aqui há muito tempo?"
"Não, não muito. Três semanas."
O coração de Nina bateu apressado. Ivan tinha desaparecido há exatamente três semanas. "Gostaria de conhecê-lo", Nina disse.
"Você pode conhecê-lo às cinco da tarde", a diretora prometeu. "Agora ele está numa fazenda experimental."
"Que tipo de trabalho se faz na fazenda experimental?"
"Questões importantes são estudadas. Por exemplo, qual a melhor comida para as renas? Quais raposas têm a pele mais quente? Infelizmente, visitas são proibidas."
"Entendo", Nina respondeu.
Nina, na verdade, não entendia. Por que o estudo da alimentação das renas era um segredo? Seria possível que a "fazenda experimental" fosse na verdade um laboratório de física nuclear? Será que Ivan estaria se escondendo sob um pseudônimo?

"Eu falei que isso ia acontecer", Angela dizia à Hannah quando cheguei. As duas olharam para mim.
"Fomos assaltadas", Hannah disse.

Tinham levado meu casaco, o cachecol da Harvard de Angela, uma das camisas xadrez de Hannah — a favorita, segundo ela — e todas as suas meias. Ela tinha colocado as meias no banco da janela para organizá-las e alguém simplesmente pegou todas.

"Eu disse pra vocês fecharem a porta quando fossem sair. Eu *disse*", insistia Angela.

"Eu fui até o fim do corredor por cinco minutos! Achei que você estava em casa. Enfim, como eu poderia saber? Mesmo quando você *está* em casa, você só fica sentada lá dentro com a porta fechada."

"Então feche sempre a porta!"

O casaco pertencera originalmente à minha mãe, que o usou por muitos anos, até finalmente comprar outro, de camurça. Quando eu tinha quinze anos, surrupiei o casaco do armário dela. Quando ela me viu usando, disse que eu podia ficar com ele. Eu amava aquele casaco — os ombros quadrados, os botões grandes e o leve cheiro de perfume.

Foi para Ralph que eu quis contar imediatamente o que tinha acontecido com o casaco, pois eu sabia que ele ia melhorar o meu astral. Ele disse que devíamos sair para fazer compras. Ele próprio precisava de camisas. Decidimos ir à Filene's Basement, que era considerada uma parte importante da vida em Boston.

Do topo da escada rolante, a Filene toda se espalhava à sua frente, como um tipo de tapeçaria histórica. E logo você estava nela. Até onde a vista alcançava, consumidores lutavam por suéteres de caxemira, vestidos de festa infantis e calças de alfaiataria com uma hostilidade primitiva que parecia ameaçar os próprios valores burgueses incorporados naquelas roupas. Uma pilha de malhas térmicas parecia um amontoado de almas arrancadas de seus corpos. Mulheres revirando aquelas almas empilhadas vez ou outra seguravam uma delas no ar, que ficava ali suspensa, toda flácida e largada.

Ralph, como descobri, tinha opiniões bem detalhadas e específicas sobre roupas femininas. "Você pode comprar essa peça aí e começar a andar com uma bolsa de palha", ele disse, referindo-se a uma espécie de túnica.

Encontrei uma jaqueta de couro vermelha com capuz, com setenta e cinco por cento de desconto, no que parecia meu tamanho, e abri caminho até um espelho disputado apenas por duas mulheres. Posicionando-me atrás delas, tentei ver como eu ficava com a jaqueta. Não estava claro para mim qual era a vantagem disso, pois eu lera num estudo científico que a maioria das garotas e jovens mulheres não se avaliava com precisão quando se olhava no espelho. No fim, comprei uma capa preta sem forma que cobriria qualquer coisa e lembrava o capote do Gógol.

A semana inteira foi deprimente. Passei nove horas dela tremendo, enrolada no casaco gogoliano, assistindo a um documentário de nove horas de duração sobre o Holocausto. Lá pelas tantas pensei ter desenvolvido um nódulo na coxa, mas na verdade era uma tangerina — tinha caído por um buraco no bolso e acabou presa no forro.

Estou torcendo pela eficiência extrema de todos os seus percursos enzimáticos, uma regulação excelente de citosinas e endorfinas elevadas, escreveu minha mãe num e-mail enviado às duas da manhã, para que eu me sentisse melhor em relação aos exames da metade do semestre.

Seria um ato de extrema delicadeza da sua parte se você ligasse para sua tia Berna em Izmir. Ela caiu e machucou o pé. Eu ganharia muitos brownies por isso. Você pode ligar depois da uma da tarde, mas não muito depois, pois é a hora do coquetel dela e não faria sentido. Minha mãe estava terminando de se candidatar a um fundo de pesquisa, e por isso tinha de dirigir até o Upper West Side, para não perder o prazo.

Angela estava numa rotina de estudos especial para os exames, envolvendo um alarme extremamente alto que tocava a cada vinte minutos. Ela não ia para a cama antes das quatro e meia, e mesmo então o alarme continuava tocando, e ela apenas continuava dormindo. Sonhei que, para cada "quantidade" que você imaginasse, você tinha de "acordar" um pouco mais. "Acordar" significava alguma coisa diferente no sonho.

A chuva era constante e quase horizontal, por causa do vento. Os guarda-chuvas se tornaram uma espécie de piada visual, e as bibliotecas começaram a distribuir sacolas de plástico com os dizeres "um livro molhado não está acabado". O objetivo era fazer com que você não jogasse fora os livros molhados.

Um único tipógrafo em toda a Paris conseguia decifrar os manuscritos revisados de Balzac.

Escrevi um artigo sobre o sufixo turco -*miş*. Eu havia aprendido num livro de linguística comparada que aquilo se chamava tempo evidencial ou inferencial e que estruturas similares existiam em línguas da Estônia e do Tibete. O tempo inferencial turco, eu li, era usado em diversas formas associadas à transmissão oral e aos boatos: contos de fadas, epopeias, piadas e fofocas. Eu percebia que isso era verdade, mas nunca tinha agrupado conscientemente aquelas formas no mesmo conjunto ou tentado articular o que elas tinham em comum. Na verdade, era bem difícil articular o que elas tinham em comum, embora fosse fácil seguir a regra.

Um dos usos mais comuns da inferência turca, o livro dizia, se dava no diálogo com crianças. Eu também lembrava disto: "Parece que aconteceu alguma coisa com a boneca, não?". O tempo inferencial permitia ao falante fingir o espanto e a ignorância em que as crianças vivem — aquele estado no qual todo pedacinho de informação é quase uma espécie de lenda.

Havia coisas do *-miş* que eu gostava: tinha certa perplexidade embutida que era automaticamente engraçada. Ao mesmo tempo, era uma maldição que condenava você à consciência de que tudo que você dizia estava potencialmente usurpando a experiência de outra pessoa, que sua própria subjetividade era uma armadilha maliciosa e lhe condicionava a criar histórias que entravam em conflito com outras. Relativizava e transformava tudo que você dizia. Mudava até o tempo verbal que você usava. E você não podia fugir disso. Não havia como atravessar a vida, em turco ou qualquer outra língua, fazendo *apenas* afirmações factuais a partir de observações diretas. Você era forçada a usar o *-miş*, pela própria condição humana — só por existir em relação com outras pessoas.

No dia de Ação de Graças fui visitar meu pai em New Orleans. As coisas entre nós estavam mais tranquilas do que já tinham sido, em parte porque eu não estava vindo da casa da minha mãe, mas de Boston.

Minha madrasta, que também era turca, mas muito adaptável a ambientes diferentes, tinha feito um peru recheado com pato. Meu meio-irmão de cinco anos de idade ainda não havia superado o Halloween. Só queria falar disso. "E se eles perguntarem 'doces ou travessuras', e você responder 'travessuras', e então sua casa inteira sair voando pelo ar, porque virou um balão?", perguntou. Todos pararam para ponderar.

"Bem", meu pai disse. "Nesse caso, acho que você teria de se juntar às fileiras de desabrigados."

Nevava quando eu voltei para Boston. Eu estava sem chapéu e sem luvas. No inverno anterior, eu tinha luvas. Não conseguia lembrar o que tinha acontecido com elas. Eram diferentes das luvas de dois anos atrás.

Na estação de trem, as pessoas bebiam café e liam jornais. Fiquei contente de ver que a vida continuava — a vida mesmo, em que as pessoas trabalham e se mantêm acordadas, tentando alcançar objetivos, daí o café. Tinha um poema do Pasternak sobre aquela sensação: "Não durma, não durma, artista". Em russo soava igualmente bem, a palavra para "artista" também tinha três sílabas, era um anfíbraco, como "lasanha". Não durma, não durma, gorila, pensei, enquanto descia pelo elevador para a plataforma.

Por algum motivo Boston tinha me deixado especialmente comovida nessa chegada, com a atmosfera particular da cidade. No trem para Cambridge, eu organizava e reorganizava os nomes das estações.

Eliot, Holyoke, Copley Square,
Symphony, Wollaston, Hoosac Pier,
Marblehead, Maverick, Fenway Park,
Haymarket, Mattapan, Codman Yard,
Wonderland, Providence, Beacon Hill,
Watertown, Reservoir, Mystic Mall.

Harvard Square parecia nova e familiar ao mesmo tempo.

Eu sentia que só de olhar eu poderia dizer que essa configuração de edifícios e ruas era familiar e cheia de significado para muitas pessoas, não só pra mim. Era estranho visitar um subúrbio que ninguém nunca visitava e depois voltar para esses corredores e edifícios imensamente conhecidos para onde, por séculos a fio, tinham vindo estadistas, escritores e cientistas famosos.

Quando cheguei ao dormitório, alguém estava sendo carregado numa maca. Era Hannah. "Selin!", ela gritou, acenando. "Não é *engraçado?*"

"Por favor, deite", um paramédico disse.

"Eu caí da escada. Acredita?" Ela se deitou antes que eu pudesse responder, e os paramédicos retomaram o percurso em direção à ambulância.

Hannah passou a noite na enfermaria. Eu dormi por catorze horas seguidas. No dia seguinte, fui à loja Army Navy comprar luvas. A prateleira da Army Navy era dominada por luvas sem dedos, multicoloridas e gigantes, da América Central. Também havia alguns pares de lindas luvas de couro, mas eram caras e pequenas demais. Comprei um par de luvas de esqui e fui olhar os sapatos. Eu vinha usando o mesmo tênis de corrida masculino o ano todo. Eu calçava 42, um número quase impossível de encontrar em calçados femininos. Na Army Navy encontrei um par de tênis de cadarço unissex manufaturado na Polônia que parecia saído de uma caixa de papelão alagada. Pesados demais e com amortecedores de plástico, eram sem dúvida os tênis mais feios que eu já tinha visto na vida, mas eram baratos e serviam.

No dia seguinte nevava de novo. No café da manhã, três pessoas diferentes elogiaram meu tênis. Eu me sentia como num sonho. Na aula de russo tivemos de dizer o que fizemos no dia de Ação de Graças. Ivan tinha ido ao Canadá.

"Seu cabelo parece diferente", Grisha disse a Varvara.

"É? Eu não cortei."

Ele espremeu os olhos, avaliando o cabelo dela. "Acho que *cresceu*."

Aprendemos alguns verbos irregulares, que Varvara não chamava de irregulares.

Segundo ela, irregularidades, na verdade, seguiam padrões, embora houvesse irregularidades no padrão.

Depois da aula, eu estava caminhando para o prédio de artes, contemplando meus tênis e me perguntando se havia algum modo de perdê-los, quando ouvi uma voz atrás de mim.

"Sônia!" Era Ivan, estendendo uma pantufa azul molenga. "Você deixou cair."

Só então percebi que era uma das minhas luvas novas. "Ah, não", eu disse. "Isso quer dizer que eu já estou tentando perdê-las."

"Está tentando? É difícil?"

"Tem que ser inconscientemente", expliquei.

"Ah, desculpe por interferir no seu plano."

"Tudo bem. Vou perdê-las mais tarde quando você não estiver por perto."

"Só pra garantir, na próxima vez que você deixar alguma coisa cair, não vou recolher."

Quando um terço do ano letivo já tinha passado, anunciei a Angela e Hannah que era hora de alternarmos os quartos. Hannah não queria mudar as coisas dela, então eu fui para o quarto individual. Levou dois dias para Angela realmente mudar de lugar comigo. Fiquei com pena dela, mas não muito.

A última tarefa de "Mundos construídos" era construir um mundo. Decidi escrever e ilustrar uma história. Como todas que escrevi nessa época, a história era baseada numa atmosfera estranha que tinha me impressionado na vida real. Eu achava que esta era a razão para escrever histórias: inventar uma cadeia de eventos que de alguma forma davam conta de certo clima — de como ele surgiu e a que levou.

A atmosfera sobre a qual eu queria escrever remontava a alguns anos antes, quando minha mãe e eu viajamos de férias ao México. Algo deu errado com o ônibus que nos levaria de volta ao aeroporto, então acabamos ficando no pátio de um hotel estranho, com azulejos cor-de-rosa, onde nos autofalantes tocava o *Adágio* de Albinoni. Alguma coisa caiu em cima dos nossos braços, e, quando olhamos, eram cinzas. Eu estava lendo *A peste*, de Camus — era minha leitura de praia —, e me pareceu que ficaríamos ali para sempre, naquele pátio rosa, sem poder sair.

Eu queria escrever uma história que captasse exatamente essa atmosfera — um hotel rosa, Albinoni, cinzas e a impossibilidade de sair — numa forma exigente e digna. Na vida real, ficamos no pátio por apenas três horas. Eu era uma adolescente americana, o tipo de pessoa menos interessante e menos digna que existia, levada até ali pela minha mãe. Era a própria definição de um não evento: americanos vivenciando a experiência de um voo atrasado. Na minha história, os personagens ficariam presos no pátio por um longo período, por alguma razão real e legítima — como uma doença. O hotel ficaria em algum lugar distante, como o Japão. A direção do hotel lamentaria que o *Adágio* de Albinoni ecoasse por tanto tempo pela recepção e pelos corredores, mas aquilo se deveria a um problema técnico sério, difícil de resolver.

Embora "Mundos construídos" estivesse listada no catálogo como uma disciplina de prática em ateliê, Gary disse que ateliês eram perda de tempo. Tínhamos de aprender a criar tempo para arte, como artistas de verdade. Não tínhamos permissão para usar os materiais de arte da escola. Isso, também, era como a vida.

Fui comprar material na loja de artes. Tudo era caro demais. Acabei na loja de materiais de escritório. Comprei duas resmas de papel de computador cor-de-rosa e cobri as paredes, o chão e os móveis do meu quarto novo. Desse modo, eu poderia tirar fotografias que pareceriam tiradas num hotel rosa. Qualquer pessoa que passasse algum intervalo de tempo no meu quarto terminava levemente enjoada, por conta do cheiro de cola. Svetlana disse que não conseguia imaginar como eu podia viver daquele jeito. "Você entende que agora você é mesmo uma pessoa doente num hotel rosa?"

4. UM ROMANCE DE LABORATÓRIO

Um jovem alto esperava do lado de fora do escritório. Nina viu apenas as suas costas, mas o reconheceu imediatamente. "Ivan!", ela gritou.

O homem se virou. Não era Ivan — pelo menos, não o Ivan da Nina.

"Desculpe", disse Nina, constrangida. "Estou procurando meu colega Ivan Alexeich Bazhanov. Mas agora vejo que você não é ele."

Ele sorriu. "Não, eu sou Ivan Alexeich Boiarski. Tenho o mesmo nome e patronímico, mas um sobrenome diferente."

"Eu me enganei", Nina disse. "Desculpe. Adeus."

"Para onde você está indo?"

"Para o Laboratório de Cosmologia e Física de Partículas Elementares em Novosibirsk."

"Isso fica a três quilômetros. E você está com uma mala", observou Ivan Boiarski. "Vamos no meu trator."

As pessoas na Sibéria eram gentis.

Nina bateu na porta do laboratório do tio de Ivan. A porta foi aberta por... Leonid, o rapaz do táxi!

"Nina? Que felicidade! Mas não entendo. Por que está aqui?"

"Estou aqui porque... Porque o professor Bazhanov é meu parente", Nina mentiu. "E você, Leonid, o que faz aqui?"

"Estou visitando este laboratório para estudar as propriedades elétricas do gelo permanente do solo."

"Que interessante", Nina disse. "O professor Bazhanov está aqui?"

"Não, agora ele está no campo de gelo."

"Posso esperar?"

"Claro. Sente-se, por favor."

Mas Nina não conseguia sentar. Ficou andando pela sala.

No laboratório havia três mesas. Na primeira, tinha uma placa onde estava escrito: A. A. BAZHANOV. Era o tio de Ivan. Na segunda mesa, uma placa com um nome de mulher — G. P. USTINOVA. E na mesa dessa Ustinova havia uma fotografia de Ivan — o Ivan de Nina! Quando Nina leu a placa na terceira mesa, mal podia acreditar nos próprios olhos: I. A. BAZHANOV. Eram as iniciais de Ivan. E na mesa estava o notebook de Ivan! No notebook, havia um bilhete:

Ivan,
Eu me atrasei no observatório. Perdoe-me. Vou procurar por você no campo de gelo.

Sua Galya

Sua Galya? Nina teve um mau pressentimento.

"Diga-me, Leonid. Quem é G. P. Ustinova?"

O rosto de Leonid se fechou. "Galina Petrovna é nossa geoquímica. Eu era muito próximo dela. Sabe, nós temos um 'romance de laboratório': ela acabou de se casar com Ivan Alexeich, que também trabalha aqui. Ali, na mesa dela, tem uma foto dele."

"Oh!" Nina checou a foto de Ivan. "Ele é muito bonito. Mas, desculpe, Leonid. Preciso ir."

"O quê? Não quer esperar pelo seu parente, o professor Bazhanov?"

"Perdoe-me. Não posso esperar mais. Por favor, não diga a ninguém que estive aqui."

Antes que Leonid pudesse dizer qualquer outra coisa, Nina se foi.

Oi, Selin!

Recebi sua mensagem sobre o filme iraniano, mas já são sete da noite. Pena. Meu fim de semana está indo bem, mas estou me sentindo meio doente, tenho uma pilha inacreditável de leituras pra fazer e estou procrastinando. Meu exame de faixa do tae kwon do é amanhã. Tentei fazer o projeto artístico ontem, mas é difícil com a pressão do prazo e a falta de privacidade. Eu realmente gosto da Val e da Samambaia, mas preciso ficar sozinha quando estou tentando criar alguma coisa. Enfim, espero que você esteja curtindo o filme e que não seja sobre plantadores de batata iranianos. Desculpe por não ter ido.

Svetlana

P. S.: A propósito, sonhei que você e eu estávamos jogando paintball no meio do Memorial Drive. A gente se divertia muito.

Oi, Selin,

Fiquei sabendo que você passou por aqui, mas eu estava dormindo. Andei doente, mas agora estou mais ou menos bem. Tem alguma sessão do filme em algum horário depois das 19h30? Senão, vou às 19h30, mas, se tiver, seria melhor, porque estou tentando ler umas coisas.

Humm, estou vendo aqui que você anda estudando *russkii*. Estou impressionada. Fora minha leitura de Carlos Magno, já encerrei por hoje. Iupii! (É assim que se soletra iupii, ou é com dois us?). <u>Enfim</u>, vejo também por esse artigo aqui que você está prestes a se encrencar de novo por não seguir as ideias do seu livro de linguística. Que dó... Algumas coisas não mudam, né?

Hoje enquanto doava sangue tive essa fantasia estranha de ser estrangulada com um tubo cheio de sangue, me contorcendo feito um intestino viscoso. Foi bizarro. Sabe-se lá onde seu sangue vai parar. Meu sangue vai entrar no cérebro de alguém. O sangue que dá energia para os meus pensamentos vai dar energia para os pensamentos de outra pessoa. Que penetração estranha. <u>Enfim</u>, eu queria muito bater um papo com você, mas acho que você saiu pra fazer algum projeto de cão selvagem no frio, na escuridão, na chuva...

Me avisa dos horários do filme. Estarei no meu quarto... lendo...

Svetlana

Oi, Selin.

Não tem a menor chance de eu conseguir assistir ao filme hoje. Tenho 180 páginas pra ler hoje à noite sobre a Renascença carolíngia e isso não é <u>nada</u> divertido. Suspiros. Nossos planos cinéfilos parecem simplesmente malfadados, né? A responsabilidade é minha. Estou me sentindo muito culpada — e você sabe muito bem o que é isso (ha, ha). Eu sugeriria que a gente vá ao filme do Gógol na sexta, mas a essa altura já aprendi que não devo prometer nada.

Este papel rosa é bem legal, por sinal. Espero que não tenha problema usar uma folha para o mero propósito utilitário de escrever este recado pra você. (Escolhi deliberadamente uma folha rasgada.) Só para mantê-la informada sobre minha vida onírica, sonhei que minha irmã se envolvia num acidente de ioga e que alguém dizia que ela parecia um esquilo num liquidificador. Bizarro, não?

Ah, cá está você, num suéter amarelo bem legal. Admiro suas cores radiantes.

Svetlana

Eu estava ficando sem dinheiro, então me candidatei a um emprego na biblioteca. Quando contei para a minha mãe, o telefone ficou mudo por um bom tempo; mesmo antes de ela dizer qualquer coisa, eu já tinha entendido que ficara furiosa. Se ela trabalhou *tanto*, era para que eu pudesse me dedicar aos meus estudos e não me preocupar com dinheiro; se eu precisava de mais dinheiro, ela sacaria mais da aposentadoria dela e me enviaria um cheque. Caso eu de fato quisesse fazer algo de útil à sociedade, não havia nada como serviço comunitário. Fiquei imediatamente constrangida por querer mais dinheiro. Mais dinheiro pra quê? Mais sapatos horrendos, mais filmes deprimentes?

Por pura culpa, pelo hábito de escutar minha mãe e por um interesse pelo tema da aquisição de uma segunda língua, me inscrevi para ensinar inglês num programa de educação para adultos de um conjunto habitacional. Acabou que eles já tinham muitos professores de inglês e estavam precisando mesmo era de professores de matemática. Eu não estava lá muito interessada em saber mais sobre matemática escolar, mas ninguém disse que estamos neste planeta para nos divertir.

Para chegar ao conjunto habitacional, você pegava um ônibus até a escola de medicina, caminhava por quinze hospitais, depois cruzava literalmente uma linha de trem. Eu nunca tinha ido a um conjunto habitacional, mas esperava que tudo tivesse um aspecto precário e remendado. Havia alguma coisa terrível naquela solidez institucional. Você via que os edifícios sempre tinham sido deprimentes, eram deprimentes no projeto e na construção, e continuariam sendo deprimentes, talvez por centenas de anos, até que alguma coisa poderosa os demolisse. Alguns tufos de capim verde pareciam os últimos vestígios de cabelo na cabeça de uma pessoa careca que insistisse em negar a realidade. Todas as superfícies estavam cobertas de pixações. Não havia nada colorido ou lúdico nas pixações — era o mesmo rabisco ininteligível repetido eternamente, como um pensamento desagradável que você não consegue deixar de lado.

As salas ficavam num prédio residencial em cujo pátio havia um fogão abandonado. Subi até as salas separadas para o programa de educação para adultos. Havia uma "recepção", com mesa e cadeiras em miniatura para crianças, embora não houvesse crianças no programa. Na mesa, havia uma folha para assinar, uma plantinha morta e uma aranha. Numa prateleira do armário havia uma pilha de cadernos de capa dura e uma caixa com lápis não apontados.

Minha aluna, Linda, chegou dez minutos depois. Tinha mais ou menos a minha idade, era magra, usava um batom metálico lilás, as unhas pintadas da mesma cor. Ela me entregou um papel dobrado, que eu desdobrei e li: *Linda precisa de ajuda com frações.*

Fomos para a menor das duas salas e sentamos a uma mesa dobrável. Ela me mostrou a página do livro que precisava aprender. Era um quadro com frações.

Numerador	Denominador	Fração
1	2	½
1	3	⅓
1	4	¼

Parecia que ela já tinha aprendido o quadro, pois quando escrevi mais alguns numeradores e denominadores, como 2 e 3, ela foi capaz de colocar um sobre o outro, como ⅔.

"É exatamente isso", eu disse.

Linda suspirou e olhou pela janela. "Eu não sei pra que serve isso", disse. Era um sentimento com o qual eu me identificava. Afastei o quadro e tentei explicar o propósito das frações. Comecei desenhando um círculo e dizendo que era uma pizza. Ela pareceu se irritar. Lembrei que o diretor do programa, um estudante veterano que trabalhava com adultos carentes desde o ensino médio, tinha dito que, se você estiver ensinando matemática, era sempre bom falar em dinheiro, porque mostrava que matemática era importante na vida cotidiana. Passei para uma página nova no caderno e expliquei que o numerador 1 e o denominador 4 eram como uma moeda de vinte e cinco centavos e que quatro delas formavam um dólar, então era útil ser capaz de dividir as coisas em partes e falar sobre as partes.

"Você provavelmente já pensa em frações o tempo todo", eu disse. "É só uma questão de aprender as palavras."

Linda suspirou de novo. "Talvez isso seja importante pra você", ela disse. "Mas pra mim não é. Eu tenho coisas muito mais importantes pra pensar."

Concordei, pensava em algo para dizer. "A questão é", eu disse, "é importante passar nas provas. E você tem de aprender frações pra passar."

"Nem é", ela disse. Ela ainda olhava pela janela. Olhei também. Vi um grande contêiner de lixo e alguns pombos. Tinha começado a chover.

"Como assim 'nem é'?", perguntei.

"Nem é", ela repetiu. "Não tem pizza na prova. A prova é sobre o que está no livro. O professor não fala em pizza."

Fiquei pensando sobre aquilo. Sobre a prova. Disse que não falaria sobre pizza de novo e que só estudaríamos o que estivesse no livro. Passei para a página seguinte. "Agora você está pronta para reduzir frações", eu li. "Em vez de dois quartos, escreva metade." Não havia ilustrações, ou explicações, nada que indicasse por que dois quartos era a mesma coisa que um meio. Sob o intertítulo "Problemas práticos" havia uma lista inteira de frações a reduzir. A ideia de tentar explicar como reduzir frações sem falar sobre pizza ou dinheiro era terrivelmente desanimadora.

"Já que você já aprendeu o quadro", sugeri, "talvez a gente possa encerrar por hoje."

Linda não disse nada. Eu me perguntei se "encerrar por hoje" seria uma expressão elitista que só pessoas ricas usam.

"Talvez a gente devesse ir pra casa", eu disse. "Até semana que vem."

Ela concordou com a cabeça, pôs o livro na bolsa e saiu.

"Você sabe que não precisa defender as frações pra sua aluna", Svetlana disse. "Eles não querem que ela realmente entenda — só querem que ela decore o livro."

Eu tinha chegado em casa e encontrado Svetlana sentada na minha mesa, escrevendo diligentemente numa folha de papel rosa. Ela não virou a cabeça quando entrei. Lendo por cima do ombro dela, vi que escrevia um recado para mim, cancelando nosso plano de assistir a *O encouraçado Potemkin*. Sua mão esquerda brincava com o colar que ela usava: uma série de pesadas contas de âmbar.

Ela assinou com um S pomposo e me entregou a folha. "Escrevi um recado", disse. Em vez de ver o filme, fomos para o quarto dela e sentamos na cama para ler "Nina na Sibéria". Era conveniente ler com Svetlana, afinal ela já sabia todo o vocabulário por causa do servo-croata, então, em vez de consultar o dicionário, eu só precisava perguntar pra ela.

A história era confusa e triste. Nina descobriu que Ivan estava trabalhando no laboratório do tio dele e que tinha casado com uma geoquímica. Mas você não tinha certeza de nada, pois ela não chegou a conversar com ele — ela só viu a mesa com uma placa e um recado da esposa.

"Quem escreve essas coisas?", perguntei. A capa do livro didático não dizia nada. Só se lia *Russo I*.

"Não tenho a menor ideia", Svetlana disse, voltando ao livro de psicologia.

Peguei minha edição crítica de mil e duzentas páginas de *A casa soturna*, que era simultaneamente envolvente e desgastante, como um sonho inacreditavelmente longo de outra pessoa. Pela centésima vez li a mesma frase:

> Vholes por fim acresce, como cláusula adicional a essa declaração de seus princípios, que, como o senhor Carstone está prestes a retornar ao regimento, talvez o senhor C. possa favorecê-lo com uma ordem de vinte libras.

Mais uma vez Vholes por fim acresceu a cláusula sobre o senhor C. e o dinheiro. Mais uma vez o senhor C., o agente dele, as vinte libras... talvez.

Svetlana sublinhava alguma coisa sobre despersonalização, enquanto sua mão esquerda brincava com o colar de âmbar.

"Esse colar é lindo", eu disse.

"Hum?", ela disse. Decidi que eu tinha de fazê-la tirar os olhos do livro.

"Seu colar", eu disse. "É lindo."

"Ah, esse colar? Foi um presente do meu analista."

Quando mencionou o analista, eu soube que tinha vencido e que ela conversaria comigo em vez de ler.

O analista tinha ido a uma conferência em Moscou no feriado de Ação de Graças. Era a primeira viagem dele para a Europa Oriental e tudo o fazia pensar em Svetlana. Lá encontrou várias mulheres chamadas Svetlana, muitas delas analistas como ele, embora uma fosse agente de viagens. No balcão da joalheria, ele perguntou a si mesmo se seria antiético comprar um presente para Svetlana. Consultou uma de suas colegas, uma Svetlana russa, que tinha ido ajudá-lo a escolher um presente para a esposa. A Svetlana russa o encorajou a seguir seu impulso mais generoso.

"Não é nada demais", Svetlana disse. "Como ele mesmo apontou, o preço do colar era apenas um quinto do que eu paguei a ele em honorários desde setembro. E meu seguro cobre tudo. De certo modo, esse colar é um presente do meu plano de saúde."

Eu não queria voltar para *A casa soturna*, então perguntei sobre o plano de saúde. Enquanto perguntava, pensei comigo mesma que *A casa soturna* é praticamente sobre papeladas burocráticas, então por que não simplesmente lê-lo em vez de perguntar a Svetlana sobre as papeladas dela? Os olhos de Svetlana tinham se arregalado. Ela disse que o formulário do plano tinha um espaço para diagnose de doenças mentais, e que ela tinha conseguido ver o seu. Era um número de quatro dígitos, correspondendo a uma entrada no DSM-IV.

"Já pensou? Quatro números, e pronto", ela disse. "É isso que te aflige." Svetlana perguntou ao analista o que os números representavam, mas ele se recusou a dizer, explicando que as palavras no DSM não importavam; as que importavam eram as palavras ditas naquele consultório entre eles dois. Mas Svetlana usou um recurso mnemônico para lembrar os quatro números, que ficaram impressos em seu cérebro. Mais tarde ela foi à biblioteca de ciências e encontrou o manual. "Olhei nas prateleiras e achei", ela disse. "Dois grossos volumes de capa dura."

"E?"

"E... não olhei. Saí da biblioteca. Não me interessava mais."

Comecei a esquecer coisas que eu lia. Aconteceu pela primeira vez na aula de conversação em russo. Cheguei tarde e já estavam lendo em voz alta. Ivan colocou o exemplar do livro na minha frente e apontou a passagem. No trecho em que ela olha pela janela e pensa em Leonid, Ivan se inclinou e me disse: "Parece que ela está sempre pensando em homens".

"Como é?"

"Primeiro, ela pensa em Ivan. Depois, em Leonid. Sempre homens."

"Ah, sim", eu disse. "Que coisa."

Ivan e eu tínhamos de representar uma cena em Novosibirsk, uma cena que eu tinha lido e sobre a qual havia pensado, mas subitamente eu não conseguia lembrar de nada do que eu tinha de dizer. E eu não podia conferir, pois tinha esquecido o livro. Eu me levantei, cheia de medo, lembrando apenas que havia más notícias para Nina.

"Ivan, fique aqui e espere por Sônia", Irina disse. "Assim não. Fique de costas pra lá. Sônia, se aproxime de Ivan. Não, não como num enterro — você está com pressa. Assim." Ivan virou-se para a janela, e Irina correu até ele, parecendo primeiro preocupada e depois contente: "Ivan!".

Fiquei horrorizada. Eu não lembrava de nenhum encontro entre Nina e Ivan. Como eu poderia ter esquecido algo desse tipo?

Irina virou-se pra mim. "Agora é sua vez, Sônia."

Corri pela sala, como ela tinha feito, e tentei parecer contente. "Ivan!", eu disse. Ivan se virou. A expressão dele era totalmente neutra. "Bom dia", ele disse.

"Ivan?", eu disse. "É você mesmo?"

"Sim, sou Ivan. Nós nos conhecemos?"

"Mas como assim? Pensei que fôssemos amigos."

"Sônia", Irina disse, em tom recriminador. "Você fez a tarefa de casa?"

"Eu juro que fiz, mas esqueci o que acontece agora, não sei por quê."

Ela suspirou. "Leia agora e relembre. Rápido!"

Ivan me emprestou o livro. Enquanto eu lia, percebi que esse não era o Ivan certo — era outro Ivan, que tinha quase o mesmo nome. Que detalhe estúpido de se colocar numa história, pensei.

"Ah, desculpe", eu disse. "Estou procurando por Ivan Bazhanov. Mas você é outro Ivan."

"Sim, sou Ivan Boiarski. Nós não nos conhecemos."

"Eu me enganei. Desculpe. Preciso ir."

"Tudo bem. Eu levo você num dos tratores."

"Obrigada. As pessoas na Sibéria são tão gentis."

Eu não estava com a menor vontade de ir pra aula de "Mundos construídos", então, quando vi um cartaz da Cruz Vermelha, lembrei que Svetlana tinha doado sangue e pensei que, se eu também doasse, poderia perder parte da aula. Segui os cartazes até o mezanino do prédio de línguas, que tinha sido dividido em cubículos com biombos de plástico azul.

"Por favor, sente-se, enquanto tiro um pouco de sangue", uma enfermeira me disse, numa voz impessoal, levantando-se e se aproximando de mim. Ela se inclinou, roçando meu cabelo, e ouvi o som de um leve corte. "Essa abordagem é nova", ela disse. "Tirar sangue da orelha." A enfermeira me mostrou um mapa mimeografado roxo e borrado e perguntou se eu tinha ido a alguma das regiões destacadas nos últimos dois anos. Não era um mapa muito grande — a Turquia inteira era do tamanho de uma uva. A parte de baixo estava destacada.

"Isso aqui é tipo o sul inteiro da Turquia?", perguntei. A enfermeira respondeu que era apenas o sudeste da Anatólia. Eu disse que tinha ido ao centro-sul. Ela respondeu que aquilo não era clinicamente importante. Então perguntou se eu tinha tido relações sexuais com algum homem que tivesse transado com outro homem desde 1977, ou se eu tinha aceitado drogas ou dinheiro em troca de sexo, ou dado drogas ou dinheiro em troca de sexo. "Vou precisar te interromper", eu disse. Ela me olhou com expectativa. "Eu nunca fiz sexo com ninguém."

Ela olhou pra mim mais atentamente, por cima dos óculos. "Você fez sexo com alguém que transou em troca de drogas ou dinheiro?"

No andar de baixo, cortinas tinham sido fechadas, cobrindo as janelas de vidro espelhado. Deitei na cama. Havia uma ficha grudada no teto: *Pergunta rápida: Da perspectiva do Polo Norte, a terra gira em sentido horário ou anti-horário?*

"Boas veias", a enfermeira comentou.

"Ah, obrigada."

O pulso no meu braço desacelerou, minhas mãos ficaram frias. Pensei sobre o mapa mimeografado, sobre o mapa da Anatólia e sobre em que direção a Terra girava. No fim, adivinhei por conta da canção de *A Bela e a Fera* que falava sobre "amanhecer no Oriente". Uma figura branca em forma de pipa se aproximou. "Algumas pessoas são mais lentas."

O tempo pareceu ficar macio e viscoso. O garoto na maca ao lado, que entrou depois de mim, foi levado. Preenchera a bolsa de sangue. Viu só, coração? Consegue ver? Aprendeu? O que você consegue aprender? Comecei a pensar em Nina, que sempre pensava em homens, então pensei em Ivan e senti meu pulso acelerar. Talvez desse jeito eu pudesse acelerar o processo.

"Essa é sua primeira vez?", uma mulher perguntou.

"Sim."

"Dá pra ver." Não senti a agulha quando estava no meu braço, mas senti quando a tiraram.

Linda estava atrasada para nosso segundo encontro. Sentei na cadeirinha de criança e olhei pela janela quebrada para o contêiner de lixo, que agora abrigava um sofá. Quando minhas pernas começaram a doer, levantei e inspecionei a plantinha seca e joguei as folhas mortas no lixo. Então comecei a perambular pelas três salas utilizadas pelo programa de educação de adultos: seguindo pelo corredor escuro, voltando pelas duas salas interconectadas e chegando ao lobby. Repeti o circuito várias vezes, como um pensamento persistente.

Depois de quarenta minutos, Linda apareceu. Entramos numa sala menor e sentamos à mesa dobrável. Ela desabou numa das cadeiras como se não se sentasse há muitos dias. Perguntei o que havia de novo no livro de frações. Ela folheou as páginas com suas garras de roxo prateado e me entregou o livro aberto numa lição sobre como transformar "frações compostas", tipo $2\ 1/2$, em frações impróprias, tipo $5/2$.

Eu sabia que era melhor não desenhar três pizzas. Pensei em como seria maravilhoso estar comendo uma pizza. Depois tentei imaginar o modo mais fácil de memorizar como fazer exercícios. "Isso não é muito difícil", eu disse. "Você só multiplica o número de baixo pelo número à esquerda. Daí você adiciona o número de cima e pronto."

Longo silêncio. "Eu tenho um monte de merda muito mais importante com que me preocupar", Linda disse. "Você nem imagina."

"Acho que a prova é importante também, não?"

Ela olhou pra mim. "Quem é você? O que é que você faz o dia todo? Seu emprego é esse?"

"Eu... Eu sou estudante", respondi. O diretor do programa tinha dito especificamente para nunca mencionarmos que éramos de Harvard e para negar caso alguém perguntasse; mas não disse quem deveríamos dizer que éramos.

"*Estudante?*" Ela parecia admirada. "Você estuda essa porcaria?"

"Bem, não exatamente. Estudo outras coisas. Mas em certo momento estudei frações, sim."

Ela balançou a cabeça. "Tá vendo? Eu tô ocupada demais pra isso."

"Eu entendo o que você está dizendo", expliquei. "Mas não é meio que uma escolha? Se você não quer vir aqui, você não é obrigada. Mas se você *quer*, temos que aprender frações."

"Uma escolha?" Ela bufava. "Ninguém está fazendo escolha nenhuma aqui. O professor disse que eu tinha que vir."

Ela perguntou onde estava Ethan. Ethan era o outro tutor. Eu disse a ela que ele vinha às quintas. Ela perguntou por que ele não podia vir às sextas. Eu respondi que era assim que funcionava.

Ela suspirou e disse, incorretamente: "Pelo menos ele não é um *estudante*".

Suspirei também. "Você não tem nenhuma lição de casa que a gente possa trabalhar?"

Depois de uma longa pausa, ela puxou uma folha rasgada de papel-jornal — problemas de adição com frações. Era a lição de casa, e ela tinha feito. Corrigi com um lápis enquanto ela olhava pela janela. Linda acertou quatro de dez. Devolvi a folha e expliquei os erros. Ela não olhou pra mim nem fez nenhum outro sinal de reconhecimento. Escrevi alguns problemas parecidos com os que ela tinha errado. "Quer tentar fazer esses até o fim do nosso horário?", perguntei.

Ela continuou sem olhar pra mim, mas depois de um minuto pegou o papel e começou a somar as frações. Agora era minha vez de olhar pela janela. Aquele lápis terrível arranhando, o estalar do chiclete de Linda.

5. TRABALHE MUITO, ESQUEÇA TUDO

Quando Nina saiu do laboratório, a neve e o céu estavam ficando azul-escuros. Na distância brilhavam as luzes da Siberian Spark. Ela caminhou na direção delas, pensando no que fazer. Ela devia voltar para Moscou? Mas Moscou só a faria lembrar do que ela queria esquecer...

Nina bateu no portão da fazenda coletiva. Ela tinha uma pergunta para a diretora. Ela queria trabalhar lá por algumas semanas. A diretora ficou muito feliz. "Pessoas que trabalham duro são sempre bem-vindas aqui."

Nina trabalhou muito e mal pensou — nem sobre Ivan, nem sobre física. Ela até perdeu o livro de física. Não importava. Ela se importava com a rena gentil e as raposas lustrosas. Que felicidade trabalhar muito e esquecer tudo!

Nina ficou amiga de Ivan Boiarski — Ivan-2, como ela o chamava — e de sua bela esposa ucraniana, Ksenia. Às vezes Nina se perguntava: O que teria acontecido se Ivan-2 não fosse casado? Ela teria se apaixonado por ele? Estranho. Por que todos os Ivans do mundo eram casados?

Semanas passaram. Era Ano-Novo. Nina, Ivan-2, Ksenia, a diretora e todos os trabalhadores beberam champanhe soviético. "Feliz Ano-Novo!", disseram uns aos outros.

Numa escura manhã de inverno, a diretora disse a Nina que ela tinha uma visita.

"Quem pode ser?", Nina se perguntou.

De pé no escritório estava Leonid. Em sua mão estava o livro de física de Nina.

"Leonid!", Nina disse. "Como me encontrou?"

Svetlana perguntara ao psiquiatra dela quanto tempo levaria para se curar. Ele respondeu que aquela era a pergunta errada. Aparentemente, ninguém nunca se "curava". Ela perguntou, então, quanto tempo levaria para que ela conseguisse funcionar normalmente, e ele respondeu dois anos. De início, Svetlana achou aquilo uma eternidade, mas, depois de refletir, concluiu que não era tanto tempo.

"O que quer dizer funcionar normalmente?", perguntei.

"Ser capaz de encarar o passado. Ter uma vida sexual normal. Não ficar acordada a noite inteira com crises de ansiedade."

"E a maioria das pessoas é capaz de encarar o passado e ter uma vida sexual normal?"

"Sim, acho que sim", ela disse. "De todo modo, se existe uma pessoa que devia se sentir bem, essa pessoa sou eu. No fundo eu tenho um talento para o bem-estar. Sinto isso."

Concordei. Também achava que ela tinha, sim, um talento para o bem-estar.

Lemos no jornal estudantil que um calouro sem roupa tinha pulado de uma janela do terceiro andar do prédio da Psicologia. A neve amortecera a queda, e agora ele estava na enfermaria, recebendo tratamento para hipotermia. O jornal não mencionava seu nome, mas no almoço todos os calouros já sabiam que era um rapaz chamado Ethan, que vivia em Pennypacker.

Num romance de Dickens, pensei, o Ethan que pulou da janela acabaria se revelando o mesmo Ethan tutor da Linda. Mas isto era a vida real, então era outro Ethan, provavelmente. Com certeza não havia escassez de Ethans.

Ainda assim, depois do almoço, recebi uma ligação do diretor do programa me dizendo para substituir o professor habitual da Linda, que estava indisposto. Eu disse que tinha aula. Ele explicou que tínhamos nos comprometido com os estudantes dessa comunidade, que estavam fazendo sacrifícios para mudar de vida. Nós também tínhamos de fazer sacrifícios, tínhamos de dar o exemplo, pois os alunos já tinham se decepcionado demais no passado. Tudo o que ele dizia fazia sentido; ainda assim, não parecia justo que ele estivesse gritando comigo. Não era eu que tinha pulado da janela.

Linda perguntou três vezes o que tinha acontecido com Ethan. "Ele pulou de uma janela", contei, finalmente. "Mas não se preocupe, ele está bem."

"Pulou de uma janela?" Ela se virou e olhou pra janela, como se também pensasse em pular.

Agora Linda tinha de aprender a subtrair frações. Por que subtração era sempre mais difícil que adição?

Uma chuva gelada e enevoada rondava o prédio quando saí para caminhar de volta ao ponto. O ônibus por algum motivo estava menos lotado do que o normal. Não havia lugar para sentar, mas tinha espaço suficiente para retirar meu walkman. Ocasionalmente, eu conseguia olhar pela janela entre as cabeças das pessoas, o que me alegrava. Era engraçado o que bastava para você se sentir bem ou mal, embora as circunstâncias básicas da sua vida fossem as mesmas.

No minuto seguinte, tudo mudou: me vi no chão, cara a cara com um par de botas e um invólucro de papel-alumínio contendo um molusco de chiclete mastigado. Meu walkman estava caído perto de mim — a tampa da fita cassete estava aberta, as rodas giravam. Alguns outros passageiros também tinham caído, além de um saco de laranjas.

O ônibus acertara a traseira de uma Mercedes. O motorista da Mercedes saiu do carro e veio até a janela gritar com o motorista do ônibus, que por sua vez desceu, para gritar melhor. Olhando pela janela, vi que estávamos quase na Central Square. Consegui chegar até a dianteira do ônibus, escapei pela porta do motorista e comecei a caminhar de volta pra faculdade.

O granizo logo virou neve e ficou lindo. Tudo subitamente parecia mais importante e significativo. O jantar tinha encerrado uma hora antes, então passei numa loja de conveniência e comprei um iogurte e uma barra de chocolate. Tudo na loja parecia claro e bem centralizado: a máquina de refrigerante, as prateleiras refrigeradas onde ficavam os iogurtes, a luz vermelha do scanner.

No dia seguinte, liguei para o diretor do programa e disse que eu não seria mais tutora de matemática. "Você tem que lembrar", ele disse, "que nem todo mundo é um estudante de Harvard. Você precisa aprender a ver as coisas pela perspectiva de outras pessoas. Uma garota branca, privilegiada, de classe alta, mais nova do que você, vem até onde você mora e lhe diz, basicamente, 'você precisa aprender isso e isso, então você poderá fazer parte da minha sociedade'. Você confiaria imediatamente nessa pessoa?"

Pensei sobre aquilo e respondi: "Não sei, mas já chega de matemática. Se você precisar de uma professora de inglês, me avise".
"Estabelecer uma boa relação leva tempo", ele disse.
"Vou desligar agora."
Ele suspirou. "Entrarei em contato quanto às aulas de inglês."

Decidi entrar para a turma de tae kwon do de Svetlana. Primeiro, corremos em círculos, de pés descalços. Eu tinha me esquecido dos meus pés e dos meus tornozelos. O estúdio tinha uma parede de vidro que dava para a piscina, onde estava acontecendo uma aula de mergulho. Como essas pessoas sabiam que queriam aprender a mergulhar?

Um garoto de faixa verde parou ao meu lado num canto e me demonstrou a primeira "forma": uma série de movimentos de dança que supostamente defenderiam você contra um hipotético agressor. Não entendi como uma dança daquele tipo poderia defender você, a não ser que o agressor também soubesse dançar, mas, nesse caso, por que ele usaria a dança para atacar você?

Ao final da aula, todo mundo se sentou no chão, enquanto os alunos mais avançados se revezaram quebrando placas de madeira. Os dois instrutores — um extraordinariamente alto, o outro notavelmente baixo — seguravam as placas. O aluno mais avançado, de faixa marrom, foi por último. O instrutor alto empilhou várias placas, em vez de apenas uma. Sorridente, o faixa marrom executou uma série de movimentos ornamentais, gritou e acertou a madeira com a mão. Não aconteceu nada. Ficou vermelho e acertou a madeira de novo. No terceiro golpe, o ruído da madeira se partindo foi audível. O quarto fez as placas desabarem no chão, gerando muitos aplausos. Ainda vermelho, o garoto cumprimentou os instrutores e sentou no chão.

"Ainda temos algumas placas aqui", o instrutor mais alto disse, avaliando a sala. "Svetlana. Sente-se pronta?"

Svetlana devolveu um sorriso encabulado que eu nunca tinha visto e caminhou para o meio da sala, batendo nas pernas para limpar a calça. "Vou praticar uns chutes primeiro", anunciou. A cada chute, seu calcanhar acertava o centro exato da placa. Repetiu o mesmo movimento várias vezes.

"Acho que você já pegou o jeito, Svetlana", disse o instrutor, enquanto o calcanhar rosa e robusto dela continuava a atacar o centro da placa.

"Agora todos vocês conhecem minhas tendências obsessivas", ela disse. Recuando um pouco, respirou fundo. O sorriso desapareceu, a perna explodiu como um pistão, e a placa de madeira se partiu em duas.

Certa manhã, a caminho de uma palestra sobre Balzac, me ocorreu com absoluta clareza que não havia a menor chance de aquele cara, o professor, dizer qualquer coisa útil. Sem dúvida ele *sabia* muitas coisas úteis, mas não diria nenhuma delas; em vez disso, repetiria que a Paris de Balzac era extremamente abrangente.

Então fui para a biblioteca da graduação, para o subsolo onde os documentos do governo ficavam arquivados. Era a única área onde era permitido usar notebooks, pois o estalar de teclas irritava os que não usavam computadores. Abri o arquivo chamado hotelrosa.doc e comecei a escrever.

Nada de bom andava acontecendo no hotel rosa. Ficava em Tóquio. Uma família tinha de ficar lá por duas noites. O pai, um cineasta, rodaria um filme de não ficção sobre uma fazenda de rouxinóis no campo. Os ninhos dos rouxinóis eram usados para fazer creme para a pele. Depois de duas noites em Tóquio, o pai e o assistente partiram para a fazenda de rouxinóis. A mãe adoeceu, então ela e as duas filhas não puderam ir. Tinham de ficar no hotel. A filha mais velha estava apaixonada pelo assistente do pai. A filha mais nova era um demônio. A história se chamava "A peste", em alusão a A *peste*. Era uma história deprimente.

Nas semanas antes das férias de inverno, comecei a correr todas as noites, sozinha, às margens do rio. Svetlana não gostava de correr na neve e achava que era perigoso ficar por ali depois do anoitecer. Contudo, calçando tênis com amortecedores e usando muitas camadas de roupa e fones de ouvido, eu me sentia completamente ilhada e segura. O cenário ao redor passava diante de mim como que por trás de um vidro. De um lado, as luzes das lâmpadas de sódio brilhavam sobre o rio quase congelado, refletindo as nuvens mais baixas; do outro, pares de faróis cintilantes se expandiam, se expandiam e passavam.

Uma noite, lá pelas onze, uma bicicleta se materializou no meio da escuridão. "Oi, Sônia!", gritou o ciclista. Quando passou, percebi que era Ivan.

Quando voltei e tomei banho, já passava da meia-noite, mas eu não me sentia nem um pouco cansada. Parecia que eram duas da tarde. Sequei o cabelo, esquentei um pouco de água e mergulhei um sachê de "chá de cranberry" do refeitório. Pus para tocar uma fita que comprei por um dólar na Christie's com o concerto para violino de Khachaturian, conduzido por Aram Khachaturian. Se você ouvisse com atenção, podia ouvir alguém, talvez o próprio Aram Khachaturian, tossindo.

Li por um tempo. Tudo ia bem com Nina, finalmente, mas não gostei que Leonid se revelasse o ex de Galina. Por que o namorado rejeitado da rival de Nina tinha de entrar na história? Seria economia narrativa, ou um comentário sobre as coisas do mundo — sobre como os abandonados tinham de salvar um ao outro?

Às duas da manhã, comecei a arrumar meu quarto, ainda que nem estivesse assim tão caótico. Nas memórias de Oleg Cassini, que estavam debaixo da minha cama, aprendi que Cassini também sofria de insônia. Uma noite, acordou de sonhos intranquilos com a abertura do *Inferno* de Dante deflagrando "um tumulto estrondoso em seu subconsciente: '*No meio do caminho da nossa vida, eu me vi numa selva escura*'". Quando li essas palavras terríveis, um arrepio correu pelos meus braços. Eu sabia que "no meio do caminho" queria significar uma crise de meia-idade. Mas, para mim, parecia que você sempre estava no meio do caminho da vida, e estaria sempre, talvez até a hora de morrer.

Acordei às 9h07. Olhei fixamente para o relógio, tentando decidir se ficava na cama, se tomava café da manhã ou se ia atrasada para a aula de russo. Era estranho pensar que todos já estavam na sala naquele momento, a aula em andamento. Agora eram 9h09.

Minutos depois, o vento soprava bolas de neve de um galho no meu rosto, ainda aquecido do travesseiro. Cheguei vinte minutos atrasada. Só Ivan e Bóris estavam presentes. Irina ficou feliz por eu ter ido — sempre preferia quando a aula não era só para meninos ou só para meninas. Pediu que eu ficasse do lado de Ivan e disse que tinha uma ideia: por que Ivan não fazia de conta que era o Ivan da história — o Ivan da Nina? "Vocês finalmente se encontram", ela disse. "Na Sibéria. Entendem?"

Respondemos que sim e nos posicionamos um de frente para o outro.

"Ivan", eu disse. "Finalmente nos encontramos."

"É verdade", ele disse.

Depois nenhum de nós dois disse mais nada.

"Ivan", Irina disse. "Você não tem nada a contar pra Nina?"
"Bem", ele disse, olhando para o chão e depois para mim. Linhas apareceram na sua testa. "Eu tenho uma esposa", ele disse. "E não é você."

Eu sabia que não era real, que era apenas uma história. Ainda assim, meu estômago se revirou, perdi o ar, e uma onda de náusea subiu pelo meu peito. Senti que eu torcia por uma justificativa — que ele era um espião, ou que haviam armado para incriminá-lo por algo que ele não tinha feito. Estava torcendo para ouvir que aquele casamento era uma farsa.

Disse a mim mesma que nada tinha acontecido de fato. Mesmo dentro da história, Nina já sabia que Ivan era casado. Não havia novidade alguma. Nada mudara.

Mas, ao final da aula, eu ainda me sentia levemente irritada com Ivan, do jeito que você fica irritada com alguém na vida real quando a pessoa lhe disse alguma coisa ruim num sonho. Em vez de descer pelas escadas com ele, como fazíamos sempre, desci de elevador.

Nas férias, fui para a minha casa em Nova Jersey. Tudo estava esmagadoramente igual e levemente diferente. O burrico de plástico das irmãs Oliveri ainda se achava debaixo do salgueiro, no caminho de acesso, agora só um pouco menor do que era. A casa estava incrivelmente limpa, como uma cena de crime. Minha mãe agora tinha uma diarista. Havia arroz basmati no armário da cozinha, coisa que eu nunca tinha visto antes. Segundo minha mãe, desde que saí, a conta de água tinha caído oitenta por cento.

Minha mãe convidou alguns colegas para jantar, por uma razão: havia planejado o cardápio a partir de O *novo livro de receitas básicas*. Fiquei de fazer a sobremesa, um bolo nuvem com calda de amaretto e framboesa. Eu nunca tinha feito um bolo nuvem daquele na vida e fiquei muito animada quando ele começou a crescer, mas abri o forno cedo demais, e o bolo murchou até a metade, como uma civilização em colapso.

Os colegas da minha mãe eram cartunescamente terríveis. Difícil acreditar que eram hematologistas — a ideia de que cabia a eles fazer pessoas doentes se sentirem melhor era cômica. "Em quinze anos o departamento não vai ter nada além de rostos bege", declarou o chefe do departamento, que usava uma gravata-borboleta. Soltei uma gargalhada. Todo mundo olhou pra mim. "Não acredito que você disse isso", expliquei. Minha mãe trouxe o bolo, completamente solado.

"Vejo que você trouxe um bolo solado pra gente. É de propósito?", perguntou um dos hematologistas. O namorado da minha mãe, Steve, disse que era um bolo de nuvens carregadas de chuva. Comemos com a calda. Estava até gostoso, se você fingisse que era um tipo de panqueca.

Outra noite, minha mãe e eu assistimos A *noviça rebelde*. Com os comerciais, levou mais de quatro horas. Julie Andrews cantava que ela devia ter feito algo de bom na juventude ou na infância, e minha mãe cantava junto. Disse que provavelmente fez algo de bom na *minha* infância, pois eu estava indo muito bem. Fiquei interessada quando as freiras cantaram sobre resolver um problema como Maria. Parecia que "Maria" era na verdade um problema que elas tinham — um código para alguma coisa.

Minha mãe estava relendo *Anna Kariênina*. Explicou que *Anna Kariênina* tratava de dois tipos de homens: homens que gostavam de mulheres (Vrónski, Oblónski) e homens que não gostavam muito de mulheres (Liévin). A princípio, Vrónski fazia com que Anna se sentisse bem com ela mesma, pois ele amava muito as mulheres, mas não a amava o suficiente em particular, então ela precisou se matar. Liévin, por outro lado, era esquisito, entediante e quase intolerável, aparentemente mais interessado em agricultura do que em Kitty; não obstante, ele era o parceiro mais confiável, pois, no fundo do coração, não gostava muito de mulheres. Então Anna fez a escolha errada, e Kitty fez a escolha certa. Era disso que tratava *Anna Kariênina*, de acordo com minha mãe.

Peguei o trem pra Nova York e fui ver a árvore de Natal no Rockefeller Center: uma coisa que milhões de outras pessoas também tinham visto, ao contrário do burrico das Oliveri. Depois vi alguns cartazes de propaganda soviética no Museu de Arte Moderna. Um dos cartazes, de uma linha de trem chamada Turksib, mostrava cabeças de alguns homens de aspecto turco sendo aparentemente esmagadas por um trem. Eu me perguntei o que teria sido visto por mais gente ao longo da história: a árvore do Rockfeller Center ou aquele cartaz.

As provas finais aconteceram depois das férias, em vez de antes. Todo mundo que estava em algum seminário ou curso de língua estrangeira precisava estar de volta ao campus para o período de leitura, que começava no dia 2 de janeiro. Minha mãe ficou indignada, lamentando que minhas férias fossem tão curtas, mas eu estava quase feliz por voltar.

A atmosfera no trem no começo de janeiro era totalmente diferente do que fora em meados de dezembro. Em dezembro, o trem estava cheio de estudantes — estudantes curvados em posição fetal, ou de pernas cruzadas no chão, estudantes e todos os seus acessórios: sacos de dormir, violões, calculadoras, sanduíches com 99% de alface, o *Jung* de bolso da Viking. Eu ouvia meu walkman enquanto lia *O pai Goriot*. O dono anterior de *O pai Goriot*, Brian Kennedy, sublinhara sistematicamente o que pareciam ser as frases mais sem sentido e desconectadas do livro todo. Graças a Deus eu não estava apaixonada por Brian Kennedy e não sentia nenhuma compulsão por decifrar seus pensamentos.

Em janeiro, os passageiros eram mais esparsos, mais velhos, mais sóbrios. Pensei sobre como um bebê virava um velho. Era esse o enigma da esfinge. Com certeza não era muito desafiador. Em Connecticut, as enxurradas viraram neve, que esvoaçava rapidamente e caía, como os cílios de um guarda-noturno. Fui ao vagão da cafeteria, que contava com janelas grandes. Tinha cheiro de café — da luta pela consciência alerta. Numa das cabines, um homem de terno comia um bolo dinamarquês. Em outra, três meninas estudavam.

"Oi, Selin!", uma das meninas disse. Era Svetlana, sentada entre Samambaia e Valerie. Vendo as três juntas, me impressionou o quanto a cabeça de Svetlana era muito maior do que as cabeças das colegas de apartamento. Era muito estranho que algumas pessoas fossem fisicamente maiores do que as outras. Svetlana disse que geralmente não voltava de trem, mas havia muita neve em Logan. Ao que parece, costumava voltar de avião. "Agora acho que vou sempre voltar de trem, é tão tranquilo", ela disse. "É meio constrangedor, mas eu morro de medo de voar, mesmo que seja um voo de uma hora."

Falamos sobre o que tínhamos de fazer durante o período de leitura. Svetlana e eu tínhamos a aula de russo, enquanto Valerie tinha o seminário de física — aquele em que o prêmio Nobel te obrigava a limpar o equipamento do laboratório. "É tão injusto", ela disse, animada. "Meu irmão ficou um mês inteiro fora, e eu tenho de voltar um dia depois da virada do ano pra derramar ácido nuns cátodos usados, só porque o professor é avarento demais pra comprar novos."

"Ele obriga todo mundo a usar solventes cancerígenos", Svetlana disse.

"Ainda não foi *provado* que são cancerígenos", Valerie explicou.

Samambaia só tinha aulas de laboratório e disse que estava voltando sobretudo para cuidar das plantas. "Acho que não gosto muito de ficar em casa", acrescentou.

A noite caía em Boston, desaparecendo debaixo de vinte centímetros de neve. Tomamos uma série de decisões ruins, indo de metrô em vez de táxi, depois seguindo por várias paradas até Braintree, em vez de Alewife.

"North Quincy", avisou uma voz digital enquanto as portas se abriam para a escuridão brilhante.

"Não estamos indo na direção contrária?", perguntou Valerie.

Olhamos para a porta aberta, e a porta fechou. "Próxima parada, Wollaston", disse o robô.

Em Wollaston, levamos um bom tempo até encontrar as escadas para a plataforma oposta. Svetlana, além da mala, levava dois grandes sacos de lona. "Eu não sei por que comprei tudo isso", suspirou. Valerie e eu arrastamos o saco mais pesado escada acima.

O campus parecia deserto. Metade das luzes na cantina estava apagada, e só havia um guichê funcionando, servindo espaguete e pêssegos enlatados. Nossas vozes soavam minúsculas no hall quase vazio.

Meu quarto estava incrivelmente silencioso — ouvia-se a neve caindo. Angela ainda estava em casa com a família, e Hannah, presa em Saint Louis por causa da neve. Ela me mandava e-mails frequentes contando tudo, às vezes em verso. Escrevi alguns versos de volta também.

A aula de russo começou na manhã seguinte. Ivan não apareceu. Tínhamos de falar sobre as férias.

Tentei trabalhar no apartamento, mas estava quieto demais. Toda vez que eu olhava pra cima, Einstein parecia me encarar com expectativa, como quem diz: *E agora?*

No fim, fui pra biblioteca e sentei numa janela do quinto andar com vista para Hong Kong Lounge, uma estrutura sem janelas que tinha um papel muito importante na imaginação de Hannah. "Sabe o que significa se você pedir um hot roll de ovo?", ela perguntava frequentemente. Perto do Hong Kong tinha uma sorveteria Baskin-Robbins, escura, exceto pelo brilho dos refrigeradores. Fechavam cedo no inverno.

O quinto andar da biblioteca estava tão vazio que, embora normalmente não fosse permitido usar computadores, peguei o meu e comecei a escrever sobre as pessoas no hotel rosa.

Olhando pela janela, reparei que havia duas pessoas na Baskin-Robbins fechada. Ao redor delas as cadeiras estavam empilhadas sobre as mesas, com as pernas para cima. Uma das pessoas ou era muito gorda ou vestia um casaco gigante.

Às duas da manhã a biblioteca fechou e eu caminhei de volta para casa pela neve fresca. O céu estava limpo, revelando as estrelas. Ao alcançar seus olhos, mesmo a luz de uma estrela próxima terá viajado por quatro anos. Onde vou estar em quatro anos? *Simples: onde você está. Em quatro anos, eu terei alcançado você.*

Não consegui dormir. Li até as cinco da manhã. Às oito e meia fui para a aula de russo. Ivan não apareceu.

O aeroporto voltou a funcionar e Hannah voltou. Estava tão feliz. Disse que na casa dela você tinha de fazer silêncio e sempre usar meias, porque os carpetes eram todos brancos e porque o irmão mais velho dela era deficiente mental. Eu nunca tinha pensado sobre a vida familiar da Hannah, nem me perguntado por que exatamente ela precisava fazer tanto barulho.

6. O PODER DAS CONEXÕES

Nina estava no campo com as renas. Subitamente, viu um homem caminhando rápido pela tundra na direção dela. "Nina?", o homem perguntou.

"Professor Reznikov!", exclamou Nina, reconhecendo seu professor de Moscou.

"Que felicidade! Sabe, Nina, andei pensando em você! Veja, estou em Novosibirsk para visitar o professor Bazhanov. Ele e eu estamos trabalhando num experimento revolucionário com cientistas em Irkutsk e precisamos de uma nova assistente."

"Uma assistente?"

"Nina, vou ser honesto. Ouvi dizer que você está com problemas na vida pessoal. Mas eu espero que você não tenha abandonado a física. Eu sei que você é talentosa e será uma boa física. Você quer ser nossa assistente em Irkutsk?"

"Com prazer", Nina respondeu.

Como presente de despedida, os trabalhadores da fazenda deram a Nina um chapéu de pele. Nina prometeu escrever cartas e eles prometeram responder.

Leonid e Nina foram de carro para o aeroporto. Leonid voou direto para Irkutsk, mas Nina voltou primeiro pra Moscou, para colocar as coisas em ordem. Seu pai ficou emocionado ao vê-la bem e ao descobrir que ela encontrara um trabalho novo e interessante na Sibéria. Depois de uma semana, Nina voou para Irkutsk.

Nina olhou pela janela do avião. "Sibéria, de novo", pensou, imaginando a vida nova que começaria ali.

Na quinta de manhã, antes da aula de conversação em russo, parei numa gráfica para pegar as fotos do hotel rosa. Ainda estava tentando abrir o envelope quando entrei na sala. Mesmo sem olhar eu podia sentir que Ivan estava lá.

Faríamos uma prova oral. Dois professores tinham vindo ouvir a gente, e havia um gravador. A gente tinha de dizer nossos nomes e sobrenomes no microfone — os de verdade, para registrarem as notas.

"Ivan Varga", Ivan disse, bem alto, no microfone, e o passou para mim. Eu ainda não sabia o sobrenome dele.

Tínhamos de representar o começo de "Nina na Sibéria", explicando nossas ações e pensamentos em voz alta, usando a maior variedade de estruturas gramaticais. Eu não tinha preparado nada, mas me senti fluente de um jeito incrível e sem precedentes. "Agora eu preciso falar com o pai de Ivan", eu disse. "Perfeito. Ele não gosta de mim. Ele nunca gostou de mim. Eu sei muito bem o que ele vai dizer, numa voz soturna: 'Só Deus sabe'. Ele é sempre assim comigo."

Os professores riram. Percebi que todo mundo na sala simpatizava com Nina, com a situação objetiva dela, que era anormal e ruim. Dentro do mundo da história, nenhum personagem mencionou que aquela situação era anormal, então o leitor tendia a aceitar tudo sem questionar. Mas se você apontasse a anormalidade — se você a exprimisse factualmente — as pessoas no mundo real reconheceriam e ririam.

Eu me vi recordando uma tarde no jardim de infância em que os professores passaram *Dumbo*, e foi quando percebi pela primeira vez que todas as crianças na sala, mesmo os valentões, torciam por Dumbo, e *contra* seus algozes. Riam e vibravam quando Dumbo se dava bem ou quando coisas ruins aconteciam com os inimigos dele. Mas eles são *vocês*, pensei comigo. Como não sabiam? Eles não sabiam. Era espantoso, uma verdade espantosa. *Todos achavam que eram Dumbo.*

Vi o mesmo fenômeno se repetir várias vezes. As meninas mais cruéis, as que fundavam clubes secretos para excluir as que se vestiam mal, deleitavam-se vendo o triunfo de Cinderela sobre as meias-irmãs. Alegravam-se quando o príncipe a beijava. Evidentemente, elas não apenas se viam como nobres e boas, mas também queriam amar e ser amadas. Talvez não por qualquer pessoa e por todos, como eu queria ser amada. Mas, com a pessoa certa, estavam preparadas para formar uma relação baseada em afeto mútuo. Isso significava que a representação que a Disney fazia dos personagens cruéis não era precisa, pois os valentões da Disney sabiam que eram maus, orgulhavam-se disso e não amavam ninguém.

Na disciplina "Mundos construídos", nos revezamos apresentando os mundos que construímos. Ham trouxe uma frota de pequenos monstros humanoides de chumbo, que organizou numa mesa em configuração de xadrez, simbolizando uma mudança de rumo numa longa guerra que vinham travando. Cada raça ou exército tinha as suas características, como expectativa de vida, superpoderes e fraquezas. Alguns lançavam teias pelas pernas, como aranhas. Outros não sentiam dor. E outros eram, na verdade, plantas. Não ficava claro se isso contava como superpoder ou como fraqueza.

Um estudante construíra um mundo igualzinho ao de *Star Wars*. Era completamente idêntico ao de *Star Wars*, só que todos os personagens tinham antigos nomes galeses.

Outro estudante fizera aquarelas para acompanhar uma história escrita pela namorada. Não podíamos ver a história, pois a namorada era muito tímida e vivia em Minnesota, mas parecia ser sobre uma garota seminua que vivia sozinha na praia. Uma das aquarelas, com a legenda "Queria que você pudesse me levar junto", representava uma moça de joelhos na areia, contemplando um bando de pássaros. Em outra, ela amarrava folhas de palmeira nos braços ("Parecem asas"). Uma terceira a mostrava deitada ao pé de um precipício.

Kevin e Sandy, gêmeos idênticos sino-americanos que cursavam o preparatório para medicina, fizeram cada um deles uma série de sombrias xilogravuras expressionistas. As de Kevin eram ilustrações de Às *avessas* e incluíam uma perspectiva por baixo da tartaruga incrustada de pérolas arrastando-se em frente a uma lareira, lançando uma longa sombra sobre um tapete oriental.

As xilogravuras de Sandy eram todas de igrejas. "Qual é a história aqui? Qual é o mundo?", Gary perguntou. Sandy disse que a história era que as igrejas ficavam na Hungria. Esse era o mundo delas. Gary disse que serem da Hungria não era narrativo o suficiente, que aquilo não era uma narrativa de fato. Sandy disse que adicionaria um pouco de narrativa antes da próxima aula.

Ruby, uma garota chinesa de ombros largos do Arkansas, tinha feito um vídeo chamado Um *osso para roer*. Abria com Ruby parada numa cozinha segurando um grande osso de papel machê. "Encontrei um osso, pai, com quem eu poderia roê-lo, senão com você?", ela dizia, lentamente. Tinha um rosto lindo, a boca caída sem sorriso, franja assimétrica.

A cena seguinte mostrava um pequeno homem asiático de camisa amarela, fora de foco, parado na frente de um edifício. Ele parecia sorrir e balançar a cabeça.

"É um osso da sorte, pai?", Ruby perguntava. "Será que eu deveria mostrá-lo a um especialista? Um paleontologista?"

Ruby explicou depois que o vídeo era sobre a raiva que sentia do pai. "Num mundo ideal", disse, "meu pai teria entrado num avião, sabe, e participado realmente de alguma coisa que fosse importante pra mim. Mas, obviamente, ele é babaca demais. Um dia encontrei esse homem velho andando pela Central Square, que meio que *parecia* meu pai. Minha amiga que me ajudava com a filmagem não estava por perto, então eu mesma tive de filmar aquela parte. Primeiro fiquei com raiva, porque o cara se recusou a falar. Dei dez dólares pra que ele lesse as falas que eu tinha escrito, e ele só ficou lá parado balançando a cabeça e sorrindo. Daí eu me toquei que aquilo na verdade era bem simbólico da minha relação com meu pai, e isso tornou o vídeo mais forte."

Eu tinha de encontrar Ralph pra jantar. Cheguei cedo ao refeitório e passei na sala de informática. Na caixa de entrada, um novo e-mail solicitava dois dólares para ajudar a comprar um bolo de aniversário. Eu ainda tinha tempo sobrando, então apertei C para escrever uma nova mensagem; depois, só pra ver o que aconteceria, digitei Varga no campo do destinatário. Magicamente, o endereço de e-mail apareceu, com o nome completo: Ivan Varga. Era Ivan.

Pensei por um momento e comecei a digitar.

Ivan!
  Quando você receber esta carta, estarei na Sibéria. Estou largando a faculdade, pois questões de fonética articulatória já não me interessam. Viverei e trabalharei em Novosibirsk na fazenda coletiva Siberian Spark. Sei que você me entenderá e que será melhor assim. Nunca esquecerei você.

  Carinhosamente,
  Selin (Sônia)

O jantar era sopa de feijão servida no pão. "Os quakers faziam questão de ter uma alimentação frugal", disse Ralph, servindo-se de um pouquinho de cereais Quaker.

Svetlana e eu planejamos ir juntas ao tae kwon do, mas ela não veio me encontrar onde combinamos. Pensei em não ir, mas isso significaria que eu só ia por causa da Svetlana, em vez de por algum interesse puro e desinteressado na arte do tae kwon do. Na verdade, eu não tinha interesse, mas sabia que era errado fazer coisas só porque outras pessoas faziam. Outras pessoas não podiam ser a razão pela qual você fazia alguma coisa.

Mais da metade dos estudantes continuava de férias. Eu era a única iniciante. Enquanto todos praticavam seus movimentos com o instrutor baixinho, fui à sala ao lado com William, o instrutor alto, para aprender a chutar.

William explicou que muita gente achava que o segredo do golpe circular estava no joelho, mas na verdade estava no quadril. "Eu quero que você pense no seu quadril", ele disse. Respondi que pensaria, mas era difícil pensar em qualquer coisa quando a sala era tão pequena e o corpo dele tão grande, os braços longos com pelos negros e as pernas inadequadamente cobertas pelo uniforme branco. Quando seu longo pé descalço atacou o saco de pancada, senti que eu tinha de desviar o olhar, embora também sentisse que devia prestar atenção, pois ele parecia genuinamente interessado em que eu aprendesse a aplicar o chute circular.

"Mais eixo no quadril", ele disse. Fez um movimento como que para corrigir a posição do meu quadril, mas sem me tocar. Essa era a filosofia do tae kwon do: força total, sem contato. "Eu quero que você imagine que está sozinha num círculo unitário", ele disse. "Seu quadril é o seno, e seu joelho o cosseno. O cosseno fica estável no início, como seu joelho. Pra sentir alguma grande diferença no cosseno, você tem de fazer alguma coisa maluca que é melhor a gente nem imaginar, porque você se machucaria. Mas qualquer diferençazinha de nada no seno, e você já começa a *viajar* ao redor do círculo. Percebe?"

Depois da aula, fui até o quarto de Svetlana. Ela estava sentada no chão, rosada e atordoada, segurando o telefone bege no colo.

"Não ficou sabendo?", perguntou, erguendo os olhos marejados. "Joseph Bródski morreu."

Svetlana ouvira a notícia naquela manhã, mas seu subconsciente já tinha tido tempo de incorporá-la a um sonho, pois ela tinha tirado um cochilo depois do almoço. Sonhou que eles estavam sentados de pernas cruzadas perto de uma fonte do lado de fora do Science Center, ela e Bródski e algumas outras pessoas, num círculo, passando grãos de milho de mão em mão. Havia um vago som de campainha, e o céu tinha cor de cinzas. A fonte tinha secado. Eles rezavam por chuva. O céu foi escurecendo, mas a tempestade não veio — era um eclipse solar.

Recolhi um livro com a capa virada para o chão — era *Para Urânia*, em russo. Abri uma página ao acaso. Reconheci aproximadamente uma palavra em cada verso: "aqui", "seu", "provavelmente".

Voltei para o meu quarto, sentei na escrivaninha e chequei o e-mail. Quando vi o nome de Ivan na caixa de entrada, tive um sobressalto e percebi que passara o dia inteiro torcendo para que ele me escrevesse. O assunto era: Sibéria. Li a mensagem várias vezes. Não conseguia entender do que tratava. As palavras individuais e mesmo as frases faziam sentido, mais ou menos, mas juntas pareciam ter sido escritas em outra língua.

Querida Selin, Sônia — tive um sonho estranho, a mensagem começava. O sonho era sobre o rio Ienissei. Agora eu sei que você está aí. Sei que vai me trair com o ex-namorado da minha futura namorada. Contudo, vou perdoá-la. Sem você eu não encontraria Bárbara, a professora-máquina perfeita.

Ivan perguntou se eu podia contar a ele a trama de *Goodbye, Summer*, uma telenovela da BBC feita para estudantes iniciantes de russo. Tínhamos de estar assistindo desde o começo do semestre. Ia cair na prova. Se você me contar tudo, perdoarei você pela Sibéria, pelos 150 anos de ocupação turca da Hungria e, mais importante, pelos livros horríveis que tivemos de ler na escola.

Eu nunca tinha ouvido falar de uma invasão otomana da Hungria. Quando era criança, me contaram que os turcos e os húngaros eram parentes, que os hunos eram de origem turca, que ambos os povos imigraram para o oeste, vindo de Altai, e falavam línguas similares. Eu tinha um tio Átila — um nome turco comum. Mas, no mundo de Ivan, nossos ancestrais foram inimigos.

Fiquei tonta com uma impressão de intimidade e distanciamento. Tudo o que ele dizia vinha de um lugar tão completamente fora de mim. Eu não conseguiria inventar ou adivinhar nada daquilo. Ele tinha me contado um sonho. Tinha digitado: eu sei que você vai me trair. Disse que me perdoaria, duas vezes. Eu não tinha feito nada contra ele, mas a ideia de que eu tinha, ou faria, era excitante. Eu quis responder imediatamente, mas ele esperara um dia inteiro, então eu sabia que tinha de esperar pelo menos o mesmo tanto.

Svetlana e eu estávamos passando pela sala de musculação a caminho do vestiário. "Comentei com William sobre como você surtou quando ele começou a falar de trigonometria", ela dizia. "Não vai acontecer de novo." Me senti traída, depois entendi que Svetlana devia sentir alguma coisa pelo William. No mesmo instante vi que Ivan estava na sala, sentado numa das máquinas, puxando uma barra de ferro conectada a uma corda. Do outro lado de uma roldana, pesos empilhados subiam e desciam tranquilamente. Ivan se levantou e soltou a barra. Os pesos caíram com um tinido abafado. A academia ficava num subsolo de teto baixo, e ele não conseguia ficar totalmente de pé. Ele se virou como se talvez tivesse visto a gente, mas não tive certeza. Pensei se dizia olá ou não, mas logo já estávamos no vestiário.

Querido Ivan, digitei. Quando acordei na Sibéria, senti saudades de casa. Pensei que o sentimento desapareceria ao longo do dia. Mas não desapareceu. Eu disse que tinha deixado a Sibéria e voltado. Parte de mim pensava que nada estaria aqui quando eu voltasse — que eu chegaria pela escada rolante e só haveria neve. Em vez disso encontrei muros de tijolos, Balzac, frozen yogurt, fricativas alveolares, tudo tal como eu havia deixado. Senti uma grande necessidade de contar a ele como eu me sentia cercada, oprimida por coisas de significado desconhecido ou ambíguo, coisas impossíveis de medir de alguma forma.

Comecei a resumir a trama de *Goodbye, Summer*. Era uma história longa e, enquanto escrevia, eu sentia que estava perdendo algum tipo de capital político. Deletei o que tinha escrito e digitei: Claro, posso te contar a trama. Agora ele teria de me pedir de novo.

Antes do exame, Svetlana e eu nos encontramos para o café da manhã. "Que há com você? Parece que alguém morreu", ela disse.

"Não dormi bem", respondi.

"Não me diga que está nervosa."

"Sempre que eu me preocupo com alguma coisa", disse esse rapaz, Ben, "gosto de pensar na China. A China tem uma população de dois bilhões de pessoas, e nenhuma delas se importa remotamente com qualquer coisa que você ache que é muito importante." Admiti que aquilo era um grande consolo.

Svetlana gostava de chegar cedo a todo lugar, então a gente estava entre as primeiras pessoas na sala de exame — um salão histórico banhado de sol, com bancos de carvalho. Sentei perto da extremidade de um dos bancos. Svetlana sentou na fileira da frente e se virou pra mim. Discutíamos se Svetlana deveria comparecer ao memorial em homenagem a Bródski no Mount Holyoke. Em algum momento ela divagou, vendo alguma coisa atrás de mim.

"Sônia", Ivan disse, "você pode mesmo me contar a história da BBC?"

Contei a história, começando por quando Olga esqueceu o livro didático no táxi de Victor. Quando o salão começou a ficar mais barulhento, Ivan se aproximou e se inclinou na minha direção. Logo estava agachado perto de mim, segurando o apoio do meu assento para se equilibrar, franzindo as sobrancelhas para o chão.

Fui até a parte onde os dois se casavam com outras pessoas, bem quando o inspetor chegou. "E termina assim", eu disse.

"Você é minha salvadora", Ivan respondeu, me olhando nos olhos, e foi procurar um lugar pra sentar.

"Quem era esse aí?", Svetlana perguntou.

"Ivan, lembra? Você chegou a ficar na nossa sala."

"Não lembro. Não sei como eu poderia ter esquecido alguém como ele", ela disse. "Por que ele simplesmente não assistiu o treco ele mesmo?"

"Devia estar ocupado."

"Ele deve ter uma vida interior muito rica", Svetlana disse. Eu ri. Ela não ria. "Você realmente não vê nada de estranho nele? O jeito que ele olhou pra você — como se estivesse tentando olhar *dentro* de você. Não ficou constrangida? *Eu* fiquei constrangida."

Eu não tinha ficado constrangida.

* * *

Ivan me escreveu um e-mail cujo assunto era Lênin. Disse que os russos estavam pensando em remover Lênin da tumba da Praça Vermelha. De alguma forma Ivan se sentiria solitário sem ele. Lênin sempre tinha estado presente — Lênin, como o retrato na minha parede, escreveu Maiakóvski, citado no livro da quarta série dele. Nunca aprenderam nada sobre por que ele se matara.

Depois de 1990, todos os monumentos a Lênin em Budapeste foram recolhidos e depositados num parque fora da cidade. Lá formaram uma comunidade maravilhosa: bem mais agradável do que como imaginava o comunismo. Lênin saudava Lênin na frente de outro Lênin, enquanto um proletário — chamavam de "a estátua da chapelaria" — corria atrás dele com um estandarte: Você esqueceu seu suéter, senhor. Mais ao fundo, o Lênin gigante e sorridente fora devassado por vândalos no começo dos anos 1980. Calado, Ilitch, somos surdos: em 150 anos não viramos turcos, escreveram os vândalos. Em húngaro a rima era melhor.

Outra estátua de Lênin, presente do povo soviético, fora danificada no trem que viera de Moscou. O topo da cabeça caiu e se perdeu. Escultores húngaros rapidamente fizeram um chapéu para Lênin, talhado no melhor mármore. Na cerimônia magnificente em que a estátua foi apresentada, tornou-se óbvio que Lênin tinha dois chapéus: um na cabeça, outro nas mãos.

Li a mensagem várias vezes. Eu não sabia muito bem por que ele tinha escrito aquilo, mas via que tinha custado um bom tempo e que ele estava se esforçando pra ser encantador. Fiquei pensando nos Lênins no parque, numa configuração que ninguém havia pretendido, mas que talvez, de alguma forma, representasse a verdadeira materialização do comunismo. O estilo do texto era divertido, mas também sério. Era sério que Maiakóvski tinha se matado.

* * *

Meu sono saiu completamente dos trilhos. Eu parecia estar sempre pensando nas coisas erradas. Todo dia me deitava à meia-noite, fechava os olhos, pensava um monte de pensamentos emaranhados, ligava as luzes de novo e lia até as quatro da manhã.

Porque eu queria entender Ivan melhor, li o *Livro do riso e do esquecimento*. A primeira coisa no livro era uma anedota envolvendo um chapéu, sobre o absurdo do regime comunista. Os comunistas aparentemente tinham apagado algum cara de uma foto, mas esqueceram de apagar o chapéu. Pensei por horas nesse chapéu. Eu sabia que de alguma forma se conectava ao chapéu no monumento a Lênin na Hungria. Mas como? Parecia simplesmente estar ali: o chapéu excedente.

Svetlana e eu fomos assistir a *Três canções sobre Lênin*, no Film Archive. Na terceira canção, Lênin morreu. O final do filme era só gente chorando: velhos, jovens, crianças; russos, tártaros, centro-asiáticos; nas fábricas, nos campos, no funeral. Tinha um corte que ia de Lênin morto no caixão para Lênin velho sorrindo no sol, e você via toda a diferença entre a morte e a vida. Nunca tinha me ocorrido o quanto as pessoas tinham realmente amado Lênin, amado de verdade, com profunda emoção.

Svetlana disse que, quando estava na primeira série, as crianças azucrinavam umas às outras no parquinho, perguntando: "Quem você ama mais, o camarada Tito ou sua própria mãe?".

No último dia de "Mundos construídos", Gary nos ajudou a organizar nossos projetos finais numa galeria.

Sandy, cujas igrejas húngaras precisaram de mais narrativa,

trouxe seis novas xilogravuras das mesmas igrejas húngaras — dessa vez com porcos nas escadarias da frente. Explicou que os porcos haviam fugido de uma fazenda vizinha.

    Gary dispôs todas as xilogravuras numa mesa, depois virou a face de algumas delas para demonstrar como as demais ficavam diferentes, a depender de quantas estivessem visíveis e quais. De fato, pareciam diferentes. Foi inspirador ver que Gary era mesmo bom em alguma coisa. Todos concordaram quanto às quatro gravuras que ficavam melhores juntas. Não eram as melhores gravuras individualmente — eram as quatro que continham mais tensão. Em uma delas não havia porcos; nas outras três, sim. Tentamos pendurá-las em configurações diferentes. No fim, era possível mudar e manipular tudo. O estande de TV da Ruby ficava melhor ao lado da enciclopédia falsa do estudante de computação. As igrejas húngaras funcionavam melhor enfileiradas; as cenas de Às *avessas*, em formato de xadrez.

    Eu trouxe doze fotografias do hotel rosa, e a classe escolheu seis delas para expor. Foi engraçado ver quais eram as mais odiadas. Uma das fotografias mostrava um cara com uma mala, parado no saguão. Todos unanimemente odiaram o cara e a mala. Gostaram das fotos com Hannah e das fotos sem ninguém. Penduramos as seis fotografias enfileiradas. Cópias da história foram empilhadas debaixo das fotos. Escolhi uma fonte tamanho 10, tanto para economizar papel quanto para desencorajar as pessoas de lerem a história. Eu achava que ninguém ia gostar. Embora eu tivesse uma profunda convicção de que eu escrevia bem, e que de algum modo eu *já* era uma escritora, essa convicção era completamente independente de eu ter escrito alguma coisa, ou de ser capaz de me imaginar escrevendo alguma coisa que eu achasse que alguém gostaria de ler.

Quando Hannah viu as cópias, ficou impressionada com a quantidade de páginas que eu tinha escrito, ainda mais numa fonte tão pequena. Tinha certeza de que mais ninguém na faculdade era capaz de escrever uma história tão longa e detalhada, e insistiu para que eu me inscrevesse no concurso de ficção da graduação.

"Você lembrou de fazer a inscrição no concurso?", perguntou no dia seguinte.

"Não consegui encontrar o prédio", respondi.

Hannah, que conhecia o campus como a palma da própria mão, me levou até a pequena casa de madeira onde funcionava o escritório da revista literária e me viu depositar uma cópia da história, com meu nome e número numa folha de papel separada.

Os exames acabaram. Era hora de esquecer todos os símbolos fonéticos, todos os verbos russos e todos os enredos do século XIX. Durante os poucos dias de férias antes do novo período, a mãe da Svetlana veio fazer uma visita. Dormiu no quarto de Svetlana, que se hospedou comigo — ela não podia ficar no quarto comum do próprio apartamento, pois Samambaia estava cultivando uma planta delicada que precisava de uma luz muito forte brilhando sobre ela a noite inteira.

A mãe de Svetlana nos levou pra almoçar num restaurante franco-cambojano.

"Selin, esta é minha mãe, Sasha", Svetlana disse. "Mãe, esta é minha amiga, Selin."

A mãe da Svetlana me encarou. "Querida", ela disse, rispidamente, "você não tem outro casaco?"

Eu estava usando o capote gogoliano da Filene, que me cobria até os tornozelos. Quando expliquei que meu casaco fora roubado, a mãe da Svetlana ficou horrorizada. "Roubado? Meu

Deus! Svetlana, você deve ter uma jaqueta velha que possa dar pra Selin. Talvez a jaqueta roxa de esqui? Ainda está lá em casa. Posso mandar pelo correio."

"Mãe, aquela jaqueta tem dois anos. As mangas estão curtas em *mim*. Não vai caber na Selin nunca."

"Ah, verdade, Selin, você é maior do que a Svetlana. Que pena."

"Eu gosto do casaco da Selin."

"Ah, eu também, não me compreenda mal. É... elegante. Talvez elegante demais. Talvez só um pouquinho ridículo. Mas é claro que você deve usá-lo até conseguir outro. Não vá morrer congelada."

Uma cumbuca de barro foi trazida para a mesa, com alguma coisa que fervia furiosamente no leite de coco. A mãe da Svetlana relembrava o feriado favorito de sua infância. "A gente ia para o — qual a palavra mesmo? Onde ficam os mortos. Cemitério, cemitério. O cemitério turco. E todo mundo dançava sobre os túmulos. Tinha uma banda, não muito grande, talvez cinco ou seis músicos, e muitas flores, e as garotas usavam os vestidos de seda mais bonitos. Vestidos vermelhos, amarelos, brancos, todas as cores. Era uma festa linda."

"Mãe, essa não é uma história apropriada para contar aos meus amigos turcos."

"Não seja ridícula. Era um feriado muito doce e inocente, cheio de flores e dança. Selin não vai se ofender. Os turcos eram um inimigo poderoso e respeitado."

"Como os sérvios na Bósnia?", Svetlana perguntou.

"O que isso tem a ver?"

"Eu não acredito que você está falando dos turcos, como se ser sérvio fosse a melhor coisa do mundo atualmente."

"Ser sérvio não é diferente de ser qualquer outra coisa. Não sou eu quem está fazendo limpeza étnica. Pessoalmente, só desejo o melhor aos bósnios. E aos turcos também. Eu estava apenas mencionando uma lembrança feliz da minha infância. Por que temos sempre de ter essas conversas políticas? Sejamos frívolas." Virou pra mim abruptamente. "Você usa cera pra depilar as sobrancelhas? Com certeza arranca com uma pinça, certo? Não? Elas têm uma forma tão interessante. Não parecem naturais. É claro que você não *precisa* fazer nada com suas sobrancelhas. Quer dizer, talvez você possa aparar um pouquinho, por aqui, mas não é o fim do mundo. Não é como a Svetlana, que não faz nada a respeito das sobrancelhas e termina com essa expressão irritadiça."

"Eu *estou* irritada, mãe. Não são minhas sobrancelhas."

"Sim, eu sei, querida, você sempre diz isso. Mas elas te dão um ar *amuado*, como um garotinho birrento. Você ia ficar tão mais atraente sem isso. Não acha, Selin?"

Eu sabia do que ela estava falando. Era um olhar que surgia de certo ângulo, quando Svetlana olhava pra baixo, de que eu gostava muito. "Eu gosto das sobrancelhas da Svetlana."

"Ah", suspirou, "vocês são tão jovens!"

"Eu não me sinto jovem", Svetlana disse. "Este dia me envelheceu mil anos. Você não pode nem imaginar, Selin, como foi cansativo este dia, discutindo infinitamente desde as sete da manhã sobre como Sasha fodeu com a minha infância."

"Não era bem uma discussão, querida, já que eu concordo com você completamente. Eu era uma criatura monstruosa. Monstruosa. Mas qual o sentido de ficar remoendo isso agora? Quem se importa? Agora nós podemos seguir em frente. Não estou certa?"

Svetlana não disse nada, mas era como se estivesse borbulhando, quase inaudivelmente, como o leite de coco na pequena cumbuca.

"No fim, você se saiu muito bem", eu disse, pondo minha mão na dela. "Tipo, olha só pra você!"

"O ponto não é esse!", exclamou a mãe de Svetlana, batendo com o anel na mesa. "Mesmo se ela tivesse se tornado um monstro, teríamos de seguir em frente. Não haveria sentido em *discutir*."

Primavera

No primeiro dia do semestre, estudamos alguns substantivos irregulares russos que pareciam femininos, mas que adotavam terminações masculinas. Eram bons substantivos: "calendário", "dicionário", "valise", "urso". Ivan chegou tarde e sentou atrás de mim. Na presença física dele era impossível acreditar que ele me escrevera aqueles e-mails.

Porque estávamos próximos, Ivan e eu acabamos formando uma dupla nos exercícios do caso instrumental. Você tinha de perguntar o que o outro queria "se tornar" depois da universidade. Seja lá qual fosse a resposta, você tinha de usar o caso instrumental. Ivan disse que queria se tornar um matemático. Eu disse que queria me tornar uma escritora.

"O que você quer escrever? Historiografia, ensaios, poemas?"

"Não, romances."

"Interessante. Na minha opinião, você pode escrever um bom romance."

"Obrigada. Na minha opinião, você pode se tornar um bom matemático."

"Sério? Como sabe?"

"Não sei. Estou sendo educada."

"A-ha, entendi."

Aquilo pareceu encerrar nossa conversa. Dei uma olhada no resto da classe. Ainda conversavam, laboriosamente, como focas.

"Onde você quer viver depois da universidade?", perguntei, embora não fosse parte do exercício e não usasse o caso instrumental.

"Depois dessa universidade, aqui?" Ivan apontava pro chão. "Aqui, em Harvard?"

"Sim, depois da universidade aqui, em Harvard."

"Quero morar em Berkeley."

Tentei lembrar onde ficava Berkeley. "Na... Califórnia?"

Ivan confirmou. "Quero fazer uma pós-graduação em Berkeley, na Califórnia."

Eu nunca tinha ido pra Califórnia, nem nunca tinha pensado na Califórnia.

Varvara entregou o último fascículo de "Nina na Sibéria". Empregava todos os seis casos gramaticais. Ivan e eu descemos juntos pela escada.

"O que você vai fazer agora?", perguntou. Parecia uma coisa existencial.

Tentei responder à altura: "Eu não sei".

Ele diminuiu o passo. "Vai pra alguma aula?"

"Só daqui a uma hora", expliquei. "O que *você* vai fazer agora?"

Ele hesitou por uma fração de segundo. "Tenho aula."

"Oh."

"Não estou muito a fim de ir."

Então *não vá*, tentei dizer. Ele segurou a porta pra mim —

uma pesada porta corta-fogo. Não gostei de andar na frente dele. Não gostei que ele saísse do meu campo de visão, nem gostei que pudesse ver minhas costas. Quando nos despedimos, fui para o centro estudantil, onde comprei um café e sentei para ler sobre a vida de Nina.

7. O ECLIPSE

Naquela primavera, houve um eclipse solar. Nina e Leonid foram para uma conferência na cidade de Ulan-Ude, na República de Buriácia, na Sibéria Oriental: o melhor lugar do mundo para assistir ao eclipse.

A apresentação de Nina foi um grande sucesso. Todo mundo concordou que se tratava da "última palavra em física". Depois, houve um grande jantar. Os físicos comeram esturjão, beberam vodca, conversaram e contaram anedotas até alta noite.

"Boa noite", disse um estranho. Nina e Leonid viraram-se e viram um xamã. "Por apenas dois rublos, leio sua mão."

Leonid deu dois rublos ao xamã. O xamã contemplou a mão de Nina por um longo tempo. "Você está começando uma nova vida", ele disse, por fim. "Parece-me que você se casará em breve."

Leonid deu mais cinco rublos ao xamã.

Na manhã seguinte, Nina acordou ao amanhecer e vestiu suas roupas mais quentes. Colocou o chapéu de pele da Siberian Spark. Ela e Leonid foram ao observatório. Havia muitos físicos por lá.

Subitamente, Nina ouviu uma voz familiar. "Nina!"
Ela se virou e viu Ivan.

"Ivan", Nina disse. "Como é boa a vida!"

"Olá, Ivan", Leonid disse.

"Olá, Leonid", Ivan respondeu.

Os três estudantes calaram-se.

"Nina. Leonid. Escutem", Ivan disse, finalmente. "Eu quero que vocês finalmente saibam a verdade sobre mim. Em Moscou, Nina era minha amiga, e eu achei que a amava. Mas no verão passado conheci Galina e me apaixonei por ela. Galina morava na Sibéria e planejava se casar com Leonid. Eu vivia em Moscou e planejava me casar com Nina. Galina e eu decidimos simplesmente esquecer um ao outro. Mas então recebi uma carta do meu tio. Ele me convidava para trabalhar em seu laboratório em Novosibirsk. Então eu compreendi: era o destino."

"Destino?", Nina repetiu.

"Eu decidi ir para Novosibirsk, mas tinha medo de dizer para você, Nina. De algum modo me pareceu que você compreenderia que tudo estava terminado entre nós. Mais tarde, quando descobri que você tinha vindo para a Sibéria, compreendi quão estúpido e covarde eu tinha sido. Comecei a lhe escrever uma carta, mas não conseguia encontrar as palavras. Nina, perdoe-me, se puder."

"Perdoá-lo, Ivan? Mas sou grata a você! Se você tivesse ficado em Moscou, eu não teria vindo para a Sibéria. Se eu não tivesse vindo para a Sibéria, não teria conhecido Leonid."

"Jovens", alguém gritou. "O eclipse está começando!"

Gradualmente, o sol foi virando um crescente cada vez menor. A sombra da lua engoliu o céu quase inteiro. A corona multicolorida tornou-se mais e mais forte. A princípio Nina e Leonid se revezaram olhando pelo telescópio solar. Mas, depois, olharam-se nos olhos.

* * *

Li o último trecho com uma sensação de desgosto. Tudo parecia falso: a profecia do xamã, a explicação de Ivan e, especialmente, o final "feliz". Por que Nina teve de olhar para os olhos de Leonid, em vez de olhar pelo telescópio? Como Leonid solucionou tudo? Por que toda história tinha de terminar com casamento? Você esperava esse tipo de coisa em *A casa soturna*, ou mesmo em *Crime e castigo*. Mas "Nina na Sibéria" parecia diferente. De tudo que li naquele semestre, só "Nina na Sibéria" parecia falar diretamente para mim, prometendo revelar alguma coisa sobre a relação entre a linguagem e o mundo. Que todo o mistério terminasse resolvido de uma forma tão sem sentido, e que todos arranjassem um par e se extinguissem daquela forma, me pareceu uma traição terrível.

Envolvida na história de Nina, perdi o começo da aula seguinte: um seminário sobre a vanguarda espanhola. Procurei um lugar para sentar enquanto o professor colocava uma fita. Seguiu-se uma tomada de uma nuvem decepando a lua em duas, seguida por uma lâmina seccionando o globo ocular de uma mulher.

O professor parou a fita e acendeu as luzes. Só de olhar seu rosto enrugado e devastado você podia dizer que ele não era americano.

"Esse é o problema com Buñuel", disse. "Por que ele nos mostra uma lua e, depois, um olho? Duas imagens sem relação. Por que justapô-las?" Olhou ao redor da mesa. Ninguém disse nada.

"Exatamente", ele disse. "Não há resposta, porque isso é surrealismo. Podemos sugerir muitas interpretações, mas não podemos provar nada, e nunca teremos uma resposta. Vamos pensar em Freud um momento. Eu li a *Interpretação dos sonhos* de Freud e achei extremamente insatisfatório. Nesse livro, por exemplo, Freud interpreta um sonho. Eu li a interpretação. Eu penso: Sim, essa leitura é possível. Talvez a interpretação esteja correta. Mas quem pode prová-lo? Ele não pode. Por esse motivo, a discussão é infinita e inútil. Encontramos essa inutilidade infinita também em nossas tentativas de interpretar Buñuel."

Olhei ao redor da mesa. Os demais estudantes ou concordavam com a cabeça ou tomavam notas. Ninguém achava impressionante ou vergonhoso que um professor de literatura ficasse de pé diante de uma classe e dissesse que interpretação era algo infinitamente inútil.

"Acabamos de ver uma cena chocante", o professor continuou. "Nessa cena, um globo ocular é cortado em dois. Claro, enquanto filmava, Buñuel não usou de fato o olho de uma mulher. Usou o olho de uma vaca."

O garoto ao meu lado pareceu sofrer algum tipo de espasmo e anotou alguma coisa no caderno. Dei uma olhada. Numa caligrafia brusca, escrevera: *olho de vaca*.

"Contudo", continuou o professor, "mesmo se o próprio Buñuel não tivesse realizado tal ato de violência humana, o próprio cinema já era uma mídia nova e violenta. O cinema é uma mídia que fragmenta e desmembra o corpo humano. Vemos a cabeça do ator, mas não vemos seu rosto. É como se ele tivesse sido decapitado. Mas não parece morto. Ele fala e se move como uma pessoa viva. Que paradoxo! No tempo de Buñuel, os espectadores levantavam-se para olhar atrás da tela, procurando o resto do corpo. Ninguém jamais tinha visto o corpo humano fragmentado dessa forma, e só isso já era um choque terrível."

Quando ele chamou o cinema de "paradoxo", senti uma onda de dor quase física. "E quanto aos retratos?", desabafei.

O professor virou-se na minha direção e fixou seu olhar desolado na minha cara. "Retratos?"

"Num retrato você vê apenas a cabeça de uma pessoa, sem o corpo. E ninguém acha que a pessoa no retrato foi decapitada."

"Ah — o busto", ele disse. "Acho que você está se referindo aos bustos gregos e romanos, não? Por exemplo, um busto de Afrodite. No entanto, o que vemos no museu exposto como busto muitas vezes é na verdade a cabeça de uma estátua arrancada do corpo, por conta de algum acidente. Os gregos e romanos ficariam horrorizados em ver uma cabeça decepada daquele modo."

Parei para considerar o que ele disse. "E quanto às moedas? As moedas não exibiam apenas a cabeça do imperador, sem o corpo?"

"Naturalmente", o professor respondeu, enfadado, "moedas são muito antigas, e poderíamos discutir isso se quiséssemos. Meu ponto é que o cinema foi uma mídia revolucionária."

Fiquei impressionada com aquela virada retórica: agora *eu* parecia uma escrota, como se eu estivesse dizendo que o cinema não era uma mídia revolucionária.

No fim, me inscrevi em outra disciplina de cinema espanhol, ministrada em língua espanhola, por um professor adjunto. O professor adjunto também dizia coisas estúpidas, mas eram ditas em espanhol, então você aprendia mais. Eu era a única pessoa na sala que não descendia de falantes do espanhol, então eu falava devagar e com o pior sotaque possível. Eu tinha estudado espanhol no ensino médio porque meu pai, um esquerdista, disse que era importante conhecer a língua da classe trabalhadora. Eu gostava de espanhol — gostava de como o burrico tinha um lugar na literatura nacional — e gostava da ideia de assistir a filmes espanhóis em espanhol, de aprender sobre um mundo diferente na língua na qual ele havia sido pensado.

Ivan não me escreveu no dia em que previ. Chequei meu e-mail várias vezes, nunca havia nada. Quando o nome dele finalmente apareceu naquelas letras verdes na tela preta, senti medo e surpresa, em parte porque eu tinha parado de achar que ele escreveria, em parte porque o assunto dizia, em turco: Não seja ridícula!

Querida Sônia, Ivan começava. Eu estava na livraria "domuzuna calismak" imerso no meu artigo de filosofia quando encontrei este dicionário. Em turco, *domuzuna çalışmak* significa "trabalhando para seu porco", nada que alguém diria algum dia. Ele provavelmente quis dizer "trabalhando feito um porco". Ninguém diria isso também. Na cultura turca, não se falava muito sobre porcos e com certeza o porco não era conhecido por trabalhar duro; nesse caso seria o burro. Mas achei maravilhoso que Ivan tivesse decidido ler um dicionário de turco-inglês e que ele tivesse trazido uma perspectiva tão particular sobre isso.

Turco, ele disse, era a única língua que expressava o fato de que não havia muita diferença entre uma latrina e sua tia por parte de pai. E era repleto de palavras húngaras, como as palavras para algemas e barba: Comparado ao turco, todas as línguas europeias ocidentais são apenas "garb". Por várias semanas eu gargalhava só de pensar nessa frase. *Garbi* era o termo turco para "ocidental", relacionado à *garip* — solitário, estrangeiro, estranho. Mas "garb" era também lixo e falsificação. E roupas esquisitas. Achei que ele estava certo: todas as línguas ocidentais *eram* garb.

Eu queria saber como tudo aquilo acabaria, como se quisesse saltar para o fim do livro. Eu nem sabia que tipo de história era aquela, ou qual era meu papel. Quem de nós dois levava aquilo mais a sério? Deveria ser eu, já que eu era mais jovem e também porque era a garota? Por outro lado, eu achava que de certo modo eu era mais leve do que ele — que nele havia uma seriedade pesada que era estranha para mim e que eu rejeitava.

Ganhei dois quilos de castanha-de-caju numa rifa. Por alguns dias pulei o almoço e o jantar e só comi castanhas. Toda noite eu lia até as quatro da manhã, em seguida dormia até o alarme tocar, às oito. Depois das aulas da manhã, dormia um pouco mais, então assistia a mais aulas. Os dias ganharam uma aura fantástica de pesadelo, como se todos fossem parte de alguma coisa longa e ininterrupta, e embora fosse desorientador e eu andasse sempre com dor de cabeça, era também estimulante, e eu não queria que aquilo acabasse ou mudasse.

Um dia, às quatro da manhã, ainda sem conseguir dormir, levantei e escrevi um longo e-mail para Ivan, falando sobre como eu acreditava na hipótese de Sapir-Whorf, ainda que os chomskianos desdenhassem de Whorf e o chamassem de engenheiro de prevenção de incêndios.

Foi enquanto trabalhava numa companhia de seguros contra incêndios que Whorf desenvolveu uma profunda desconfiança em relação à linguagem, às suas estruturas invisíveis, que pareciam estar sempre provocando incêndios. Numa fábrica, ele encontrou duas salas com barris de petróleo. Numa das salas os barris estavam "cheios"; na outra, "vazios". Os trabalhadores eram menos cuidadosos perto dos barris vazios, que, na verdade, continham vapores. Havia mais vapores naquela sala do que na sala com os barris "cheios", e os trabalhadores iam até lá e acendiam cigarros e se incendiavam. O que provocava aqueles incêndios? Não eram as relações binárias embutidas na nossa língua? E se nossa língua tivesse um conceito diferente de "vazio", ou nenhum conceito de "vazio"? O que era um barril de petróleo "vazio"?

Tendo apertado "Enviar", caminhei até o rio coberto de neve, sentei num banco e comi castanhas. O céu parecia um emaranhado de lençóis brilhantes levemente acinzentados que alguém tinha lavado junto com uma camiseta vermelha.

Comecei a sentir que eu vivia duas vidas: uma delas consistia dos e-mails que eu trocava com Ivan; a outra, aulas. Uma vez, poucas horas depois de receber um e-mail seu, encontrei com Ivan na rua. Eu sabia que ele tinha me visto, mas fingiu que não. Continuou andando e não disse nada.

Mais tarde, eu estava indo à academia com Svetlana e passamos por um rapaz que eu conhecia da aula de linguística. "Oi, Selin, como está?", ele perguntou. Parei pra responder. Svetlana também teve de parar, e o rapaz também. Nenhum de nós podia continuar até que eu dissesse alguma coisa. Mas pensei, e pensei, e não consegui encontrar nada pra dizer. Depois de um instante que pareceu durar muitas horas, desisti e voltei a caminhar.

"O que foi aquilo?", Svetlana perguntou. "Quem era aquele?"

"Nada. Ninguém."

"Por que você não falou com ele?"

"Não consegui pensar numa resposta."

Svetlana me encarou. "'Como está' não é uma pergunta. Ele não queria realmente saber como você está."

"Eu sei", respondi, me sentindo péssima.

"Eu sei que você despreza convenções, mas você não deve deixar isso chegar num ponto em que você seja incapaz de dizer 'Vou bem, obrigada' só porque não é uma enunciação original e brilhante. Você não pode ser não convencional em *todos* os aspectos da vida. As pessoas vão fazer uma ideia errada de você."

Concordei. Era verdade que eu não queria ser convencional e queria dizer coisas significativas. Ao mesmo tempo, eu sentia que o problema era maior do que aquilo. Alguma coisa básica da linguagem tinha começado a me escapar.

Achei que eu podia consertar isso cursando disciplinas, então me inscrevi num seminário de filosofia da linguagem. No fim, o objetivo do seminário era bolar uma teoria que, caso um marciano a lesse, o marciano entenderia o que é que nós aprendemos quando aprendemos uma língua.

Para atacar a questão por vários fronts, me inscrevi também numa disciplina de psicolinguística, com pré-requisito em redes neurais. Além de não cumprir esse pré-requisito, eu também sequer sabia o que era uma rede neural. Por algum motivo, isso não me incomodou nem me pareceu um problema. O professor italiano era bonito e usava os ternos mais elegantes que eu já tinha visto na vida, nas cores mais sutis — cinza com um toque de azul esfumaçado tão elusivo que você tinha de ficar olhando pra ter certeza de que não estava delirando. A classe se reunia no décimo andar do prédio de psicologia, cuja maior parte era devotada a um instituto para estudos de morcegos. O odor era coerente. Era uma completa dissonância sensorial ver o belo professor italiano em seus ternos elegantes saindo do elevador para um corredor de morcegos fedorentos.

Ivan começou a me escrever e-mails sobre liberdade e destino. Parecia genuinamente preocupado com a possibilidade de que talvez nós não tivéssemos livre-arbítrio. Entraram na história Lucrécio e a teoria quântica. Do modo como eu me sentia — principalmente ao encarar o cursor verde na tela escura, tentando responder ao e-mail de Ivan — eu não tinha *outra* coisa que não livre-arbítrio. A ideia de que meu livre-arbítrio talvez fosse limitado de alguma forma só me dava alívio.

* * *

Meu amigo/ex-professor de matemática Tomi, que dá aula há vinte anos, diz que consegue prever como vai ser o resto da vida da maioria dos alunos.

Há exceções, do mesmo jeito que Freud não conseguia analisar certas pessoas. Tenho medo de perguntar sobre o meu futuro. Por outro lado, estou no limiar de me tornar um cientista, e até o momento a única explicação científica para o livre-arbítrio é que se trata de uma ilusão. Não gosto nada disso.

Na livraria, esperando Svetlana terminar de comparar as diferentes edições de *Beowulf*, comecei a folhear *Lições sobre literatura*, do Nabokov. Minha atenção foi fisgada por um trecho sobre matemática. De acordo com Nabokov, quando os povos antigos a inventaram, a aritmética era um sistema artificial criado para impor ordem ao mundo. Ao longo dos séculos, quando o sistema se tornou mais e mais intricado, "a matemática transcendeu sua condição inicial e se tornou como parte natural do mundo para o qual ela havia sido meramente aplicada... Gradualmente, o mundo inteiro passou a se basear nos números, e ninguém pareceu surpreso com o fato curioso de que a rede exterior se tornara o esqueleto interior".

Subitamente, todas as coisas que eu tinha aprendido na escola pareceram se encaixar. Seria verdade o que disse Nabokov — que os cálculos abstratos surgiram primeiro e que só depois se descobriu que descreviam a realidade? Será que os gregos chegaram à elipse a partir de sólida geometria, fatiando cones imaginários, e que, séculos depois, aquela elipse acabou por descrever a forma exata das órbitas planetárias? Será que os povos antigos inventaram a trigonometria, séculos antes de qualquer pessoa saber que ondas sonoras tinham a forma de ondas sinusoidais? Fibonacci descobriu a sequência Fibonacci apenas somando números, cuja razão mais tarde se revelou codificada nas espirais de sementes do girassol. E se a matemática no fim das contas explicasse como tudo funciona — não apenas a física, mas tudo? Será que era isso que Ivan estava estudando?

Acompanhei Hannah à aula de "Cálculo multivariável". Era um requisito do curso de preparação para medicina. O instrutor era um graduando desgrenhado de peitoral largo, vestido numa roupa verde de corrida. Falava muito alto. Eu não entendia uma palavra do que ele dizia. Não por conta da matéria — simplesmente era impossível captar uma única sílaba reconhecível.

No corredor, depois da aula, Hannah e os amigos do curso brincavam sobre como sabotariam um aluno chamado Daniel, que sempre ficava acima da média da classe. Daniel estava ali do lado, rindo modestamente.

"Vocês conseguiram entender alguma coisa do que o professor disse?", perguntei, aproveitando uma pausa na conversa.

Uma garota linda cujas sobrancelhas pareciam duas finas penas muito acima dos olhos voltou-se na minha direção. "Não, ninguém o entende", disse, e todos voltaram a falar sobre como armariam uma bomba no dormitório de Daniel na noite anterior ao exame.

Fui à primeira reunião da única disciplina de matemática que não era necessária ao preparatório de medicina e que não pedia pré-requisito algum. Chamava-se "Conjuntos, grupos e topologia": "Uma introdução à matemática rigorosa, aos axiomas e provas através de tópicos como teoria dos conjuntos, grupos simétricos e topologia de baixa dimensão". As cadeiras não ficavam enfileiradas, mas como que amontoadas. Reconheci Ira, o colega de quarto de Ralph, e sentei perto dele. Mais e mais pessoas continuavam chegando e sentando no chão. Ficou bem quente. Um homem barbado entrou na sala, inspecionando-a com olhos melancólicos. "Eu me chamo Pal Tamas", disse. "Esse é meu nome húngaro. É por isso que falo com este sotaque. Em inglês, sou Tamas Pal. Em breve meu assistente vai chegar com o programa."

Não me surpreendi quando vi que o assistente era Ivan. E percebi que ele também me viu, mas não sorrimos, nem acenamos. Ele começou a entregar os programas, que ainda estavam quentes da fotocopiadora e continham diacríticos inesperados. Tamas Pal era na verdade "Tamás Pál", e Ivan era "Iván". A matéria da primeira semana era "Continuidade, conectividade e compacidade". Quando comecei a prestar atenção, Tamás Pál falava sobre como era impossível dividir um ângulo em três partes iguais.

"Isso é provavelmente contraintuitivo", ele disse.

Eu não podia imaginar o que significava um ângulo não poder ser dividido em três partes iguais. Se uma determinada coisa existia, você não poderia sempre cortá-la em três? O professor começou a esboçar diagramas e equações na lousa. Copiei tudo no meu caderno. Ivan estava sentado no chão, recostado na parede. Tinha um rasgo em seu jeans, bem debaixo do joelho. Aquilo me causou uma impressão muito mais forte do que a prova sobre os ângulos.

Decidi não comparecer à segunda aula de "Conjuntos, grupos e topologia". Fui à biblioteca de ciências ler um artigo sobre *priming* semântico. Aparentemente, se você observa uma imagem de elefante, você reconhece mais rápido a palavra "girafa". A imagem de um trem torna mais fácil reconhecer a palavra "trilho", e a imagem de um balde ajuda a reconhecer a palavra "poço". Por acaso trens e baldes não provavam que pensamos diferentemente em línguas diferentes? Enquanto continuava a ler, eu mesma me tornei cada vez menos capaz de executar tarefas simples de reconhecimento lexical. Cada vez mais não sabia o que fazer de mim mesma. Esse não saber era fisicamente doloroso, como a insônia.

Fui pra aula de matemática.

O professor falava sobre teoria dos conjuntos. "Considerem o conjunto de pessoas nesta sala", dizia. "Há mais ou menos quarenta membros. Agora vamos escolher um subconjunto dentro desse conjunto. Digamos: as pessoas que se conhecem. A maioria aqui ainda não se conhece, mas não todos. Eu, por exemplo, conheço o *Iván*." Ele pronunciou o nome de Iván de um modo bem específico, enfatizando a primeira sílaba.

"Não sei quantos outros membros pertencem a esse subconjunto de pessoas que se conhecem, mas meu palpite seria talvez dez ou quinze. Então vou desenhar alguns conectivos, como este." Ele desenhou um monte de pontos na lousa e conectou alguns, como constelações. Estávamos, Ivan e eu, entre os conectados — o subconjunto de pessoas que se conhecem? O que significava conhecer alguém?

No fim da tarde, Svetlana me mostrou como jogar squash. Eu nunca tinha entrado numa quadra de squash. Dentro do cubo ofuscantemente branco, nossos tênis rangiam, e a voz da Svetlana soava estranhamente distante, como se no telefone. A bola azul de borracha era pequena, rápida e maluca. E pensar que esse mundo era determinista demais para algumas pessoas!

Voltando da quadra, lembrei que Ivan conduziria uma seção da aula de matemática às nove. Uma lua enorme pairava acima do centro de esportes. Eu provavelmente não iria à seção. Fui pra casa, tomei banho e me vesti. Quando olhei o relógio, eram exatamente dez para as nove.

Fui para o Centro de Ciências. Não consegui encontrar a sala, que ficava pelo número quinhentos. Não havia quinto andar no elevador — os botões saltavam de três para seis. Entrei no elevador e subi para o décimo primeiro andar e desci de novo, como se o quinto andar pudesse aparecer magicamente. De volta ao térreo, a porta se abriu. Ira entrou. "O quinto andar não existe", eu disse.

"Olá", ele disse, entrando no elevador. "Vai subir?"

"Bem, esse é o problema."

Ira apertou o botão para o terceiro andar. Você tinha de sair do elevador e atravessar um corredor metálico que se estendia por um átrio. Um jardim grande e confuso pairava suspenso sobre esse átrio, num suporte raso sustentado por correntes. Era como na Babilônia, quando todos falavam a mesma língua. Do outro lado do átrio havia um lance de escadas que levava ao quinto andar.

A sala era quase tão clara quanto a quadra de squash. Ver Ivan parado na frente do quadro-negro era terrivelmente constrangedor. Ainda assim, você tinha de olhar pra ele — era pra isso que ele estava lá. Ivan parecia alto demais. Lembrava uma marionete movendo-se pra frente e pra trás, escrevendo na lousa, esticando os braços pra apontar o que tinha escrito, trabalhando duro. Um dos lados da camisa escapuliu da calça. A palavra "sofrer" foi usada três vezes. Eu não conseguia lembrar de nenhum outro instrutor mencionando sofrimento uma única vez o ano todo.

Olhei para os outros estudantes. Ira usava óculos e olhava pra frente. Dois caras em jaquetas acolchoadas e tênis gigantes, largados no assento, mexiam com os pés nas cadeiras da frente. Uma garota de minissaia preta, batom vermelho e cabelo desgrenhado balançava a cabeça, concordando com um sorriso fixo no rosto.

Ivan falava sobre conjuntos fechados, conjuntos abertos, números ímpares, números pares e dias da semana. Havia pontos muito próximos de conjuntos fechados, e outros ainda mais próximos. Havia um tipo de conjunto que era aberto e fechado ao mesmo tempo. Uma prova afirmava que tal conjunto não continha alguns dos seus próprios elementos.

"Eu sou um artista muito ruim", disse Ivan, desenhando uma casa. Acrescentou uma chaminé e desenhou a fumaça saindo. A fumaça parecia arame farpado. Desenhou fumaça demais! Uma nuvem enorme, tão grande quanto a casa. O que era aquilo?

Depois, Ivan desenhou um círculo ao redor da casa. "A casa fica dentro do mundo", ele disse. "Você pode estar dentro ou fora da casa, mas não pode sair do mundo."

"Há fumaça na casa? Se não está abafado, vou ficar dentro da casa; se for demais, vou sair. Lembre-se sempre: a porta está aberta." Era o que Epicteto dizia sobre suicídio.

Do lado da casa, Ivan desenhou uma figura de palitinhos. A cabeça ficava na mesma altura da chaminé. Em turco, se você dissesse "a cabeça dela ainda não alcança a chaminé", significava que ela ainda era jovem o suficiente pra casar.

"Ele está dentro ou fora?", perguntou Ivan. "Ele está fora da casa, mas dentro do mundo."

No fim da aula, saí imediatamente, antes mesmo do relógio marcar as dez horas. Dentro do mundo, sim — mas fora da sala, pelo menos!

Fevereiro passou. A preocupação inabalável do professor de filosofia com os marcianos começou a me parecer excêntrica, quase preocupante. Para benefício dos marcianos, gastamos horas e horas tentando escrever coisas como metáforas e malapropismos em notação lógica. Sob que condições seria verdade que "Kenji fincou uma bandeira no binóculo do Monte Fuji?" (Nenhuma! Sob nenhuma condição!).

No fim, a teoria do significado que melhor funcionaria para os marcianos era a "teoria da verdade", que oferecia condições para a verdade de cada frase. A solução seria como uma série de proposições na forma "A neve é branca, se a neve for branca". Em quase toda aula o professor escrevia essa frase no quadro. Do lado de fora da sala, a neve se acumulava.

Na aula de russo, ninguém dava a mínima para as condições de verdade. *Todos* nós dizíamos: "Eu tenho cinco irmãos".

Sonhei que Ivan pedia que a classe identificasse um ponto muito próximo ao conjunto de terça à sexta. Para acertar, você tinha de ter um rolex falso, onde o segundo ponteiro quicava, diferente de um rolex de verdade, em que o ponteiro circula. Num rolex falso, a resposta era "23:59:59 em Sapir", porque Sapir era a palavra para segunda-feira, pelo menos nas duas primeiras semanas do mês; nas duas últimas semanas, o primeiro dia da semana se chamava "Whorf". Era importante não considerar "Sapir" e "Whorf" apenas dois sinônimos para segunda-feira, pois a localização do dia dentro de um mês afetava sua essência.

Querida Selin, Ivan escreveu.
    Você trocaria vinho e queijo por vodca e pepino? Por que um herói grego tem de enfrentar seu destino? Dados são armas letais? Há como escapar ao calabouço de trivialidades das conversas? Por que você parou de ir pra aula de matemática?

* * *

Escrevi ao Ivan sobre meu sonho. Ele respondeu que, caso eu desse uma chance à matemática, veria que ela era um mundo pequeno e privado: só você e as razões — sem valentões másculos com seus calendários e dicionários. Lembrei então das palavras russas para calendário e dicionário, o modo como pareciam femininas, quando eram, na verdade, masculinas, e pensei que ele tinha razão: meu sonho tinha sido sobre aquilo.

O lance com o rolex é sensacional, sensacional, escreveu Ivan. A luz, ele disse, parece circular, pois se move em ondas, mas a teoria quântica diz que ela também "quica". Ondas são uma combinação de movimentos circulares e partículas se debatendo. Será que um movimento puramente ondulatório poderia acontecer neste nosso planeta? Talvez alguém pudesse inventar uma matemática que fosse exatamente uma onda, como o sexo pode ser uma onda. Ondas eram bonitas, mas sem força. A energia vem das colisões — da capacidade de mudar rapidamente. A imortalidade era uma onda. As vidas, surgindo e desaparecendo, gerações, anos, minutos, segundos: tudo isso está no rolex falso.

No Valentine's Day, Hannah me encaminhou uma corrente de e-mail: Encaminhe isso a cinco pessoas, ou seu coração se partirá em vinte e quatro horas. Não prometia nada de bom se você encaminhasse a mensagem — só afirmava que, caso não o fizesse, teria o coração partido. Já está provado que isso funciona. Trezentos casais felizes terminaram dentro de vinte e quatro horas depois de apagar esta mensagem. Que tipo de pessoa escreveria aquilo?

Fui jantar com Ralph no refeitório. Era noite de fajita. Na fila, compus um poema sobre tomar decisões. "Seja milho, trigo ou farinha, sua escolha nas tortilhas/ muda o curso do vento, do continente às ilhas". Por toda parte havia caixas de doces em formato de coração, com ameaçadores dizeres gnômicos: PROPONHA, DE JEITO NENHUM, EU ACEITO, QUEM, EU? Mais tarde, enquanto eu comia palitos de cenoura, Ralph disse que eu parecia um cavalo.

"Você está com raiva de mim por algum motivo?", perguntei.

"Não, por quê?", Ralph respondeu.

Ivan me escreveu sobre palhaços. Disse que nós esquecemos os palhaços, que agora só se apresentavam em prisões e asilos para doentes mentais. A implicação era que isso era ruim.

Respondi falando de um filme que eu tinha visto na aula de espanhol sobre um velho cujos amigos rodavam pela cidade em cadeiras de rodas motorizadas. O velho sonhava em se tornar paralítico, para também poder passear numa cadeira de rodas. Havia muitos animais de fazenda vagando pelas ruas, representando o caos do período franquista.

Ivan não apareceu mais nas aulas de russo. Demorava cada vez mais para me escrever de volta. Um dia, às quatro da manhã, mandou uma mensagem bem longa sobre alcoolismo e vertigens. Vi o e-mail no centro estudantil com Svetlana.

"Quem te escreveu esse e-mail monstruoso?", ela perguntou, olhando por cima do meu ombro.

"Ninguém", eu disse, e fechei a mensagem. Mas ela tinha visto o nome dele e disse que o sobrenome de Ivan era um anagrama para uma das palavras sérvio-croatas para demônio: "Você sabe, como *vrag*, o Inimigo". Fiquei com raiva e disse que a palavra "Satã" também estava contida em "Svetlana".

Eu lia as mensagens de Ivan várias vezes e pensava sobre o que elas queriam dizer. Eu sentia vergonha, mas — por quê? Por que seria mais honrado reler e interpretar um romance como *Ilusões perdidas* do que reler e interpretar um e-mail de Ivan? Seria porque Ivan não era tão bom escritor quanto Balzac? (Mas eu achava que ele era, *sim*, um bom escritor.) Seria porque os romances de Balzac foram lidos e analisados por centenas de professores, de modo que ler e interpretar Balzac era uma forma de ingressar numa conversa com todos esses professores, sendo assim uma atividade muito mais elevada e mais profunda do que ler um e-mail que só eu podia ver? Mas o fato de que o e-mail fora escrito especificamente para mim, em resposta a coisas que eu tinha dito, faziam dele, *literalmente*, uma conversa, de um jeito que os romances de Balzac — escritos para um público geral, em última análise para garantir os lucros da indústria editorial — não eram; assim, por acaso aquilo que eu fazia não era de certa forma mais autêntico e mais humano?

O programa de educação para adultos me designou um aluno de inglês, Joaquín, um encanador dominicano de cabelos brancos, óculos de lentes coloridas e postura impecável. Chegou na hora e me cumprimentou calorosamente em espanhol. Eu sorri e não respondi. Haviam me dito que, com alunos de inglês, eu precisava fingir não apenas que não ia para Harvard, como também que não sabia nada de espanhol. Eu tinha de ser uma marciana que acabou de cair do céu.

"Como você está hoje?", perguntei, em inglês.

O rosto dele brilhou. "Joaquín", respondeu.

"Não *quem* — *como* você está."

Ele sorriu.

Desenhei três faces no quadro: uma sorrindo, outra com a boca aberta e uma triste. "Como você está?", perguntei. "Então apontei para as faces, uma de cada vez. "Estou bem", eu disse. "Estou mais ou menos. Estou muito mal."

"*Sí*", Joaquim disse.

"Como você *está*? Você está *bem*?" Apontei para a carinha sorrindo.

Ele cerrou os olhos, tirou os óculos e os colocou de novo. "Eu", ele disse, e apontou de si para o quadro. "Eu. Joaquín."

"É *cómo está*", eu disse, afinal.

"Ah, *cómo está*?" Joaquim repetiu, abrindo mais o sorriso. "*Bien, bien. Pues, sabe, estoy un poco enfermo.*" Joaquín tinha vindo à América tratar problemas oculares relacionados a diabetes com um especialista. Seu filho vivia em Boston com a esposa, que era uma boa garota, mas descuidada. Joaquín me perguntou de onde eu era, que tipo de nome era Selin, o que meus pais faziam, se eu era estudante. Respondi tudo primeiro em inglês, mas depois também em espanhol. "Você é uma boa menina", ele disse. "Seus pais devem estar muito orgulhosos."

Na semana seguinte, eu tinha de lhe ensinar a dizer qual era a cor das coisas. Tínhamos uma planilha. Ele precisava dizer que o papel era branco, a caneta era azul e o quadro era negro.

"*The paper is white*", eu disse, exibindo uma folha de papel. Ele assentiu. "*El papel es blanco*", ele disse.

"Isso, então repita comigo. *The paper is white.*"

"*Papel, es, blanco*", ele disse, com uma expressão séria igual à minha.

"Não, repita as palavras que eu estou dizendo", expliquei. "*The paper is white.*"

Depois de vinte minutos ele conseguia dizer "*Papel iss blonk*". Falava com uma expressão de grande paciência e gentileza. Seguimos para "*The pen is blue*". Começamos com "*El bolígrafo es azul*" e, depois, chegamos a "*Ball iss zool*". E nosso tempo acabou.

* * *

Seja porque o ônibus tinha um teto particularmente alto, ou porque os passageiros naquele dia eram excepcionalmente baixos, um grande número de pessoas parecia incapaz de alcançar as barras de segurança. A cada movimento brusco, os passageiros tropeçavam uns nos outros. Alguém chegou a cair no colo de outra pessoa.

Agarrada à barra, eu me sentia esmagada pela fadiga. O que eu estava fazendo? Quem eu estava ajudando? Quem entenderia o que Joaquín queria dizer com *"Papel iss blonk?"*, sem falar em *"Ball iss zool"*? Aquilo não era inglês. Era algum tipo de idioma crioulo. Não — um pidgin. Se tivéssemos filhos e eles crescessem falando daquele jeito, eles adicionariam um pouco mais de gramática e só *então* aquilo seria um crioulo. Por ora não era sequer um crioulo.

De volta ao quarto, peguei um brownie de baixa gordura da Snackwell, a guloseima menos preferida da Hannah, de um pacote que a mãe dela tinha enviado, e comi em frente ao computador. Encontrei um e-mail em turco de alguém chamado Yıldırım Özguven, enviado de uma universidade alemã. Não dizia muita coisa, só que fazia muito tempo que tínhamos nos falado e que ele me desejava sucesso nos estudos. Eu não conhecia ninguém chamado Yıldırım Özguven, nome que significava "Autoconfiança Relâmpago". Pensei sobre o assunto e concluí que se tratava de um desconhecido. Ele provavelmente procurava por garotas com nomes turcos no diretório de Harvard e, valendo-se da autoconfiança hereditária pela qual sua família era conhecida, me escreveu aquela mensagem estúpida. Quanto mais pensava sobre aquilo, mais raiva sentia. Como é que esse cara podia ser tão presunçoso? Como podia pressupor que eu conhecia a "garb" dele? Por que aquilo acontecia comigo?

Gradualmente, essa raiva se concentrou em seu objeto legítimo e secreto: Ivan. O que lhe dava o direito de sentar às três ou quatro da manhã e escrever o que bem lhe desse na telha sobre palhaços e vertigens e depois *enviar* aquilo pra mim? Tomei um banho e, embora não fossem nem nove e meia, me arrastei pra cama e caí imediatamente num sono intranquilo.

Às duas e meia eu estava completamente desperta e sabia que não havia a menor possibilidade de voltar a dormir — não nas próximas horas. Vesti minhas calças de treino e desci pra sala de informática. As únicas luzes vinham da máquina de coca-cola e do descanso de tela com a imagem do espaço sideral em movimento. Coloquei uma moeda na máquina e uma lata desabou como um corpo numa escada. A coca diet desceu gelada e espinhosa pela minha garganta aquecida. Senti meus olhos se desanuviarem. Sentando num dos computadores, digitei:

Querido Ivan,

Estou dando aulas de inglês no serviço comunitário. Em vez de "the paper is white", esse cara diz "Papel iss blonk". Eu consigo entender, porque estava lá quando ele inventou isso. Mas, em relação ao ensino de inglês, fracassei. Sou agora a intérprete de uma língua que só ele e eu podemos entender. Isso me deixa cansada e até com raiva. Por que eu tenho que desvendar isso? Por que nenhuma mensagem me chega claramente?

Não entendo por que você escreveu sobre álcool. É mesmo sobre álcool? Ou sobre as outras coisas nojentas que podem não parecer nojentas uma vez que o desejo de experimentá-las prevalece. Como é que uma vertigem pode ser o desejo de cair, e não o medo? Por que não simplesmente pular? Eu não entendo por que você me contou essas coisas.

Não entendo você.

Quando acordei de novo, nevava. Tinha perdido a aula de russo. Era hora da aula de filosofia da linguagem. As mesmas pálidas palavras — "A *neve é branca" é verdade, se a neve for branca* — estavam escritas no quadro pela centésima vez. A classe inteira olhava mecanicamente pela janela.

Pensei em Ivan e senti remorso e vergonha. Eu não devia ter dito que queria entendê-lo. Não devia ter desejado entendê-lo.

Um estudante que acabara de arriscar uma pergunta estava sentado numa postura incrível: as pernas cruzadas tanto nos joelhos quanto nos tornozelos, braços entrelaçados, cotovelos na mesa, dedos enlaçados: todo um ser orgânico que sonhava com o dia em que estrearia num prato de macarrão parafuso.

"A questão é", ele dizia, "se você analisar todo o grupo de *crise* ontológica em Pittsburgh..."

Alguns estudantes riram. Será que não percebiam? Todo mundo queria algo que não podia ter. Mesmo esse rapaz — jovem, inteligente, espirituoso, tudo dando certo na vida dele — queria estar num prato de macarrão parafuso. Ora, é *óbvio* que a outra face do desejo é o medo.

Às três da manhã, loguei e digitei finger varga. Eu nunca tinha tido coragem de usar o comando *"finger"* da Unix, porque parecia nojento e também porque o que ele fazia era vergonhoso — mostrava a você quando e onde outro usuário tinha logado pela última vez. Alguns segundos se passaram, e o computador disse: on-line desde 02:43:10. Saber que ele estava on-line me deu uma sensação de paz. Fui dormir e sonhei com um cara tremendamente civilizado chamado Phil Lang, que tinha um cabelo lustroso e não gostava de mim. Era a filosofia da linguagem.

Querida Selin,
    Existe esse editor de texto, emacs. Para sair, você precisa pressionar Ctrl-X e, em seguida, Ctrl-C rapidamente. Se você entra nele acidentalmente, não consegue sair a não ser que aprenda Ctrl-X Ctrl-C. É claro que você pode pedir ajuda — Ctrl-H, fácil — e outro Ctrl-H te mostra como usar a opção de ajuda. Mas daí a ajuda preenche toda sua tela e fica lá. Você pode procurar por ajuda para "encerrar buffer", que esconde a janela de ajuda, mas primeiro precisa procurar ajuda sobre como procurar ajuda. Por fim, seus amiguinhos dizem para imprimir a ajuda. Daí você recebe uma impressão de dez páginas em espaço único com duas colunas intituladas ATALHO DE TELA. À esquerda, você tem a combinação de teclas (Ctrl-Ctrl etc.). À direita, os atalhos: apagar localização, apagar frase, ou mesmo transpor expressão simbólica.
    Esse cara, emacs, sabe muito, mas você precisa aprender a linguagem secreta dele (dela?). Dizem que Microsoft Word é para crianças, mas emacs — é Deus; a tela treme a cada tecla digitada. Uma vez que você aprende os atalhos, tudo fica bem. Estou melhorando, mas estou com medo. E se tudo que posso aprender no emacs for limitado a mais ou menos trezentos toques? Nesse caso, ainda vou querer aprender?
    Conversar tem dessas coisas, sabe.

Eu estava correndo os olhos pela mensagem sobre o editor de texto e, quando cheguei na frase sobre conversar, empaquei. Não conseguia acreditar que estava lá. Li várias vezes. Você me fez uma pergunta de verdade e isso ultrapassa certos limites. Ele dizia que ficou feliz, porque vinha querendo conversar comigo em sua própria voz, mas tinha medo de trivializar nosso diálogo, por motivos que, se relatados aqui, também o trivializariam. Se ele me encontrasse na rua agora, diria olá e continuaria andando, pois — sinto que é o certo (refutei todos os meus argumentos racionais), pois a linguagem falada é tão desmistificada, tão simplista, uma armadilha. Eu só precisaria usar alguns dos atalhos disponíveis...

Comecei a temer a possibilidade de ser vítima de alguma pegadinha. E se Ivan tivesse armado toda essa correspondência pretensiosa só pra ver até onde eu iria? Fico feliz por você falar comigo diretamente, ele escreveu, no meio de um parágrafo floreado sobre como não conseguiria falar comigo se me encontrasse na rua. Mas qual era o golpe exatamente? A mensagem foi postada às cinco e meia e Ivan estava logado desde as duas e quarenta. Essas horas eram importantes, horas delicadas. As pessoas não abriam mão delas assim tão facilmente. Por que alguém enfrentaria tantos inconvenientes só para me confundir? Passou pela minha cabeça a ideia de que poderia ser uma vingança, talvez sequer consciente, por... Mas era nonsense demais. No fim, concluí que eu não tinha outra opção além de acreditar que ele estava sendo sincero. Se depois o contrário se revelasse, então, pior pra ele.

O inverno se aproximava do fim. Montes de neve acinzentada começavam a derreter, revelando todo tipo de lixo congelado. O ar era imundo. A todo instante você tropeçava em pássaros mortos. Narcisos floresciam, bem a tempo de serem esmagados por uma nevasca tardia, que logo virava lama.

Joaquín se atrasou para nosso terceiro encontro. Sentei à mesa e escrevi algumas coisas que eu vinha pensando num caderno. Consultei meu relógio. Passaram-se vinte minutos. Comecei a me preocupar. Nas duas últimas ocasiões, Joaquín fora pontual. Encontrei uma lista com os nomes e o contato de todos os estudantes. Havia um único Joaquín, mas não havia o telefone, só o endereço.

Alguns dias depois, o escritório me telefonou e disse que Joaquín já não compareceria às aulas. Ele fizera a cirurgia no olho e agora estava cego.

Na marca de dois terços do ano escolar, Hannah disse que não queria o quarto individual. Disse que não gostava de ficar sozinha e por isso cederia seus direitos à Angela. Angela, então, voltou para o quarto individual e eu voltei para o quarto com Hannah.

Hema, uma amiga do colégio, me mandou pelo correio uma *mixtape* com uma canção dos They Might Be Giants. Tinha uma parte em que o rapaz cantarolava naquele seu tom característico, a um só tempo choroso, alegre e resignado:

Ninguém sabe dessas coisas, só ele e eu,
Então estou escrevendo tudo no meu caderno espiral.

Escutei esses versos mil vezes, impressionada pela precisão com que descreviam minha situação atual.

Perdi tantas aulas de russo que recebi uma carta do escritório do reitor dizendo que, se eu quisesse continuar na aula, precisaria de uma carta da instrutora. Fui ao escritório de Varvara, que assinou a carta na mesma hora e disse para eu não me preocupar com o reitor, embora ela tivesse percebido que eu não vinha agindo normalmente este semestre e que talvez recebesse um B.

"É por causa das suas colegas de apartamento?", perguntou. Eu tinha esquecido que mencionara minhas colegas na aula. "Eu sei que pode ser difícil. Eu precisei mudar de quarto no meu primeiro ano de faculdade."

Pela primeira vez me perguntei se ela tinha feito faculdade na Alemanha Oriental e como tinha sido a vida dela no primeiro ano.

Eu disse que as coisas tinham melhorado com as colegas de quarto. Ela perguntou se havia outra coisa sobre a qual eu quisesse falar. Parecia tão gentil e sincera, com seus grandes olhos doces e o queixo quadrado.

"Você acha que o nome Sônia dá azar?", perguntei.

"Como assim?"

"Em *Tio Vânia* e em *Crime e castigo*. Mesmo em *Guerra e paz*, ela é patética…" Hesitei, não querendo usar a frase que Tolstói usou, "uma flor estéril".

"Ela não fica com o amado no final", Varvara disse. Vi surpresa e compaixão em seus olhos e senti, com um lampejo de horror, que ela sabia do que eu estava falando.

Ivan e eu estabelecemos um ritmo: ele demorava uma semana pra me escrever, e eu me obrigava a esperar uma semana antes de responder.

Só isso já me parecia uma perda de tempo enorme. Daí oito dias se passaram e ele não me escreveu, depois mais dez dias, e eu tive certeza de que ele nunca mais me mandaria uma mensagem. Entrei em desespero, até que, finalmente, ele escreveu. O assunto era: loucura, tema que eu considerei encorajador, pois era como eu me sentia. Mas quando abri o e-mail só tinha uma linha: O prazo da minha tese termina em duas semanas — depois te escrevo.

Na aula de espanhol assistimos a um filme tenso em basco e a um filme triste em galego. O professor explicou num tom de voz indubitável que a paisagem na Galícia era insuportavelmente bonita, que chovia sempre, que havia castelos e petróglifos e antas, e que a costa do mar era rocha pura, como na Irlanda. Introspectivas, resignadas e melancólicas, as pessoas respondiam a qualquer pergunta com outra pergunta, numa voz cantante, e tocavam uma gaita de fole primitiva chamada *gaita galega*. A língua deles continha oito ditongos ascendentes e descendentes: *ai, au, eu, ei, oi, ui, ou* e *iu*. A trindade galega era vaca, árvore e mar. O próprio galego era uma árvore com asas: apesar das raízes, voava para longe.

"Neve na primavera, o que é isso?", perguntou o psicolinguista italiano, num tom que claramente implicava charme e humor, mas que para mim parecia, como quase tudo que ele dizia, impregnado das tristezas inomináveis do mundo. "Por que ninguém é capaz de realmente apreciar um almoço sem pressa?"

Na aula de filosofia da linguagem, falamos sobre os problemas que teríamos em Marte — os problemas linguísticos. Supondo que fôssemos a Marte e os marcianos dissessem "gavagai" sempre que um coelho passasse correndo, não teríamos como saber se "gavagai" se referia aos coelhos, ao ato de correr ou a algum tipo de mosca que vivia no ouvido dos coelhos. Achei aquilo incrivelmente deprimente — tanto os obstáculos para a compreensão quanto os coelhos com moscas nos ouvidos.

Uma noite, já tarde, Ralph me ligou e perguntou se eu estava ocupada. Fomos à Pizzaria Uno. "Eu nem sei como falar sobre isso", Ralph disse e pediu bruschetta. Eu não sabia o que era bruschetta.

Ralph contou uma longa história sobre Cody, um rapaz que morava no mesmo corredor que ele e que Ralph e eu tínhamos achado irritante em algumas ocasiões. Eu não conseguia dizer por que ele estava falando sobre Cody, nem quando começaria a falar sobre o problema real. Primeiro, Cody tinha lhe emprestado um livro sobre Auden. Por essa época, Ralph leu um artigo da *New Yorker* sobre Stephen Spender que tinha algo a ver com o livro de Auden, então ele fotocopiou o texto e deixou em frente à porta de Cody. Mais tarde Cody disse alguma coisa interessante sobre o artigo, e Ralph pensou que talvez Cody não fosse assim tão ruim. Mas logo depois Cody o repreendeu a respeito de algum tipo de lâmpada e pôs a mão na sua cintura. Foi isso — essa era a história toda. Primeiro, pensei que tinham sido os comentários estranhos de Cody sobre a lâmpada que tinham chateado Ralph, mas não foi isso. A questão era que Cody tinha achado que Ralph era gay.

"O que o levou a pensar isso?", Ralph perguntou. "Terá sido o Stephen Spender?"

"Talvez", respondi, me perguntando quem era Stephen Spender.

"*Você* pensou alguma coisa desse tipo sobre mim?"

"Ah, Ralph." Pus a mão no ombro dele, procurando a coisa certa pra falar, e disse que as ações de Cody eram menos um reflexo de como Cody achava que Ralph se sentia e mais um reflexo do fato de que ele, Cody, achava Ralph engraçado, bonito e adorável, o que Ralph de fato era.

"E, enfim", eu disse, depois de um momento. "Digo — isso não seria o fim do mundo. Você não seria como o Cody, maluco por lâmpadas. Você ainda seria você mesmo." Ralph ergueu os olhos da limonada com chá gelado e me olhou com uma expressão que eu nunca tinha visto antes.

Ralph e eu fomos ao centro estudantil estudar para os exames de meio de semestre. Ele lia um manual de economia, eu estudava psicolinguística. Toda vez que olhava pra cima, eu via o Ham, da "Mundos construídos", sentado com três outros caras, numa mesa próxima.

"Você parece bem interessada nesse livro", ele disse. "É sobre o quê?"

Levantei o livro pra mostrar a capa roxa, onde se lia "LINGUAGEM" em grandes letras brancas.

"Cara, detesto linguagem", Ham disse. "Por mim, a gente só grunhia."

"Se todo mundo fizesse isso, grunhir seria uma linguagem."

"Não do jeito que eu faria."

"Ah, é?"

Em resposta, ele fez algum tipo de rosnado.

Nas férias de primavera, fui pra casa. Conversei com minha mãe até altas horas. No dia seguinte, quando acordei, ela tinha ido trabalhar. Fui correr, mas não por muito tempo, pois a bateria do meu walkman estava no fim. Nos fones zumbia uma horrível versão distorcida dos They Might Be Giants: "Ninguém sabe dessas coisas, só ele e euuu". Voltei pra casa. A senhora Oliveri vagava pela estradinha de acesso, vestida num cardigã amarelo. Eu nunca tinha o que falar com a senhora Oliveri, que tinha noventa e oito anos de idade. Meu primeiro pensamento foi que eu conseguiria entrar em casa sem ser notada, mas me senti culpada e a cumprimentei. Ela não me ouviu. "Olá!", repeti, mais alto, duas vezes. Ela continuou sem responder. Aparentemente, a senhora Oliveri preferia não trivializar nossa relação com o uso de linguagem falada. Mas fui até ela e disse: "Olá!".

"Oh, olá. De onde você veio? Não vi você!" Ela olhou pro céu. Eu disse que vinha da rua. Ela não acreditava. "Por ali? Por ali mesmo? Mas eu não vi você!" Ela disse que era muito bom me ver. Depois disse: "Ah, eu amo você!" e me deu uns tapinhas no braço. Fiquei bem confusa; ela nunca tinha dito que me amava antes. Dei uns tapinhas no braço dela também e disse que era muito bom vê-la. Quando entrei pra tomar banho e me olhei no espelho, me surpreendi: meu rosto estava radiante.

Quando voltou, minha mãe explicou que a senhora Oliveri tinha tido um derrame. Ela, por sinal, estava com raiva da outra senhora Oliveri, que lhe cobrara dez dólares por atrasar o aluguel. Bem nessa hora a campainha tocou. Era a senhora Oliveri, a que não tinha tido um derrame. Trazia um bolo. Minha mãe fez uma cara confusa. "Olha só, obrigada", ela disse. "Quer entrar?" O bolo era quase inteiramente constituído de glacê.

Minha mãe disse que era preciso fazer alguma coisa em relação ao meu cabelo. No fim de semana, fomos ao cabeleireiro dela em Nova York. Caiu outra tempestade de neve, mas logo o sol saiu, fez quinze graus e a neve derreteu. Nada mais era real; tudo estava acabado. O cabeleireiro, Gerard, tinha costeletas, um colete listrado e uma risada vivaz. Disse que gostava do jeito como meu cabelo não ficava lá deitado. "Ele tenta retaliar, levanta de novo. É disso que eu gosto. Aposto que é como a dona dele. Aposto que *você* não fica lá deitada."

Fui tomada por um desânimo. O que mais você poderia fazer, além de ficar lá deitada? O que meu cabelo sabia que eu não sabia? E outra: por que um homem gay estaria especulando sobre minha performance sexual? Nada daquilo fazia sentido. Gerard não parou de reclamar da música. Dizia que eles tinham músicas ótimas, tipo Santana, mas que em vez disso ficavam tocando Chris Isaak. No fim, meu cabelo acabou bem curtinho.

Voltei à faculdade no sábado antes de as aulas recomeçarem. No trem quase vazio, o condutor recitava os nomes das paradas em Connecticut com uma incredulidade enfadonha, como se não pudesse acreditar em quantas havia. "*South* Saybrook. Saybrook *Race*track. *Say*brook. *Old* Saybrook. *North* Saybrook. Saybrook *Falls*."

Quando voltei, Ivan ainda não tinha me escrito. Liguei para o Ralph, mas ninguém atendeu. Svetlana, contudo, telefonou. Passamos a noite e o dia seguinte inteiro juntas. Andamos pela Mass Ave e cruzamos a ponte para Boston. Paramos na Tower Records, depois seguimos pela Newbury Street. Chegamos a uma loja de contas e miçangas. Svetlana achava que não havia nada de constrangedor em entrar numa loja de contas em Beacon Hill e gastar quase vinte dólares.

De volta ao quarto de Svetlana, escutamos os CDs que ela tinha comprado — *Blue*, da Joni Mitchell, e *A paixão de são Mateus*, de Bach — e fizemos colares, comparando os fios periodicamente. Svetlana fez questão de explicar como o colar dela era bem característico do temperamento dela, e o meu era bem característico do meu. Pensei sobre como, desde que existe civilização, mulheres têm enfiado contas em fios ou caniços ou coisas do tipo. Depois me perguntei se foram sempre mulheres. Talvez nos tempos antigos homens se interessassem por contas. Hoje, contudo, era difícil imaginar garotos sentados num pufe, escutando Joni Mitchell, experimentando colares que eles mesmos tinham feito e conversando sobre a irmã da Svetlana. Parte de mim tinha receio de que era por isso que as mulheres nunca chegariam a lugar nenhum, que de alguma forma nós estávamos nos sabotando.

Durante as férias, Svetlana visitou a irmã na escola de artes. Encontrou a irmã sentada de pernas cruzadas na cama, num minúsculo dormitório, bebericando da mesma xícara de café morno que ela vinha esquentando no micro-ondas a cada duas horas e construindo uma alcachofra com palitinhos. A alcachofra era um requerimento para todos os calouros da escola de arte. Na semana anterior, tinham feito um sapato com arames.

Sasha, a mãe delas, queria mandar a irmã para um curandeiro russo, um homem que fazia pinturas místicas do céu noturno. Uma das pinturas encontrava-se pendurada na parede do quarto dela, Sasha. Representava uma balalaica solitária cruzando a lua cheia.

De volta ao meu quarto, o único e-mail novo era da minha mãe. O assunto era: invasão de formigas.

> Tive de fazer um miniextermínio. Decidi jogar fora o bolo das vizinhas, que deve ter atraído as formigas, mas agora elas também já se foram.

De manhã, quando vi o nome do Ivan na caixa de entrada, quase comecei a chorar. Aquilo me lembrava um tipo de tortura sobre a qual eu tinha lido em que, depois que os raptores lhe devolviam os sentidos um por um, você se sentia tão agradecida por aquilo que contava tudo a eles.

* * *

O sol, Ivan escreveu, ia nascer. Do lado de fora da janela, um semáforo oscilava entre o vermelho e o verde. Ocasionalmente, um carro passava. Em russo, você podia descrever aquele carro, e outros carros, usando verbos prefixados de movimento: que sutilezas insignificantes! Ivan tinha acabado de corrigir as tarefas daqueles que quase tinham sido meus colegas de classe; seu trem para Yale sairia em uma hora. Amanhã era a Califórnia. Agora o sol tinha nascido e ele não tinha chegado a lugar nenhum: A sorte dá presentes que não estão escritos.

Eu podia ver tudo tão claramente — a luz do semáforo mudando a noite toda para ninguém, os primeiros carros a passar enquanto o céu clareava — e fui tomada pelo sentimento de que havia muito mais na vida dele do que na minha, pelas coisas que ele tinha a fazer e as distâncias por viajar, enquanto eu nunca tinha feito nada, nem ido a lugar nenhum, e nunca iria. Tudo o que eu fazia era visitar meus pais o tempo todo — primeiro um, depois o outro, sem qualquer sinal de que isso acabaria. Pior: eu sabia que não podia culpar ninguém além de mim mesma. Se minha mãe me dissesse para não fazer alguma coisa, eu não fazia. A mãe de todo mundo dizia a mesma coisa, mas eu era a única que obedecia. A eterna mendiga no mercado de ideias e do mundo, eu não tinha nada a ensinar a ninguém. Eu não tinha nada que ninguém quisesse. Reli o e-mail do Ivan e olhei na cara dessa indignidade terrível.

Querido Ivan,
    Minhas férias foram uma grande bobagem. Eu não sei o significado de nada. Estou com esse livro em que se lê LINGUAGEM na capa e ele não me ensina nada. Acho que o problema é mais profundo. O

barril de petróleo está vazio, então você joga um cigarro lá dentro, e o troço inteiro explode.

Eu não entendo nada do que acontece, ou como. Não entendo por que dizer olá ou conversar de verdade trivializaria estas cartas. Você diz que não está com paciência para sutilezas insignificantes. Mas sutilezas insignificantes são a única diferença entre uma coisa que é especial e uma pilha enorme de lixo vagando pelo espaço. Não é invenção minha. Descobriram isso no século XIX.

Acho que estou me apaixonando por você. Todo dia fica mais difícil enxergar o denominador comum, entender o que vale como uma coisa separada. Todas as categorias que fazem um cachorro — elas se embaçam e se dissolvem, não sei discernir mais nada. Arrepios ficam subindo pelo meu braço e músicas giram ao redor da minha cabeça. "[Se devo ser sacrificada, que seja] pelas Suas Pequenas Mãos Aristocráticas."

Da sua Sônia

Era tarde quando mandei o e-mail. Depois, fui correr na beira do rio. Tudo parecia fantasticamente nítido, simultaneamente mais e menos real do que o normal. O chão nunca deixava de estar lá, e eu não queria parar de correr nunca. Não queria passar à atividade seguinte, ou àquela que viria depois dessa.

De volta ao dormitório, tomei um banho, loguei na Unix e usei o "finger" para ver onde Ivan estava. Ele estava on-line, num servidor chamado neptune.caltech.edu.

Peguei um livro e comecei a ler. Tinha alguma coisa a ver com a Espanha. A cada cinco minutos eu checava o status on-line do Ivan. Às vezes ele aparecia como inativo por um ou dois minutos, depois ficava ativo de novo. Tentei imaginá-lo na Califórnia, três horas no passado, digitando num computador chamado Neptune, parando por um ou dois minutos, e voltando a digitar em seguida.

* * *

Às 2h40 da manhã, ele me mandou um e-mail. Li duas vezes. Não entendi todas as palavras, mas meu corpo entendeu que as notícias não eram boas. Havia algumas frases individuais que disparavam meu coração, mas, por baixo de tudo, a base, o chão, era de adoecer.

Li a mensagem pela terceira vez.

Querida Sônia, começava. Há tantas coisas que quero te escrever. Ivan estava sentado numa pequena sala em Caltech. Eu tinha descrito algo como a vertigem de "cair para fora da linguagem". Ele sentia aquilo também. O que ele mais gostava na matemática era que a relação entre pensar e escrever era tão direta — você escrevia matemática do mesmo jeito que pensava.

> Quando te escrevo, sinto algo parecido, como se meus pensamentos e estados de espírito passassem diretamente pelas teclas. Eu não sei por que procuro isso, já que claramente é muito difícil de entender. Eu entendo talvez um terço do que você escreve, e vice--versa, provavelmente.
>
> Por outro lado, do que consigo entender, eu extraio mais de Você do que eu conseguiria extrair de qualquer coisa séria e cristalina, como uma explicação ou um ensaio. Tudo o que você escreve com tanto cuidado e intensidade carrega uma imagem de Você. É por isso que receio a trivialidade das conversas. E se eu quiser chegar perto de Você no mesmo grau em que chego através dessas cartas — e descobrir que não consigo?
>
> Claro, é apenas medo. Podemos tentar. Podemos caminhar e caminhar, e só conversar se surgir algum assunto.

No final da mensagem, ele passou ao tema do amor, que, segundo ele, era tão complicado que ele não conseguia escrever uma única frase significativa a respeito. Eu passei por muitas coisas nos últimos dois anos, e meus pensamentos sobre o amor mudaram. Tenho uma namorada que só às vezes amo. Penso muito, sim, sobre você. O amor que sinto por você é pela pessoa que escreve suas cartas.

Foi preciso muito esforço pra assimilar o significado daquelas frases — para empurrá-las pra dentro do meu cérebro. Senti todos os níveis — grafêmico, morfológico e semântico —, e todos doíam. Ele disse "o amor que sinto por você" — e logo em seguida disse que era por outra pessoa, pela pessoa que escrevia minhas cartas. Insistiu no valor tremendo dessas cartas que eram muito difíceis de entender; e precisamente essa dificuldade de entender era o que lhe parecia ser mais valioso.

Na quarta vez que li o e-mail, parei na frase sobre a namorada. Seria *aquela* a frase mais importante? Mas, para mim, a ideia da namorada não carregava um sentimento tão terrível quanto o sentimento de que ele na verdade não queria me conhecer, ou saber de nada, que só queria especular, e se admirar, e desaparecer.

Bem, pelo menos agora eu sabia. Não escreveria pra ele de novo, não fazia sentido. Já tínhamos feito isso, eu não tinha mais nada a dizer, e em todo caso ele não tinha tempo. Desliguei o computador e fui dormir.

Quando acordei, uma música tocando no corredor falava de como havia um mundo normal em algum lugar que algum cara tinha de encontrar. Saí pra escovar os dentes. Encontrei Hannah no computador.

"Ei", ela disse. "Já tomou café da manhã?"

Fomos tomar café da manhã. Eram quase onze horas e já estavam servindo o sorvete de sobremesa do almoço. Hannah se afundou numa bela tigela de sorvete de morango, enquanto relatava um sonho incrivelmente detalhado sobre a série *Friends*.

Eu mastigava mecanicamente um pouco de cereal e bebericava café preto.

Um grupo de escoteiras entrou na cafeteria. Há meses eu não via uma criança. Duas delas vieram até nossa mesa. "Vocês não *gostariam* de comprar uns cookies?", perguntou a mais cabeluda. Comprei duas caixas de Thin Mints e dei uma pra Hannah. "Peguei um brownie seu", expliquei.

"Não tem problema! São pra todo mundo." Ela sorriu. Qualquer manifestação de amizade a deixava muito feliz.

Eu tinha sido escoteira quando criança, ou melhor, uma Brownie. Numa tarde, peguei um rastelo da garagem e limpei o quintal da velha senhora Emmett, tentando ganhar uma estrelinha por boas ações. A senhora Emmet me denunciou à polícia por invasão e disse que eu tinha envenenado o cachorro dela. Eu nem sabia que ela tinha um cachorro. Mas tinha — um cachorro envenenado.

Quando chegou a hora de vender cookies, minha mãe, para quem poucas coisas podiam ser mais vergonhosas do que a ideia de eu ir de porta em porta vender alguma coisa, vendeu todos os cookies ela mesma pra mãe dela. Dez anos depois, quando fui visitar minha avó em Ancara, encontrei todos na despensa: trinta caixas fechadas de cookies das escoteiras.

"Por que você não comeu seus cookies?", perguntei.

"Ah, são cookies? Pensei que eram velas", minha avó respondeu.

"Algum problema?", Hannah perguntou. "Você não está daquele seu jeito alegre de sempre."

"Estou meio pra baixo."

"Aconteceu alguma coisa?"

"Eu gosto de alguém que não gosta de mim", expliquei. Eu tinha pensado nisso como uma explicação aproximada, mas, tão logo disse aquilo, senti que era a verdade.

* * *

Fui visitar Ralph na Biblioteca JFK, finalmente. Peguei um ônibus numa plataforma cinza e deserta, cercada por rajadas de ventos uivantes. Eu era a única passageira. O motorista ignorou todas as outras paradas e seguiu direto pra biblioteca, uma estrutura de concreto e vidro que lembrava tanto uma sepultura quanto uma nave espacial. Esperei por Ralph num pavilhão sombrio com vista para o mar. Eu repetia "ah, não, ah, não", abotoando e desabotoando a manga da minha jaqueta. Ralph e eu rimos quando nos avistamos. Andamos por uma simulação da Convenção Nacional do Partido Democrata de 1960 e vimos o casaco rosa — "rosa radioativo", como John Kenneth Galbraith o descreveu — que Cassini fez para Jackie receber Jawaharlal Nehru. A gola era inspirada no *achkan* que Nehru usava; o chapéu seguia o mesmo estilo. Quando Jackie o vestiu, um jornal de Delhi a comparou à Durga, Deusa do Poder.

Na manhã seguinte, encontrei um e-mail de Ivan. Assunto: Onde você está? Disse que precisava me ouvir. Ele tendia a achar que tinha muito a dizer, mas primeiro precisava saber o que eu pensava. Agora estava na Caltech, com um amigo do colégio, Imre. Um estatístico russo, cuja expressão facial lembrava a de um domador de leões que pusera a cabeça na boca do leão por apenas um segundo, palestrara para Ivan e Imre por uma hora inteira sobre o trabalho dele. Por todo aquele tempo Ivan pensou no que me escrever.

Pra poder falar de mim, Ivan bebeu um pouco de sidra com Imre. Se você quisesse falar com Imre sobre qualquer coisa, sem que a conversa virasse uma competição, você tinha de dar sidra pra ele primeiro. Mas só um pouco não era suficiente. Acharam outra garrafa, mas nenhum saca-rolha. Ivan conhecia um truque que tinha aprendido com o pai: você enrolava a garrafa numa toalha e batia o fundo contra a parede. Em vez de uma toalha, usaram o suéter de Imre. E, em vez de uma parede, uma fonte modernista. A garrafa se espatifou.

Ivan e Imre andaram por três quilômetros pra comprar mais sidra, beberam e voltaram ao departamento pra checar o e-mail. Na sala de informática, Imre deixou a garrafa cair, derramando o resto de sidra, que escorreu até o corredor. O banheiro dos homens não tinha papel higiênico. Enquanto enxugavam o chão com papel do banheiro feminino, um matemático alemão apareceu e começou a falar aos dois sobre o trabalho dele. Imre agora estava na fonte, esperando. Ivan prometera ir com ele aos estúdios da Universal — tinha descoberto um jeito de entrar sem pagar os trinta e cinco dólares da taxa de entrada. Queria me escrever mais detidamente, mas antes precisava ouvir minha voz.

Desliguei o computador e fui ao Copley Plaza com Ralph, ajudá-lo a comprar suspensórios. Enfrentei certa dificuldade com as portas giratórias. Não parava de pensar que, se alguém me dissesse pra pagar trinta e cinco dólares, ou pra usar um saca-rolha, eu não iria tentar bancar a esperta. Como eu poderia chegar a algum lugar nessa vida? Como alguém poderia se interessar por mim?

Passando pela seção de perfumes femininos, cosméticos, bolsas e óculos de sol, descemos a escada rolante para o departamento masculino. O departamento masculino não fazia sentido algum, nada parecia projetado para surpreender ou agradar, e tudo tinha a mesma cara. Como alguém conseguiria escolher entre tantas jaquetas cinza? Ainda assim, eu continuava apalpando as ombreiras largas e sólidas e, embora houvesse alguma coisa ridícula na sobriedade e presunção delas, senti uma onda de nostalgia.

Os suspensórios tinham de combinar com calças cáqui, uma jaqueta da marinha e uma gravata roxa. Era difícil sustentar as três cores na mente ao mesmo tempo. Ralph e eu gostávamos de suspensórios vermelhos, mas não com uma gravata roxa. Tolamente, perguntei a Ralph a cor dos sapatos dele.

"Pretos."

"Sapatos pretos, jaqueta da marinha", ponderei. Olhamos um para o outro com a mesma expressão de espanto: "Sapatos marrons". Fomos à seção de sapatos. Aquilo foi o começo do fim, não só porque comprar sapatos é sempre triste — o que era *Cinderela*, senão uma alegoria da tristeza fundamental de comprar sapatos? —, mas porque os sapatos ficavam depois dos pijamas e das roubas de baixo. Foi nos pijamas que perdemos tudo — nosso senso de propósito e de quem a gente era. Os sapatos pelo menos estavam relacionados aos suspensórios. Já aqui, cores eram irrelevantes — ou talvez não irrelevantes, mas carregavam significados diferentes. Havia cuecas vermelhas em que se lia NÃO NÃO NÃO, mas com letras verdes que brilhavam no escuro, soletrando SIM SIM SIM.

Outro dia se passou. Os acessos no computador do Ivan migraram da Caltech para a UCSD e depois para a UCLA. Mais de uma vez tentei escrever pra ele, mas ficava paralisada pelo pensamento de que agora tudo dependia do que eu fizesse em seguida. Não era isso que ele tinha me dito: que tinha algo que ele queria me contar, mas só se eu dissesse a coisa certa primeiro?

Eu não conseguia trabalhar nem dormir. Não entendia o propósito de nada daquilo, nem o que deveria acontecer. Escrevia o tempo todo, ou no caderno espiral ou no notebook, o mais próximo de *o tempo todo* que eu conseguia, porque eu queria a sensação de que registrava cada minuto. Obviamente, era impossível registrar cada minuto. Quando você terminava de anotar que horas eram, já era um pouco mais tarde.

Eu queria contar pra alguém o que estava acontecendo, mas não sabia como, nem pra quem. Não podia contar pra Svetlana; ela ia falar sobre Satã, ou me diria pra esquecer Ivan, pois ele tinha namorada. Mas, e se houvesse alguma outra conexão pra fazer — e se isso não fosse a única coisa no mundo? Contei uma versão resumida pra minha mãe. Eu sentia que não fazia nenhum sentido. Enquanto história, não fazia sentido. Eu não conseguia falar. Não conseguia ler.

Marquei uma consulta com o psicólogo da clínica de saúde da graduação. Na sala de espera peguei um panfleto intitulado *Fatos e mitos sobre indigestão ácida*, porque eu geralmente gosto de mitos, mas esses eram sem graça. "Hortelã é bom pra indigestão ácida." Uma enfermeira disse alguma coisa que, para todos os efeitos, era o meu nome. Segui-a por uma porta com uma placa de ferro onde se lia PSICOLOGIA INFANTIL E JUVENIL. Lá dentro, um homem de cabelo branco e face rosada estava sentado atrás de uma mesa cercada por blocos de madeira e porcos de plástico. Não havia nenhum outro animal — somente porcos. Ivan tinha mencionado porcos nos e-mails dele, várias vezes. Será que havia alguma coisa sobre porcos que eu não estava sabendo?

"Por favor, sente-se", disse o psicólogo de crianças e adolescentes, apontando para uma variedade de cadeiras, algumas infantis, outras, suponho, para adolescentes. Sentei numa das cadeiras grandes e contei tudo. Contei do meu sono, das minhas conversas, minhas leituras, a troca de e-mails, minha confissão e a resposta do Ivan. Levou um bom tempo.

"Como você reagiu quando ele contou da namorada?", perguntou o psicólogo.

"Não escrevi de volta."

Ele assentiu com a cabeça vigorosamente. "E o que esse camarada fez depois?"

"Ele me escreveu de novo. Disse que tinha mais coisas a me dizer, mas que primeiro precisava ouvir minha voz."

"Ele queria falar com você pelo telefone?"

"Como?"

"Ele disse que tinha de ouvir sua voz. Isso quer dizer que ele ia ligar pra você?"

"Ah. Acho que ele só queria que eu escrevesse de volta. Acho que, quando ele disse 'voz', era, hum, metafórico."

"Entendo. Sua voz *literária*."

Fiquei quase inefavelmente constrangida com a expressão "voz literária". "É", consegui dizer.

"Você falou com ele pelo telefone desde que ele foi embora?"

"Eu nunca falei com ele pelo telefone."

"Como assim? Nem uma vez?"

"Não."

"Mas que coisa! Então você nunca ouviu a voz *dele* também. Exceto, claro, a voz literária."

"Bem, a gente conversou na sala de aula, e às vezes um pouco depois da aula."

"Verdade. Vocês faziam aquela aula juntos. De russo. E fora isso?"

Balancei a cabeça. "Só a voz literária…"

"Mas que coisa", ele repetiu. "E o que você vai fazer agora? Ele escreveu um segundo e-mail. Você vai responder?"

"Não sei. Eu quero responder, mas não sei como. Eu não sei o que é uma coisa boa de se dizer e o que é ruim."

O psicólogo se recostou na cadeira. Houve um longo silêncio.

"Sabe, Selin, não estou gostando de nada disso."

Fiquei surpresa — eu não sabia que ele tinha de gostar ou não de nada. "Não?", perguntei.

"Não. Tudo isso me lembra do Unabomber."

"Unabomber?"

"Unabomber."

"Por quê?"

"Não sei. Mas não me sai da cabeça o Unabomber."

"Por que ele era formado em matemática?"

"Ah, isso é interessante. Eu não estava pensando nisso." Ele anotou alguma coisa num caderninho de notas. "Eu estava pensando mais nos computadores, que tudo isso é sobre poder e computadores. É aí que está o poder, nos computadores."

"Ah."

"Você está num momento muito vulnerável da sua vida. Você saiu de casa pela primeira vez, está se sentindo desafiada e oprimida pela faculdade. E esse camarada do computador, onde ele está — na Califórnia?"

"Sim. Está visitando cursos de pós-graduação."

"Ele tem uma namorada, está na pós-graduação, está indo pra Califórnia. Não é um camarada que vai estar aqui por você. Não no curto prazo, e também não no longo prazo. Pelo que você descreveu, parece que ele nem existe. É só uma voz por trás de um computador. Quem sabe o que ou quem está lá? Ele obviamente gosta de se esconder. E você, também, está se escondendo atrás do computador. Tudo isso é perfeitamente compreensível. Seres humanos, todos nós, odiamos correr riscos. *Todos* queremos nos esconder. E graças a esse *e-mail*" — ele falou como se fosse uma palavra que eu tivesse inventado — "graças a esse *e-mail*, você pode ter uma relação completamente idealizada. Sem arriscar nada. Por trás da tela do computador, você está completamente segura. Agora, veja aqui uma coisa que eu quero que você considere. Você não sabe de fato coisa nenhuma sobre esse camarada, sabe? É possível que ele nem exista."

"Como é?"

"Essa pessoa sobre quem você vem me falando. É possível que ela nem exista de verdade."

Senti o tecido da realidade se desmanchando ao meu redor e olhei bem de perto a cara rosada do psicólogo de crianças e adolescentes. Ele não parecia estar brincando ou falando metaforicamente. "A gente estudou na mesma sala por um semestre", eu expliquei, lentamente. "Eu o vi quase todos os dias. A gente conversou — minha memória é muito clara quanto a isso." Enquanto falava, fiquei mais confiante. "Eu realmente acho que ele existe. Assim, não tenho cem por cento de certeza, mas também não tenho cem por cento de certeza de que estou aqui sentada conversando com você, entende?"

"Mas você e eu estamos sentados aqui, cara a cara. Somos pessoas reais. Ele não está operando no nível de uma pessoa real. Ele não é uma pessoa real pra você. Se ele fosse uma pessoa real, você teria todas as oportunidades pra enxergar as falhas na situação — ou enxergar que ele não está *presente* de fato pra você. Na verdade, porque ele existe como uma série de mensagens, ele está *sempre* presente, toda vez que você liga o computador. Aposto que você lê essas mensagens mil vezes, não é?"

"Sim."

"Claro que lê. E ele é o companheiro ideal, porque é você quem preenche os espaços vazios. Agora vou fazer uma pergunta e quero que você pense por um momento." Ele fez uma pausa. "E se esse camarada do computador tivesse... Mau hálito?"

"Como é?"

"Só considere isso por um instante."

Considerei. "Desculpa, acho que não entendo a pergunta."

"E se você se aproximasse desse camarada, em pessoa, e ele tivesse mau hálito?"

Considerei mais um pouco. "Bem, acho que, se isso acontecesse, então eu teria de tomar algum tipo de atitude nesse momento. Mas, até lá, não vejo muito propósito em me preocupar com isso."

"Exato! Porque ele não é uma pessoa real, você não precisa se preocupar. Percebe? Ele parece uma pessoa ideal, mas a pessoa real por trás da máscara pode ter mil problemas."

"Tipo mau hálito."

"Exato."

"Olha", eu disse, "não quero parecer que sou muito cerebral e que não me importaria com que tipo de hálito ele tivesse, mas eu acho que conseguiríamos contornar isso de alguma forma. É tão raro conhecer uma pessoa com quem você se conecta. A maioria das pessoas é terrível. Levando tudo em consideração, mau hálito parece uma coisa relativamente gerenciável. Tem mil produtos feitos pra isso. Mas não existe produto que faça uma pessoa parecer interessante e profunda."

O psicólogo juntou os dedos indicadores e disse: "Interessante seu comentário, a maioria das pessoas é 'terrível'. O que torna as pessoas tão terríveis?".

Contei minha teoria. Logo que conhecem você, a maioria das pessoas começa a calcular quais são suas chances nessa grande competição por recursos. Era como se todo mundo vivesse com medo de um naufrágio, quando só algumas pessoas vão caber no barco salva-vidas, e ficasse tentando delimitar constantemente suas propriedades e identificar pessoas dispensáveis — pessoas de quem podem se livrar. Hannah era assim — ela queria estabelecer uma aliança comigo contra Angela. "Todo mundo fica tentando se tranquilizar, dizendo: *eu* não vou ser jogado pra fora do barco, *eles* é que vão. Estão sempre separando pessoas em dois grupos: os aliados e as pessoas dispensáveis."

"Você se vê como uma das pessoas dispensáveis?"

"A questão é: eu não quero me envolver nessa questão, e é *só* sobre isso que as pessoas querem falar. O número de pessoas que realmente quer entender como você é, em vez de tentar determinar se você fica ou não no barco — esse número é realmente limitado."

"Selin, o que estou ouvindo é uma coisa muito simples e muito natural: medo da competição e medo da rejeição dos pares. Você foi obviamente muito bem-sucedida no colégio. Agora veio pra Harvard, e aqui você encontra mil e seiscentos jovens da sua idade que são tão bem-sucedidos quanto você — alguns até mais. Em toda interação com seus pares, você enxerga um subtexto competitivo. E fica preocupada de agora você não passar no teste e ser rejeitada.

"Infelizmente, nosso tempo acabou, mas acho que esse encontro foi produtivo. Estou ouvindo muitas emoções contraditórias no que você diz. Parece que essa sua impressão de que todo mundo é terrível pode ser uma forma de compensar sua própria sensação de inferioridade e seu medo de rejeição. Você racionaliza a rejeição dos seus pares dizendo a si mesma que ela é o resultado das deficiências das outras pessoas e não das suas. São *eles* que não conseguem entender sua filosofia ou suas ideias.

"'Tudo isso deixa você terrivelmente solitária e isolada, o que eu acho que explica sua suscetibilidade ao rapaz do computador. Parece que ele está oferecendo exatamente o que você quer: uma relação interpessoal não interpessoal. Com ele, você não precisa se preocupar de que lado do quarto está o fio da extensão. Mas isso é porque não é de fato uma relação íntima. A vida real envolve discutir essas coisas e fazer as pazes com elas. Isso explica sua ansiedade, sua sensação de que vai cometer algum tipo de erro.

"O que eu quero ajudar você a entender nas próximas semanas é que intimidade de verdade é um lugar onde não há erros, pelo menos não desse jeito que você sente. Você não destrói simplesmente tudo com um único ato. Uma amizade é um espaço onde você se sente apoiada e livre para *cometer* equívocos. Acho que, quando você alcançar esse entendimento, muitas coisas vão melhorar pra você."

Não parecia haver nada que eu pudesse responder, então concordei com a cabeça e vesti minha jaqueta. Ele disse que todo o departamento de saúde mental estava de mudança para um edifício novo, depois desenhou um mapa do velho e do novo edifício no verso do cartão dele e me entregou. Pus no bolso, mas sabia que não iria usá-lo.

Uma chuva leve caía do lado de fora. Eu estava sem guarda-chuva. Um terror tomava conta do meu estômago. Eu traíra Ivan falando sobre ele — levando um estranho a chamá-lo de "esse rapaz do computador" e a compará-lo ao Unabomber. Graças a mim, existia agora no mundo uma representação neural desse "rapaz do computador". Senti um medo irracional de que Ivan descobriria, ou que ele de alguma forma já soubesse.

Tentei me consolar com a reflexão de que Ivan também tinha falado sobre mim, e que seja lá o que o amigo dele Imre pensasse sobre mim provavelmente não era menos estúpido do que aquilo que o psicólogo pensava sobre Ivan. Mas essa ideia não alegrou meu espírito.

Querido Ivan,
   Não foi fácil entender sua mensagem. Acho que estou muito acostumada a entender palavras como meios para um fim. Palavras estabelecem uma certa disposição, mas não são elas próprias a disposição. Concordo definitivamente que algumas disposições não podem ser expressas numa linguagem clara e lógica ou num ensaio. Ensaios podem ser tão chatos! O leitor não está do seu lado, então você não pode pular nenhum dos degraus lógicos. E, às vezes, quan-

do uma conexão é delicada, os degraus demoram demais para se mostrar — é impossível: quando você chega ao final, a disposição já se perdeu.

Assim, é melhor escrever uma carta a um amigo. Você pode relaxar mais. Fazer saltos maiores. Claro, há sempre a chance de que ela (ele?) não acompanhe você. Penso sobre isso o tempo todo. Quando uma disposição já não vale a pena o trabalho? Qual a proporção certa?

Nunca pensei em diferenciar você da pessoa que escreve suas cartas. Mas acho que entendo o que você quer dizer. Eu te mando um e-mail: como você pode saber quem escreveu? Pode ter sido qualquer pessoa. Não há como convencê-lo. Eu digo: "Sou eu!"; você diz: "Quem é 'eu'?".

Não seria incrível se nós dois tivéssemos ghost-writers? Imagine os dois num longo passeio, andando e andando, e só conversando se surgisse algum assunto...

Ivan apareceu em redwood.stanford.edu, depois em kepler.berkeley.edu.

Svetlana e eu fomos correr. Ela não parava de dizer como se sentia livre usando shorts — ela tinha raspado os pelos das pernas pela primeira vez. Falou de um poema que escrevera em que ela largava o laptop na chuva e engolia o universo. Tinha medo de que "engolir o universo" soasse pretensioso, porque a sensação que ela tentava descrever na verdade era similar à sensação de engolir um ovo cozido inteiro. Será que ela devia dizer que engoliu um ovo inteiro e deixar o universo pra lá? Mas o ovo passava a *sensação* do universo. "É tão difícil ser sincero sem soar pretensioso", ela disse. "Assim, o que você deve fazer se você realmente teve a sensação de que você engoliu o universo? Não dizer isso?"

"Eu tenho me perguntado isso também", respondi. No fim, pensei que ela devia dizer que teve a sensação de engolir o universo, a não ser que a sensação tivesse sido *exatamente* a mesma de engolir um ovo cozido — nesse caso era provavelmente melhor optar pela precaução.

"É, acho que sim", ela disse.

Ivan escreveu outro e-mail. Era uma espécie de poema em prosa sobre estrelas e o inferno. Era realmente sobre essas coisas. Às vezes eu fazia piadas sobre estrelas e o inferno para mim mesma, mas não tinha ninguém a quem contá-las.

O programa de educação para adultos me atribuiu um novo estudante. O formulário dizia apenas "Dinah, álgebra, quinta-feira, 19h".

Dinah tinha mais ou menos a idade da minha mãe e usava, na parte superior do vestido de estampa florida, um grande bóton contendo uma imagem levemente borrada de um garotinho negro levantando-se de uma mesa, olhando por cima do ombro. A própria Dinah não parava de sentar e levantar de novo, tirando coisas de uma grande bolsa vermelha. Ela me disse que o garoto na foto era seu filho, Albert, que morrera em janeiro, aos dezoito anos. Eu também tinha dezoito anos. Como ela não se perguntava, como eu me perguntava, por que eu estava viva e sentada naquela sala com ela, enquanto seu filho já não existia?

"Sinto muito", eu disse.

"Obrigada, meu bem", ela disse. "Essas coisas acontecem por alguma razão. Mas eu não sei qual a razão. É por isso que voltei pra escola."

"Isso é maravilhoso", eu disse, pois ainda acreditava em escolas.

"Com certeza é, meu bem. Afinal, o que tenho pra fazer o dia todo? Então agora vou pra faculdade! A questão é que eu não entendo muito desse negócio de álgebra." Ela suspirou. "Eu vou pra aula e não entendo. Então *não* vou pra aula. E mesmo assim *ainda* não entendo. Dentro ou fora da sala, não entendo uma palavra que aquele homem diz. Ascendente isso, descendente aquilo — nada faz sentido pra mim."

A essa altura ela já tinha retirado da bolsa e posto na mesa cinco bolsinhas de crochê rosa, três cigarros avulsos, um isqueiro dourado, um caderno espiral, um texto de álgebra, dois lápis quebrados e um porta-retratos decorado com uma fita amarela e um ramo de alguma plantinha folhuda. A moldura continha uma impressão maior da mesma fotografia do filho.

Tendo organizado esses itens numa fileira, Dinah ajustou o assento e abriu o caderno. "O.k.", ela disse. "Agora, a primeira coisa que você precisa me explicar é essa história de ascendente."

"Ascendente", repeti, ganhando tempo. Até onde eu sabia ascendente tinha alguma coisa a ver com signos e astrologia.

"Isso. A ordem ascendente."

"Hummm", eu disse. "Ordem *crescente?*"

Dinah me olhou, deu uma palmada na mesa, balançando a cabeça sem acreditar.

"Isso! Exatamente! Está vendo? Não entendo nada que aquele homem diz. Não entendo nem as palavras que ele usa. Então, primeiro eu quero que você me explique é essa história de ordem ascendente, digo, crescente. Ha-ha! Já me enrolei de novo, viu só?" Ela pegou um cigarro e começou a girá-lo entre os dedos.

"Ordem crescente é simplesmente quando você parte do menor número e segue até o número maior", expliquei. "Em ordem. Digo, esse é o *tipo* de ordem na qual eles estão. Então digamos que você tem alguns números, tipo um, nove e três. E você quer colocá-los na ordem crescente. Seria um, três e nove."

"O.k., o.k., espera um segundo. De onde você tirou esse três e esse um a partir do nove?"

"Ah, estou inventando agora. Como exemplo de números."

Ela me olhou por um segundo. "Quer saber, querida? Você vai ter de me dar licença. Acho que preciso de um cigarro. Não, não precisa se levantar. Fique aqui. Volto em cinco minutos."

"Como assim?"

"Não se preocupe. Uma vez que estou aqui, não vou a lugar nenhum, não mesmo, *aqui* estou e aqui estarei." Ela pegou o isqueiro.

"Tudo bem, mas aonde você vai?"

"Eu só — eu estou aqui, querida, é tudo que importa", respondeu, cruzando a porta.

Olhei para as três bolsinhas de crochê rosa, depois me levantei e olhei pela janela. Uma espécie de neve derretida caía do céu e se amontoava no chão. Aquilo me lembrava inferno e estrelas.

Na tarde seguinte, na biblioteca, peguei a "Ode ao átomo", de Pablo Neruda, e comecei a ler. Algumas palavras eu não conhecia, mas não me intimidei. Imaginava o significado e continuava, e vi que Ivan tinha razão: era excitante não entender.

O átomo foi seduzido pelo exército — ou pelo militar. *Pequeno astro, enterrado no metal,* o militar dizia, ou parecia dizer. *Hei de libertá-lo, verás a luz do dia. És um deus grego, vem descansar na minha unha. Vou guardá-lo na minha jaqueta, como uma pílula norte-americana.*

O átomo ouviu o exército e saiu. Estava livre. Tornou-se luminosidade feroz. Assassinou germes e obstruiu corolas, e em

Hiroshima os pássaros caíram do céu como peras carbonizadas. Por fim, o poeta suplicou ao átomo para que voltasse para debaixo da terra. "*Oh, chispa loca*", ele disse. "Oh, faísca louca." *Enterra-te de novo sob teu cobertor de minérios, volta a ser pedra cega, colabora com a agricultura, e no lugar dessas cinzas mortais da tua máscara toma aquela nobre alguma coisa daquela outra coisa, abandona a rebelião pelo cereal e teu magnetismo liberto pela paz entre os homens, para que tua alguma coisa luminosa não seja um inferno, mas, sim, paz, esperança e contribuição para a terra.*

O que me impressionou foi como o poema era todo sobre inferno e estrelas. Tão logo me ocorreu esse pensamento, olhei pela janela e vi que nevava de novo, embora fosse abril — e subitamente o vento mudou e numa lufada soprou a neve *pra cima*, de volta ao céu. Eu precisava contar essas coisas para o Ivan.

Enquanto escrevia pra ele, percebi que minhas passagens favoritas do poema eram o começo e o meio — a sedução do átomo. O final também era lindamente escrito, mas não gostei tanto. Contei a Ivan que me lembrava de um poema que meu avô costumava recitar quando eu tinha dor de estômago: "Para os pássaros, para os lobos, para as montanhas e o mar, que se vá a dor de barriga da Selin, que se vá".

Na vida real as coisas não são tão simples. Não dá pra dizer para uma dor: "Volte para dentro da pedra". Além disso, acho que "paz" é um termo enganoso. É impossível que esteja na mesma categoria dos cereais.

Quando acordei na manhã seguinte, encontrei a resposta do Ivan.

Querida Sônia,
Ia te escrever que não há neve nenhuma em Berkeley, mas, na verdade, também não há neve nenhuma aqui, e tudo está em

ordem. Debaixo da minha janela a luz do semáforo segue mudando, como o meu coração. Agora eu tenho quinze horas para decidir onde passar os próximos quatro anos — New Haven ou Califórnia.

Acho que seu átomo nunca vai voltar à paz, ao cereal, às pedras ou a qualquer coisa assim. Uma vez que foi seduzido, não há retorno, o caminho é sempre adiante, e é muito mais difícil depois da perda da inocência. Mas não dá certo fingir inocência. Aquele átomo seduzido possui energias que seduzem pessoas, e essas energias raramente se perdem.

Pela sua mensagem, entendi o que aconteceu: a neve caiu na direção errada (para cima), lentamente, até desaparecer. Isso não é problema, contanto que a grama fresca não se esconda de volta dentro da terra e que a seguir venha Olá, Primavera, e não Adeus, Verão. Não de novo.

Seu Vânia

As coisas continuavam a se acumular — estrelas, átomos, porcos e cereais. Era cada vez menos possível pensar em explicar tudo para alguém. Qualquer pessoa pularia da janela de tanto tédio. E, no entanto, lá estava *eu*, assistindo à acumulação em tempo real, e não apenas não estava entediada, como era só naquilo que eu conseguia pensar. A discrepância parecia estabelecer um vácuo intransponível entre mim e o resto do mundo.

Fui correr e me perguntei se Ivan estaria sugerindo que eu era o átomo — a faísca louca, que agora tinha energias para seduzir. Ele estava me chamando ou me afastando? Por um lado, ele dizia que não tinha sentido voltar pra debaixo do chão. Por outro, quando dizia que o caminho adiante era mais difícil, parecia algo que eu teria de fazer sozinha.

O telefone tocou. Era a editora da revista literária. Eu tinha ficado em primeiro lugar no concurso de ficção. Ela disse que ninguém no conselho de ficção me conhecia ou tinha ouvido falar de mim e que tinham debatido se eu era menino ou menina. "Achei que você era menina", ela disse. "Quero dizer, uma mulher." Todos os vencedores seriam publicados na próxima edição. Meu texto era maior do que os contos que costumavam publicar, e eles tinham discutido a ideia de fazer alguns cortes, mas não conseguiram decidir o que cortar, então publicariam na íntegra, mas numa fonte menor. A editora, Helena, me disse a data do coquetel de recepção em que todos os vencedores leriam trechos das obras. Eu ganharia de presente um vale de cinquenta dólares da WordsWorth Books.

"O.k.", eu disse, anotando a data.

"Você... ficou contente?"

"Definitivamente", respondi. "Estou supercontente. Obrigada."

Um terror tomou conta do meu estômago. Gostei de ganhar o concurso e de terem pensado que eu era um menino, e estava feliz com os cinquenta dólares. Mas eu não queria que publicassem meu conto, nem queria ler um trecho dele. Não queria que ninguém pensasse que eu achava que o texto era bom.

Levei meu único par de sapatos de festa para o conserto. Tinham se desmanchado no dedão. Os saltos também não estavam lá essas coisas. O sapateiro olhou para os sapatos, sem tocá-los. "Queridinha", ele disse. "Você precisa de sapatos novos."

Fui a várias lojas de sapato e pedi para experimentar qualquer coisa que eles tivessem no número 11. Não tinham nada feminino nessa numeração. Quase ninguém tinha. Às vezes os vendedores admitiam de cara que o maior tamanho que eles tinham era 10. Outras vezes traziam sapatos com a numeração europeia 41 e diziam que era o mesmo que 11 na numeração americana. Não era verdade: o 41 europeu era o 10 americano. O sapato se recusava fisicamente a caber no meu pé, e mesmo assim o vendedor — só os homens faziam isso — tentava enfiar a calçadeira. "É 11, você pediu 11, é o seu tamanho."

Ivan me mandou uma longa mensagem, mesmo não sendo a vez dele. O começo era uma meditação sci-fi sobre um menino num deserto com melodias verde-claras pairando por dentro de alguma coisa. O menino virava vapor verde e queria se desmanchar, ou se refazer, não ficava claro. Isso durava um tempo considerável. Depois o assunto mudava. Eu invoco suas palavras, ó minhas estrelas, condensação da matéria, Ivan escreveu:

Você é o segundo estágio da criação. Você preenche o espaço vazio e o deserto. Pode ser que você seja um meio para um fim, mas esse fim é o começo de tudo. Sem você, não há nada — não há solo para criar.

Você está certa sobre o poeta — e muito. Poetas são mentirosos, obcecados por cereais. Tentam forçar o átomo de volta para o pacote, a vida de volta para o paraíso, e o amor para simplicidades não existentes. Você está certa — eles não deviam fazer isso. Não é possível, e eles não deviam fingir.

Esse e-mail me encheu de uma alegria pura. Era o que eu vinha esperando que ele dissesse — que você não podia voltar atrás no amor, que ele estava me chamando, e que eu devia ir. Senti um tipo de paz e alívio que eu nunca tinha sentido antes. Nada sobre pássaros caindo do céu feito peras carbonizadas me pareceu um presságio perigoso, e eu respondi com um coração leve e aberto: Você está ocupado amanhã ou quinta? Estou livre depois das duas. Apertei enviar. Eu me sentia num sonho. E foi ainda mais onírico quando ele me respondeu, em russo: Nós nos veremos amanhã, 3, escadas da Wid.

Eu sabia que Wid. tinha de ser Widener, a biblioteca, mas ao mesmo tempo me pareceu algo que eu não sabia — algo que adivinhei.

Durante o café da manhã no refeitório, um cara que eu conhecia vagamente me convidou para a noite de estreia do teatro de repertório naquela mesma noite. Ele disse que seria um favor imenso, porque ele estava apaixonado pela engenheira de som. Nada que ele dizia fazia sentido. Parecia insano marcar qualquer coisa para *depois* de encontrar Ivan — era como fazer planos para depois da minha própria morte. Mas eu disse que iria.

Nas escadas da livraria, um grupo de garotos de agasalho esportivo posava, enquanto uma garota de agasalho idêntico tirava fotos. Um rapaz magrelo carregando uma ecobag cheia de livros parecia uma jiboia digerindo um elefante. Duas garotas de véu desciam na minha direção; ao passar, escutei uma delas dizer à outra, em turco: "Você não esqueceu seus óculos, né?".

Ivan já tinha chegado — estava sentado no topo da escada. Acenei, mas ele olhava fixamente para o auditório do outro lado do pátio. Comecei a subir as escadas, primeiro um degrau por vez, depois dois. Eram uns cem. Olhei pra cima pra ver quanto faltava. Ivan tinha se levantado e descia na minha direção. Nós dois nos saudamos, erguendo os braços pela metade. E logo ele chegou bem perto — mais perto, me parecia, do que jamais tinha estado. Descemos as escadas em silêncio.

"Você sentou tão lá no topo", eu disse.
"Como?"
"Você sentou tão lá no topo."
"Onde?"
"No topo."
"Ah, sim. Desculpa. Estava me escondendo."
"Se escondendo?"
"Não de você, claro! Do meu colega de quarto. Ele está muito curioso. Eu mostrei uma coisa que você escreveu e ele gostou, e agora quer ver você. Mas eu não quero que ele veja, então hoje eu estou fugindo dele."

Na mesma hora me senti como se tivesse engolido um ovo cozido. Ele mostrou alguma coisa que eu tinha escrito pro colega dele? Mas como? Encaminhou o e-mail ou deixou que o amigo lesse por cima do ombro dele? E agora esse cara estava por aí à solta. Olhei ao redor. Vi: uma igreja, um cachorro, uma árvore. Tudo parecia estranhamente isolado, como se cada item na paisagem tivesse sido comprado separadamente, num catálogo.

"Não se preocupe", Ivan disse. "Eu provavelmente já o despistei. É quase certo que ele foi pra casa."

Saímos do campus e dobramos numa das ruas laterais que levam ao rio. Tive a impressão de que nunca tinha estado naquela rua e nunca tinha visto o café localizado no subsolo de uma loja de espelhos. Sentamos a uma mesa debaixo de um guarda-chuva amarelo no pequeno quintal de tijolos, que ficava apertado entre a loja e uma cerca de ferro. Ivan ficou de frente pra rua, e eu de frente para uma vitrine cheia de espelhos.

Eu nunca tinha ido a um café de fato — não nesse tipo de café que fica num subsolo aonde as pessoas vão beber drinques à base de expresso. Li o cardápio várias vezes, como se fosse uma prova para a qual eu não tinha estudado.

"O que é esse Sanka?", Ivan perguntou. "Eu sempre me pergunto isso. Não importa aonde você vá, sempre é a coisa mais barata no cardápio. Soa meio leste-europeu. O que você acha que pode ser?"

"Café instantâneo descafeinado."

Ele piscou. "Desculpa, o quê?"

"É uma marca de café instantâneo. Tipo Nescafé, só que descafeinado."

"Nescafé descafeinado? Parece totalmente inútil." Lentamente, ele começou a assentir com a cabeça. "O.k., já entendi — é algum tipo de porcaria inútil, então eles dão um nome leste-europeu."

O garçom veio anotar nosso pedido. Por que estávamos aqui, por que o garçom nos trazia coisas? Pedi café gelado. Ivan pediu chá de hortelã, que veio num bule.

"Então", Ivan disse, derramando o chá por um coador. "Você se preparou?"

"Pra quê?" Bebi um gole do café gelado. O gosto era diferente do que eu tinha imaginado.

"Pra isso."

"Eu tinha que me preparar? *Você* se preparou?"

"Ah, nunca estou preparado. Meu colega de quarto, por outro lado, é totalmente diferente, muito cabeção. Ele me perguntou o que eu tinha planejado pra dizer e quando respondi que não planejei nada ele ficou horrorizado. 'Ah, não, mas você tem que dizer alguma coisa legal pra ela.' Ele me deu um poema pra ler pra você, acredita? Obviamente, ele mesmo tinha escrito — era um poema incrivelmente ruim. O primeiro verso terminava com "eu", o segundo com "sofreu" e o terceiro com "morreu". Eu disse 'Olha, não vou submeter Selin ao poema que você escreveu. Faça um dos *seus* amigos escutar isso'. Mas ele continuava negando que escreveu o poema. 'Não, não escrevi. *Yeats* escreveu.' Yeats, acredita?"

"Ah, Yeats."

"Só que depois descobri que era verdade. Ele me mostrou o poema num livro. O poema era mesmo do Yeats!" Ivan riu e riu. Eu ri também, pois o jeito como ele ria era contagioso. Yeats? Do que ele estava falando?

"Como está seu café?", ele perguntou.

"O.k. Acho que não gosto de café gelado."

"Você quer pedir outra coisa?"

"Ah, não, obrigada."

"Ah, você pediu isso de propósito? Eu entendo. Eu fiz isso em Frankfurt quando não tinha dinheiro. Sempre pedia uma Guinness, porque é barata, e eu não gosto, então todo copo durava muito tempo e eles não podiam me expulsar do bar."

"Eles nunca vão poder me expulsar daqui", concordei, tristemente.

"Radu, meu colega de quarto, sabe?", Ivan disse.

"Sim?"

"Ele está desesperado por uma namorada."

"Ah."

"Virou um problema sério. Anda paquerando calouras até."

"Sério?", eu disse, me sentindo levemente insultada.

"Ele as segue pelo campus, espiona."

"Elas ficam com raiva?"

"Não sei. Talvez achem engraçado."

"Talvez", eu disse, duvidosa.

"Radu é romeno. No verão passado ele estava trabalhando em Washington, mas estava apaixonado por uma menina lá na Romênia."

"Hum."

"Ela lá, e todo dia Radu mandava um cartão-postal. E, nesses cartões-postais, ele ia gradualmente revelando mais e mais os sentimentos dele por ela. Tomou muito cuidado pra fazer uma transição gradual — pra que ela não se assustasse."

"E funcionou?"

"Não", ele respondeu, começando a rir, "porque ela estava em Berlim! Ele mandou os cartões pra família dela em Bucareste, onde não tinha ninguém, só a avó. A avó recebeu todos os dias um cartão-postal do Radu de Washington!"

"Ah, não! E ela não podia ter encaminhado os postais?"

"Era uma senhora de oitenta anos. Não tinha como ela ir todos os dias ao correio por causa de Radu!"

"É, acho que não."

"Claro que não. Ela esperou a neta voltar em setembro e entregou todos os postais de uma só vez, numa sacola de plástico." Ele parecia particularmente impressionado pela sacola de plástico e, de fato, no momento seguinte ressaltou esse detalhe: "Noventa cartões-postais numa sacola de plástico".

"Que terrível", eu disse, embora estivesse rindo de novo também.

"O que é tão terrível? No fim, a garota recebeu os postais. A avó podia ter jogado fora. Ele teve sorte."

"Não teve! Eles devem ter parecido muito chatos e repetitivos, lidos todos de uma vez. Um por dia teria sido muito menos chato."

"Humm. Você tem razão. Ler noventa postais num só dia é diferente de ler um por dia em noventa dias." Ivan se recostou na cadeira e olhou ao redor, aparentemente satisfeito com a conclusão a que havíamos chegado.

"E o que aconteceu no final?"

"Hum?"

"Com seu colega e a menina."

"Ah, nada."

"Nada?"

"Eles se encontraram, fizeram uma longa caminhada, havia algum tipo de rio, ou talvez fosse a lua. Esqueci os detalhes. Então ela disse: 'Radu. Você sabe como fazer alguém se apaixonar por você, se a pessoa ainda não estiver apaixonada?'". Ivan parou e olhou pra mim. "Sabe a resposta?"

"Como fazer alguém se apaixonar por você?" Enrubesci. "Não."

Ele já estava rindo — quase não conseguiu dizer a piada. "'Você tem de aprimorar sua alma.' Foi o que ela disse pro Radu! Ha-ha!"

Por algum motivo, não consegui rir. "Aprimorar sua alma", repeti. Minha voz tremia. "Vou tentar lembrar disso."

Ivan parou de rir. "Eu não quis dizer isso."

Era inútil. Tudo o que ele dizia parecia me tocar tão diretamente — tudo, desde Radu e os postais, parecia conter um mau augúrio. Eu mal conseguia falar. Ele segurou a conversa inteira sozinho. Disse coisas engraçadas, surpreendentes e encantadoras, e tudo me afligia profundamente. Contou que, quando estava em casa, na Hungria, sentia que tinha de entreter os pais e as irmãs; dois anos antes todos foram pra Florença, no pequeno Mazda da mãe, ele e a mãe e a irmã e seu amigo Imre, e que viveram naquele carro por três dias. Durante todo esse tempo ele fez algum tipo de curso, dentro do carro, para cumprir os requerimentos da Análise Social. Harvard deu créditos a ele por ter passeado pela Itália com quatro pessoas dentro do pequeno Mazda da mãe.

"É sempre triste quando você vai embora de Roma", ele disse, a certa altura. "Você fica deprimido, até voltar."

Depois falou sobre andar de motocicleta, tirar a carteira. A irmã mais nova dele veio visitá-lo e os dois fizeram viagens de moto até Nova York e Anápolis. A irmã não devia mencionar a moto aos pais, mas mencionou. Como ela voltou antes de ele ir, só ela levou bronca. Periodicamente, Ivan dizia que eu tinha de falar mais, pra cortar o papo-furado dele. Não me pareceu claro o sentido de "papo-furado". Tive a sensação inquietante de que estava recebendo algum tipo de aviso. Eu disse que não, que aquilo era interessante. Ele explicou que não queria ter a sensação de que estava me contando um monte de besteira.

Falou sobre a dentista tcheca dele, sobre como ela veio de Budapeste e como ele ficou animado pra levá-la pra passear, só que ela veio com o marido ranzinza, que não gostava de nada. A figura do marido ranzinza da dentista parecia conter outro presságio desastroso.

Quando o garçom trouxe a conta, puxei minha combinação de molho de chaves e carteira.

"Você não achou realmente que eu deixaria você pagar por isso, achou?" Ele tinha uma carteira de couro masculina. Saímos, começamos a andar e terminamos numa ponte que levava à Escola de Administração. Ivan disse que havia uma igreja por ali, ou um jardim, alguma coisa que ficamos procurando, sem encontrar.

"Há duas pontes que você pode pegar", ele disse, enquanto cruzávamos a avenida.

"Ah."

"Esta é a menos romântica."

Estávamos andando por um caminho sinuoso de asfalto, entre gramados muito bem cuidados. Havia muitos arbustos e, aqui e ali, um prédio de tijolos ou pedra. Algumas pessoas jogavam frisbee. A certa altura, na minha determinação de manter a distância certa de Ivan, pisei num terrier escocês. O cachorro soltou um ganido. Detectei a expressão de surpresa de uma mulher. "Perdão!", exclamei. Seguimos antes que ela pudesse responder.

"Parece que você ficou com muita pena do cachorro", Ivan disse.

Tentei não parecer surpresa.

"Você gosta de animais?", Ivan perguntou.

Pensei sobre a pergunta. Eu não sabia se gostava de animais. "Acho que não", respondi.

"Não?"

"Bem, sempre fico ressentida por eles não gostarem de mim. Mas ainda assim fico com pena se piso neles."

"Os animais não gostam de você? Por quê?"

"Bem, eles não são capazes de gostar *mesmo* de você — como uma pessoa pode."

"Entendi. Você não consegue perdoá-los por não serem pessoas."

"Eu tive um cachorro, e na época eu tinha esse pesadelo recorrente de que ele podia falar, desde sempre. Ele dizia 'tudo que você faz é me tratar de forma condescendente, você fala comigo como se eu fosse um idiota, e ainda me chama por esse nome estúpido'."

"Qual era o nome do cachorro?"

Subitamente, Ivan me puxou pelo cotovelo, pra fora do caminho e a salvo de um homem corpulento que passou raspando de patins, roçando meu braço. O homem estava com joelheiras e cotoveleiras. Pouco depois ele acertou uma pequena protuberância no asfalto, oscilou e depois recuperou o equilíbrio.

"Poxa, estava torcendo pra ele cair", Ivan disse. "Eu teria rido muito."

Aquilo me devastou. Como ele poderia *querer* que alguém caísse? Por isso concordou em me ver? Enquanto a gente caminhava, eu olhava meus pés, calculando a probabilidade de tropeçar. Notei que Ivan também olhava meus pés, com uma expressão preocupada. Mas quando nossos olhos se encontraram, ele sorriu. "Sapatos legais", ele disse.

Andamos até o rio, até o fim de uma avenida, chegamos a um supermercado e entramos. Era tão estranho ver gente comum fazendo compras. Os morangos estavam em promoção. Caixas de morangos haviam sido empilhadas em forma de castelo, flanqueadas por latas de chantili.

"Eu me pergunto o que poderíamos fazer com aquilo", Ivan disse, quase irritado, olhando para o chantili. Fiquei vermelha. Decidimos comprar morangos. Na fila do caixa, notamos uma revista chamada *Ser*. Ivan disse que não achava que eles poderiam dizer qualquer coisa que ele já não soubesse.

Estávamos caminhando por algum tipo de rodovia, ao longo de múltiplas faixas de carros e caminhões que passavam zumbindo. Chegamos a uma ilha de relva. Havia algumas cadeiras e uma enxada empoeirada, como apetrechos para uma peça de teatro deprimente.

"Talvez seja aqui que a gente deva sentar", Ivan sugeriu.

Sentamos nas cadeiras e abrimos as caixas de morango. Peguei um e vi, só então, que estava coberto de sujeira. Como não tínhamos água, espanei o melhor que pude com a mão e comi. Estava crocante de tanta sujeira. Peguei outro, tão sujo quanto o primeiro, e fiquei segurando por um bom tempo. Ivan falava sobre os amigos que o visitariam naquela noite: um amigo do colégio e a namorada, que estava numa cadeira de rodas. Aparentemente, esse amigo só namorava mulheres deficientes. Tinha começado a namorar uma, depois passou a namorar a amiga dela, e depois uma terceira mulher, sem relação com as precedentes — todas as três em cadeiras de rodas. Todas garotas muito legais. Carros roncavam a alguns centímetros da nossa cara. Cada carro continha uma pessoa ou mais. Nenhuma delas precisava sentar naquelas cadeiras, como a gente sentou. Mas era sempre possível que estivessem indo a algum lugar ainda pior.

Ivan e eu contemplamos o morango na minha mão.

"Não consigo", eu disse.

Ele concordou. "Vamos ter que enterrá-lo." Ivan levantou, pegou a pá empoeirada e pisou na lâmina para penetrar a terra seca. Cavou um pequeno buraco e depositamos o morango.

"É o melhor lugar pra ele", eu disse.

"Eu sei. Enterramos os outros?"

Enterramos todos os morangos e retomamos nossa caminhada.

Tentei falar alguma coisa várias vezes, pra ele não ter de falar sozinho, mas as palavras saíam sempre erradas. Eu disse que alguém era plácido, ele entendeu flácido. Descrevi alguém como "perdendo o juízo".

"Perdendo o juízo?"

"Desmoronando. Essa garota — começa perfeita, depois fica se incomodando com as menores coisinhas." Eu parecia uma afásica do livro de linguística. "Escrever, escrito, não hoje, ontem."

Ivan perguntou o que eu ia fazer durante o verão. Eu não sabia. Ele pareceu surpreso e insatisfeito. "Você devia tentar viajar." Disse que eu devia me inscrever no *Let's Go*, uma série de guias de viagem escritos pelos estudantes. Se eu fosse escolhida como escritora, poderia viajar no verão para qualquer país do mundo.

Ivan viajaria para a Hungria por sete semanas, depois para um congresso de matemática no Japão, com Radu. Segundo ele, matemáticos nunca tinham férias, então sempre organizavam conferências em lugares como Honolulu. Falava sobre matemáticos como se eles fossem fundamentalmente diferentes das outras pessoas. A conferência era sobre ciências do meio ambiente, um assunto sobre o qual Ivan não sabia nada. Mas a tese dele era sobre percursos aleatórios, então ele inventou alguma história sobre percursos aleatórios de raposas e coelhos, e os ambientalistas acreditaram e lhe deram uma passagem de avião para o Japão.

Eu tive a estranha sensação de que essa conversa havia sido prefigurada pela história de Nina: Nina, que fingira estudar a locomoção das renas e que a física insistia em empurrar para o leste.

Em algum ponto da nossa conversa, Ivan mencionou que morangos cresciam em árvores. Eu disse que achava que eles cresciam em pequenas plantas rasteiras. Não, ele disse — árvores.

"O.k.", respondi. Eu sabia que, por toda minha vida, eu vira morangos crescendo em plantas rasteiras, mas isso não parecia uma prova irrefutável de que eles não cresciam em árvores.

"É fácil convencer você", ele disse.

Andamos por três horas. Na volta, nos perdemos e tivemos de descer por uma colina bem íngreme. Eu realmente não queria fazer aquilo. Cheguei a caminhar até uma árvore e parei lá por um segundo.

"O que você está fazendo?", Ivan perguntou.

"Não sei."

Ele disse que havia muitos caminhos possíveis pelos quais descer uma colina, mas o melhor provavelmente era aquele em que você não precisava passar por dentro de uma árvore. Depois, começou a falar sobre a execução de Ceauşescu e da esposa.

O dormitório de Ivan ficava num canto do décimo primeiro andar de uma torre de concreto com vista para o rio. O quarto era completamente cercado de janelas, era fim de tarde, e estar lá era como flutuar numa caixa azul. Bicicletas e barcos a remo moviam-se lá embaixo com suas luzes piscantes, como numa galáxia. Vi o semáforo que Ivan descrevera — o que não parava de mudar, como o coração dele. Quando sentamos no chão, deixei minhas mãos perto do corpo para me sentir menos à deriva. Ivan explicou que o quarto estava perfeitamente limpo porque ele estava alugando para o amigo cuja namorada era deficiente: o prédio tinha sido construído nos anos 1970 e era não apenas à prova de tumultos como também completamente acessível a pessoas com cadeiras de rodas. Eu não tinha perguntado por que o quarto estava tão limpo.

O computador de Ivan estava ligado. A frase "O que são as faíscas?" pairava na tela. Ele disse que aquilo servia para lembrá-lo de alguma coisa, mas não sabia bem o quê.

"Eu tenho essa mesma luminária", eu disse, notando a luminária halogênea da altura de uma pessoa — a que vendiam na livraria. Hannah e eu fizemos uma vaquinha e compramos. Eu nunca tinha tido uma luminária halogênea, nem visto uma. Eu amava aquela luminária.

"Todo mundo tem essa luminária", Ivan respondeu. Ele disse que não gostava, pois preferia que as coisas fossem únicas, de outra forma era como comer no McDonald's quando você podia comer num lugar aleatório. Ele nunca ia ao Baskin & Tombins, na verdade ele nem sabia o que era — era sorvete?

"É sorvete", respondi.

Ivan descreveu alguns de seus amigos. Um deles explorava cavernas. Outro era indiano — e gay. "É a pessoa mais bonita que já vi na vida." Senti uma pontada que demorei um segundo para esclarecer: o indiano, então, era mais bonito do que eu. Um terceiro amigo era o típico judeu intelectual que, idiossincraticamente, também era remador. Eu não tinha nenhum conceito que me explicasse por que remo seria uma ocupação idiossincrática para um judeu intelectual. Ivan também era amigo do filho de Rupert Murdoch, que se vestia como um vagabundo. Quem era Rupert Murdoch? Eu sabia que sabia, mas não conseguia lembrar. Um caçador de raposas famoso?

Ivan perguntou de que tipo de música eu gostava e pôs um disco de Vivalvi no toca-discos.

"Não vejo um desses desde que era pequena", comentei.

"Pois é", ele suspirou, "agora aparentemente serei obrigado a ostentar meu toca-discos pra você."

Escutamos o disco inteiro. Os amigos de Ivan ainda não tinham chegado. Ele perguntou se eu queria jantar.

A cafeteria era como uma cena de outro filme — as bandejas hexagonais, os chapéus de papel dos funcionários, o ar pesado com a tradicional sopa de peixe. Eu seguia Ivan. Pra mim era absurdo que ele comesse todos os dias, e que o faria agora mesmo.

Comi duas garfadas cheias de arroz. Ivan falava sobre os aspargos de Frankfurt. Descasquei uma laranja com uma faca, do jeito que meu pai fazia, de modo que a casca saísse toda num só pedaço em espiral — o único truque que eu sabia. Subitamente, lembrei da peça.

"Preciso ir."

"Agora?" Ivan olhou para o rolo de casca e a laranja não comida.

"Eu me diverti muito", eu disse. Nós nos olhamos, depois levei minha bandeja pra esteira que a transportaria até a cozinha.

Corri até meu dormitório, vesti o único vestido que eu tinha e desci correndo as escadas. O cara estava na porta. Mal o reconheci: além de ser alguém que eu mal conhecia, estava de smoking. "Te devo uma", ele disse, e desatou a contar uma longa história que eu não conseguia acompanhar sobre alguém cuja mãe tocava tuba.

O teatro era de concreto, frio, com um eco, cheio de vozes pomposas de garotas cantarolando. Havia garotos também, mas você ouvia mais as garotas. Onde é que elas conseguiam tanta confiança, tantas opiniões e vestidos complicados? Cada vestido era feito de múltiplos tecidos, ou tinha cortes e alças ou uma saia assimétrica. Uma das garotas usava um vestido transparente falso, com outro vestido, o verdadeiro, por baixo, escondendo o corpo. Meu vestido era um preto básico. Tinha comprado numa liquidação da Gap.

As cortinas subiram. Uma garota de pernas à mostra brincava num balanço. Numa voz alta e segura, dizia coisas engraçadas e cínicas sobre um homem.

Depois da peça houve uma recepção com champanhe e morangos. "Esses morangos estão *tão limpos*", eu disse. Eu queria falar sobre minha tarde andando com Ivan na rodovia, mas não sabia como inserir o assunto. Falamos brevemente com a engenheira de som de quem ele estava a fim. Elogiamos o som da peça, embora em certos momentos tivesse havido alguns ruídos altos e atonais. "Acho que isso correu muito bem", o carinha disse, animado, enquanto a engenheira de som se afastava.

Ele se ofereceu pra me acompanhar até meu dormitório, mas pareceu aliviado quando eu disse que poderia voltar sozinha. Tão logo fiquei só, senti um vazio no peito e entendi que sentia falta do Ivan. Como eu podia sentir falta dele? Eu sequer o conhecia.

O que aprendi sobre passeios aleatórios: se você estiver parada junto de uma árvore e começar a dar passos em direções aleatórias, você acaba por voltar pra mesma árvore. Pode levar muito tempo, durante o qual você talvez se afaste muito — mas se continuar por mais tempo ainda, você vai acabar voltando para o mesmo lugar. *Lá está ela de novo — aquela árvore incrivelmente velha.*

* * *

"Morangueiros", li na *Enciclopédia Britânica*, "são plantas herbáceas de baixa estatura com um sistema de raízes fibrosas e uma coroa da qual emergem folhas basais."

O professor de psicolinguística falou acerca de uma correspondência de e-mail com um colega em Paris. Como a Unix não oferecia sinais diacríticos, *á* virava *a*, e o *à* também. "Será que os diacríticos invisíveis ainda estão sendo processados?", perguntou. "Se sim, como testaríamos se o processamento ocorre no nível grafêmico ou fonêmico?"

Dois estudantes de pós-graduação começaram a debater como determinar onde o processamento ocorria. Mas eu não conseguia parar de pensar sobre *á* e *à* — sobre a Europa, onde até mesmo o alfabeto emitia faíscas exuberantes — sobre Mazda, sobre a mãe de Ivan, e sobre como você sempre se entristecia ao ir embora de Roma.

Na aula de russo tivemos de recontar o enredo de "O fatalista", de Lérmontov. A grande questão era se nosso destino estava escrito nos astros. A história não fez nenhum sentido pra mim, e eu não consegui recontá-la muito bem. Repeti várias vezes "ele se jogou na mesa", em vez de "ele jogou o cartão na mesa". A diferença era de uma sílaba. Pronunciei errado sete vezes. Para me corrigir, Irina imitou alguém se jogando na mesa. Só na oitava vez percebi a diferença.

Hannah me acompanhou à recepção promovida pela revista literária — calçava mocassins com meias brancas e vestia um blazer preto com ombreiras. Foi a única pessoa a quem contei. Ela disse que, quando eu fosse famosa, diria a todo mundo que me conheceu no primeiro ano de faculdade.

Helen, a editora de ficção, era pequenina e bonita, com um ar pragmático. Percebi que ela queria que eu gostasse dela, e de fato gostei, mas, não sabendo demonstrar isso por meio de nenhum ato de fala, apenas a segui silenciosamente, me esforçando para projetar simpatia e boa vontade.

O terceiro lugar do concurso de ficção leu a história dele — era sobre uma mulher que sofria de suores noturnos e mais tarde descobria que a avó estivera no Holocausto. O segundo lugar leu um texto alegórico em que um homem acordava certa manhã e descobria que sua cabeça fora substituída por um enorme traseiro. Logo vi que, embora minha história não fosse boa, essas eram no mínimo igualmente ruins, o que foi um alívio, mas não totalmente. Por que nossas histórias eram tão ruins? Quando a gente melhoraria?

Depois da leitura, alguém colocou um CD da Ella Fizgerald, e Helen me apresentou aos demais editores. Todos eram espirituosos e educados, de uma forma quase uniforme — todos pareciam ter o mesmo senso de humor coletivamente autodepreciativo. O mais engraçado e cáustico, um editor de poesia, usava um casaco impermeável e óculos escuros. Helen me informou o nome do rapaz de um jeito irônico, como se ele fosse algum tipo de celebridade. Ele apertou minha mão e rapidamente se virou pra dizer alguma coisa engraçada a outra pessoa.

Só reconheci uma editora, Lakshmi, que também era caloura e morava no meu edifício. Tudo o que eu sabia é que ela era bonita, usava drogas, falava com sotaque britânico e tinha crescido em diferentes países estrangeiros. Parecia realmente admirada que eu tivesse vencido o prêmio. "*Águas calmas são as mais profundas*", repetia. Ela era legal, mas senti um certo alívio quando me deixou e foi conversar com um sujeito de bandana, me liberando pra sentar num sofá e observar as pessoas. Como sempre, as mulheres eram mais interessantes de se olhar. A editora de conteúdo tinha cabelos castanhos, feições expressivas e uma voz rica e vagarosa acima do registro da maioria das pessoas, como um clarinete. Depois tinha essa garota cujo pescoço esguio emergia de uma gola repleta de babados em roxo e preto — pescoço que, aliás, ignorava claramente o que eram babados ou por que eles estavam ali, e apenas tratava de fazer o que era preciso: sustentar pacificamente a cabeça de boneca de pano, com olhos e aquele monte de cabelo.

Helen me entregou um copo de plástico com vinho — meu primeiro copo de vinho. Era completamente diferente de quando você só dava um pequeno gole. O sabor era completamente diferente quando você bebia uma quantidade e engolia.

Quando cheguei para o nosso encontro na tarde seguinte, Dinah já me esperava na sala. "Oi, como está? Eu estou bem, mas não fiz minha tarefa", foi logo avisando e pondo um livro na mesa. O título era *Introdução à contabilidade*.

"Contabilidade?", perguntei.

"Eu disse contabilidade? Quis dizer álgebra. Ai, meu Deus, esqueci o livro!", exclamou, batendo na cabeça.

"Não faça isso, por favor", pedi. Achei um livro de álgebra no estoque do armário e pedi que ela verificasse se tinha alguma coisa parecida ao que ela andava estudando. Ela folheou o livro lentamente. "É *isso* aqui que eu não sei", ela disse, ferindo a página com o dedo. "Essa história de polinômios."

No começo fiquei preocupada com a ideia de explicar polinômios, mas tudo correu fácil, como num sonho, não foi como tentar ensinar frações à Linda. Dinah entendeu logo de cara a diferença entre binômios e trinômios, coeficientes e variáveis. Depois falei sobre "adicionar termos semelhantes". Isso levou mais tempo, mas, quando ela entendeu, fiquei muito feliz.

"Agora vou adicionar os que são semelhantes", ela disse. "Tenha fé!"

Quando conseguiu, começamos a simplificar expressões polinomiais. "Poxa, estou me divertindo", ela disse. "Viu, só? Era isso que eu não sabia sobre esses polinômios. Não sabia que podiam ser divertidos."

Eu me candidatei ao *Let's Go* — a série de guias de viagem que Ivan mencionara — para ser escritora-pesquisadora na Rússia, Espanha ou América Latina. A entrevista foi conduzida por três editores. Primeiro me pediram para descrever o Au Bon Pain na Harvard Square no estilo de um guia *Let's Go*. Eu nunca tinha lido um guia *Let's Go*.

"Dá pra comprar um sanduíche de atum por cinco dólares", eu disse. Os editores se entreolharam.

"O que a gente vai perder se não contratar você?", uma garota perguntou.

Eu nunca tinha ouvido uma pergunta como aquela e senti uma combinação de choque e exasperação. Eles realmente me obrigariam a fingir que era *eu* quem estava fazendo um favor pra *eles*? Respondi que eu era boa com idiomas. A editora disse de imediato que eu ainda não tinha estudado russo o suficiente pra ir para a Rússia — era preciso ter cursado pelo menos dois anos; até mais, idealmente. Você tinha de ser capaz de subornar pessoas. Disseram que faria mais sentido se eu fosse pra Turquia — era um destino de viagem muito popular e poucos estudantes de Harvard falavam turco. Mas eu tinha passado todos os verões da minha vida na Turquia e queria ir pra outro lugar. "Que tal

Espanha ou América Latina?", perguntei. Disseram que o corte para espanhol era muito alto, pois a maioria dos candidatos eram falantes nativos.

"E se a gente te pedisse pra descrever esta sala, em espanhol, no estilo da *Let's Go*?", perguntou um dos editores. Olhei ao redor da sala. Era uma sala completamente sem propósito, sem nada de interessante. *"Una atmosfera antipática"*, eu disse. *"Mejor evitar."*

Os editores trocaram olhares de novo. "Entraremos em contato", a garota disse.

Quando contei a Svetlana sobre a entrevista, ela disse que foi loucura eu me inscrever — todo mundo que trabalhava na *Let's Go* acabava sofrendo um colapso nervoso. Mais especificamente, o rapaz que viajara pra Turquia no ano anterior, um rapaz americano que falava turco, foi, primeiro, terrivelmente espancado, depois teve um colapso nervoso. Uma prostituta foi ao quarto de hotel dele em Konya e ele a mandou embora, mas depois vieram uns caras e o espancaram. O episódio todo acabou sendo denunciado e documentado minuciosamente na revista *Rolling Stone*.

No almoço, Lakshmi, da revista literária, me falou da grande questão preocupante da vida dela. A grande questão preocupante da vida dela era um garoto. Um veterano, como Ivan. Lakshmi e eu tentamos discutir nosso suplício comum, mas as coisas que nos aconteceram eram tão diferentes que mal pareciam comparáveis ou comensuráveis. Noor era de Trinidad e estudava economia e literatura. Gostava de teoria. Todo fim de semana, Lakshmi saía com ele e com os amigos dele para boates ou raves — instituições que eu não conseguia nem imaginar, nem arquiteturalmente, nem de nenhuma outra forma —, onde eles tomavam ecstasy e conversavam sobre pós-colonialismo e desconstrução. Às vezes Lakshmi desmaiava e acordava na cama de Noor, mas nunca tinha acontecido nada. "Não aconteceu nada, claro", ela dizia, num tom pesaroso que parecia sugerir que esse desfecho caía na conta de Noor.

Eu sabia que minhas histórias faziam tão pouco sentido pra Lakshmi como as dela faziam pra mim. Os e-mails, as caminhadas, o enterro dos morangos. Ela disse que eu devia estar escondendo alguma coisa.

Hannah e eu estávamos ouvindo rádio e limpando o quarto. O DJ deu um CD dos Butthole Surfers para o vigésimo sétimo ouvinte a ligar — Mary, de Dorchester, que uivou orgasticamente por quinze segundos. Bem nessa hora, meu telefone começou a tocar. Eu sabia que era Ivan.

"Adivinha onde estou", ele disse.
"Não sei."
"Na sua casa."
"Minha *casa*?"
"Sua casa no ano que vem. Você vai vir pra cá."
Era verdade — os calouros tinham acabado de participar de uma seleção de novas residências universitárias e todos nós tínhamos de estar num brunch no nosso novo refeitório, e os veteranos no refeitório dos calouros.
"Eu não fui."
"É, eu imaginei."
"E você? Por que não está no *seu* brunch?"
"Eu detesto esse tipo de situação, quando tentam te deixar nostálgico."
Silêncio.
"Bem, que bom que eu não fui procurar por você também no seu brunch. Teria sido tipo O *presente dos magos*." Tão logo disse isso, me arrependi.

"Tipo o quê?"
"Ah, deixa pra lá."
"O presente do quê?"
"Dos magos — é uma história que te obrigam a ler nas escolas americanas."
"Não conheço."
"Claro, por que conheceria?"
"Por que não? Porque não estudei em escola americana?"
"Isso."
"Mas *você* estudou."
"Verdade."
"Então posso inferir que você conhece a história."
"Exato."
"Inferência lógica é algo que te ensinam nas escolas húngaras."
"Sorte sua."
"Sorte minha. Então me conte a história."

Tentei pensar em outra coisa que eu poderia dizer, mas nada me ocorreu. "Era uma vez", eu disse, "um humilde casal. Embora fossem incrivelmente pobres, cada um tinha uma propriedade preciosa."

"Espera, desculpa, não entendi. Cada um possuía o quê?"

"Uma *propriedade preciosa*. Alguma coisa que tinha muito valor pra eles."

"O.k., uma propriedade preciosa. Continue."

"A propriedade preciosa do marido era um relógio de ouro, e a da esposa era seu lindo cabelo longo. Essas duas coisas eram uma consolação enorme para os dois. Podiam passar fome e frio, mas ao menos eles tinham esse relógio e esse cabelo maravilhoso.

"Daí chegou o Natal, e eles tinham de comprar presentes um para o outro. Eles realmente... Eles realmente amavam um ao outro e queriam comprar presentes incríveis. Mas não tinham dinheiro nenhum. Então a esposa vendeu todo o cabelo dela para um fabricante de perucas e comprou uma corrente para o belo relógio do marido. Enquanto isso, o marido empenhou o relógio e comprou pequenos pentes dourados para os lindos cabelos da esposa."

"Hum-hum", Ivan disse, me encorajando a continuar.

"É isso. É o final."

"Quê? Terminou?"

"Sim."

"Acho que não entendi."

"Bem, é irônico. A mulher não pode colocar os pentes, porque ela vendeu os cabelos, e o homem não pode usar a corrente, porque vendeu o relógio."

"Então esses pentes eram uma coisa que ela colocaria no cabelo, como decoração?"

"Isso."

"Não alguma coisa que ela usaria como um utensílio — pra pentear o cabelo?"

"Não. Eu pelo menos acho que não. De qualquer jeito não importa, né?"

"Entendi", Ivan disse, depois de uma pausa. "Agora entendo sua comparação. Você está dizendo que, caso *você* tivesse ido me procurar no refeitório dos calouros, você estaria numa situação tão inútil quanto *eu* agora, na Mather House, procurando por você. Em outras palavras, você seria tão inútil quanto uma corrente de relógio sem relógio, ou um pente sem cabelo. Essa situação me lembra uma expressão húngara: 'Tão inútil quanto o pente de um homem careca'."

Eu disse que a expressão era muito boa.

"Sim, você usa pra se referir a uma coisa que é realmente inútil."

A edição de primavera da revista literária saiu. Meu conto apareceu logo após a história sobre o cara cuja cabeça se transforma num traseiro, numa página ao lado de uma das xilogravuras de Sandy, representando porcos nos degraus de uma igreja húngara. Duas páginas depois você encontrava um poema sobre uma cachoeira que, no fim, era sobre bulimia. Fiquei aliviada — tanto pelo texto ter sido quebrado quanto pela fonte ser pequena e densa, pois assim ficava quase fisicamente impossível ler.

Na tarde seguinte, recebi um e-mail do Ivan. Ele disse que alguém tinha roubado seu exemplar da revista, então ele ainda não tinha certeza, mas ouvira falar que eu vencera o concurso — que meu conto estava lá, ao lado dos porcos de Sandy. Fiquei tão feliz como só me aconteceu uma vez, escreveu. A outra vez foi quando o aceitaram em Harvard. Essa parte do e-mail era em russo.

Dinah chegou quase uma hora atrasada. Eu já desistira de esperar e agora estava apenas sentada na sala, escrevendo no caderno.

"Ora, ora, apareceu a Margarida", eu disse, pois fiquei contente ao vê-la e não sabia o que dizer, e já tinha ouvido pessoas dizerem aquilo.

"Margarida? Quem?"

"Nada, não sei. É que é bom ver você."

"Bem, foi por isso que vim. Eu não queria deixar você aqui. Não queria que achasse que sumi."

Tivemos de confrontar um problema que até então tínhamos dado um jeito de evitar: números negativos. Dinah não entendia nada de números negativos. Por certo tempo eu não percebi, pois ela conseguia adicionar números negativos a números positivos. Acontece que ela tinha inventado uma regra: "Sempre subtraia, depois mantenha o sinal do número maior". Eu expliquei que aquela regra não funcionaria se ela tivesse de somar um número negativo a outro número negativo. Não se convenceu. Parecia achar que aquilo era irrelevante. E, de fato, não havia nenhuma questão no livro sobre somar dois números negativos, então parei de tentar explicar. Contudo, agora o momento de multiplicar números positivos e negativos tinha chegado e, aqui, também, Dinah queria simplesmente manter o sinal do número maior. Isso não a impedia de acertar a resposta correta aqui e ali. Concluiu corretamente que 2 vezes -5 era -10; por outro lado, achou que -2 vezes -5 era -10. Além disso, achou que -5 era maior do que -2.

Expliquei a ela que, na multiplicação, não importava qual era o número maior. Se houvesse um número par de sinais negativos, o produto era positivo; se houvesse um número ímpar, o produto era negativo.

"Então números ímpares são sempre negativos?"

"Não", eu disse, sentindo meu pulso acelerar. "Desculpa. Espera, vou tentar pensar num jeito melhor de explicar."

Quando me viu agitada, Dinah relaxou e me confortou, tal como minha mãe fazia. "Querida", disse, pousando o lápis, "não se preocupe, nós vamos chegar lá, cedo ou tarde." Aproximou o caderno dela de mim. "Agora você vai anotar exatamente o que você estava dizendo, com exemplos, e depois eu vou pra casa e vou dar uma olhada, tudo bem? Que tal?"

"Parece uma boa", eu disse, e comecei a anotar tudo no caderno dela.

"Mas não se esqueça de colocar um exemplo", ela disse, olhando por cima da minha mão, "porque eu vejo todas essas palavras, 'coeficiente', 'variável', e fico eiiita, não sei o que é isso." Enquanto eu anotava os exemplos, ela balançava a cabeça, em aprovação: "É isso aí. Agora vai ficar tudo certo".

* * *

Às dez da noite, Ivan me ligou.
"Onde você está?", perguntei.
"Em frente à sua casa."
Olhei pela janela. Ivan estava de pé, debaixo de um poste de luz, em um dos telefones de emergência. Eram telefones de conexão direta com a polícia do campus — nem teclados numéricos eles tinham. Não entendi como Ivan conseguiu me ligar.
Desci. Ele parecia diferente do normal — mais inquieto. "Acho que precisamos beber alguma coisa", disse. Ele já mencionara em outra ocasião que beber talvez me ajudasse. Me ajudaria a falar. Essa obsessão com bebida era uma das coisas que tinham me surpreendido na universidade. Eu sempre tinha desdenhado o álcool, pois, durante o jantar, meus pais bebiam e sempre se tornavam mais irritantes. Eu sabia que o álcool costumava ser uma parte superimportante da vida universitária e que algumas pessoas levavam isso muito a sério, mas não sabia que essas pessoas eram basicamente todo mundo, exceto as mais sem graça ou as mais infantis, e alguns religiosos. Parece que não existia uma forma de não beber que não implicasse uma espécie de posicionamento.
"Tudo bem", eu disse. "Vamos beber."
Ivan me levou a uma cervejaria de luxo, ao ar livre, repleta de luzes brancas de Natal. O segurança pediu nossa identidade. A princípio, Ivan não entendeu por que não nos deixavam entrar. Achava que estávamos sendo discriminados.
"Eu não tenho vinte e um", expliquei.
"É por *isso*?"
"É isso, colega", respondeu o segurança.
Andamos vinte minutos pra longe do campus, até um bar lotado num subsolo onde demos de cara com um muro de fumaça de cigarro, exalações etílicas e algum tipo de serragem vaporosa.

Ivan localizou uma mesa alta com banquinhos cujos ocupantes pareciam prestes a ir embora. Rodeou a mesa até que as pessoas saíssem. "Você pode esperar aqui", disse. "O que prefere?"

"Não sei", respondi. Ivan me olhou por um momento, depois foi ao bar.

As pessoas, vestidas em camisetas, gritavam. O número de costas parecia maior do que o número de rostos. Observei Ivan inclinando-se no balcão pra falar com a garçonete, que tinha cabelo curto, olhos risonhos e covinhas, embora sua boca não sorrisse. Ivan voltou com duas canecas de cerveja e me entregou a de cor mais clara. A caneca pesou na minha mão. Parecia algo caro e adulto.

Eu não entendia por que a gente tinha de estar naquele lugar. Ao mesmo tempo, não havia nenhum lugar no mundo onde eu preferiria estar. Fiquei pensando em como Ivan era especial e diferente — como era mais presente e mais vivo do que as outras pessoas, como dizia e pensava coisas que ninguém mais dizia ou pensava, e como estava sempre imediatamente disposto a passear comigo por horas a fio. Tudo o que eu precisava fazer era escrever um e-mail, e ele passearia comigo o dia inteiro. Quem mais no mundo faria isso?

"Saúde", Ivan disse, em russo, e brindamos.

A cerveja estava bem gelada e não necessariamente desagradável, mas eu não via qual era o sentido daquilo. Tal como o café gelado, era ao mesmo tempo aguada e amarga. Aquilo aparentemente era uma coisa desejável.

"Está boa?", Ivan perguntou.

"Não tenho certeza." Ele pegou minha caneca e bebeu um gole. Olhei pra ele atentamente. "É cerveja", ele disse, dando de ombros. "Experimente essa." Empurrou a caneca dele na minha direção. Experimentei. Tinha um sabor extremamente parecido com a minha.

"Prefere essa?", ele perguntou. Eu disse que sim, e trocamos de caneca de novo.

Eu não tinha certeza de que conseguiria terminar a cerveja. Engolir foi ficando cada vez mais difícil. Senti meu corpo balançar discretamente sobre o banquinho alto. Não me parecia mais fácil conversar. Ao nosso redor as pessoas riam e uivavam tão alto que a gente precisava se inclinar e gritar no ouvido um do outro. "Linger", dos Cranberries, tocava ao fundo. *"You've got me wrapped around your finger"*, repetia a cantora, numa voz de menina excessivamente bonita. Aquilo me pareceu um mau agouro — a feminilidade, a paixão e a fraqueza estetizadas.

"Você gosta dos Cranberries?", Ivan perguntou.

"Não gosto muito dessa música. Você gosta?"

"Gosto." Ele se reclinou, contando um maço de notas de cinco e um. "Tenho dinheiro pra mais duas cada."

Entendi que ele queria dizer mais duas cervejas. Senti um aperto no coração. Eu achava que só precisava beber uma.

"Não posso."

"Por que não?"

"Preciso acordar cedo."

Ele olhou pra mim. "Não são nem onze horas."

Fiquei arrasada. Não conseguia entender por que não podíamos pular a parte em que eu bebia mais duas canecas de cerveja. "Bem, não quero forçar a barra", Ivan disse, de um jeito levemente irônico, como se aludindo àquele cenário bem conhecido no qual garotos *forçam a barra* com garotas, o que muito claramente não era o que estava acontecendo ali. Fiquei constrangida, sentindo que, ao me recusar a beber — por estar com medo de beber —, eu acabava sugerindo que achava que era aquilo, *sim*, que estava acontecendo e que ele iria "se aproveitar de mim", uma expressão que era impossível de imaginar sem aspas.

"E se eu pegar só mais uma cerveja e a gente dividir?"

Eu disse o.k. e ele foi até o bar. "Linger" terminou e foi sucedida por "Smells Like Teen Spirit", uma música que eu gostava, pois parecia muito extrovertida e livre, e simultaneamente alegre e negativa. Ivan voltou com outra caneca. Era a cerveja levemente mais escura que ele estava bebendo. Talvez por isso, porque era a dele, e talvez porque nos revezamos, gostei mais. Bebi goles pequenos, que eu mal conseguia engolir, e toda vez que sentia de novo aquele sabor frio e pouco familiar, eu pensava se aquilo era uma lembrança de alguma coisa ou uma continuação, e se importava quanto tempo você continuasse uma coisa que era temporária.

"Tem certeza de que não quer outra?", Ivan perguntou assim que a cerveja acabou. Pensei por um instante, mas não vi como eu poderia recuar da posição que tinha assumido antes.

Quando me levantei, tudo girou e eu imediatamente caminhei até uma mesa. Ivan me segurou pelo braço. Fiquei constrangida por dar trabalho, mas também me senti prejudicada, pois era por causa dele que eu estava dando trabalho.

"Talvez eu esteja bêbada."

"Não acho que dê pra ficar bêbado com uma cerveja."

Aquilo me magoou. Então ele achava que eu estava fingindo? No momento seguinte me perguntei: *será* que estou fingindo? Será que posso andar numa linha mais reta? Parecia que, quando eu me concentrava, eu conseguia. Meu rosto ficou quente. Com muito cuidado, caminhei numa linha reta.

Enquanto seguíamos pela Mass Ave na direção do campus, um homem surgiu por trás de uma porta. "Vendo livros", disse. Instintivamente, virei o rosto, acelerei e mudei de rumo discretamente, para lhe dar mais espaço. Ivan fez o oposto: diminuiu o passo, parou na frente do homem e olhou bem nos olhos dele.

"Livros, sério?"

Fui tomada por uma súbita percepção da liberdade de Ivan. Compreendi pela primeira vez que, se você for homem — um homem assim alto, parecido com Ivan —, você pode perfeitamente parar e olhar pra qualquer coisa que você quiser, sempre que desejar. E, por caminhar ao lado dele, eu tinha, naquele momento, uma prerrogativa especial e também podia olhar pra qualquer coisa que ele estivesse olhando. Então também observei aquele homem — as linhas sulcadas em seu rosto, a expressão astuta e repreensível, o olho embaçado e o olho perscrutador, ambos cobertos por uma vastidão de sobrancelhas.

O vendedor abriu uma das abas do casaco. Atados ao interior, como fazem os contrabandistas, uma série de livros de bolso: A *nascente*, A *nova dieta revolucionária do dr. Atkins*, uma introdução à filosofia de Heidegger, O *Manifesto Comunista*, uma antologia da Dear Abby, *Os sete hábitos das pessoas altamente eficazes* e um dicionário de inglês-espanhol. Meio sem jeito, o homem avaliou os títulos, aparentemente tentando decidir o que oferecer a Ivan. Quis saber o que ele escolheria — o que ele teria percebido no Ivan.

"Não sei se você fala espanhol", disse o vendedor, por fim, puxando o dicionário. Ele notara que Ivan era estrangeiro.

"Não, não falo."

"Então esse dicionário pode te servir *muito*", continuou o vendedor, capciosamente. "Custa apenas um dólar. Veja o preço na capa — quinze dólares. No Canadá, vinte e um dólares. O Canadá fica só a algumas horas daqui."

Ivan investigou os bolsos da calça jeans — uma visão maravilhosa, alguém por quem você está apaixonada tentando pescar alguma coisa no bolso do jeans — e desencavou quinze centavos.

"Cada centavo ajuda", o vendedor disse, pondo a moeda de dez e a de cinco centavos em bolsos separados. Depois puxou um monte de cartões-postais, do tipo que distribuem de graça em banheiros de restaurantes, e deu um a Ivan.

"Vai dar pra sua namorada?", ele perguntou, correndo o

olhar de Ivan para mim. "Por que não estão de mãos dadas, se vocês se amam?"

"Bem", Ivan respondeu, "porque existe hora e lugar pra tudo."

No momento em que a gente se virava pra continuar caminhando, um objeto veio voando na nossa direção, bem no peito de Ivan, que o agarrou com uma das mãos. Era o dicionário de espanhol.

"Está pago", gritou o vendedor, que parecia um parente do xamã de Nina, em Ulan-Ude.

Ivan perguntou se eu precisava de um dicionário para a aula de espanhol. Eu disse que já tinha um, então ele enfiou o dicionário no bolso da jaqueta.

"Bem, talvez eu use um dia." Senti uma súbita preocupação. Onde ele usaria o dicionário, com quem?

A calçada se alargou, e, outra vez, tive dificuldade de andar em linha reta. Ivan explicou que tudo que eu precisava fazer era manter uma distância constante entre mim e o muro. Isso me pareceu indescritivelmente engraçado. Quando ri, Ivan também riu. Agora estávamos nos portões do campus, bem perto do meu dormitório. Ivan me entregou o cartão-postal. Tinha a imagem de um esquimó num iglu bebendo água mineral Evian. No verso, inscrita com esferográfica, a frase *"You have a warm hart."*

"'Um coração caloroso', é verdade?", Ivan perguntou.

"Grafado desse jeito, '*hart*' é um animal."

"Que tipo de animal? Espera, eu sei. É um cervo, não é? Vi numa peça do Shakesperare." Ivan era louco por Shakespeare. Uma vez, num passeio, me contou o enredo inteiro de *Péricles, Príncipe de Tiro*. Levou vinte minutos.

"*Um coração caloroso*", Ivan repetiu, segurando meu pulso. "Acho que é verdade." Olhei pra ele. Sorria com um ar doce. E se ele achasse que eu estava esperando alguma coisa?

"É melhor eu ir", falei.
"Agora?"
"É."
"Fazer o quê? Dormir?"
"Sim." Olhei pra ele.
"O.k."
Saí, como se tivesse vencido, mas, tão logo me virei pra cruzar o portão, tive a sensação de que alguma coisa havia sido extirpada do meu peito.

Hannah estava no computador dela. "Onde andava?"
"Num *bar*." Os olhos dela se arregalaram. Falei sobre a noite numa voz cheia de pesar, mas sem conseguir comunicar exatamente o que é que tinha sido tão pesaroso.
"Foi divertido?"
"Não sei." Eu realmente não sabia.
Minha roupa cheirava como algumas tias minhas, que ainda fumavam. Quando subi no beliche e deitei, o quarto começou a girar. Piorou quando fechei os olhos. Tentei abrir os olhos e sentar. Fiquei menos tonta, mas o que eu faria? Não dava pra ficar sentada ali a noite toda.
Decidi me forçar a deitar e manter os olhos fechados, e logo caí num sono leve, sonhando com Rupert Murdoch. Quando acordei, a luz da sala se apagara, e Hannah roncava debaixo de mim. Sentia uma sede como eu nunca tinha sentido. Peguei minha caneca no escuro, segui pelo corredor até o banheiro e abri a torneira, pensando no meu coração caloroso.

Svetlana e eu assistimos a um filme sobre o carteiro de Pablo Neruda. Pensei que o filme poderia lembrar de alguma forma o poema sobre o átomo, mas não lembrava. A noite estava úmida e viscosa, e o cabelo de todo mundo estava um caos. Quando voltei ao dormitório, Angela, que geralmente ficava no quarto com a porta fechada, estava sentada na mesa dela com um espelho portátil e um pente de dentes espaçados.

"Não sei o que fazer", disse. Dois grandes flancos de cabelo insistiam em flutuar no meio da testa dela, como um sanduíche gigante. Ela me deu umas presilhas e pediu minha ajuda. Fiquei comovida e tentei prender as mechas, mas era inútil. As presilhas não eram fortes o suficiente. Já meu cabelo parecia uma fatia de pão *atrás* da minha cabeça, com uma auréola encaracolada ao redor do meu rosto.

Recebi uma mensagem de voz de Ivan, perguntando se eu estaria livre naquela noite. "Veja se consegue me ligar de volta", ele disse. Fiquei pensando se ligava. Angela me perguntou se era uma boa ideia usar spray de cabelo. Eu disse que achava que spray só cristalizaria o cabelo do jeito como estava.

Ela concordou, mas eu sabia que ela usaria o spray de cabelo. Enquanto ela sacudia o frasco, o telefone tocou.

"Alô", eu disse, meu coração pulando.

"Querida." Era minha mãe. Tinha acabado de assistir O *mágico de Oz* e queria dizer como era engraçado quando o mágico sumia num balão, acenando e gritando "Adeus, pessoal!". Ela disse que nunca tinha percebido como aquilo era engraçado. Do jeito que ela descreveu era realmente engraçado.

Perguntou quais eram as novidades. Eu disse que tinha acabado de receber uma mensagem do Ivan e que agora estava tentando decidir se ligaria ou não pra ele, pois já eram onze horas da noite numa sexta-feira, um horário em que mais ninguém estava em casa. Ela disse que era claro que eu devia ligar — se ele tinha pedido que eu ligasse, provavelmente estaria em casa. Ela parecia um pouco triste. O namorado tinha acabado de sair — ela tinha mandado ele embora depois do *Mágico de Oz*.

Quando desligamos, disquei o número do Ivan. Caiu na secretária eletrônica. Eu disse "Liguei, mas você não estava", e desliguei.

Resolvi tomar um banho. Quando ia pegar uma toalha, o telefone tocou. Meu coração acelerou de novo. Era Ralph. Queria saber se eu estava a fim de dar uma volta. Ele veio na mesma hora, com uma fita de vídeo numa caixa de plástico. Mesmo o cabelo perfeitamente aparado de Ralph estava desconjuntado. Ele disse que, primeiro, precisava devolver a fita, então decidimos caminhar até a videolocadora.

Já no corredor, comecei a fechar a porta do apartamento, mas lembrei que Angela estava no quarto dela. Ralph fez uma piada sobre a porta — sobre quão desafiadoramente eu olhei pra ela. Começamos a rir, histéricos, por causa da porta e por causa do cabelo de todo mundo, quando me virei e vi, para meu horror, o cabelo do Ivan se elevando acima do corrimão, encrespado como uma tenda diabólica.

"Ah, oi", eu disse, parando de rir. "A gente ia devolver a fita do Ralph."

"Ah", Ivan disse.

"Desculpa — você queria..." Ralph olhou de mim para o Ivan.

"Não, não, devolvam o filme", Ivan disse. "Você vai estar por aqui mais tarde?"

"Eu te ligo quando a gente voltar."

"Você não precisa ir comigo", Ralph me disse.

"Não, a gente combinou", respondi.

Descemos os três as escadas. Alguém em algum lugar usou uma das portas corta-fogo, disparando o alarme que parecia o canto de um milhão de cigarras dementes.

"Então, vocês acabaram de ver um filme", Ivan perguntou, gritando por cima do alarme. "O *Ralph* viu", eu disse, no mesmo momento em que Ralph disse *"Eu* vi".

Ivan, contudo, parecia determinado a acreditar que Ralph e eu tínhamos visto o filme juntos. "Vocês brigaram pra decidir que filme alugar?", perguntou, jocosamente.

"Eu não estava presente", eu disse.

Cruzamos os portões e começamos a andar até a praça. Ralph e Ivan conversavam sobre a loteria das residências universitárias. Enquanto caminhávamos, eu periodicamente pisava fora da calçada ou ficava pra trás. Aconteceu que Ralph tinha sido mandado para o mesmo lugar onde Ivan morou, o edifício de doze andares. Ivan começou a descrever a vista de diferentes janelas. Parecia conhecer a vista de todas as janelas.

"Ah, bom saber", Ralph respondia.

Num sinal vermelho, paramos. "Acho que vou voltar e estudar um pouco de matemática", Ivan disse, sombriamente, e desapareceu na noite.

Ralph e eu devolvemos o filme, *Para o resto de nossas vidas*. Eu nunca tinha visto Ralph odiar um filme a ponto de ter de sair no meio da noite só pra devolvê-lo. Continuamos andando até o rio. Parecia que ia começar a chover. Quanto mais nos aproximávamos do rio, mais gotas caíam — mas sempre que começávamos a caminhar de volta pra praça, a chuva parava. Tentamos andar ao redor da praça por um tempo, mas era deprimente demais, então decidimos seguir na direção da escola de administração pública.

"Parece que vamos *voltar pro parque*", falamos, ao mesmo tempo, olhando o céu. Não choveu. Chegamos ao parque. E se começasse a chover agora?

"Será que a gente devia voltar?", perguntei.

"Acho que estamos voltando."

"Estamos?"

"Acho que é porque encontramos seu amigo."

Fiquei envergonhada. "Não é verdade. Vamos continuar andando."

Passamos as duas horas seguintes fazendo o tipo de coisa inútil que a gente sempre fazia. Caminhamos de volta pro rio e, quando finalmente começou a chover, corremos para o lobby do Hotel DoubleTree e sentamos no chão do elevador de vidro, olhando a chuva. Às vezes alguém chamava o elevador, e ele subia e descia. Ninguém se importava com a gente e ninguém mandou a gente embora. Quando a chuva parou, fomos ao Chili's e pedimos uma Awesome Blossom: uma cebola empanada gigante, cortada em pétalas. Comemos um terço, depois ficou impossível continuar.

Uma das coisas mais notáveis naquela cebola frita gigante era a poderosa semelhança com uma alcachofra. Ralph me falou da teoria da cebola e da alcachofra, que ele aprendera na aula de sociologia. De acordo com a teoria da alcachofra, o homem possuía uma essência interior, ou "coração"; de acordo com a teoria da cebola, uma vez que você descascasse do homem todas as camadas de sociedade, não havia nada no fundo. Dessa perspectiva, a ideia de uma cebola disfarçada de alcachofra parecia sinistra, até sociopática. Anos depois, a Awesome Blossom ficou conhecida por conter quase três mil calorias e foi batizada de O Pior Tira-Gosto da América pela *Men's Health*. Foi quando o Chili's parou de oferecer a cebola no cardápio.

Quando finalmente telefonei para o Ivan, era uma da manhã.

"Você está com muito sono?", ele perguntou.

"Não muito. E você?"

"Não muito." Ivan queria voltar para o meu dormitório, para ver como eu vivia. Eu não queria que ele visse como eu vivia, mas não havia como evitar, e, de todo jeito, não havia vantagem alguma em esconder. Desliguei o telefone e me olhei no espelho. Nada que eu fizera nas últimas duas horas tivera qualquer efeito positivo sobre meu cabelo.

Ivan bateu na porta. Seus olhos vagaram pelo quarto, detendo-se no Albert Einstein. Parecia ter algumas ideias negativas sobre Einstein, mas, se tinha, preferiu guardá-las para si.

Hannah surgiu do nosso quarto, bocejando, o cabelo irretocável, como sempre. Disse que não conseguia dormir. Eu sabia que aquele bocejo era falso: ela não tinha tentado dormir — ela *sempre* conseguia dormir. Depois de se apresentar, fez mil perguntas a Ivan e, quando esgotou todas as perguntas, passou a nomear diferentes professores assistentes de matemática, conferindo se Ivan os conhecia.

"Ela é a hipocondríaca?", Ivan perguntou, mais tarde. "Pensei em deixá-la preocupada com a umidade, mas tive medo de que fosse a amiga errada."

"Não, é ela, sim. A outra colega de quarto não teria falado com você."

"Não?"

"Ah, ela é tímida, não teria feito mil perguntas."

"Entendi. Eu gosto que me façam perguntas."

Concordei com a cabeça, pensativamente. "Verdade. Mas... *Por quê?*"

Depois de um segundo Ivan desatou a rir, o que me deixou orgulhosa.

Caminhamos até o rio e sentamos num banco. "Não foi um bom negócio você ter me ligado", ele disse.

"Por que não?"

"Não consegui trabalhar. Não fiz nada."

Tentei não demonstrar como aquilo me deixou feliz.

"Todas as luzes estão apontando pra você", Ivan disse, olhando para os postes de luz na margem oposta, refletidos no rio.

"Aqueles ali estão apontando pra você."

"Sério? Não é pra você também?"

"Não, é pra você."

"É verdade. Estão apontando pra mim."

Naquele instante, senti uma onda de atração física por Ivan. Ele estava sentado numa posição que parecia desconfortável, inclinando-se pra frente, com as pernas coladas e os braços cruzados no colo.

Ficamos ali sentados por muito tempo, pensando se choveria de novo.

"Há quanto tempo você acha que estamos sentados aqui?", ele perguntou.

"Muito tempo." Na beira do rio, alguma coisa se mexeu entre os caniços. "Que animal poderia ser?"

"Um peixe", Ivan sugeriu.

"Pode ser que a gente esteja aqui há tanto tempo que um peixe evoluiu."

"Pode ser. Mas nesse caso a gente teria evoluído também. Mas no que a gente se transformaria?"

Senti meu corpo tenso. "Não sei."

Agora eram três da manhã e estava frio demais pra ficar no banco. Ao mesmo tempo, estava frio demais pra se mexer. Era quase como se, caso ficássemos mais tempo ali, o tempo voltaria a esquentar — podia até ser que ficasse mais cedo, em vez de mais tarde, e as coisas acontecessem de um jeito diferente.

Fomos para o quarto de Ivan e ouvimos um disco atrás do outro. Cada disco era muito particular e específico — quase arbitrário. E se algumas notas fossem diferentes? Ficariam melhores ou piores?

Ivan deslizou para o chão, as mãos postas sobre os joelhos, e inclinou a cabeça no sofá, observando o teto. O quarto começou a ficar mais claro. Eu sabia que não devia manter os olhos nele daquele jeito, então me virei pra janela. É pra isso que servem as janelas. O céu era cor de malva, e os prédios de concreto também. Os prédios de tijolos eram de um laranja leve, suave. O rio era um longo pergaminho prateado.

Voltei os olhos para Ivan, para ver se ele dormia. Continuava olhando para o teto, numa postura meio vigilante, que parecia dizer: "Não se preocupe com o teto. Estou de olho".

Tentei analisar a sensação de cansaço. Havia um peso nas pernas, uma leve pressão atrás da testa e nos olhos, e alguma coisa nos ombros. Tudo soava alto e longe. Levantei e senti como se saísse de um carro depois de uma longa viagem. Pus a palma da mão no vidro da janela. Lá embaixo, no cruzamento vazio, o sinal abriu. A hora no relógio do rádio era 6h26.

No vidro, a marca da minha mão se sobrepunha à torre do relógio. Limpei com a manga e sentei no chão de novo, perto do Ivan. Também inclinei as costas, observando o teto, no canto onde as paredes se encontravam — um delta, como o ponto em que as pernas de uma mulher se encontram. Depois, sentei com a coluna reta, e Ivan também. Ele esticou as pernas, tirou os óculos e coçou a ponta do nariz.

"Você está cansado?", perguntei.

"Nah, não muito." Ele pôs os óculos de volta. "Acho que meu corpo aceitou o fato de que a noite acabou e ele não dormiu. E você?"

"Meu corpo também aceitou."

"Estou começando a te entender melhor. Você não come, não dorme e não bebe. Você é sempre assim ou só quando está comigo?"

Parei pra pensar. "Eu como e durmo mais quando você não está por perto."

"Mas não bebe."

"Na verdade, quando você não está, eu encho a cara toda noite. Com meus amigos de verdade."

"Sério?"

"Não."

Ele suspirou. "Não quero dizer que a gente deva encher a cara. Basta um ou dois drinques. Eu realmente acho que poderíamos contornar muita coisa assim. Eu vejo que você não se importa de ficar acordada a noite toda — álcool é exatamente a mesma coisa. Você só precisa contornar o sofrimento. Fora isso, é bem similar. Você subitamente vê conexões que não via antes. Alguma coisa se rompe. Não sei como dizer — aqueles blocos, que obstruem uma conexão na sua mente."

"Inibições."

"Isso, exatamente." Senti minhas faces corando. "Não quero dizer que, se você é uma pessoa que nunca fala sobre sexo, se fica bêbada, subitamente consegue falar sobre sexo."

"Certo."

O tempo passou. Fiquei pensando em quanto tempo ainda tínhamos, e quão pouco, ao mesmo tempo. A certa altura Ivan perguntou se eu gostava de rosquinhas. Essa pergunta me pareceu absurda. O relógio na torre marcou sete horas, depois sete e quinze. Ivan sugeriu que, já que havia amanhecido, a gente fosse tomar café da manhã, então nos dirigimos pelo corredor à prova de tumultos até o elevador.

O ar da manhã estava incrivelmente fresco, ávido para penetrar os pulmões. Cruzamos a rua até o refeitório, vazio, exceto por uma mesa com seis rapazes em jaquetas esportivas. Falavam alto, mas, ainda assim, o silêncio geral era imperturbável, como se a conversa só pairasse sobre a mesa, como numa história em quadrinhos.

Ivan pegou um pouco de tudo: ovos mexidos, uma panqueca, presunto e batatas fritas. Encheu dois copos de suco de laranja na máquina de suco. Eu derramei cereal numa tigela, peguei uma banana e servi uma xícara de café. Sentamos. Cortei a banana no prato, depois transferi os pedaços para a tigela de cereal.

"Não temos nada a dizer", Ivan comentou.

Concordei.

"Esgotamos um ao outro. Provamos que ambos somos personalidades finitas." Ele parecia irritado. "Por quanto tempo a gente pode continuar desse jeito? A gente inventa uma coisa pra cada palavra, como um dicionário, daí repete as palavras. Mas então as palavras se gastam..."

Eu não tinha a menor ideia do que ele estava querendo dizer. "A *linguagem* é infinita", arrisquei.

"Há um número finito de *palavras*", ele disse. "Mas infinitas combinações."

Expliquei que Chomsky dizia que o número de palavras também era infinito. "Porque você pode ter um míssil antiaéreo, e depois, para combatê-lo, um míssil anti-míssil-antiaéreo, e depois um míssil anti-anti-míssil-antiaéreo."

"Sim, tudo bem. Talvez a gente possa conversar desse jeito daqui pra frente."

"Daqui 'daqui pra frente' pra frente."

Ele não riu.

Remexi os cereais com a colher. Só havia uma única letra — *o* —, mas infinitas combinações. Mal-humorado, Ivan comeu os ovos, a panqueca, o presunto e as batatas, e bebeu o suco de laranja.

"O.k.", ele disse, empurrando a cadeira pra trás. "Acho que

agora você pode ir pra casa e dormir ou sei lá o quê. As coisas secretas que você faz quando não está comigo."

"Ah, o.k.", respondi. "Você também pode fazer suas coisas secretas."

"Sim, eu tenho muitas coisas secretas a fazer."

Jogamos o lixo fora, devolvemos as bandejas e pratos e saímos.

"A gente se vê mais tarde", eu disse.

"Sim, em algum momento", ele disse. "Você já viu que a gente não é muito bom em fazer contato."

"A gente vai melhorar."

"Você também pode me ligar, sabia? Não precisa esperar que eu ligue."

"O.k.", eu disse, tristemente. Então ele não ia me ligar. "Eu te ligo da próxima vez."

"Ótimo", ele disse, e seguiu na direção do prédio dele.

Entrei no quarto na ponta dos pés, torcendo para Hannah não acordar. Ao escutar um sussurro, parei. Hannah sentou na cama, bocejou e se alongou elaboradamente. "Nossa, você chegou em casa agora?"

"Sim."

"Dormiu onde?"

"Não dormi. Só fiquei sentada num quarto a noite inteira. Estou meio cansada."

"Precisa descansar então", ela disse, pulando da cama.

"O plano é esse", respondi, subindo para a cama superior do beliche.

"Mas *agora*? Não quer café da manhã?"

"Já tomei." Cobri minha cabeça com o cobertor. Hannah zanzou pelo quarto falando sobre as chaves dela, até que saiu. Baixei o cobertor, peguei meu exemplar de A *pequena Dorrit* e contemplei a primeira página até adormecer.

Às três da tarde, acordei. O refeitório não abriria até as cinco. Fui até o centro estudantil, comprei um sanduíche de atum na baguete e trabalhei em cima dele por um tempo. O consumo daquela baguete parecia requerer algum tipo de músculo auricular que eu tinha perdido durante o curso dos dois milhões de anos de evolução humana.

Encontrei um livro de fábulas e li duas fábulas sobre cervos. As duas terminavam mal. Em "O cervo no estábulo dos bois", o cervo se escondia do caçador num estábulo de bois. O caçador via as galhadas do cervo aparecendo por cima do feno, e o matava, provando que "nada escapa ao olhar do mestre". Em "O cervo e o caçador", o cervo lamentava que suas pernas não fossem tão bonitas quanto suas galhadas. Mais tarde, ao fugir do caçador, as galhadas batiam num galho de árvore e o cervo era morto. A moral era: "Frequentemente desprezamos aquilo que nos é mais útil". Em geral, o maior problema do cervo eram as galhadas. Ou não, não as galhadas — os caçadores.

Svetlana fez vinte anos e deu uma festa. Debati por horas o que comprar de presente, decidindo ao final por um grande buquê de girassóis. A magnitude deles não me impressionou na floricultura, mas, enquanto voltava pela praça, os girassóis pareceram crescer cada vez mais, até que, quando cheguei à festa, as faces amarelas deles estavam quase do tamanho de rostos humanos. Colocá-los num vaso pareceu loucura, como enfiar nove pessoas num vaso. Terminamos usando uma lixeira decorativa de plástico de alguém. Samambaia buscou água no chuveiro no fim do corredor.

A maior parte do clube de servo-croatas estava lá — tinham

levado *slivovitz*. Havia um bolo de limão. Tudo o que eu conseguia pensar era que, na última vez que falei com Ivan, ele disse que tentaria me ligar naquela noite. O bolo era melhor do que parecia. Conversei com seis judeus ortodoxos que morariam no mesmo bloco de dormitórios da Svetlana. Todos estavam sofrendo de infecção estomacal. Por causa do feriado, comeram uma canja de galinha que tinha ficado guardada num forno aquecido a noite inteira, quase fervendo. "É o modo perfeito de criar bactérias", explicou Jeremy, que estudava microbiologia. Quando saí, Svetlana conversava animadamente em servo-croata com um cara de óculos. Ela soava diferente falando servo-croata, um tanto mais preguiçosa, mas, ao mesmo tempo, mais vivaz.

Recebi uma nova mensagem de áudio. Era minha mãe, descrevendo como, depois de meses de trabalho, o técnico do laboratório dela escorregou, caiu e quebrou todas as pipetas: "Acho que foi um lapso freudiano".

Desliguei o telefone, que, quase imediatamente, voltou a tocar. Era Ivan. Ele disse que estava no centro estudantil, de modo que, se eu andasse na direção dele, e ele andasse na minha direção, a gente se encontraria no meio do caminho. Eu achava que havia mais de um jeito de caminhar até o centro estudantil e que a gente podia se perder, mas quando comecei a andar, lá estava Ivan. Parecia animado. "Eu estava estudando para o exame final sobre Shakespeare com minha namorada — bem, minha ex-namorada agora", ele disse. Meu coração deu um salto. Quer dizer que ele não tinha mais namorada? Ele contou que acabou tendo uma conversa com a ex-namorada sobre Shakespeare, e sobre a condição humana, e sobre mim, e que ela mencionou alguns exemplos interessantes presentes na obra de Shakespeare, e que falaram sobre mim e Shakespeare.

"Você me lembra Shakespeare um pouco", ele disse. Olhei pra ele. Será que tinha bebido?

Fomos para o quarto dele, onde ele pegou uma caixa de papelão cheia de fotografias. Mostrou uma foto da primeira motocicleta dele, uma Honda. Fiquei confusa com a motocicleta. Ele me parecia cada vez mais uma paródia de um pretendente amoroso. Várias fotos tinham sido tiradas na Tailândia. Uma delas mostrava Ivan ao lado de um elefante. Ele e o elefante tinham quase a mesma expressão facial. Em outra, Ivan estava na frente de um templo budista, de cara para o sol, com a mãe e a irmã, mas as sombras eram tão escuras que você não conseguia distinguir seus rostos.

"Essa aqui é minha ex-namorada", disse Ivan, exibindo a foto de uma menina delicada, de cabelo longo meio ruivo, de camiseta regata, saia longa e mochila. Observei cuidadosamente a fotografia, tentando entender o que fazia dela uma namorada. Ela era pequena, cheia de curvas e parecia durona, embora seu sorriso fosse franco, quase infantil. Tinha um jumento na foto. Aquilo não podia ser relevante. Ou podia?

Ivan havia separado algumas fotos da caixa, como cartas que só seriam jogadas mais tarde. "Essas eu não quero que você veja, pois você ficaria sabendo de coisas da minha vida que eu não quero que você saiba."

A sinceridade com que ele disse aquilo me fez rir. Eu não pedi pra ver, nem tentei imaginar o que havia nas fotos. O papel da mulher desconfiada parecia um clichê que não tinha nada a ver comigo ou com a época em que vivíamos.

"No segundo semestre do meu primeiro ano, comecei a desenvolver todas essas ideias complicadas sobre o amor. Tirei um C+ numa disciplina de matemática. Eu nunca tinha tirado C+ em matemática. Fiquei arrasado." Ele olhou pro vazio, aparentemente estupefato de horror com a lembrança do C+ em matemática.

* * *

"Tem uma coisa que eu quero te dizer, mas eu não quero que você se sinta pressionada." Ele disse que o amigo dele, Peter, que também era húngaro e pós-graduando em economia, comandava um programa filantrópico no qual, todos os verões, ele enviava estudantes universitários americanos para ensinar inglês em povoados húngaros. Os professores tinham de comprar as próprias passagens de avião, mas tudo nos povoados já estava pago. Recebia-se até uma bolsa.

"Tem uma vaga sobrando", ele disse. "Se você quiser, você pode ir, provavelmente. Digo, Peter é meu amigo. E você tem experiência ensinando inglês."

Pensei nas três aulas de inglês que dei pra Joaquín, antes de ele ficar cego.

"Tecnicamente, é verdade", eu disse.

"Eu estarei em Budapeste, então a gente poderia se ver nos finais de semana. Por outro lado, não sei que tipo de lugar são esses povoados. Você vai estar cercada por cabras. Mas estará na Europa."

Eu não conseguia imaginar nada daquilo — nem a Europa, nem as cabras. Eram domesticadas? Ivan disse que eu refletisse, e eu fingi que refletia. Mas não havia sobre o que refletir. Ensinar inglês num povoado húngaro não era algo que eu pudesse contrapor a nada, pois eu não sabia quais eram as implicações daquilo, e, ainda que soubesse, eu não fazia ideia de quais eram as outras possibilidades. Além disso, minha regra naquela época era que, quando confrontada por duas possibilidades de ação, devia-se sempre escolher a menos conservadora e mais generosa. Eu considerava isso uma obrigação moral para todos os que tinham qualquer tipo de privilégio, e especialmente para qualquer pessoa que desejasse escrever.

* * *

Conheci Peter, o amigo do Ivan, num café no Science Center. Ele era muito mais normal do que eu esperava — na aparência, nas roupas, no modo de falar. Mencionou o Ivan como se ele e eu fôssemos conhecidos ou amigos que se viam regularmente.

"Você acha que vai encontrar o Ivan amanhã?", perguntou.

Era o mesmo que perguntar se o portal interdimensional se abriria. "Eu realmente não sei dizer."

Peter elogiou meu inglês idiomático e perguntou há quanto tempo eu vivia na América. "Sempre vivi aqui", expliquei.

"Sempre?" Ele pareceu surpreso, como se eu tivesse sugerido que vivia aqui desde 1776.

"Sim, eu nasci aqui, e nunca saí."

"Ah, que engraçado. Ivan falou de você como sendo turca."

"Não, eu sou de Nova Jersey."

"Que entrada?"

Peter crescera no Queens com a mãe, uma dermatologista. Agora fazia doutorado em economia e estudos do Leste Asiático. O programa nas vilas húngaras era um primeiro passo em seu plano de construir uma rede global de escolas sem fins lucrativos para ensinar inglês e programação de computadores no mundo em desenvolvimento. Era preciso começar pequeno, com as conexões que se tinha. E as conexões que ele tinha eram com pessoas admiráveis em administrações públicas de povoados na Hungria e na Romênia, e há três anos ele vinha enviando estudantes de Harvard para aquelas comunidades. Falando numa voz ponderada e gentil, descreveu a importância de cultivar conexões, a presença de boas pessoas em toda parte, a necessidade de identificar pessoas que eram não apenas boas, mas que podiam fazer as coisas acontecerem, e o sistema de ensino do Quirguistão.

No fim, me entregou um folheto descrevendo o programa. Havia uma ficha de inscrição no verso, mas ele disse que eu não precisava preenchê-la, pois Ivan tinha escrito uma carta de recomendação radiante.

"*Foi mesmo?*", quase perguntei, mas me segurei.

"Confio no Ivan", Peter disse. "Confio na opinião dele sobre as pessoas."

O verão estava no ar. Claro, quente, preguiçoso, cada novo dia parecia suspenso no espaço, como um grande balão brilhante, bem na frente da sua cara. Como sempre, eu não tinha o que vestir. Como é que eu podia não ter as roupas certas pra *nenhuma* estação? Cortei as pernas do meu jeans velho e joguei os membros amputados, dois cilindros acinzentados, no lixo.

De calça cortada, camiseta polo amarela e grandes óculos de sol dos anos 1970 que pertenceram à minha mãe, caminhei pela quadra até o prédio de filosofia, onde Peter estava conduzindo uma reunião de orientação. Sobre a porta, em letras grandes, lia-se: QUE É O HOMEM, QUE DELE TE OCUPES? Eu tinha visto essa inscrição incontáveis vezes, sem jamais pensar sobre ela. Era uma boa pergunta. O que *era* o homem? Ocorreu-me que eu podia, sim, me ocupar menos dele, e tive um breve vislumbre da liberdade.

Éramos seis pessoas na orientação — três garotas e três garotos. Eu era a única caloura. Para aprender os nomes de todos, jogamos um jogo mnemônico. Memorização era uma coisa esquisita — consistia em conectar uma coisa a outra coisa, sem nenhuma forma de enraizar qualquer coisa num lugar. Se você quisesse lembrar onde pôs as chaves, podia imaginar um anfiteatro, mas ninguém lhe dizia como lembrar do anfiteatro.

Com uma aparência compacta, organizada e quase náutica na bermuda e na camiseta azul e branca desgastada, Peter nos falou sobre o programa. Eu tinha pensado que trabalharíamos juntos na mesma escola, mas na verdade trabalharíamos em vilas diferentes, vivendo com famílias diferentes. Ministraríamos aulas todos os dias por três ou quatro horas. Os professores dos povoados nos diriam que assuntos vinham ensinando, e nós bolaríamos exercícios, práticas e jogos. O Mestre Mandou era um bom jogo para partes do corpo. Vinte Questões era ótimo para vocabulário. Música era uma boa ferramenta de aprendizado, especialmente os Beatles, pois mesmo criancinhas podiam entender *"I want to hold your h-a-a-a-a-and"*. O mais importante era ficar relaxado, ser animado e paciente.

Durante as tardes, apresentaríamos a cultura americana de um jeito livre, fora da sala de aula. Peter mostrou alguns slides de participantes anteriores. Um rapaz jogava basquete com as crianças. Ele próprio levara o aro dos Estados Unidos e o instalara numa cerca. Outro rapaz tocava guitarra e ensinou Bruce Springsteen para as crianças. Depois dos slides, Peter anunciou que um dos professores do ano passado estava lá para falar sobre a experiência dele. O professor do ano passado entrou. Era Sandy, da "Mundos construídos".

Um sorriso afetuoso pairou no rosto de Sandy enquanto ele recordava o tempo na vila húngara. Não havia eletricidade nem água quente. Todos os estudantes eram garotos de oito a catorze anos. "Eles vão tentar te provocar", ele disse.

"*Você* passou por cada aventura", Peter comentou.

"Os chifres", Peter e Sandy disseram, em uníssono.

Sandy contou, então, do dia em que um dos estudantes pegou uns chifres que por alguma razão ficavam suspensos na parede da sala de aula e avançou pra cima de Sandy. Sandy subiu em cima da mesa e usou a cadeira pra tentar se proteger — sem causar nenhum dano ao menino ou aos chifres. Todo mundo riu. Eu não acho que sobreviveria se fosse perseguida por chifres.

Durante a pausa para almoço, Sandy e eu trocamos reminiscências sobre a disciplina de "Mundos construídos" e falamos sobre Ivan — ele e Sandy viviam no mesmo dormitório. "Um cara muito interessante", Sandy comentou, um tanto impressionado pelo fato de que eu era amiga dele. Quando perguntei sobre o incidente dos chifres, ele disse que o coordenador fez um estardalhaço que só piorou tudo. Sempre que possível, a melhor opção era conversar com os garotos diretamente.

"Você vai adorar."

O período de exames se aproximava, e logo depois disso teríamos de evacuar os dormitórios. Cada dia era mais quente do que o anterior. Ninguém tinha caixas de papelão suficiente. Algumas pessoas agiam como se fosse muito fácil conseguir caixas de graça, tanto que só um idiota pagaria por elas. Eu só consegui uma caixa de papelão de graça. Estava infestada por moscas-das-frutas. Ralph e eu marcamos um encontro para comprar caixas.

Liguei pra minha mãe e perguntei se era o.k. ir para o interior da Hungria por cinco semanas ensinar inglês. Expliquei que eles pagariam por tudo, exceto a passagem de avião, e que em agosto eu poderia ir direto de Budapeste pra Turquia, encontrar com ela e minhas tias — não seria tão mais caro ir primeiro pra Budapeste.

"Isso foi ideia do Ivan, não foi?", ela disse. "Querida, ele é uma pessoa de confiança? Quem mais estará lá?" Falei de Peter, de como ele fazia doutorado em economia e vinha conduzindo esse programa por anos, e de como a mãe dele era médica e morava no Queens. Foi a informação sobre a mãe dele que pareceu tranquilizá-la, especialmente quando eu disse para ela que o Peter tinha dado para a gente o telefone dela. Ele disse especificamente que, embora durante parte do verão ele fosse estar na

Mongólia, nossos pais poderiam sempre nos contatar ligando pra mãe dele no Queens.

"Você quer muito ir?"

"Meio que sim."

"Você gosta mesmo desse rapaz." Disse isso numa voz tão triste e afetuosa que meus olhos se encheram de lágrimas.

Escrevi para o Ivan na sexta de manhã e pensei que ele me ligaria ou naquela noite ou no sábado. Não ligou. No domingo, estudei russo com Svetlana. Svetlana tinha feito uma música para decorar as declinações de alguns substantivos. Era uma melodiazinha triste, mais exatamente uma cantiga, de duas notas só: "Não há cidadãos. Não há cidadãos. Vejo o cidadão. Vejo o cidadão".

Svetlana era muito melhor do que eu em decorar coisas. Ela aceitou isso como algo necessário. Tendo crescido na América, fui ensinada a desprezar memorização, que era conhecida como memorização mecânica ou às vezes como "regurgitar fatos". Os professores diziam que queriam nos ensinar a pensar. Não queriam que virássemos robôs, como as crianças soviéticas ou japonesas. Essa era a razão pela qual as crianças soviéticas e japonesas se saíam melhor do que a gente nos exames. Porque não sabiam pensar.

Já no ensino médio, senti que os professores não estavam sendo completamente sinceros. Nosso professor de biologia dizia: "Não quero que vocês memorizem e regurgitem, quero que entendam a lógica elegante de cada mecanismo". Entretanto, na prova você tinha de desenhar o diagrama de uma transcrição de DNA. Quando o assunto era ciência ou história, a racionalidade só lhe servia até certo ponto. Mesmo que cada passo seguisse o anterior, você ainda tinha de memorizar o passo inicial, e também as regras que ditavam como os passos seguiam de um para o outro. O mundo não tinha necessariamente de ser como é. Morangos não *tinham* de crescer em arbustos. As coisas podiam ter acontecido de muitas maneiras, e você precisava memorizar aquela maneira específica, que era a real.

Mas... Precisava mesmo? E se o mundo só pudesse ter se desenvolvido de *um* jeito? Se você fosse inteligente o suficiente, poderia deduzi-lo? Uma pequena parte de mim tinha esperança de que fosse possível. E era essa parte de mim que não conseguia aprender a cantiga da Svetlana.

Na segunda, minha mãe telefonou, perguntando sobre Ivan e o fim de semana. Eu disse que não tinha falado com ele.

"O fim de semana inteiro? Por quê? O que ele anda fazendo?"

"Não sei."

Houve uma pausa. "Selin, você está se cuidando?"

Senti um aperto no coração. "Estou tentando."

"O que quero saber é se você está usando camisinha."

"O quê? Não. A gente não está fazendo sexo."

"Não estão?"

"Não."

"Tem certeza?"

"Sim."

"Bem, se fizerem, tome cuidado, use proteção. Mesmo nas vilas húngaras. É muito importante."

Depois de desligar, me senti péssima. Percebi que estava há três dias em desespero.

O telefone tocou. Se não fosse ele, eu morreria. Só aquele pensamento, eu sabia, já era letal. No tempo que levei pra pegar o telefone e dizer alô, pensei várias vezes: *Que é o homem, que te ocupes dele. Que é o homem, que te ocupes dele. Que é o homem.*

"Selin", Ivan disse. "Oi."

"Então, que tem feito?", Ivan perguntou.
"Nada. Escrevendo um trabalho de filosofia. E você?"
"Tentando encontrar um jeito de levar minhas coisas pra Califórnia e colocar num depósito, esse tipo de coisa."
"Sei como é." Comentei que era muito difícil ter de recolher todas as coisas no meu quarto e jogá-las fora, ou guardá-las num depósito, ou enviá-las de alguma maneira pra casa da minha mãe.
"Mas difícil por quê? Você vai voltar ano que vem. Coloca tudo num depósito aqui mesmo e vai pra casa."
Respondi que não tinha como transportar nada, porque minha mãe estaria na Turquia e eu não podia carregar tudo no trem sozinha, então estava enviando coisas pelo correio. Ele perguntou se eu estava usando a taxa pra livros, pois essa era a melhor opção. Disse que era possível usá-la para outras coisas que não livros — não queriam que você fizesse isso, mas você podia fazer. Ele convencera a mulher do correio. Eu me senti cansada e sem esperança.
"Enfim", Ivan disse. "Quer ir nadar?"
"Agora?"
"Bem, está calor, não acha?"
"Sim." Estava bem quente. Ele disse que podíamos nos encontrar no refeitório dos calouros às cinco e jantar antes. Perguntou se eu tinha coragem suficiente pra andar de motocicleta. Eu não achava que motocicletas fossem assustadoras. Chifres, sim.
Depois de desligar, perambulei pelo quarto, pensando na indignidade de me preocupar com meu maiô. Era meu maiô da escola. Escola me lembrava de Ralph, e de que precisávamos comprar caixas. Liguei pra Ralph.

"Não posso ir comprar as caixas."
"Ah. Sem problema. E nosso jantar — também não?"
Esqueci que tínhamos comentado alguma coisa sobre jantar.

À distância, vi Ivan em cima de um parapeito, os braços ao redor dos joelhos. Eu nunca tinha reparado nesse parapeito, muito menos pensado em sentar nele.

Ele pulou assim que me viu. Tinha um estojo preto de laptop pendurado no pescoço. Seja lá o que estivesse ali, era mais leve do que um laptop. Ele perguntou se era o.k. se passássemos no correio — ele queria postar uma coisa antes da coleta das cinco e meia. Descemos juntos pela escadaria de pedra.

A temperatura tinha caído nas últimas duas horas. O céu era de um azul pálido, não havia vento algum, e o ar parecia estar exatamente na temperatura do corpo.

"Lá está minha namorada", Ivan disse, de um jeito quase displicente.

"É?"

Olhei ao redor. Vi algumas árvores, uma estrada, duas caixas de correio, um velho passeando com um cachorro, um jovem levando um bebê num sling. O bebê estava de rosa, então era menina. Mas era jovem demais pra namorar. Uma garota com longos cabelos crespos caindo por sobre uma mochila de vinil caminhava na nossa direção, no lado oposto da rua. Mas ela olhou bem na nossa direção sem mudar de expressão e continuou andando.

"Isso ia acontecer mais cedo ou mais tarde", Ivan disse. "Yooo", gritou. Achei que ele ia dizer "yoo-hoo", mas na verdade era "Eunice". "Yoooonis!", ele gritou. Nada aconteceu. Ele apressou o passo. Eu esperei. "Oi, Eunice", ele disse, com a mesma voz carinhosa que usava comigo ao telefone. Só então reparei numa garota ajoelhada no suporte de bicicletas, de costas pra gente, destravando uma bicicleta. Estava de jeans branco e uma camiseta de listras brancas e vermelhas; o cabelo preto puxado pra trás num rabo de cavalo que balançava de um lado pro outro.

Na quarta vez que ele chamou, ela se virou e levantou, acenando com as mãos pequenas. "Ah, oi", ela disse, quase inaudivelmente.

Ivan pôs o braço ao redor da cintura dela. Ela parecia muito pequena perto dele. "Esta é minha namorada, Eunice", Ivan disse, dirigindo-se a mim. "E esta é Selin, de quem te falei."

"Como?", ela disse.

"Selin", Ivan repetiu. "Esta é Selin."

"Prazer em conhecer", eu disse, estendendo a mão.

"Ah!"

Segurei brevemente um objeto frio, pequeno e nada entusiasmado.

"Falei com Vogel", a garota disse, retirando a mão.

"Ah, foi?", Ivan perguntou.

"Vão me dar o dinheiro por aquele lance chinês."

"O quê?"

"Aquele lance, vão me dar 250 dólares. Mas não sei se devo aceitar. É uma coisa tão tediosa."

"É, você não devia fazer coisas assim."

"O quê?"

"Não devia fazer coisas que te entediam."

"Mas preciso da grana."

Os dois conversaram por um tempo sobre os 250 dólares e o tedioso e misterioso lance chinês que ela não queria fazer.

"Você não pode simplesmente embolsar a grana?", Ivan dizia.

"O quê?"

"Não dá pra embolsar a grana e não fazer nada?"

"Claro que não."

Ele deu de ombros. "Bem, é melhor do que escavar neve."

"Eu sei." Ela tinha uma boca vermelho-escura delineada com batom, um pouco menor do que sua boca verdadeira. Subitamente me veio a imagem de Ivan parado na porta enquanto ela passava o batom pela manhã, os dois conversando sobre qualquer coisa, como faziam agora — sobre as coisas triviais e conflituosas que de alguma forma constituem o conjunto da vida. Tudo parou. O tempo e o espaço se interromperam, uma dimensão de cada vez, o céu em colapso passou de domo a planície, a planície passou a linha, e então não havia arredores, não havia nada, mas apenas um espaço adiante, e depois nem mais isso.

"Estamos indo nadar!", Ivan dizia, alegre, como se fosse uma ótima notícia.

"O quê?", Eunice perguntou.

"Selin e eu estamos indo nadar."

Ela franziu a sobrancelha. "Mas o filme começa às nove e meia."

Ivan também franziu a sobrancelha. "Eu sei."

"Então você tem de aparecer pelas nove e vinte."

"Sim, tudo bem. É melhor a gente ir logo então."

"Até mais."

Ela subiu na bicicleta e nós continuamos andando. Ivan parou em frente a uma caixa de autoatendimento da FedEx e pôs o estojo do laptop de tal modo que ele certamente cairia para dentro do vão entre a caixa e o muro. Abriu a gaveta debaixo da caixa, tirou um formulário e começou a preencher.

Seguindo as imposições do destino, o estojo caiu no chão. Nós dois nos recurvamos. Eu fui mais rápida e entreguei o estojo a ele.

"Desculpa", ele disse. "Quer dizer, obrigado."

Eu me escorei no muro e olhei o céu. Uma linha branca pairava no ar, um jato passava. Ivan riscou ruidosamente alguma coisa, depois amassou o papel numa bola. "Não é desse que eu preciso." Amassou mais dois papéis até conseguir acertar. Depois destruiu uma etiqueta de endereço, tentando arrancar a proteção, e teve de preencher uma nova etiqueta.

Eu disse que não tinha problema — não estávamos com pressa.

Ele olhou pra mim e sorriu. "É a segunda vez que envio esse troço pra esse cara, Or-chid", ele disse, pronunciando o nome com um *ch* suave. "Ele parece muito incompetente. Agora tenho de mandar por FedEx. Preciso logo do ticket, pra conseguir o visto japonês."

Li o nome na fatura: Orchid Jones. "Acho que é uma mulher."

"Sério? Or-chid é um nome de mulher?"

"*Orchid* — é uma flor."

"Ah, *orquídeas*, aquelas flores obscenas? Então concordo com você. Orchid Jones é provavelmente uma mulher."

Fiquei observando-o preparar um cheque de 689,92 dólares. Escreveu tudo em letras grandes e o *I* arqueado como um *C* invertido. Pegou o cartão de crédito e começou a copiar o número.

"Comprei uma passagem de volta diretamente de Tóquio pra San Francisco", explicou. "Não vou vir aqui de novo. Mandei minhas coisas pro departamento de matemática em Berkeley. Está tudo lá, em algum escritório. Eles vão ter de guardar aquilo tudo o verão inteiro." A ideia pareceu alegrá-lo. Também tentei rir, depois peguei a carteira dele e dei uma olhada na carteira de estudante e na carteira de motorista. Ele não sorria em nenhuma das fotografias.

"Parece comigo?", perguntou.

"O quê?"

"Parece comigo? A foto?"

Eu disse que sim. Disse que, se não soubesse, acreditaria.
"O quê?"
"Se eu não soubesse, pensaria que era você."
"Você pensaria que era eu, na minha própria fotografia?"
"Isso."
Franziu as sobrancelhas. "E quem você acha que é agora?"
"Deixa pra lá."
"Tudo bem", ele disse, deixando cair o cartão de crédito. Deixei ele mesmo recolher.

Na fila do refeitório, peguei um garfo e uma faca. Ivan me ofereceu outro garfo e outra faca. Olhei fixamente para os dois garfos e as duas facas. No bufê de salada, Ivan pôs alface e tomates numa tigela e cobriu com molho. Eu também coloquei algumas coisas numa tigela, mas no fim não era uma salada, era apenas um monte de coisas aleatórias numa tigela. Na máquina de refrigerante, um pouco de coca diet respingou no meu pulso.

Encontramos dois assentos vazios numa mesa perto de quatro jogadores de futebol. As bandejas dos jogadores pareciam cidades futuristas, com copos de leite e Gatorade emergindo como arranha-céus brancos e fluorescentes.

O milho no meu prato me fazia pensar em dentes, e eu não parava de pensar no conto de Poe sobre monomania, em que uma mulher tem monomania, e era sobre dentes.

"No que você está pensando?", Ivan perguntou.

"Dentes."

Ele olhou pra minha bandeja intocada. "Seus dentes estão te incomodando?"

Ivan comeu uma refeição quente, depois uma tigela de gelatina. Usou um garfo pra comer a gelatina. Eu não queria ser o tipo de pessoa que perdia o apetite por causa de um homem, então comi um pouco de grão-de-bico. Depois pensei: por que devo ser o tipo de pessoa que come quando não está com fome, só pra provar alguma coisa? E larguei meu garfo.

"Onde estão suas coisas?", Ivan perguntou.

"Minhas coisas?"

"Seu maiô, por exemplo. Suponho que você esteja planejando usar maiô."

"Eu *estou* usando maiô."

"Ah, debaixo da roupa? Muito bem. E a toalha?"

Eu tinha esquecido da toalha. Ele disse que eu devia ir pegar uma no meu quarto; ele buscaria a moto e me encontraria no portão.

No quarto, esvaziei minha mochila e coloquei uma toalha de praia e uma camisa xadrez. Olhei ao redor, pensando no que mais levar. Vi o Einstein, o que me lembrou de levar uma escova de cabelo. Não consegui pensar em mais nada, depois da toalha, a camisa e a escova.

Ao me aproximar do portão, escutei alguém correndo atrás de mim. Dei um passo para a lateral e alguma coisa deu um pulo, pousando do meu lado.

"Você passou direto por mim", Ivan disse, sem fôlego. "Eu gritei, chamei seu nome."

Lembrei como Eunice também não o escutara. Em relação a chamar a atenção de garotas, não era o dia dele.

A motocicleta era amarelo-clara. Ivan me ofereceu um capacete. Quando me atrapalhei com a fivela, ele tirou o capacete da minha mão, apertou o laço, colocou na minha cabeça e ajustou a fivela debaixo do meu queixo. Depois colocou o próprio capacete, que tinha uma tela clara na frente, e me mostrou onde sentar. Disse pra que eu me segurasse nele, que caso a gente se inclinasse para o lado, eu não me preocupasse, nem tentasse virar o corpo pro lado oposto. Eu devia apenas fazer o que ele fizesse.

"Meu principal conselho", repetiu, "é se segurar em mim com força. Assim você não vai cair." Concordei. Não tinha me ocorrido que era possível cair. Subi atrás dele, olhando pro chão e torcendo pra não ver ninguém que eu conhecia.

O motor foi acionado e nos afastamos da calçada. Era incrível fazer o mesmo caminho que eu normalmente fazia a pé, mas agora sem esforço nenhum, e muito mais rápido.

"É bom você me segurar com mais força", ele disse, por sobre o ombro, acelerando.

Ele vestia uma camisa laranja frouxa que eu já tinha visto muitas vezes, sem nunca pensar que um dia poderia tocá-la. Pus meus braços ao redor da cintura dele, de leve, procurando minimizar o contato. A ideia de me segurar nele parecia impensável e errada, como pegar um animal selvagem nos braços.

Mas, depois de um tempo, o constrangimento se perdeu na alegria pura e primitiva que a sensação de velocidade despertava. Quando Ivan avançou pra rodovia, acelerando numa marcha mais forte, comecei a rir. O vento era muito forte e me fez pensar na minha lente de contato, então fiquei a maior parte do tempo olhando pra baixo, vendo o asfalto passar rapidamente, levantando a cabeça só uma vez ou outra pra roubar um vislumbre de um hotel ou de um posto de gasolina. Sempre que Ivan se reclinava, nossos capacetes se tocavam.

A primeira coisa que você via no lago Walden era uma réplica da cabana em que Thoreau viveu. Nem na dimensão original, nem em miniatura, era só um pouco menor do que o normal, como as seções infantis de uma loja de departamentos. Pela janela, você via uma pequena panela num pequeno fogão à lenha, uma pequena vara de pescar, uma pequena cadeira numa pequena mesa e, sobre a mesa, um pequeno lampião e um pequeno manuscrito — *Walden*, presumivelmente, mas um pouco menor. "Thoreau era muito baixo", Ivan disse.

"Ou isso ou ele era sovina demais pra construir uma casa no tamanho certo."

A água era de um verde cristalino, rodeada de colinas cheias de árvores. Na praia, crianças corriam com asinhas amarelas infláveis, enquanto as mães tomavam banho de sol. Era esquisito pensar que essa cena era parte da infância delas. Ivan disse que achava que poderíamos encontrar um lugar menos cheio. Segui atrás dele para além de uma cerca, onde um cartaz avisava para não andar sobre o banco de areia, pois provocava erosão. Subimos esse banco até a floresta e fomos por uma trilha que cortava a colina como uma espécie de plataforma.

"Ei, você é americana", Ivan disse, subitamente. "Você deve ter lido esse livro. Qual a história dele, desse Thoreau?"

"Eu li no colégio. Não lembro muito bem."

Ele riu. "Sei, porque faz muito tempo que você saiu do colégio."

"Foi no segundo ano do ensino médio. Três anos atrás!"

"O.k., o.k. Você gostou quando leu, três anos atrás?"

Eu não tinha considerado Thoreau a figura mais agradável do planeta — ele tratava Emerson com desdém, mas depois usou o dinheiro dele pra construir a cabana. "Lembro que ele disse que os egípcios perderam tempo construindo pirâmides, porque o faraó tinha de ter sido atirado no Nilo, feito um cachorro. E que os escravos egípcios tinham de ter se mandado pelo mundo, sugando o tutano da vida."

"Desculpa, não ouvi — deviam ter feito o quê?"

"Sugado o tutano da vida", eu disse, mais alto.

"Ah, certo. Então ele era tipo um comunista. E como ele terminou aqui, no lago?"

"Ele queria abandonar a sociedade e sentir a vida em primeira mão, construir uma casa sozinho. No livro, ele lista o preço de cada prego, de cada mantimento, pra provar como as necessidades dele são simples. Uma mulher oferece um colchão, mas ele não aceita."

"Desculpa, o que a mulher ofereceu?"

"Um *colchão*."

"Um colchão? Por que ela queria dar um colchão pra ele?"

"Não sei. Acho que tinha pena."

"Ah, o.k. Continue. Ela queria dar um colchão pra ele, mas ele não aceitou."

"Isso — ele disse que ocuparia muito espaço."

"Era um colchão grande?"

"Não sei. Acho que não."

Chegamos a uma clareira entre as árvores, depois da qual havia uma praia menor, completamente vazia, coberta por pedrinhas lisas. Parecia muito limpa e clara e perfeita, como uma metáfora de alguma coisa.

"Aqui parece um bom lugar?", Ivan perguntou.

"Sim."

"Ótimo. Vamos trocar de roupa." Subindo a colina, ele desapareceu entre as árvores. Eu subi uma pequena distância em outra direção. Sentei numa pedra e tirei os sapatos. Por um momento, segurei um dos sapatos e olhei pro vazio. Então tirei minha camisa e minhas meias. Desci a colina ainda com a calça jeans sobre o maiô. Ivan desceu correndo, usando uma bermuda jeans cortada, as calças pendendo do ombro, e pulou do banco de areia para a trilha estreita.

Colocamos as mochilas na praia, e eu tirei minha calça.

"Eu estava me perguntando mesmo se você ia nadar de jeans", Ivan disse.

Entramos no lago. Peixinhos translúcidos circundavam nossos tornozelos, cheios de vida. Quase só havia vida naqueles pequenos corpos, vida pura, sobrava pouco espaço pra qualquer outra coisa. O sol tinha baixado, corria uma brisa, e a água estava gelada. Fiquei paralisada com a ideia de mergulhar, mas tomei uma decisão e mergulhei. Senti minha pele se enrijecendo em todos os pontos, e pensei em como era raro ter consciência do nosso corpo inteiro, de uma só vez, como uma superfície contínua.

"Você devia entrar", eu disse, quase sem conseguir falar de tanto frio. "Está *maravilhoso*."

Ivan ficava bem diferente sem os óculos, de cabelo molhado. Eu disse que era como na primeira vez em que você via um cachorrinho felpudo depois de molhado.

"Então, na sua analogia eu sou um cachorrinho felpudo?"

"Sim. Embora, na maioria dos casos, você não seja realmente como um cachorrinho felpudo."

"Não? Agora você feriu meus sentimentos."

Nadamos de peito lado a lado em direção à praia oposta, contando um ao outro como tínhamos aprendido a nadar: eu, num acampamento em Nova Jersey; ele, com os pais, no lago Balaton. Ivan quis saber como era o acampamento. Eu perguntei sobre o lago Balaton. Ele disse que a família dele costumava ir pra lá todo ano, mas que agora ficava lotado demais. "Não é como aqui. Aposto que agora tem duas pessoas nesse lago inteiro, incluindo nós dois."

"Duas pessoas incluindo nós dois?"

"Isso."

As árvores se destacavam nitidamente contra as nuvens cinza e peroladas, e a água era tão clara que você conseguia ver o fundo. Ivan perguntou quão fundo eu achava que era. Ele mergulhou e desapareceu pelo que me pareceu um longo período.

"Tocou no fundo?", perguntei.

"Não."

Ele tentou de novo, levantando os braços acima da cabeça e mergulhando com os punhos pra frente. Eu fiquei boiando e olhando o céu.

"Você consegue boiar de costas e olhar os dedos dos pés?", perguntou Ivan, de uma distância insondável. Procurei por ele. Estava bem do meu lado.

"Não sei. Não por muito tempo."

"Meu pai conseguia. Quando eu era criança, ele boiava de costas, colocava os dedos dos pés pra fora da água e dizia 'aposto que vocês não conseguem fazer isso'. Minhas irmãs e eu tentávamos de todo jeito, mas ele estava certo — não conseguíamos. Ele dizia que era porque não éramos espertos o suficiente. Eu ficava com muita raiva." Ele riu, depois olhou pra mim. "Para de tentar, é impossível. É só porque ele era muito gordo. Era assim que ele conseguia."

Nadamos de volta pra praia. Um pato muito tranquilo cruzou nosso caminho, deixando uma trilha em forma de V. Ivan nadou algumas braçadas logo atrás do pato. "Quá-quá", ele disse, soando ao mesmo tempo tão humano e tão como um pato que não consegui não rir. "Um único pato num lago vazio — parece que vai evoluir e virar alguma outra coisa."

Concordei que o pato tinha mesmo um ar pioneiro.

"Depois vai ser a gente. No que você acha que *a gente* se transformaria?"

"Não sei", respondi. Queria saber por que ele sempre perguntava aquilo.

Quando nos aproximamos da margem, Ivan começou a nadar mais rápido e, quando conseguiu pisar na areia, correu até a praia. Eu diminuí o ritmo e fiquei olhando. Ivan pegou a bolsa dele, depois mudou de ideia e pegou minha bolsa, abriu o zíper e retirou minha toalha. Achei estranho que ele tivesse esquecido a toalha dele quando foi ele que me lembrou de levar a minha.

Além disso, por que ele *correria* pra fora da água daquele jeito e pegaria minha toalha? Alcancei o raso e comecei a andar, mas estava tão frio que voltei pra dentro da água, pra esperar que ele terminasse de usar a toalha. Ivan apenas se manteve parado, pingando, com minha toalha na mão. Era uma toalha de praia com desenhos de relógios de pulso grandes e multicoloridos.

Parece que não havia mais nada a fazer além de sair da água. Nadei até sentir a areia arranhando meus joelhos, depois caminhei até a praia, na direção de Ivan. Ele se postou atrás de mim, eu me virei, a mão dele tocou meu ombro, eu me afastei, depois percebi que ele tentava enrolar a toalha nos meus ombros. Em pânico, fiquei de frente pra ele e peguei a toalha.

"Obrigada", eu disse.

"Sem problema." Da mochila do laptop ele tirou uma toalha de banho azul e começou a secar as costas. Eu penteei meu cabelo e escorri a água. Ivan pegou as roupas dele. "Não olhe", disse.

Eu me virei e ouvi quando ele abriu o zíper do short. Entrei de novo no lago, a água até os tornozelos. Entre os seixos meus pés pareciam brancos e fantasmagóricos. Um cardume de peixes pequenos pretos passou rápido como flechas num cerco de guerra.

"Você está indo muito bem", Ivan disse.

Olhei pra margem oposta. "Estou indo bem?"

"Sim, bem melhor do que eu."

Em quê, tentei perguntar, mas não consegui.

Quando já não podia ouvir nenhum som de roupa, eu me virei, mas, captando um breve vislumbre de Ivan com uma só perna no jeans, me virei de novo. Eu não conseguia alcançar minhas roupas, pois estavam atrás dele. Ajustei a toalha ao redor da cintura e olhei pro céu.

"Você precisa de ajuda?", ele perguntou, depois de um momento.

Eu me virei de novo. Ele estava plenamente vestido. "Acho que não", respondi. Por que eu precisaria de ajuda para vestir minhas próprias roupas?

"Talvez você precise que eu segure a toalha."

"Que você segure a toalha", repeti. Deduzi que ele estava propondo que eu tirasse meu maiô, enquanto ele segurava a toalha como um biombo. Tentei imaginar isso. Ele seguraria a toalha *ao meu redor*, ou só na frente? Eu ficaria virada pra que lado? E quanto às outras direções? E qual era o sentido daquilo, se não havia ninguém ali, além dele e dos patos?

Eu disse que vestiria a roupa por sobre o maiô.

"Você não devia fazer isso", ele disse, num tom tão definitivo que fiquei um pouco chocada.

"Como é?"

"O maiô está molhado, e está ventando. Você vai pegar um resfriado."

Eu me perguntei por que sentia tanta resistência em deixá-lo segurar uma toalha na minha frente enquanto eu tirava a roupa. Afinal, *eu* é que estava a fim dele. Mais tarde, quando ele fosse embora, eu não desejaria estar aqui de novo, nessa mesma situação?

"Só pense", ele disse. "O que sua mãe diria?"

Lágrimas vieram aos meus olhos. Minha mãe ficaria com pena de mim.

"Quero dizer — ela não ia querer que você pegasse um resfriado. Talvez ela ficasse com raiva de mim se achasse que deixei você ficar resfriada."

"Eu...", tentei responder, mas não consegui. Olhei pro chão.

"O.k., o.k., Selin, você que sabe."

Silenciosamente, recolhi minhas calças, minha camiseta e a camisa xadrez, e vesti tudo sobre meu maiô ensopado. Sentei num tronco de árvore pra colocar os sapatos. O sol apareceu entre as nuvens, manchando-as de laranja. Esquentou um pouco. Caminhamos de volta até a entrada, pra que eu pudesse usar o banheiro. Um aviso dizia pra não jogar papel na privada. A privada era só uma tábua com um buraco no meio — sem descarga.

"Você quer voltar agora?", Ivan perguntou, do lado de fora.

"Você precisa voltar?"

"Agora não. Dá tempo de ver o pôr do sol."

Pulamos a cerca de novo e andamos por um espaço de tempo comicamente longo, sem conseguir encontrar o sol. "Não se preocupe, vamos encontrá-lo", Ivan disse. "No mais tardar, amanhã de manhã."

Seria maravilhoso caminhar com ele até a manhã seguinte. Era o que eu sentia de verdade, ainda que ele me estressasse muito, e mesmo que tudo que fizéssemos fosse escutar mal o que dizíamos um ao outro, perguntando "o quê?" o tempo todo. Naquele instante, o lago apareceu e, suspenso sobre ele, a gema trêmula e derretida do sol. Sentamos num tronco e o contemplamos enquanto mergulhava no horizonte.

"Sabia que trouxe um livro pra você?"

"Não."

Puxou um livro da biblioteca, verde e curto, da mochila. Eram contos de fadas, em russo. O primeiro se chamava "A Cabra Alguma Coisa". Nem ele nem eu sabíamos que tipo de cabra era aquela. Claramente, não havia como evitar cabras. Debruçados sobre a primeira página, concluímos que um mercador tinha três filhas. Ele construiu uma casa nova. A mais velha foi até a casa e alguma coisa foi até ela. A mais nova também foi até a casa. Ela era triste, Ivan disse — patética.

"Patética?", repeti. Ivan sabia mais russo do que eu agora — ele tinha pulado um semestre e começado "Eslavo 2", pois não havia alunos o suficiente e de outro modo a disciplina seria cancelada.

"Talvez não exatamente patética, mas lamentável."

Escureceu até não ser possível distinguir as letras. Ivan disse que achava que o termo húngaro para cabra era emprestado do turco. Os termos eram, de fato, similares. Comparamos, então, "grama" e "vaca" e "porco". Eram diferentes. "Maçã" era igual, e "bota" também.

"Quantas palavras conseguiríamos listar?", Ivan perguntou.

"Muitas, né? A gente sabe muitas palavras."

"Mas a gente contaria só as parecidas."

"Ah. Então não sei."

Caminhamos de volta pro estacionamento. Escurecia cada vez mais rápido.

Não havia autoatendimento no posto de gasolina, então paramos no atendimento completo e descemos da motocicleta. Um rapaz magrelo com sardas cambaleou na nossa direção. Ivan avaliava o preço dos combustíveis. Os olhos do rapaz encontraram os meus. Entendi logo de cara que ele tinha a minha idade, e eu sabia que ele sabia o mesmo sobre mim. Ivan desenroscou a tampa do tanque de gasolina. O rapaz tirou o gatilho do gancho e entregou a Ivan. Ficamos olhando Ivan encher o tanque.

"Moto bacana", o rapaz disse.

"Valeu."

"Yamaha?"

"Suzuki."

Estava escrito SUZUKI bem no tanque.

"Hum." O rapaz recebeu o dinheiro de Ivan e voltou pra dentro da guarita do posto.

"Esse atendimento completo foi incrível", Ivan comentou, ligando a ignição.

De volta a Cambridge, o relógio do banco marcava 8h40.

Fomos até o refeitório de Ivan. No período de exames os refeitórios ficavam abertos até mais tarde. Numa mesa perto da porta, dois estudantes debruçavam-se sobre os livros, mortos ou adormecidos. Num canto, uma menina olhava fixamente para uma pilha de anotações, com uma ferocidade impressionante, como se fosse comê-las.

Numa mesa perto da máquina de água quente jazia a maior parte de um bolo arruinado, com letras cursivas ainda legíveis soletrando FELIZ ANIVERSÁRIO, BEBÊS DE MAIO! Havia uma cesta de bananas ao lado do bolo. Sentamos numa mesa com duas xícaras de chá e algumas bananas. Ivan me contou da visita que fez com a namorada a um café em Budapeste, onde um garçom arrogante não deixou que ele fizesse o pedido em húngaro.

"Ele insistiu em falar em inglês com a minha namorada. Tinha muito orgulho do inglês dele. Ela não conseguiu entender uma palavra do que ele disse, mas mesmo assim ele não desistia."

Bebericamos o chá e olhamos pela janela.

"Uma coisa que não entendo sobre você", Ivan disse, "é o quanto você se considera americana e o quanto se considera turca. Como é quando você está na Turquia? Você se sente diferente?"

"Eu me sinto uma criança."

"Uma menininha, é? Deve ser terrível."

"Aprendi turco quando eu tinha três anos, então eu não sei palavras suficientes. Não consigo falar sobre qualquer coisa. E você? Sente-se diferente quando está na Hungria?"

Ivan moveu o copo de plástico em várias direções, como se fosse um rei em xeque. Disse que na Hungria as pessoas eram mais honestas. Se achassem que você estava fazendo alguma coisa estúpida, diziam logo de cara. Americanos eram polidos e distantes, como se houvesse bolhas separando todo mundo. "Você não consegue dizer se alguém realmente gosta de você. Não consegue se aproximar. Tem todos esses bloqueios."

"Bloqueios", repeti.

"Eu sei que é um clichê dizer: 'Oh, a América é tão impessoal! Oh, eu me sinto um número!'. Não é isso que quero dizer. Não estou dizendo que os costumes húngaros são melhores. Em geral, acho que o isolamento é uma coisa boa. Em relação à maioria das pessoas, sou grato por não ser realmente próximo delas. Na Hungria, começariam logo a dizer todo tipo de merda pra você." Fez uma pausa, aparentemente pensando sobre as diferentes merdas que tinha ouvido na Hungria. "Claro", continuou, "também é possível se sentir protegido *demais*. Na Hungria me sinto mais vulnerável."

"Entendo. Então aqui você se sente mais *in*vulnerável."

"Bem, talvez não seja assim tão simples."

Terminei meu chá e pus nossas duas cascas de banana no copo vazio. Do lado de fora da janela, a luz ficou verde. Um ciclista acelerava ao longo da margem do rio, a luz traseira da bicicleta piscando. Quando olhei de volta pra Ivan, ele me observava. "Preciso ir", ele disse.

"O.k." Tive certeza de que alguma coisa finalmente tinha acabado, e eu não me sentia mal com aquilo — me sentia aliviada. "Obrigada", eu disse.

"O quê?"

"Obrigada, por hoje. Foi um dia muito bom."

"Ah, Selin. Eu que devia agradecer a *você*. Eu que tive um dia muito bom." Ele empurrou a cadeira pra trás e levantou. "Agora é hora de você ir pra casa e tirar esse maiô molhado."

Nós nos afastamos do rio, passamos pela motocicleta dele, até o pátio. Quando chegamos à Quincy Street, Ivan dobrou à esquerda, e eu segui reto. Estava escuro, e por um instante me demorei no cruzamento, olhando pra ele. Ele parecia tão livre, os ombros levemente encolhidos, a camisa ondulando atrás dele. Quando cruzei a rua em frente ao banco, o relógio marcava 9h20.

* * *

O dia seguinte, sexta, parecia uma nova era. Hannah tinha provas o dia todo, então sentei sozinha no nosso quarto compartilhado trabalhando no meu artigo de filosofia sobre frases de ação. Ninguém sabia como colocar frases de ação em notação lógica. Donald Davidson achava que a ação era uma coisa extrainvisível, escondida na frase, que você tinha de chamar de "x". Li e reli os exemplos.

Pilotei minha espaçonave pra estrela da manhã.
($\exists x$) (Pilotei (Eu, minha espaçonave, x) & (à estrela da manhã, x))

Será que espaçonaves funcionavam desse jeito mesmo?
O telefone não parava de tocar.
Primeiro, um cara da minha aula de filosofia me ligou perguntando se eu conhecia o artigo em que P. F. Strawson dizia que a parafrasibilidade dos termos singulares não implicava necessariamente que você poderia eliminá-los de uma língua.
"Consigo visualizar o artigo tão perfeitamente", ele disse. "Parece um manuscrito, em fonte Courier. Até consigo visualizar o parágrafo que eu quero. Está no canto esquerdo inferior da página à esquerda."
"Se você consegue visualizar assim tão perfeitamente, por que não lê na sua imaginação?"
"Não funciona assim."
Assim que desliguei, o telefone tocou de novo.
"Oi?", eu disse, lembrando que não poderia ser Ivan, pois eu sabia que Ivan não me ligaria de novo.
"Oh, Oleg!"
"Ralph! Como foi a prova de química?"

"Digamos apenas que, em retrospecto, ninguém em sã consciência desejaria ser médico. É uma coisa classe média demais."

"Totalmente. Jalecos brancos no Dia da Condecoração."

"Se bem que eu gosto daquele uniforme verde-jade de sala de cirurgia."

"Talvez se possa inventar alguma coisa naquele estilo, pra vestir à tarde."

"Que tal discutir os designs durante o jantar?"

"Pode ser daqui a uma hora? Ainda estou escrevendo um trabalho."

"O trabalho de filosofia! Tão insensível da minha parte não perguntar. Como anda o trabalho?"

"Precisando de mais palavras."

Cinco minutos depois que desligamos, o telefone tocou de novo. Era alguém chamado Jared perguntando se eu consideraria votar nele para um comitê do qual eu nunca tinha ouvido falar.

"Estou contigo", eu disse e desliguei. O telefone começou a tocar de novo imediatamente.

"O que foi agora?"

"Selin?" Era minha mãe.

"Ah, desculpa. Pensei que era alguém ligando pra me pedir pra votar no Comitê de Iniciativas Estudantis."

"Não, meu anjo, eu não quero fazer parte do Comitê de Iniciativas Estudantis. Eu só estava pensando em você. Estava me perguntando como estariam indo as provas, e como estão as coisas com seu amigo húngaro."

Contei a ela uma versão reduzida do que tinha acontecido no dia anterior.

"Acho que não vamos mais nos falar."

"O que você vai fazer quando ele ligar pra você?"

"Ele não vai ligar."

"É claro que vai. Mulherengos sempre ligam de novo. É a melhor qualidade deles."

Não respondi nada. Mulherengos?

"Cedo ou tarde, você vai ter de falar com ele de novo, e se eu fosse você, eu me adiantaria e decidiria logo que posição tomar. Vamos refletir sobre por que ele deixou isso acontecer. Provavelmente ele só queria te chatear."

"Ele queria *me* chatear?"

"Ele queria uma prova de que você se importa com ele."

"Mas ele já tinha provas."

"Bem, talvez você devesse lhe dar o prazer de ficar chateada e ver o que ele faz."

Tentei engolir o nó na minha garganta. Escutei alguns ruídos de fundo vindos do outro lado da linha. Uma gaveta de metal se fechou. "Sim, é verdade. Você está totalmente certa", minha mãe dizia. "Estarei aí num minuto."

"Desculpa, meu bem, alguém com quem preciso falar chegou aqui ao laboratório. Amanhã eu ligo. Se eu não encontrar você, me ligue."

"O.k."

"Promete?"

"Prometo."

"O.k. Agora, não deixe nada disso diminuir seu índice de alegria. Pense em Tamerlão."

Quando ela era criança, meu avô costumava consolar minha mãe lembrando-a que talvez eles descendessem de Tamerlão.

"O.k.", eu disse, embora não entendesse como Tamerlão ajudasse em alguma coisa.

"Lembre-se, você tem o melhor coração e a melhor mente, e tudo o que você fizer estará certo. Tchau, tchau, meu anjo. Não esqueça de comer frutas."

* * *

O telefone começou a tocar. E se fosse o Ivan e agora eu tivesse de lhe dar o prazer de estar chateada?
"Alô?"
"Oi", disse Lakshmi. "O que você vai fazer hoje à noite?"
Noor ia discotecar no aniversário de um especulador financeiro, num clube em Boston. Parecia horrível, mas ainda era melhor do que ficar sentada ao telefone, fingindo escrever o trabalho e pensando se o Ivan iria ligar ou não, o que aparentemente era o que meu cérebro idiota estava preparando para mim.
"Não tenho carteira de identidade."
Lakshmi disse que isso não seria um problema — não era difícil entrar nesses lugares, tudo o que você tinha de fazer era ser mulher e se vestir de forma atraente.
"Ah."
"Qual o problema? Você é mulher. E pode se vestir de forma atraente. Isabelle vai me comprar umas tequilas, e o sal eu já tenho. Muito provavelmente vou ficar deprimida vendo Noor com outras mulheres, então a gente pode tomar umas doses e desafogar a alma. Finalmente descobrirei todos os seus segredos!"
"Ótimo", eu disse, sem entender qual era o propósito do sal.
Depois de desligar, sentei olhando fixamente para o Einstein por alguns minutos, esperando para ver se o telefone tocava. Não tocou. Reli a última frase que eu tinha escrito no trabalho. Não era muito clara. Como eu poderia faturar em cima dessa obscuridade pra tornar meu artigo mais longo?
"Em outras palavras", digitei.
O problema é que era realmente difícil pensar sobre frases de ação; em vez disso, me peguei pensando em Eunice, no que ela tinha estudado, quantos anos ela tinha, se ela também estava terminando o curso, se estava de mudança pra Califórnia.

Minimizei a janela do Word, abri o Netscape e procurei no diretório da universidade pelo nome "Eunice". Havia onze Eunices. Todas as onze pareciam ter o poder de fazer com que eu me sentisse mal.

Lakshmi vestia um top preto de alcinha, uma saia de couro e botas de salto fino. Seus lábios reluziam, claros e úmidos como seus olhos negros e sorridentes, delineados a lápis. Ela era tão linda.

Ficamos no portão por um bom tempo, esperando Isabelle, a melhor amiga de Noor, que aparentemente era francesa e lindíssima e brilhante e sofisticada, mas também muito doce e protetora. Por fim, Isabelle chegou. Parecia mais jovem do que eu tinha imaginado e usava um cardigã branco e felpudo. Não tinha conseguido trazer a tequila.

"Me sinto *terrible*", ela disse, com sotaque francês.

"Não se preocupe", Lakshmi disse. Trocaram beijinhos. Isabelle chamou um táxi para ir a uma abertura de exposição numa galeria de uma amiga da mãe dela. Enquanto caminhávamos até o metrô, Lakshmi falou com desespero sobre o cardigã de Isabelle, sobre como ela era inteligente e como trilhava sem esforço algum a linha tênue entre o sexy e o angelical. Um homem barbado com jeito de quem se punha para baixo cantava canções folk perto da entrada da estação. Cruzando a rua, vi Ivan e Eunice na plateia. Ivan segurava o capacete da moto e Eunice o capacete da bicicleta. Pareciam completamente absorvidos. No fim da canção, nem aplaudiram nem fizeram qualquer menção de ir embora.

"E então", Lakshmi disse, na plataforma do metrô. "Como anda seu homem misterioso?"

"Na verdade, a gente acabou de passar por ele", eu disse. "Ele estava com a namorada."

"O quê? Onde?"

"Lá fora. Estavam ouvindo o cara com o violão."

Lakshmi quis subir as escadas correndo para vê-lo, mas não podia pagar outro bilhete — andava sempre com pouco dinheiro no bolso. "Não acredito que ele estava ali", repetia. "Não acredito que ele realmente exista. Você nunca me conta nada sobre ele."

Lakshmi sempre me fazia perguntas sobre Ivan que eu não sabia como responder: quão atraente ele era, quão inteligente, como se vestia, com que ator se parecia.

"Ele é bem alto", eu disse.

"Que bela descrição para uma escritora."

Expliquei que ele não me lembrava de nenhum ator de cinema. "A grande questão quando se gosta de alguém não é essa? A pessoa forma seu próprio..."

"Seu próprio tipo", Lakshmi completou. Era um de seus maneirismos; ela adivinhava o que você ia dizer e falava ao mesmo tempo. Não que ela concordasse. "Não, não acho", ela disse. "Acho que ele tem de se encaixar num protótipo. Amor à primeira vista só é possível porque você reconhece um tipo. Você já está procurando por ele. É o seu pai, seu professor. É alguém que você já viu antes."

Um trem se aproximou ruidosamente da plataforma, mas na direção oposta.

"E a namorada? *Ela* é bonita? Veste-se bem?"

"Não sei."

"Não é possível que você não tenha pelo menos uma opinião."

"Eu sei que é esquisito. Mas, sinceramente, não sei dizer."

"Em termos relativos, ela é mais ou menos atraente do que você?"

"Isso é a coisa mais deprimente que você poderia me dizer."

"Só estou tentando te ajudar com um prognóstico."

"Eu posso te dar um prognóstico agora mesmo, com quatro letras: ruim. O prognóstico é ruim. Não interessa se sou bonita ou não. Eu poderia ser tipo a Juliette Binoche, e não faria diferença."

"Juliette Binoche não tem um corpo bonito. Claro, tem um rosto angelical, mas já reparou nas pernas dela?" Lakshmi fez uma pausa. "Mas, tudo bem, você quer dizer que não faria diferença alguma se você fosse estonteantemente linda." Ela começou a rir. "Mas por que não? Por causa da sua *personalidade insuportável?*"

Estávamos as duas rindo da minha personalidade insuportável quando o trem chegou. O vagão estava lotado demais para conversar. Ficamos de pé, segurando na barra superior, tentando nos equilibrar naqueles sapatos estúpidos. O trem emergiu brevemente do túnel e cruzou uma ponte. De espelhos distorcidos o vidro se transformou em janelas, e era possível ver o mundo — estrelas, água, luzes, barcos.

Lakshmi tinha pegado emprestado a carteira de identidade de uma estudante de medicina indiana chamada Denise. Mais ou menos um metro e sessenta, vinte e seis anos de idade, Denise tinha pouca semelhança física com Lakshmi, e nenhuma comigo. Mesmo assim, Lakshmi mostrou a carteira de Denise para o leão de chácara, que fez um sinal pra que ela entrasse. Depois ela passou a carteira para minha mão por trás da corda de veludo — eu tinha de contornar o quarteirão e voltar em dez minutos. Fui até uma lanchonete e pedi um café. Um grupo de rapazes paquistaneses estava sentado numa mesa próxima. "Ei, você é paquistanesa?", um deles perguntou.

"Não."

"Por que está mentindo? É óbvio."

"Não sou."

"Por que tem vergonha de ser paquistanesa?"

"Sou turca. Somos parecidos."

"Por que está dizendo isso, por que tem vergonha?"

Deixei o dinheiro na mesa, voltei pro clube e mostrei a carteira de Denise. O leão de chácara me deixou entrar.

A música pulsava como uma função corporal. Logo de cara vi Noor nas plataformas giratórias, usando fones de ouvido. Eu sabia por Lakshmi que ele era extremamente atraente e se vestia muito bem. Olhei pra ele e tentei averiguar qual era afinal o aspecto de um homem atraente que se vestia bem. Ele tinha barba por fazer e usava brinco.

Os olhos de Lakshmi brilhavam. Ela tocou minha cintura, apontou um cara e disse que, se eu fosse até lá e flertasse com ele, ele me daria ecstasy. Dei uma olhada no cara. "Não, obrigada", eu disse.

No fim dance music não passava de uma única frase repetida à exaustão. Por exemplo: "Eu sinto falta de você, como o deserto sente falta da chuva". Por que um deserto sentiria falta da chuva? Por que não estava tudo bem para o deserto ser um deserto? Por que nada podia simplesmente ser o que era, por que era sempre necessário sentir falta de alguma coisa?

Homens baixinhos e agressivos insistiam em dançar bem perto de Lakshmi, que desenvolveu um método para incorporar sinais de rejeição ao seu modo de dançar, revirando os olhos, jogando o cabelo pra trás e dando de ombros. Numa frequência menor, alguém tentava dançar comigo. Nesse caso eu balançava a cabeça com um ar profissional e dava as costas, como se tivesse lembrado de alguma coisa muito importante que eu precisava fazer. E assim a dança prosseguiu por muito tempo. Eu me perguntava por que tínhamos de fazer aquilo, e por quanto tempo mais.

Na noite de domingo, a terceira noite depois de nossa excursão aquática, recebi uma mensagem de áudio de Ivan. Era o Ivan de sempre. Disse que estava ligando pra saber como eu estava.

Eu não sabia o que responder. Parei de atender ao telefone. Na segunda e na terça, novas mensagens. Terça era o último dia de provas. Passei a quarta com Murat, meu primo segundo, que estava em Boston para uma conferência de engenharia. Dei uma volta com ele pelo campus, depois ele veio ao meu quarto me ajudar a carregar algumas caixas até o depósito. Enquanto selava as caixas com fita adesiva, o telefone começou a tocar.

"Não vai atender?", Murat perguntou, depois que o telefone tocou três vezes.

Deixei tocar mais duas vezes e atendi.

"Selin, oi." Era o Ivan.

"Oi."

"O que você anda fazendo?"

"Nada."

"Pensei que você estava ocupada com alguma coisa. Telefonei algumas vezes. Talvez você tenha recebido minhas mensagens."

"Sim, sim."

"Você recebeu?"

"Sim."

"Bem. Pensei que seria bom ver você. Você tem planos pra esta tarde?"

"Meu primo está aqui."

Houve uma pausa. "Está tudo bem?"

"Sim. Só não posso falar agora."

"Acho que vou deixar você cuidar das suas coisas então."

"O.k."

"Tchau."

"Tchau."

Murat e eu jantamos num restaurante indiano, depois ele foi pro hotel dele, eu voltei pra casa e encontrei um e-mail do Ivan. Comecei a chorar assim que vi o assunto: adeusselin.txt.

Querida Sônia, ele escreveu. Não vou tentar falar com você de novo. Se há mal-entendidos que você queira discutir, estou à disposição. Se há mal-entendidos com os quais você não quer lidar, tudo bem também. Ele disse que tinha pensado muito sobre continuar me encontrando. Ultimamente, andava muito interessado em filosofia existencialista. Os existencialistas diziam que você não podia tomar decisões baseadas em normas e códigos preexistentes, que eram sempre gerais demais para qualquer caso específico. Em vez disso, toda decisão que você tomava *criava* você. A decisão (existência) vem primeiro, e cria a essência.

A decisão de Ivan de me encontrar tinha criado algo que ele achava que era bom. Mas ele sempre soube que era mais difícil pra mim e sempre procurou garantir que não me forçaria nem me pressionaria a fazer nada. Torcia pra que eu ainda fosse à Hungria, que era um país grande, onde duas pessoas não precisavam se encontrar, se não quisessem. Você deve esquecer esse Vânia, e esses sonhos malucos sobre átomos, centelhas, rolexes, e tudo mais, escreveu, concluindo. Não deixe que tudo isso crie destruição, mas crescimento e vida futura.

Comecei a andar pelo quarto, atordoada pela dor. Não sabia o que fazer de mim mesma. Não sabia como lidaria com meu corpo no tempo e no espaço, todos os minutos do dia, pelo resto da minha vida. Não entendia como era o.k. pra ele não me ver nunca mais, ou por que ele agia como se aquilo fosse ideia minha, ou se eu devia ir à Hungria, ou o que eu faria lá sem ele. Ainda mais incompreensível e doloroso, sem aviso e sem nenhuma razão perceptível, ele retirara o que havia dito sobre o átomo — que ele podia sair e brincar, e ser uma centelha louca, e adormecer na sua unha. Ele me convocara, e agora me mandava de volta pra dentro de uma pedra, como meu avô mandava minhas dores de estômago.

Aquilo me pareceu tão impossível que, por um momento,

pensei que talvez eu tivesse apenas imaginado que ele dissera todas aquelas coisas antes. Mas conferi seus e-mails e estava tudo lá, claro como o dia.

> Acho que seu átomo nunca voltará à paz, ao cereal ou à pedra ou qualquer coisa assim. Uma vez que foi seduzido não há como voltar.
>
> Aquele átomo seduzido tem energias que por sua vez seduzem pessoas, e essas energias raramente se perdem.
>
> Eu vos convoco, palavras, ó minhas estrelas.
>
> Sem você não há nada.

Reli, então, o que ele tinha escrito agora — que eu tinha de deixar para trás esses sonhos loucos e selvagens, abandonar a destruição e construir uma vida futura. O que ele queria dizer era que eu tinha de ir embora, para que *ele* pudesse construir uma vida futura. Ele queria dizer: desapareça, e vire um nada. Eu não conseguia aceitar tamanha perfídia. Não havia razão nenhuma pra isso.

Respondi na mesma hora. Escrevi coisas terríveis — as piores coisas que eu podia pensar. Disse que ele era um cineasta. No final, copiei as frases que ele tinha me escrito, que tanto me emocionaram, e que ele agora renegava de modo tão incompreensível, e apertei enviar. Era o fim.

PARTE II

Junho

Um dia depois do meu aniversário de dezenove anos, minha mãe me levou de carro até o anexo da Pakistan Airlines, no JFK: uma construção apertada e temporária, com janelas sujas, compartilhada pela Air Poland. O logo da Air Poland era um tipo de criatura alada magrela, de aparência subnutrida. Eu não parava de ler tudo errado. SÓ CONFIE SUA BOBAGEM A CARREGADORES UNIFORMIZADOS. Em toda parte eu via o Ivan. Uma mulher alta e ossuda carregando uma pasta, a escada de um funcionário da manutenção. Passar pela segurança foi um tipo de morte — você tinha de se despedir de todo mundo e virava apenas um nome no papel, entregando seu dinheiro, seu relógio e seus sapatos. "Estou tão feliz que você vai conhecer Paris", minha mãe dizia. Havia lágrimas nos olhos dela. Minha mãe nunca tinha ido a Paris, mas minha avó sim, quando era jovem, e ela dizia que era o lugar mais bonito do planeta.

Eu passaria duas semanas lá, com Svetlana e um casal de amigos dela do colégio, Bill e Robin. O quarto membro da comitiva deles, Fred, conseguira inesperadamente um estágio num banco, e Svetlana não queria segurar vela. Ela disse que eu era a única pessoa que substituiria alguém de última hora numa viagem — a única pessoa que ela conhecia que fazia esse tipo de coisa. "Você pode ser minha companheira de viagem pela Europa, como num romance", ela disse. "E depois você pode ir direto para a Hungria." O plano era todo mundo se hospedar no apartamento da tia de Svetlana, próximo ao Musée d'Orsay. O pai de Fred, um operador de câmbio, reservara quatro assentos econômicos no avião mais barato para o outro lado do Atlântico: o primeiro trecho de um voo da Pakistan Airlines para Islamabad. Svetlana transferiu a passagem de Fred para o meu nome, e foi isso.

O voo atrasou duas horas. Eu nunca estivera desacompanhada no terminal internacional, então perambulei por certo tempo, lendo meu horóscopo em revistas e conferindo as lojas. Brookstone oferecia um "secador de cabelo silencioso" que lhe permitia conversar ao telefone enquanto secava o cabelo, sem que a pessoa do outro lado da linha soubesse. Quando já não fazia sentido adiar, subi na esteira rolante.

O portão ficava em uma sala de vidro própria, com outra cercada de seguranças. Esperando na fila dos detectores de metal, olhei pelas janelas e examinei a multidão, procurando por Svetlana. Não consegui vê-la. O que vi foi o dublê de Ivan — aparentemente, toda sala tinha um. Esse tinha o cabelo cortado à escovinha.

Tão logo passei pela inspeção de segurança, vi Svetlana numa fileira de cadeiras giratórias laranja, acompanhada de um belo casal de americanos típicos.

"Selin!", ela gritou, me abraçando e beijando minha bochecha.

"Selin!", gritou Bill, imitando Svetlana, também me abraçando e me beijando.

"Pensei que você não fosse vir", Svetlana disse. "Com você, nunca dá pra saber. Duas semanas depois receberíamos notícias suas, do Brasil. Bill e Robin ficaram apontando meninas e dizendo 'Essa deve ser ela' — e era sempre alguma menina de aparência supernormal, com rabo de cavalo e tênis de corrida."

Svetlana e eu fomos ao banheiro, passando bem ao lado do dublê do Ivan, que esperava em alguma fila, conversando com uma garota de cabelo loiro e fino.

Passamos tão perto que pude ler o que tinha escrito na parte de trás de sua camisa: MATEMÁTICA HARVARD 1995-96, seguido de várias colunas com nomes. O nome do Ivan, Ivan, estava na última coluna.

"Oh, olá", Svetlana disse. "Ivan" não se virou, mas a menina, sim.

"Oi, Svetlana", ela disse, lentamente, como se tentando lembrar de alguma coisa.

"Conhece minha amiga Selin? Selin, esta é a Emery. Ela também faz russo." Apertamos as mãos. Emery tinha um rosto pálido com uma área redonda e rosada em cada bochecha e olhos muito azuis.

"Ivan" se virou apenas parcialmente. Com exceção do corte à escovinha, ele realmente se parecia com Ivan, mesmo as orelhas. Mas Ivan havia dito que iria para Budapeste logo depois da formatura, e a formatura tinha acontecido fazia alguns dias. Então, alguns dias antes ele tinha viajado de Boston para Budapeste. Portanto, não podia estar num avião indo de Nova York para Paris ou Islamabad.

"Estamos indo ao banheiro", Svetlana explicou.

"Ah", respondeu Emery, com a mesma voz pensativa.

* * *

Tão logo a porta do banheiro se fechou atrás de nós, Svetlana disse: "Estou um caos, nem sei como te explicar". Na última semana, desde que as aulas acabaram, Robin, uma das amigas mais antigas de Svetlana, esteve fora da cidade. Enquanto isso, Bill, que era muito competitivo e com quem Svetlana, muito antes de ele e Robin namorarem, sempre teve uma relação sexualmente tensa, veio todos os dias visitá-la para jogar xadrez com seu pai e tênis com a própria Svetlana. Svetlana entrou numa das cabines, e, logo em seguida, ouvi o trinco se fechar. Bill tinha dito alguma coisa muito ofensiva pra ela, tarde da noite, num carro. De dentro da cabine, ela repetiu as palavras terríveis.

A privada emitiu um uivo mortal. Svetlana lavou as mãos e retirou três folhas de papel-toalha. "Sasha é que sabe lidar com ele. 'Billy', ela diz, 'você precisa parar de uma vez por todas com essa parolagem autoerótica'." Svetlana secou as mãos cuidadosamente e jogou fora as folhas de papel. "O que você acha da Emery? Por alguma razão ela me causa uma impressão muito forte. Ela é exatamente como eu imagino Nadja, a Nadja do André Breton. Uma vez eu a vi andando bem lentamente pela Dunster Street debaixo de um temporal, sem guarda-chuva — exuberante e completamente ensopada. Claro que eu estava com capa *e* guarda-chuva, isso é típico da minha pessoa. Tentei protegê-la da chuva, mas ela insistia em se afastar. O cabelo estava todo molhado, as roupas coladas no corpo, aqueles grandes olhos azuis cintilando no rosto delgado. Foi quando ela me disse que iria pra Paris."

Quando indagada sobre quais eram seus planos, Emery simplesmente disse, num tom contemplativo: "Vou ficar levando uns cachorros pra passear". Svetlana perguntou que tipo de cachorros. Emery respondeu: "Não sei — uns *cachorros*, só isso".

Parei pra pensar sobre aquilo. "Em que semestre de russo ela está?"

"Acabou de terminar o segundo. Por quê?"

"É o que Ivan fez", eu disse. "Acho que é ele ali na fila com ela."

"Na fila *aqui*, no aeroporto? Ivan? Mas como ele poderia saber que você estaria nesse voo?"

"Não poderia. Deve ser uma coincidência. Ou talvez nem seja ele."

"Não dava pra descobrir na agência de viagens?"

Refleti sobre aquela possibilidade. "Até dois dias atrás a passagem nem estava no meu nome."

"Verdade. Seria o suficiente pra fazer você pensar que ele tem superpoderes. Por que você não disse nada quando passamos por ele?"

"Não tinha certeza de que era ele."

"Não me diga que esqueceu como ele é."

"O cabelo está bem mais curto."

Svetlana sacudiu a cabeça. "Eu nunca vou entender você. Você sabe que cabelo pode ser cortado, certo? E que isso não altera fundamentalmente a personalidade de alguém?"

"Mas e se não for ele?"

"Bem, *parece* com ele? Fora o cabelo?"

Não respondi de imediato. "Todo mundo parece com ele."

Svetlana revirou os olhos. "Um húngaro de dois metros de altura que encara você como se estivesse tentando ler sua alma, e você acha que ele se parece com todo mundo. O.k., o plano é o seguinte. A gente vai sair daqui, eu vou falar com a Emery, e você vai dizer olá pro Ivan. Se não for ele, tudo o que você precisa dizer é 'Desculpa, pensei que você fosse outra pessoa'. Simples, certo?"

Quando dei por mim, estávamos caminhando na direção deles. "Então, Emery", Svetlana disse. "Onde você vai ficar em Paris?"

"Não tenho certeza."
Eu me posicionei ao lado de Ivan e disse oi.
"Feliz aniversário", ele respondeu, sem me olhar.
"Não reconheci você por causa do corte de cabelo."
Ele ficou mais soturno. "Foi por isso que cortei o cabelo."
Achei engraçado, mas ele não riu.
"Não sabia que você ia pra Paris", eu disse.
"Eu não sabia que *você* ia."
Ficamos parados sem dizer nada.
"Bem, depois a gente se vê", eu disse.
"Pelo jeito, sim."
"Não foi tão ruim, foi?", Svetlana perguntou, depois.
"Não sei. Parece que ele estava com raiva."
"Você sempre acha que as pessoas estão com raiva. Relaxa, não fica emburrada." Ela pôs o braço ao redor dos meus ombros. "Tentei descobrir qual era a situação com a Emery, mas ela não sabe de nada. Ela não sabe nem por que ele está aqui. Eles se encontraram por acaso no aeroporto."
"Ela não sabe nem com que tipo de cachorro ela vai passear ou onde ela vai se hospedar. Como saberia quais eram os planos *dele*?"
"Bem, pensei que ia te animar saber que eles não estão indo pra Paris *juntos*. Ela é muito linda."
Voltamos pra perto de Robin e Bill. Bill não parava de fazer perguntas. "*Quem* é esse cara? Qual o *nome* dele? E Selin *gosta* dele? Por que você está assim? Você devia ficar feliz. Muitas coisas podem acontecer num avião, à noite, trinta mil pés acima do oceano."

Nossos assentos ficavam nos fundos da cabine, mas em corredores diferentes. Ivan estava na fileira de emergência, ao lado de um homem de terno. Nossos olhos se encontraram. Eu não podia continuar andando, pois um homem bloqueava o corredor, tentando enfiar algum trambolho enorme enrolado numa manta no compartimento superior. Era visível para todos, inclusive para o homem, que o objeto era maior do que o compartimento, mas o impasse persistia.

"Acho que a gente precisa conversar", Ivan disse.

"Estou na 44K", expliquei.

Finalmente, um comissário de bordo arrancou o objeto envolto na manta das mãos do homem. Achei meu assento e comecei a ler *Madame Bovary*.

"Selin!" Olhei pra cima. Era Svetlana, conduzindo um vovozinho paquistanês pelo cotovelo.

"Este cavalheiro gentilmente concordou em trocar de lugar com você", ela disse.

Eu não queria trocar de lugar. Mas o homem sorria e parecia muito orgulhoso daquela boa ação, então agradeci e segui Svetlana para a outra fileira. Bill ficou no assento do corredor, eu fiquei com a janela, e Svetlana sentou entre nós. Por alguma razão, Robin ficou no assento diretamente à frente de Bill. Os dois não podiam nem conversar nem ver um ao outro.

Svetlana, que tinha medo de viajar, agarrou a mão de Bill e a minha. Alguns comissários de bordo apareceram e mostraram pra gente como usar as almofadas dos assentos para flutuar no oceano Atlântico. Os motores foram acionados. Ouviu-se o chamado de um muezim e, nos televisores, apareceu um homem ajoelhando-se diagonalmente na direção do oceano, rezando.

"Por que estão mostrando isso?", Svetlana perguntou.

"Para que, caso você morra de repente, não vá para o inferno", respondeu Bill, incorretamente, suspendendo o apoio de braço. "Pronto, encoste aqui em mim."

Svetlana fechou os olhos, soltou minha mão e se aconchegou no corpo de Bill. Com um zumbido crescente e ensurdecedor, o avião finalmente decolou.

Do lado de fora da janela, as luzes da cidade ficaram cada vez menores. Era exatamente meia-noite. Logo só havia nuvens abaixo de nós. O passageiro sentado à minha frente reclinou a cadeira a tal ponto que praticamente encostou a cabeça no meu colo. Quase senti carinho por ele. O tempo passou. Uma aeromoça perguntou se queríamos a refeição americana ou a paquistanesa. Pedi a paquistanesa.

"Não sobrou nenhuma", ela respondeu. "Fique com esta americana."

Abrindo a tampa de plástico, contemplei a refeição americana. Impossível dizer o que era. No assento à frente, o homem começou a se agitar, e seu travesseiro caiu em cima da minha sobremesa. A espuma do creme rosa formou padrões interessantes no tecido branco do travesseiro. Vi um pássaro — significava viajar.

Acendi a luz e tentei ler *Madame Bovary*. Uma frase em particular me causou uma impressão muito forte: "Com frequência, um animal noturno, doninha ou porco-espinho, se agitava na folhagem, e, esporadicamente, ouviam o som de um pêssego maduro tombando de uma das árvores ao longo do muro". Lembrei do vídeo de "Human Behavior" em que a Björk era perseguida na floresta por uma doninha gigante.

Por volta das duas horas, Ivan apareceu no lado oposto do avião, perscrutando os números das fileiras. Parou na 44 e olhou atentamente o vovozinho paquistanês na 44K.

Desafivelei o cinto e enfiei o *Madame Bovary* no bolso do assento. O acesso ao corredor encontrava-se completamente obstruído pelas formas adormecidas e entrelaçadas de Svetlana e Bill. Ivan tinha se afastado do paquistanês e coçava a cabeça.

Acenei, mas ele não me viu, então acendi e apaguei a luz acima do meu assento algumas vezes, até que ele percebeu e caminhou até mim. "Minha amiga mudou meu assento", expliquei. Ele olhou pra Svetlana. Tentei me espremer ao passar para não acordá-la, mas suas pálpebras se arregalaram e seus olhos se fixaram em Ivan.

"O que foi?", ela disse.

"Desculpa. Estou tentando sair."

Ela virou a cabeça e me encarou. "Ah", disse, encolhendo os joelhos pra me deixar passar.

Ivan e eu andamos pelo avião, procurando um lugar onde conversar. Não havia nenhum lugar adequado. Paramos do lado de fora dos banheiros, recostados em paredes opostas.

"Pensei que você já estivesse em casa", eu disse.

"Você esqueceu da formatura. Agora eu tenho um diploma."

Estendi a mão. Depois de um momento, ele aceitou. Olhei pra baixo. Era mesmo dele essa mão — a mão que me escreveu, a mão com a qual ele fazia tudo? Como era possível? Logo fiquei com medo de estar segurando a mão dele há muito tempo e soltei.

"O que tem feito desde a formatura?"

"Tive de ir a Nova York. Aluguei um carro. Quase parei em Nova Jersey. Pensei 'Talvez eu dê uma olhada no que anda acontecendo por aqui'. Mas não estávamos em bons termos." Ele olhou nos meus olhos.

"Entendi."

"Então eu fui direto pra Nova York. Joguei basquete com uns húngaros no Brooklyn. Os caras eram bem húngaros, mesmo para padrões húngaros — me senti um forasteiro. Foi chato. Além disso, não gosto de basquete. As pessoas sempre esperam que eu seja bom, porque sou alto. Você joga bem?"

"Não."

"Nem eu."

Houve uma pausa. Perguntei quanto tempo ele ficaria em Paris. Ele não respondeu. "Um dia eu quase apanhei. Eu estava comprando um som pra minha irmãzinha no centro, e o cara tentou me enganar no preço. Tentei dar um soco nele, por cima do balcão, daí ele quase pula em cima de mim, mas alguém o segurou."

"Quando é o aniversário da sua irmã?"

"Acabei de perder. Queria muito ter estado lá. Todo ano eu perco o aniversário dela."

"Mas você comprou o som no fim das contas?"

Ele fez que sim com a cabeça. "Comprei em outro lugar. Está logo abaixo de nós." Apontou o chão. "Com o meu exemplar da revista literária."

"Você vai ficar muito tempo em Paris?"

Pareceu não ouvir. "Esse tipo de coisa é capaz de despertar o sádico dentro de você", ele disse. "Fiquei lá de pé, parado, pensando em mil formas de acabar com a raça daquele cara."

Eu não disse nada. Por que ele tinha um sádico dentro de si? E por que não queria me dizer quanto tempo ficaria em Paris? Resolvi tentar de novo.

"Quanto tempo você vai ficar em Paris?"

"Eu não sei! Três ou quatro dias. Mas não é pra você estar com ódio de mim? E eu não devia estar magoado? Não é assim?"

"O quê?"

"Eu devia estar muito magoado por causa do seu último e-mail. E você devia estar com muita raiva, e não jogando conversa fora comigo." Eu sabia que "*jogar conversa fora*" era uma expressão que ele tinha aprendido comigo. E sabia que ele estava certo — eu devia estar com raiva. Mas fiquei tão feliz por encontrar com ele. Era impossível esconder o quão feliz eu fiquei, e mesmo se tivesse sido possível eu não queria esconder.

"Eu não fiquei magoado", ele disse. "Fiquei tipo *pfff...*" Fez um gesto de quem espanta uma coisa pra longe.

Nessa hora, *eu* fiquei magoada por um momento. "Então qual é o problema?", perguntei.

Ele suspirou. "Então você não está chateada?"

"Acho que não."

"Mas você estava antes."

Concordei.

Um comissário de bordo acertou meu pé com um esfregão. "O banheiro está vago", ele disse. "Esta é uma área de espera."

"Nossos assentos não são juntos", Ivan explicou. "Estamos de pé aqui pra poder conversar."

"Estou pedindo pra vocês retornarem aos assentos", o comissário disse, levantando o esfregão.

Andamos ao longo dos corredores escuros, entre fileiras de corpos azuis adormecidos e boquiabertos. Paramos em frente a uma porta de emergência. Ivan sentou na parte plana da porta, onde se lia em vermelho NÃO SENTAR. Eu me apoiei na parede, onde por sua vez se lia NÃO SE APOIAR. Na tela, um tanque explodiu e uma mulher de uniforme camuflado pulou dentro de uma vala.

"Pra onde você vai depois de Paris?", Ivan perguntou.

"Como assim? Budapeste."

"Eu sei disso. Quero dizer antes."

"Lugar nenhum. Só Paris. Aonde você vai?"

"Acho que vou ao lago Léman, visitar Tomi. Ele fica em Montreux no verão. A esposa dele é suíça." Alguma coisa no modo como ele disse "a esposa dele" soou picante. "Eu vou pra Budapeste pedindo carona, então por que não parar em Genebra? Talvez até em Veneza."

Eu nunca tinha ouvido ninguém falar em pegar carona como seu principal modo de locomoção. Ivan perguntou se eu viajaria pela Europa quando fosse embora da Hungria.

"Eu vou pra Turquia", respondi. Não gostava muito de pensar nisso.

"Ah, que bom. Que bom que você vai voltar pra Turquia. Eu vou estar em Tóquio. Finalmente consegui minha passagem. Queria muito parar em Bangcoc, e finalmente consegui. Vou ficar três dias lá. Estou muito animado por voltar à Tailândia."

Fiquei me perguntando que fascinação era essa por lugares diferentes que o fazia querer visitar esses lugares, ou voltar, e por que era bom que eu voltasse pra Turquia.

"Como é a Tailândia?"

"Como? Não escutei."

"Deixa pra lá." Eu não estava realmente interessada em como era a Tailândia.

"Não, diga."

"Nada. Eu perguntei como era a Tailândia. É uma pergunta idiota."

"Não é idiota. Deixa eu pensar. A Tailândia é bem quente. Eles vendem uma comida muito boa na rua, mas que é melhor você não comer. Mesmo assim, um dia, comi um monte."

"O que aconteceu?"

"Fiquei muito doente."

Houve uma pausa.

"Você disse alguma coisa?", ele perguntou.

"Não."

"Ah. Pensei que você tinha dito alguma coisa."

"Deve ter sido o avião."

"Hum?"

"Deve ter sido o avião que fez um barulho, e você pensou que fui eu."

"Como você é pessimista. Dá para imaginar que a essa altura eu sei distinguir entre você e um avião. Você está confortável, assim, de pé?"

"Não. Você está confortável sentado desse jeito?"

"Não. Vamos tentar aquela cadeira." Ele abriu uma cadeira dobrável conectada à parede e sentou na beirada do assento. Eu sentei na outra ponta. Na tela, uma mulher camuflada se arrastava pela lama. O que a tornava tão bonita? As maçãs do rosto, a garganta e a cintura. Uma luz laranja iluminou a floresta. A mulher foi arremessada contra o muro de uma trincheira.

"É esquisito assistir sem som", eu disse.

"Não parece que estamos perdendo grande coisa."

Um homem apareceu na trincheira, também de uniforme camuflado. A mulher se virou para encará-lo, os lábios entreabertos. Eles trocaram um beijo apaixonado, depois se afastaram, e suas expressões se tornaram sombrias. O homem disse alguma coisa. A mulher concordou disciplinadamente.

Nossa conversa voltou-se para o tópico da surdez. Ivan descreveu um esquete de comédia no qual um surdo inventava um fone de ouvido que vibrava para informá-lo quando o telefone estava tocando. O esquete terminava com o telefone tocando e o homem surdo dizendo, orgulhosamente, "alô?".

Contei uma piada turca sobre dois pescadores surdos. "Você está indo pescar?", o primeiro pescador perguntava. O segundo respondia: "Não, estou indo pescar". Então o primeiro dizia: "Ah, pensei que você estava indo pescar".

Ivan contou então uma piada sobre um cientista que ganhava um subsídio para estudar pulgas. Ele gritava "Pule!" e media quão longe a pulga saltava. Depois de um tempo o experimento se tornou entediante, porque a pulga sempre saltava a mesma distância, então ele arrancou, uma por uma, as pernas da pulga. A distância foi ficando cada vez mais curta, até que ele terminou arrancando todas as seis pernas, e a pulga já não conseguia saltar. "Se você arrancar as seis pernas", o cientista concluiu, "a pulga já não consegue ouvir você." Achei hilário.

"Então, me conta", Ivan disse.

"O quê?"

"Por que você ficou com raiva. Antes, digo. Quando você estava com raiva."

Tentei lembrar o que tinha me deixado com raiva — a primeira coisa. "Quando cruzamos com sua namorada, e você não me ligou depois, fiquei pensando que você fez aquilo de propósito — tipo, você me levou até lá, e encenou esse encontro, pra me dar um recado."

Ele concordou com a cabeça. "Pensei muito sobre isso", ele disse. "Se fiz de propósito."

"Sério?"

"Sim. Quando voltei, minha namorada e eu tivemos uma briga. Eu ainda estava molhado e não dava tempo de tomar banho. Ela me perguntou aonde eu tinha ido. Expliquei que eu tinha ido nadar. Eu precisava falar sobre você, sobre como a gente vinha se encontrando. Acho que ela ficou com ciúme. Ela disse 'Mas o que está rolando? Ela está apaixonada por você?'. Eu respondi: 'Acho que, antes, estava'. Ela perguntou se você queria alguma coisa comigo, eu disse que achava que não, não mais." Ele fez uma pausa. "Daí ela me perguntou: 'Você quer alguma coisa com ela?'. E eu respondi que não, claro que não."

Antes mesmo de compreender as palavras, senti um baque. "Entendo."

Ele olhou pra mim. "Eu *tinha* de dizer não."

"E depois?"

"Depois? Depois ela foi bem escrota. Eu disse 'Você está sendo escrota'. E ela parou. E, bem, se você a vir no aeroporto, não ache que eu fiz de propósito — porque ela vai me encontrar lá."

Eu me perguntei se deveria fazer algumas perguntas sobre a namorada dele. Não havia nada que eu quisesse saber, naquele momento. Mas lembro como fiquei curiosa quando procurei pelo nome dela no diretório, e pensei que talvez eu devesse recolher algumas informações para me proteger num momento futuro, caso eu me sentisse daquele jeito de novo. "Sua namorada acabou de se formar também? Ela era veterana?"

"O quê? Não, ela faz doutorado. Ela acabou de terminar o mestrado. Sabe, por coincidência — hoje é o aniversário dela."

"Quantos anos ela tem?"

"Vinte e seis."

"Vinte *e seis*?"

"Ela é um pouco mais velha do que eu", ele disse, com um ar orgulhoso. "O cara que ela namorou antes de mim era um professor — dez anos mais velho do que eu."

"Puxa", eu disse. O tal professor estava vivo há quase o dobro do tempo que eu. O que acontecera com ele? Instintivamente, olhei ao redor, como se também ele fosse estar naquele avião.

"No outono, eu vou pra Berkeley", Ivan continuou, "e minha namorada vai ficar em Harvard. Então não sei o que vai acontecer." Senti que ele me olhava. "Pensei muito sobre se eu estava fazendo alguma coisa errada com você. Eu queria te dar uma chance de acabar com tudo isso, se você quisesse. Acho que você achou que isso era — qual foi a palavra que você usou no e-mail? 'Presunçoso'."

"Você achar que eu fiquei de coração partido", eu disse, "é presunçoso *sim*."

"Pois é, eu entendo." Ele suspirou. "Meu amigo Imre disse que eu estava me comportando muito mal com você. Disse que eu estava — o que foi mesmo que ele disse? Era uma expressão engraçada. *Iludindo você*. Ele disse que eu estava iludindo você."

Aquilo foi como levar outro soco, agora no estômago. Ivan me olhava. Com uma sensação horrível, senti que ele esperava que eu dissesse alguma coisa.

"E você, o que você acha?", perguntei. "Você acha que estava me iludindo?"

"Bem, tentei explicar ao Imre que não era bem assim, mas ele não levou em consideração. Ele disse que tudo o que eu dizia estava começando a soar banal, e bem babaca."

"Mas isso não importa, o que seus amigos pensam. O que *você* acha?"

"Bem, é óbvio que espero não estar sendo um babaca com você. Mas me preocupei, sim, de estar te iludindo, pelo que você me escreveu quando eu estava na Califórnia. Quando você me escreveu aquela carta — aquilo foi bom pra mim, eu adorei. Mas fico preocupado de ser bom só para o meu ego."

Ivan, Ivan. Ele levantava cedo, vestia qualquer roupa, bebia seu suco de laranja e saía para o mundo de quadros-negros e motocicletas. Às vezes podia ser bem arrogante. O jeans que vestia era sempre curto demais. Acreditava que os palhaços tinham algo a nos ensinar sobre a falibilidade humana. Ainda assim, não havia um único momento do meu dia em que eu não pensasse nele — ele permeava todos os meus pensamentos. Minhas próprias percepções não eram mais suficientes para constituir o mundo físico ao meu redor. Eu queria filtrar pela consciência dele cada som, cada sílaba que chegava a mim. Bastaria uma palavra dele para eu me mandar de Boston direto para qualquer lugar. Mil cintos de segurança brilharam na escuridão, e o chão começou a tremer.

Uma voz anunciou que estávamos atravessando uma área de turbulência e que devíamos retornar aos nossos assentos, mas ninguém veio nos expulsar da cadeira dobrável. A princípio, gostei da agitação, mas quando se tornou mais violenta comecei a me sentir cada vez menor e mais solta nesse mundo, como uma bola numa máquina de bingo. Tentei me segurar nas costas de um assento, mas não consegui alcançar e tive certeza de que cairia.

Mas não caí. O avião pendeu na direção oposta, e então foi Ivan que precisou se virar para manter o equilíbrio, até que o avião se aprumou de novo.

Na tela, o casal camuflado pulou pra dentro de um helicóptero, e os créditos começaram a rolar. Em seguida, houve outra chamada para preces, e o mapa reapareceu na tela. Estávamos sobrevoando a Islândia. Eram cinco da manhã, horário de Boston.

"Nosso horário tradicional", Ivan notou. "Não está com sono?"

"Não."

"Como posso esquecer? Você nunca tem sono."

Sentamos em silêncio por um minuto.

"Desculpa", ele disse, "mas acho que estou inutilizado."

"Inutilizado?"

"Acho que a gente devia tentar dormir um pouco. Até você."

Bill e Svetlana formavam uma massa contínua e pesada, surda como um coral.

Um cone de luz brilhava sobre minha poltrona vazia.

Ivan tossiu, limpando a garganta, e disse: "Você consegue sentar lá de novo".

Eu me segurei no encosto da poltrona de Bill, subi no apoio de braço dele e, passando por cima de seu colo, pisei no apoio de braço da Svetlana. Nesse processo, esbarrei na cara de Bill com o traseiro da minha calça jeans.

"Mas o que é isso?", ele exclamou.

"Desculpa, desculpa. Volte a dormir."

Svetlana abriu um olho. "Bill acordou com a sua bunda na cara dele!"

Ela suspirou. "Que engraçado."

Era uma manhã linda no aeroporto reluzente e futurístico. Fiquei ao lado de Ivan na esteira de bagagem.

"Bonjour", ele disse.

"Oi."

Ficamos olhando as malas passarem por nós como barris no rio do tempo.

"Lá vem a minha", ele disse, mas não se mexeu. Fiquei me perguntando qual seria. Tentei imaginá-lo carregando cada uma delas. A que ele retirou era um mochilão de viagem com detalhes em vermelho. Pegou também uma caixa com um toca-discos da Aiwa. Jogou o mochilão por cima do ombro e pôs a caixa debaixo do braço. "Bem", disse, "te vejo em Budapeste."

"Até mais."

Ele se afastou e cruzou as portas giratórias. Quando o compartimento reapareceu, estava vazio.

Apareceu minha mala, que arrastei da esteira até Svetlana, Bill e Robin.

"Seu caso é grave mesmo", Bill me informou. "Sua expressão toda muda completamente quando você olha pra ele. Parece que você fica morrendo de medo."

"Não se preocupe." Robin deu uns tapinhas no meu braço. "Estamos na cidade mais bonita do mundo. Você vai esquecê-lo."

Svetlana revirou os olhos. "Robin, você é a única pessoa do mundo que teria uma ideia tão ridícula, que a beleza faz você esquecer o amor."

Svetlana tinha quatro malas. Estávamos entre os últimos a deixar a alfândega. Não havia nenhum sinal do Ivan ou da namorada dele. Emmanuel, um bonito senhor de meia-idade, amigo do pai do Bill, veio nos buscar numa minivã. Ele não falava inglês. Eu era a única que não falava francês, mas percebia que o francês do Bill não era grande coisa e que o da Svetlana era muito bom.

Emmanuel nos deixou no apartamento de sua filha, Jeanne, no Marais. Passaríamos alguns dias lá, enquanto Jeanne estava na Bretanha com o namorado, até que a tia da Svetlana, Bojana, pudesse voar de Belgrado e nos receber na casa dela.

Robin e Bill ficaram com o quarto de Jeanne; Svetlana e eu compartilhamos o futon na sala de estar. O futon era verde-claro, com uma manta amarelo-limão e almofadas laranja.

"Esse apartamento é muito intimidante", Svetlana disse. "Jeanne tem só vinte anos, mas já tem bom gosto."

"O que te faz pensar isso?", Bill perguntou. "O fato de ela ter um namorado e você não?"

"Não é essa a questão."

Enquanto discutiam, deitei no futon e adormeci. Svetlana, contudo, sacudiu meu braço e disse que tínhamos de sair e pegar um pouco de sol, para regular nossos relógios biológicos.

"Você quer dizer nossos relógios *internos*", Bill disse. "Relógio biológico é o que faz você começar a pensar em bebês."

Nós nos arrastamos até o Jardim das Tulherias, nos recostamos em espreguiçadeiras de ferro e contemplamos a fonte, cheia de patos. Parecia impressionante que fosse possível viajar meio mundo e ainda assim terminar olhando um bando de patos.

"Temos de ficar acordadas", Svetlana disse. "Precisamos pensar em algum tipo de narrativa."

Quando acordamos, mais de uma hora depois, Svetlana, Robin e Bill estavam todos queimados do sol. Meus óculos escuros tinham deixado grandes círculos pálidos ao redor dos meus olhos.

Andamos até Saint-Germain e comemos omeletes. A mostarda aguada e forte deixava você intensamente consciente da área atrás do seu nariz. Espalhamos na baguete que ofereciam de graça e comemos até que lágrimas começassem a cair.

Não havia chuveiro no apartamento de Jeanne, só uma banheira. Você era obrigada a jogar água na cabeça com uma bacia de metal.

Todo mundo adormeceu às onze e meia da noite, mas eu fiquei perambulando, olhando as prateleiras de livros de Jeanne; na varanda, me perguntei quem seria Boris Vian, bebi vários copos de água e memorizei os números de um a vinte, no livro *Aprenda húngaro sozinho*. Depois comecei uma carta pra Ralph, que estava estagiando no escritório de um parlamentar. *Em Washington, eu sei, você estará bebendo seu café pós-jantar, e a luz do verão ainda brilhará talvez por mais duas horas*, escrevi, no que era para ser a voz de Oleg Cassini. *Francamente, meu sang froid me desertou*.

Deitei ao lado de Svetlana no futon e puxei a ponta livre da manta, que ela segurava firme, como algum tipo de molusco. Depois de um tempo, desisti e tentei dormir mesmo assim. Não consegui.

Os armários continham muitos artigos — garrafas de licor, copos de cristal, estojos para cigarros, cadeiras dobráveis, esquis, raquetes de tênis e uma máquina de costurar, entre outras coisas — mas nada que pudesse ser interpretado, mesmo que do modo mais livre possível, como um cobertor.

Deitei de costas, puxei a manta com mais força e finalmente consegui garantir um pedaço grande o suficiente para me cobrir. Mas tão logo relaxei Svetlana se virou com um murmúrio de reclamação e reabsorveu meus ganhos. Comecei a me sentir deprimida. Era como se ela nem me conhecesse mais. Me perguntei se Ivan estaria dormindo. Era horrível pensar que ele estava naquela mesma cidade, talvez bem perto dali, mas que eu não podia vê-lo, nem falar com ele, porque ele não me amava. Não podia ficar com ele nem por um minuto, nem nessas horas estranhas que sobram e que ninguém quer, da uma às três da manhã numa quarta-feira. E lá estava, na mesa, pouco acima da minha cabeça, refletindo a luz da rua, um telefone parisiense, um entre milhões, para o qual Ivan não ligaria.

Tentei evocar pensamentos positivos. Só um pensamento me trouxe conforto, e foi este: *O que é o homem. O que é o homem, para que te ocupes dele*, pensei repetidas vezes, até que o nó na minha garganta desaparecesse.

Levantei e vasculhei minha mala — o nó ressurgiu temporariamente quando encontrei o pacote de Blow Pops que eu tinha comprado, como Peter tinha dito que era para fazer, para dar como prêmio às crianças húngaras — até encontrar calças de ginástica, meias, uma camisa de manga longa e uma toalha. Eu me vesti, deitei, enrolei a toalha nas pernas e fiquei ouvindo uma fita cassete com composições para piano a quatro mãos de Brahms até dormir.

Quando acordei, o sol reluzia. Svetlana não estava mais ali. Eu estava deitada sob a toalha de banho e a manta. Segui o som das vozes até a cozinha.

"Oi, Selin", Svetlana disse. "Tentei acordar você pra perguntar o que você queria, mas foi impossível. Então comprei um croissant." Não tinha nenhuma semelhança com nenhum croissant que eu tivesse visto nos Estados Unidos. "Não sei se você tem consciência disso, mas você tem uma personalidade muito diferente quando está dormindo. Durante o dia você é a Senhorita Tranquilona, mas à noite você não para de roubar o cobertor. Eu puxei de volta, e você foi bem agressiva."

O croissant folhado era crocante e macio ao mesmo tempo. Só de mordê-lo você se sentia bem cuidada.

O Louvre provocou na Svetlana uma série de ansiedades terríveis, que ela conseguiu controlar focando monomaniacamente numa única pintura por visita. Em geral, nós duas achávamos que se ganhava mais contemplando um único quadro por vinte minutos do que vinte quadros por minuto. Por quase meia hora, olhamos fixamente para uma minúscula iluminura do século XV de uma madona num manto verde-musgo, confrontando uma baleia prateada, aparentemente num interior. Svetlana disse que ela se identificava com a madona mais do que com qualquer outra mulher em qualquer outro quadro. Ela não parava de me perguntar com quem eu me identificava. Eu não me identificava com ninguém em nenhum quadro.

No Museu Picasso, finalmente me identifiquei com um quadro: *Le Buffet de Vauvenargues*. Representava um guarda-louça preto gigante, com garatujas de portas, gavetas, escaninhos, molduras e espirais. Duas figuras toscamente esboçadas, uma grande e uma pequena, flanqueavam o guarda-louça. O guarda-louça era a coisa entre elas.

Svetlana disse que eu tinha de adotar uma visão mais proativa da minha própria pessoa. Disse que não era o.k. se identificar com mobílias. De fato, Sartre ilustrara o conceito de "má-fé" por uma analogia com pensar sobre si mesmo como uma cadeira — não qualquer mobília, mas especificamente uma cadeira. Afirmações objetivas podiam ser feitas sobre uma cadeira, mas não sobre uma pessoa, porque uma pessoa estava em fluxo constante. Eu disse que o guarda-louça estava em fluxo constante e que sua existência precedia sua essência. De todos os museus que visitamos, achei o Museu Picasso o mais interessante, pois tudo se referia a uma única pessoa e porque me lembrava de Ivan. Por outro lado, o museu era como um monumento a mulheres destruídas — seus corpos ossificados e suas psiques despedaçadas.

Em Versalhes, vagamos por quartos cheios de ouro e espelhos. Depois de um tempo, o número de quartos incrustados de ouro começou a parecer não apenas extravagante, mas insano.

Caminhamos até Montmartre. O domo branco da Sacré-Cœur, reluzindo no entardecer, parecia um ovo alienígena gigante. Lá dentro, mulheres choravam e acendiam velas. Nenhum homem chorava — apenas mulheres. Já no café do lado de fora, a duas mesas de distância de nós, um garotinho de colete laranja estufado chorava, soluçando sem moderação. Sentado de frente para o garoto, um homem comia metodicamente um omelete.

No Centro Pompidou, vimos uma exposição sobre o conceito do "informe" em Bataille. Havia um festival de cinema turco no andar de baixo. Svetlana e eu alcançamos a sala de exibição bem quando as luzes se apagavam. O filme era em turco, com legendas em francês, então nós duas podíamos entender, ainda que por meios diferentes. A ação inteira acontecia num bar e envolvia apenas dois personagens — o garçom e um homem com um sorriso irritante pregado na cara. Às vezes, o tal homem sonhava com uma mulher, que aparecia envolta em neblina, vestida de rosa. Fora isso, conversava com o garçom sobre Deus, vinho e amor. Periodicamente, perguntava se alguém chamado Mahmut Bey já havia chegado. O garçom sempre respondia que não.

Quase no fim, o garçom perguntava quem era Mahmut Bey. "Mahmut Bey é... o frio", o homem respondia, por trás do sorriso irritante. "Mahmut Bey é a umidade. Mahmut Bey é a falta de amigos, a falta de vinho."

Era um filme verdadeiramente terrível. Ainda assim, ficamos felizes por tê-lo visto, graças a Mahmut Bey. Pensamos muito sobre ele.

"O garoto que a convenceu a ir para a Hungria deve ser muito bonito", disse Bojana, a tia da Svetlana. "É possível encontrar um café excelente em Budapeste. Estou vendo que reparou na minha bandeja de chá. Você gosta? É uma boa bandeja. Vou lhe dar de presente. Mas não agora — só quando você se casar."

Tínhamos deixado o apartamento de Jeanne e agora bebíamos chá na enorme cobertura de Bojana. Robin e Bill estavam no quarto de visitas, uma suíte, enquanto Svetlana e eu ficamos num quarto simples, que tinha dois futons, um carpete de seda e venezianas francesas que davam para uma longa varanda de pedra, de frente para o Musée d'Orsay. Pendurada na parede, uma pequena pintura a óleo de um homem bege empurrando um carrinho de mão.

"Pus vocês junto com a Goncharova", Bojana nos informou.

Eu não sabia quem era Goncharova. Svetlana me explicou depois que ela era uma sobrinha-neta de Pushkin, que tinha sido membro dos Cavaleiros Azuis. O quadro tinha sido um presente do marido de Bojana. Perguntei como era o marido de Bojana. Num tom de voz pragmático, Svetlana explicou que ele passava a maior parte do tempo em Estocolmo com sua outra família. Bojana os visitava todo Natal, levando vitaminas para as crianças. "Ela diz que todos parecem terrivelmente anêmicos. Devem ter puxado à mãe deles, porque o tio Gunnar é muito robusto. Bem", Svetlana suspirou, "é hora da conversinha entre tia e sobrinha. Volto pra te buscar no jantar."

Deitei num dos futons e folheei um livro de xadrez que tinha pegado emprestado do Bill numa tentativa de aproximação. Li sobre certa "defesa do porco-espinho" e uma "estratégia de Budapeste". No capítulo sobre computadores, descobri que o mais rápido jogador de xadrez autômato, conhecido como "o Turco", fora construído na década de 1760 por um húngaro, o barão Wolfgang von Kempelen. Paramentado com turbante e bigode, o Turco era capaz de revirar os olhos, golpear a mesa com o punho e dizer *Échec*. Aplicara xeques-mate em Benjamin Franklin em Paris e em Frederico, o Grande, na Prússia. Achei engraçado que o Turco dissesse *échec*, porque parecia a palavra turca para jumento. Basicamente, o Turco chamara Benjamin Franklin de jumento em turco.

Depois da morte de Von Kempelen, o Turco foi comprado por Johann Maelzel, o inventor da corneta acústica de Beethoven. Maelzel o vendeu para o enteado de Napoleão, depois o comprou de volta com uma nota promissória — nota que ele ainda não havia quitado à data da morte do enteado de Napoleão. Fugiu, então, para os Estados Unidos. O primeiro clube de xadrez da América, na Filadélfia, foi fundado em honra do Turco.

Edgar Allan Poe viu o Turco na Virgínia, sacou como funcionava e escreveu um *exposé* anônimo sobre o caso no *Southern Literary Messenger*. Os movimentos do Turco eram realizados por um "diminuto mestre do xadrez" que se escondia debaixo da mesa e seguia o jogo de cabeça pra baixo usando ímãs. De acordo com a edição de 1894 da *Enciclopédia Britânica*, o primeiro operador, o patriota polonês Worousky, escapara das suspeitas porque, fato desconhecido do público, suas pernas eram artificiais: as verdadeiras foram perdidas numa campanha.

Em turnê por Havana, em 1837, Maelzel contraiu febre amarela. Morreu no regresso a Nova York e foi lançado ao mar perto de Charleston. O turco foi a leilão na Filadélfia por quatrocentos dólares e doado ao Museu Chinês, onde acabou destruído no incêndio de 1854.

"O que está lendo?", perguntou Svetlana. Mostrei o livro. Ela deu uma olhada nas páginas sobre o Turco. "Isso é muito sinistro. Acho que você se vê como um autômato nas mãos do Ivan."

"Mas o Turco viveu mais do que todo mundo."

"Sim, mas depois desaparece queimado no incêndio. É como a invenção de Fausto por Mefistófeles. Sabe, minha mãe acha que o Ivan é o diabo encarnado."

"Como sua mãe sabe do Ivan?"

"Eu contei pelo telefone como ele apareceu no nosso voo. Minha mãe está convencida de que ele fez de propósito — que ele estava perseguindo você. Ela disse 'Não tenho dúvidas de que ele planejou tudo. Posso ver a pobre da Selin nessa situação, perseguida pelo diabo encarnado'."

"Isso é loucura."

"Claro que é loucura. Eu nunca disse que minha mãe não era louca. Se isso te consola, eu acabei de contar a mesma história pra Bojana, e ela acha que é só uma coincidência terrivelmente engraçada."

Senti náusea ao perceber que eu propagara essas histórias contando a Svetlana o que se passava — só porque precisava contar a outra pessoa os eventos básicos da minha vida.

Svetlana disse que eu via a mim mesma como um robô que só podia agir negativamente e que eu tinha ideias cínicas sobre a linguagem. "Você acha que a linguagem é um fim em si mesmo e não acredita que ela representa de fato alguma coisa. Não, não é que você não acredita — você não se importa. Pra você, a linguagem é um sistema autossuficiente."

"Mas ela *é* um sistema autossuficiente."

"Ouviu só o que você disse? É por isso que você acaba se envolvendo com o diabo encarnado. Ivan sentiu essa atitude em você. Ele é cínico do mesmo modo, só que ainda mais, por causa da matemática. É como você disse: a matemática é uma linguagem que começou tão abstrata, mais abstrata do que as palavras, e que terminou se tornando a coisa mais real, mais física que existe. Com a matemática construíram a bomba atômica. Subitamente, essa linguagem abstrata está deixando queimaduras de terceiro grau na sua pele. E agora há essa linguagem especial que pode controlar tudo e manipular tudo, e se você faz parte da elite que a domina, então *você* pode controlar tudo.

"Ivan queria fazer um experimento, um jogo. Jamais teria funcionado com alguém diferente, alguém como eu. Mas você,

você é tão desconectada da verdade que estava mais do que pronta pra pular numa realidade que vocês dois criaram, feita só de linguagem. Naturalmente, isso fez com que ele quisesse ver até onde ele conseguiria chegar. Você se meteu cada vez mais nisso — até que alguma coisa deu errado. Não era possível continuar do mesmo jeito. Tinha que evoluir para alguma outra coisa — sexo, ou outra coisa. Mas por alguma razão não evoluiu. O experimento não funcionou. Mas agora você já se afastou demais de qualquer ponto de referência. Está flutuando, solta no espaço."

"Às vezes fico fantasiando sobre ser analista", Svetlana disse, "mas, quando comentei com meu psiquiatra, ele disse que eu seria terrível, que eu nunca deixaria o paciente dizer nada. Será que eu devia telefonar pra ele? Ele está de férias, mas me deu o número do celular e disse que eu podia ligar a cobrar. Isso é estranho? Talvez eu ligue." Ela sentou. "Por sinal, a Bojana gostou mesmo de você. Ela me disse pra lembrá-la de te dar a bandeja de prata quando você se casar."

"Como ela tem tanta certeza de que eu vou me casar?"

"Bem, se você não casar, não ganha a bandeja. Não sei se a Robin vai ganhar uma bandeja quando casar com o Bill. A Bojana ficou admirada com a boa constituição física da Robin, com aquelas sandálias combinando e o vestido e os colares. Ela disse que Robin já tem estilo de mulher, e que você tem um olhar brilhante e marcante, como o de uma criança, mas que eu preciso me renovar completamente. A começar pelo meu cabelo."

"Seu cabelo?"

"Sim, tenho que ir a um cabeleireiro e pagar seiscentos dólares num corte de cabelo, depois vamos numa butique onde trabalha uma amiga dela, Nika, que vai remodelar todo o meu guarda-roupa. Depois temos de tomar um chá com Nika, que tem um filho muito atraente. Ela diz coisas tipo 'Claro que você não está gorda, mas você bem que podia perder dois ou quatro quilos...'. O fato de que eu era bulímica na escola simplesmente não importa pra minha família. Quando minha mãe descobriu, ela disse 'Meu bem, não se torture — existem pílulas pra isso', e me deu um frasco de pílulas de emagrecer."

Quando cruzávamos a rua, Svetlana tirou Bojana do caminho de uma motocicleta.

"Obrigada, querida", Bojana disse.

"Imagina só como apareceria nos jornais", Svetlana comentou. "Tia Atropelada por Motocicleta, Sobrinha Escapa do Salão."

No bistrô, o garçom nos sentou à janela principal. Bojana pôs os óculos de leitura e pediu uma garrafa de Merlot. O cardápio oferecia refeições de cinco pratos com preço fixo. Svetlana fez o pedido dela e o de Bojana. Robin fez o dela e o de Bill. Distingui algumas palavras que eu achava que reconhecia em alguns dos pratos e as repeti ao garçom, que se retirou. O Merlot cascateou nas taças com um som gutural, gorgolejante.

"Svetlana me diz que você vai passar um tempo em Budapeste", Bojana comentou. "É uma cidade maravilhosa. Passei um fim de semana esplêndido lá quando tinha a sua idade."

Eu disse que ficaria em Budapeste só por alguns dias antes de partir para uma pequena vila onde divulgaria a cultura americana.

"Uma pequena vila?" Bojana retirou os óculos. "Por que diabos húngaros do interior precisariam de cultura americana?"

"Acho que tem a ver com a globalização."

"Por um mês, é isso? Cinco semanas? Não, não, querida — é impossível. Vá pra Budapeste, sim. Sente num café e beba uma xícara de café excelente. Você encontra um café excelente em Budapeste. Em um vilarejo, não sei dizer. O café pode ser ruim. Vá pra sua vila, se precisa ir, por uma semana ou dez dias. Então pule num trem pra Belgrado. Pode ficar na minha casa."

Fiquei tocada. "Você faz tudo parecer tão simples."

"Claro que é simples. Compre uma passagem e suba no trem. Quem poderá forçá-la a passar cinco semanas numa vila húngara? Eu nunca ouvi falar disso."

Quando chegaram os pratos, descobri que eu tinha pedido melão recheado de vinho do Porto. Todo mundo tinha pedido aspargos. Eu não tinha a menor ideia de como comer melão recheado com vinho do Porto. Era um melão inteiro, com um corte no topo, recheado até a tampa. Os padrões na casca pareciam hieróglifos ancestrais.

"Conheci alguns homens húngaros muito atraentes", Bojana disse. "Altos, atenciosos com as mulheres. Estou falando de Budapeste. Nos vilarejos, não posso dizer. Talvez sejam altos, mas acho que você vai ficar entediada."

Vi que tinham me dado uma colher de sopa gigante. Mergulhei a ponta da colher no melão. O líquido, trêmulo, transbordou.

"Selin já tem um húngaro alto e atencioso", Svetlana disse.

"Ah, sim, o Don Juan do avião. Como pude esquecer? Talvez, no fim das contas, você não fique entediada. Esse garoto parece saber entretê-la."

Expliquei que eu era fácil de entreter, ao que Bojana respondeu que era óbvio que eu nunca passara cinco semanas num vilarejo do Leste Europeu.

"Você não sabe como fiquei arrasada", Svetlana dizia à Bojana. "Mal saí de casa, exceto pra ir do apartamento à Sorbonne.

Fiquei petrificada com aquelas francesas magras e bem-vestidas. Já me sinto um caco sem você me atormentando."

"Tudo o que eu quero é te dar um presente, um novo vestido, talvez um corte de cabelo, algo divertido. Isso é crime? Talvez eu tenha sugerido que você perdesse dois ou quatro quilos. Isso é crime? Ora, eu preciso perder *seis* quilos."

"Você não entende. Quando tinha minha idade você dava festas pra duzentas pessoas, incluindo uma sobrinha da Tsvetáieva e metade da nobreza polonesa. Como você mesma não para de me contar."

Svetlana empurrou a cadeira pra trás e saiu. Depois de um minuto, fui atrás dela. Chegava-se ao banheiro por uma escada espiral vermelha e estreita. Entrei pela porta onde se lia DAMES.

"Não fica triste", eu disse. "Pense em como você partiu um pedaço de madeira ao meio com um chute só."

Houve uma pausa. "Como um trator!", gritou Svetlana, de dentro da cabine.

Na manhã seguinte Svetlana saiu com a tia. Era o primeiro momento desde a viagem de avião em que ela e eu nos separávamos por um espaço de tempo considerável. Fui até uma banca de revistas e comprei um mapa — *un plan*, como se você pretendesse construir Paris em ver de passear por ela — e um maço de Gitanes. Eu não fumava de verdade, só tinha feito isso umas dez vezes, quase sempre com Lakshmi, mas os maços azuis eram tão bonitos, com a imagem de uma mulher fantasmagórica se inclinando numa nuvem. Além disso, o fato de estar sozinha me fez querer marcar o momento de alguma forma. Acender um fósforo pareceu excitante e um tanto perigoso, e quando a chama entrou em contato com o papel fez um som como o de uma agulha pousando num disco — como se a música estivesse prestes a começar. Cigarros nunca me davam enjoo. Cresci entre fumantes, e de todo modo eu nunca tragava muito profundamente.

Andei o dia inteiro. Pelas cinco parei num café, comi um sanduíche de salmão e li dois capítulos de *Aprenda húngaro sozinho*. Eu estava cada vez mais impressionada com as semelhanças entre o turco e o húngaro — não tanto as palavras, mas a gramática. As duas línguas eram aglutinantes, o que significava que a sintaxe era transmitida por uma série de sufixos acoplados ao final das palavras. As duas tinham harmonia vocal e nenhuma tinha gênero gramatical. Ambas usavam uma única palavra para "ele" e "ela": *ő*, em húngaro, e *o*, em turco.

Ao entardecer me vi na Place de l'Opéra. Tudo estava iluminado: o Café Opéra, o Métro Opéra, a própria Opéra, inflando-se ao centro, como um bolo. Filas de táxis brancos cintilavam na escuridão, como o sorriso do gato de Cheshire.

"Com licença", disse uma asiática, tocando meu braço gentilmente. "Estou procurando por este prédio." Ela me mostrou um guia escrito em japonês, aberto numa foto do prédio da ópera.

"É aquele ali", eu disse, apontando.

Ela me agradeceu e começou a tirar fotos.

A princípio achei esquisito ela não reconhecer um edifício bem diante dela. Depois, pensei que esquisito mesmo era alguém reconhecer um domo verde e dourado gigante a partir de uma fotografia plana, pequena e cinza.

Todas as luzes encontravam-se acesas na cozinha de Bojana. O *Requiem* de Mozart tocava em volume baixo num pequeno aparelho de som. Svetlana estava sentada de costas para a porta. Seu cabelo tinha camadas que deixavam à vista todos os diferentes tons de loiro, como as penas numa bela cauda. O corte levara quase duas horas, as quais ela passou explicando em francês ao cabeleireiro da tia que aparências não eram importantes. O cabeleireiro discordou, argumentando que a verdade é o belo, e o belo é a verdade.

"Coma um kumquat." Svetlana aproximou a tigela de mim. "Tenho desejado sensações extremas. Será que a Bojana tem um pouco daquela mostarda?"

Na geladeira iluminada havia garrafas negras de champanhe, deitadas, como cachorros pretos com focinhos de arame. Dois tubérculos oblongos brilhavam palidamente através de uma gaveta de plástico. Svetlana abriu a gaveta e vimos que, na verdade, não eram tubérculos, mas ovos enormes. Era o tipo de mistério sobre o qual poderíamos falar por horas. Seriam ovos de ganso? Svetlana disse que aqueles ovos nunca poderiam ter cabido numa gansa, muito menos ter saído de uma. Ela achava que eram ovos de avestruz. Mas como Bojana teria conseguido adquirir ovos de avestruz, se estava há apenas dezenove horas em Paris?

O vestido novo da Svetlana estava envolto num tecido, dentro de uma sacola listrada. Era preto e trapezoidal — largo nos ombros, afunilando nas pernas.

"Nika escolheu", ela disse. "Estávamos lá há duas horas, Bojana insistia em escolher vestidos apertados demais, daí Nika trazia alguma coisa grande e preta, dizendo '*C'est sexy, mais c'est plus androgyne*'". Svetlana devolveu o vestido à sacola. "Nika mudou muito. Está histérica. Em fevereiro ela voltou pra Belgrado pela primeira vez desde a guerra, porque a mãe adoeceu. Ficou lá até a mãe morrer em abril, depois voltou pra Paris desse jeito. A certa altura ela riu tão violentamente que deslocou a mandíbula. Dava pra ver que era uma coisa que acontecia sempre. Ela sentia muita dor, mas a princípio não percebemos, porque a mandíbula ficou presa como se ela estivesse sorrindo. Ainda bem que ela sabia resolver aquilo ela mesma. Fez um barulho horrível. Bojana diz que ela precisa desenvolver um visual mais sóbrio."

Além do vestido, Bojana comprou um perfume para Svetlana — um perfume mais feminino, o Feminité du Bois. Era tão forte e almiscarado que um único borrifo deixou a gente com dor de cabeça. Abrimos as janelas, e não ajudou.
"Svetlana", eu disse.
"Que foi?"
"Tudo é sífilis", eu disse, e arrebentamos de rir.

No dia seguinte, fomos todos ao La Villette. Estava prestes a chover. Andando pelos jardins, encontramos uma escultura laranja de metal com uma barra no eixo. Quando o vento soprava, a barra balançava e rangia.
"O que é isso?", Robin perguntou.
"É um relógio de sol moderno", disse Bill, explicando que funcionava a partir do magnetismo da Terra.
"Que legal. E funciona mesmo com o tempo nublado?"
Robin fez um monte de perguntas sobre o relógio de sol.
Quando Bill finalmente confessou que inventara tudo aquilo, brigaram.

O relógio de sol moderno balançava e rangia, atraído pelo magnetismo da Terra. Era Mahmut Bey que o puxava, com seu braço longo e sem amigos.

Svetlana e eu deixamos Robin e Bill se reconciliando e fomos à livraria inglesa. Svetlana comprou as obras reunidas de Saki, eu comprei o *Drácula* e os *Três contos*, de Flaubert. Passamos o resto do dia na enorme varanda de Bojana, lendo e comendo cerejas.

Svetlana, que lia muito bem em voz alta, me leu um conto de Saki, "Esmé". "Todas as histórias de caça são iguais", começava. Esmé era uma hiena.

Um dos contos de Flaubert, "A lenda de São Julião Hospitaleiro", era também uma história de caça. Julião era obcecado por caça, e um dia um cervo lhe disse que ele mataria os próprios pais. Ele parou de caçar, mas tão logo voltou, matou os próprios pais.

Eu queria muito escrever um conto sobre caça e comportamento humano, então perguntei a Svetlana se poderia usar a máquina de escrever de Bojana. "Claro", ela disse, como se fosse a coisa mais natural do mundo. Preparou tudo pra mim numa mesinha. Eu aprendera a datilografar no ensino fundamental, numa Smith Corona elétrica. Comparar aquelas Coronas gigantes com a Olivetti bonitinha de Bojana era como comparar uma fábrica de pão soviética com uma torradeira. Microsoft Word era para crianças; a máquina de escrever era Deus, e a cada toque a mesa balançava.

Para praticar a configuração de teclado, tentei datilografar a frase do porco-espinho de *Madame Bovary*. Meus dedos não paravam de escorregar.

> Com freqüência, um animal noturno, doninha ou porco-espinho, se agitava na folhagem; esporadicamemte, ouviam o som de um pêssego maduro tombando de uma das árvores ao longo do nuro.

No meu último dia em Paris, Svetlana e eu fomos à parada do orgulho gay. Sobre um mar de cabeças, gente pintada de dourado planava em carros alegóricos. Logo fomos empurradas da calçada para a rua, onde a multidão já não era um mar de cabeças, mas uma parede humana que se movia aos empurrões, o que me lembrou da expressão "um muro talhado em pedra viva". O muro talhado em pedra viva nos empurrou para o meio da rua. Acabamos ao lado do carro alegórico, saltos altos pairando bem diante dos nossos olhos. Os pés das drag queens eram enormes, muito maiores do que os meus pés. Fiquei me perguntando onde elas teriam conseguido sapatos femininos tão grandes.

Quando me virei, Svetlana tinha sumido. Pra onde eu olhava só via homens. Lembrei que Svetlana estava vestindo um casaco rosa por cima de uma camiseta branca. Vi de relance alguma coisa rosa, mas era um bebê sem camisa nos ombros de um homem.

Depois de uma eternidade, uma mãozinha pequena segurou na minha. "Selin, pensei que eu tinha perdido você."

"*Eu* é que pensei que tinha perdido *você*."

De mãos dadas, Svetlana e eu lutamos para voltar à calçada. Marinheiros passavam distribuindo camisinhas com desenhos de âncoras, seguidos por dez Jackie Kennedys num palco móvel e um pênis de papel machê do tamanho de um lançador de mísseis. O carro com o pênis tocava a "Macarena" e, a cada "*Hey, Macarena*", lançava jatos de papel branco.

Finalmente, alcançamos uma rua paralela, e Svetlana soltou minha mão. "Acho que não faz sentido ostentar um orgulho gay que a gente nem tem", ela disse. Minha mão se sentiu abandonada.

Voltamos ao apartamento para que eu pudesse fazer a mala. Eu estava nervosa, pois fazia duas semanas que Ivan e eu não fazíamos contato. Eu não entendia a Internet. Não entendia que era possível checar o e-mail da universidade a partir de um computador de fora da universidade.

"Se você está tão preocupada, você devia ligar pra ele", Svetlana disse.

"Mas não estou preocupada."

"Sim, está."

Svetlana e eu sentamos na beirada da cama de Bojana. Peguei o telefone e olhei o número na minha agendinha do Van Gogh. Svetlana discou.

Escutei um toque com som estrangeiro; em seguida, uma mulher-robô falou rapidamente em húngaro. "Respeitou alguma coisa! Alguma coisa, alguma coisa, alguma coisa." Depois recitou alguns números. Os números eu entendi. Eram os do telefone do Ivan. Horrorizada, desliguei o telefone.

"Por favor, me diga que você não acabou de desligar na cara da mãe dele."

"Acho que ele me deu uma linha desconectada. Era um robô."

"O que o robô disse?"

"Eu não sei. Falou em húngaro. Mas ela disse o número dele."

"E depois?"

"Depois eu desliguei."

"Você nem ouviu a mensagem inteira?"

"Por que eu ouviria? Era em húngaro."

"Eu realmente me pergunto às vezes como você se aguenta." Svetlana pegou o telefone, discou o número de novo e escutou. Depois de um minuto, me entregou o telefone. "Ela está falando em inglês agora."

"… mudou", o robô dizia, num sotaque britânico. "O novo número é…" Anotei o novo número na agenda, desliguei o telefone e disquei de novo.

"Alooou?", disse um homem.

"Alô. Gostaria de falar com o Ivan, por favor."

"Ah. Só um minuto."
"Alô?", Ivan disse.
"Oi."
"Onde você está?"
"Em Paris."
"Ainda em Paris? Mas seu avião é de Bruxelas?"
"Sim, tem uma conexão em Bruxelas."
"Ah, sim, o.k."
Houve um silêncio.
"Bem", eu disse. "Só queria confirmar se ainda está de pé."
"Você queria confirmar que ainda o quê?"
"Se ainda está de pé."
"Se ainda *está de pé?*"
"Isso."
"Em outras palavras, quer saber se eu esqueci que você vinha."
"É, ou se aconteceu algum imprevisto."
Pausa. "Não esqueci que você vem. Posso esquecer muitas coisas, mas não esqueci isso."

O voo na manhã seguinte era às sete, então reservei um carro para as cinco. Eu mesma liguei para o serviço de transporte, sem pedir à Svetlana. Depois, ainda sem terminar de arrumar a mala, Svetlana e eu fomos correr no rio. Eram dez e meia da noite, e o céu era de um cinza rosado. Vimos uma roda-gigante toda iluminada, o que lembrou Svetlana de uma amiga de infância que ela costumava atormentar. Svetlana escrevia no diário: *Sanja chega em vinte minutos. Em quanto tempo consigo fazê-la chorar?* Mais tarde, anotava: *Levou exatamente três minutos e quarenta e três segundos.* "Eu estava conduzindo um experimento científico pra ver quanto Sanja aguentava."

Era a última vez que correríamos ao longo do Sena. Svetlana disse que poderíamos tentar correr ao mesmo tempo ao longo do Danúbio, quando ela estivesse em Belgrado.

Svetlana não parava de me dizer pra terminar de fazer a mala, mas daí a gente lembrava de alguma coisa sobre a qual a gente ainda não tinha conversado. Logo eram duas da manhã. "Você precisa fazer a mala", Svetlana disse. "Me acorde antes de ir."

Fiquei acordada até as quatro pra colocar tudo na mala. Fui até a varanda, acendi um cigarro e olhei para o museu, me perguntando se ele ainda estaria lá mil anos depois. Quando não estaria? Tomei um último banho na banheira com pés de garra de Bojana, pus um vestido novo, azul com botões, que minha mãe tinha me dado, bebi uma xícara de Nescafé e comi um pouco de pão. Às dez pra cinco, bati no ombro de Svetlana.

Dez segundos depois de saltar da cama, Svetlana já apontara um moletom e um livro que eu estava esquecendo. "Imagina só todas as outras coisas que você está deixando aqui", ela disse.

"Se você encontrar alguma coisa, jogue fora. Não leve nada pra Itália."

"Não esqueça de me ligar em Belgrado."

Ela me ajudou com a mala até o elevador, e eu fechei a porta sanfonada entre nós. O elevador começou a descer e descer. Lá fora, cheiro de manhã fresca. Um caminhão verde passou limpando a rua, borrifando água e varrendo as calçadas. O carro, um Renault branco, chegou quase imediatamente.

"Selin!", alguém gritou do céu. Era Svetlana, na varanda, vestida no quimono de Bojana. "Você esqueceu seus chinelos!" Ela jogou os chinelos, enrolados numa embalagem de plástico, da varanda. Quase acertaram a cabeça do motorista, que abria o bagageiro. Svetlana ainda acenava lá de cima quando o táxi começou a se afastar. "Adeus!", ela gritou, em russo. "Adeus!"

No avião, um comissário de bordo passou com os jornais. Todos os adultos liam. Peguei um também. No *International Herald Tribune*, li que uma elefanta de 420 quilos chamada Kika tinha sido artificialmente inseminada em Berlim. O esperma fora recolhido de dois elefantes machos e não havia como saber ao certo qual dos dois era o verdadeiro pai, mas os zoologistas apostavam em Jumbo, de Cleveland. O esperma de Jumbo fora transportado de avião para Berlim num refrigerador que tinha sido verificado "pessoalmente" pelo segurança do aeroporto, pois os raios X poderiam matar o esperma. Então era isso que se lia nos jornais.

O jogo de palavras cruzadas chamava-se "Zooropa". "Mamífero asiático visita o Bois de Boulogne?" *Ora, sou eu.* Senti uma mão no meu ombro e olhei para ver um homem de óculos presos à cabeça por um cordão rosa. "Se você precisar de ajuda, me diga", ele disse. "Acabei de terminar."

Pode ser exasperador olhar para o passado. *O que está acontecendo com você?*, quero perguntar a ela, minha versão mais jovem, sacudindo-a pelos ombros. Se eu fizesse isso, ela muito provavelmente choraria. Talvez eu chorasse também. Seria como num daqueles livros de Marguerite Duras que tentei ler no apartamento da tia de Svetlana.

Elle pleure.
Il pleure.
Ils pleurent, tous les deux.

* * *

Passei a maior parte da conexão em Bruxelas numa loja duty-free, liquidando meus últimos francos. Pensei em comprar um presente para o Ivan, mas o quê? Estavam distribuindo amostras grátis de Campari. Experimentei uma e não consegui entender por que alguém desejaria beber uma coisa com aquele sabor. Por um momento, a ideia de comprar uma gravata para o Ivan me pareceu incrivelmente engraçada. Olhei para as gravatas, tentando decidir qual era a de mais bom gosto.

No portão de embarque, sentei na frente das janelas e tentei ler "Hérodias", de Flaubert. Não consegui passar da primeira frase: "A cidadela de Maquero ficava a leste do mar Morto, num pico de basalto no formato de um cone". Li aquilo várias vezes, mas não parecia significar nada. Do lado de fora, carregadores descarregavam malas como se fossem montes de palha. Eu sabia que devia estar pensando em coisas para dizer ao Ivan. Mas de onde deveriam vir as coisas — de *fora* da minha cabeça?

Quase todos os passageiros no voo para Budapeste eram homens de terno, exceto por uma mãe e uma filha que falavam húngaro e tinham bocas igualmente severas, e um rapaz segurando um estojo de guitarra que parecia dormir de pé, com um aspecto desalinhado e encucado que me pareceu algo familiar. Eu o vi de novo no avião quando procurava pela minha fileira. Agora estava sentado, mas continuava dormindo.

Minutos depois da decolagem já cruzávamos a fronteira da Alemanha. No vídeo-mapa o avião branco encontrava-se simultaneamente na Bélgica, na Holanda e na Alemanha, a cabine da primeira classe já colocava a ponta do nariz em Colônia, enquanto a classe econômica se demorava em Liège e uma asa roçava Herleen. A Europa era tão pequena. Parecia estranho que as pessoas a levassem tão a sério.

Peguei o *Aprenda húngaro sozinho*, li um texto sobre alguém chamado Titia Mariska e memorizei as frases "Minha cabeça dói", "Dói muito" e "Dói terrivelmente". O texto era seguido por um teste de verdadeiro ou falso, que os húngaros chamavam de perguntas *igaz-nem*. Era verdadeiro que Titia Mariska tinha reumatismo, que considerava Budapeste bonita, mas barulhenta, e que preferia conhaque a salame.

"Oi", disse uma voz americana. Olhei pra cima. Era o narcoléptico encucado. "Você não está no programa do Peter?" Nesse instante, lembrei dele, da orientação. Chamava-se Owen. Ele perguntou como eu iria para o apartamento do Peter.

"Um amigo vai me encontrar por lá."

"Alguém do programa?"

"Na verdade não."

"Acho que o Peter não vai aparecer no aeroporto. Ele disse que talvez aparecesse, mas não estou com um bom pressentimento."

"É", respondi, concordando com a cabeça.

"Você dividiria um táxi?"

"Acho que vou com meu amigo." Houve um silêncio. "Talvez ele possa te dar uma carona também", eu disse, pois não parecia haver outra opção. O piloto anunciou nossa descida para a área de Budapeste. Owen voltou para a poltrona dele. Não o vi mais, até a fila do controle de passaporte. Descobri, então, que Owen também estudava russo e que tinha passado um ano dando aulas na Sibéria. Perguntei como tinha sido. Ele disse que tinha sido frio.

"Não estou vendo o Peter", Owen disse, passando pela catraca atrás de mim. Mas Ivan estava lá, lendo um livro de bolso. Nas mãos dele, o livro parecia tão pequeno, quase instável, como se pudesse se esfarelar. Ivan estava bronzeado e parecia ao mesmo tempo diferente de como eu lembrava e inequivocamente o mesmo. Fiquei tão feliz que a primeira coisa que eu disse, em vez de olá, foi "Obrigada".

"O que está lendo?", perguntei, tocando seu braço. Ele olhou pra cima e sorriu. Estava lendo A *brincadeira*, do Kundera. "Trouxe um livro pra você também", ele disse. "Está no carro."

"Esse aqui é o Owen", eu disse. "Ele está no programa do Peter."

"Ivan", disse Ivan. Os dois apertaram as mãos de um jeito masculino, quase agressivo.

Ivan pegou minha mochila e o mochilão de Owen e começou a andar à nossa frente, puxando ainda minha mala de rodinhas. Seu carro, um Opel cinza, estava estacionado numa laje fustigada pelo vento. Owen e a guitarra foram atrás. Ivan me presenteou com um pequeno livro chamado *Húngaro: Apenas o necessário*. A ilustração da capa mostrava três mulheres ou bonecas, com saias longas e sem pés, equilibrando copos de vinho na cabeça. Ivan deu partida no carro e saiu de ré, o braço por trás do meu assento.

Dei uma folheada no livro de frases. Se um marciano lesse aquilo, provavelmente evitaria a Hungria.

"Queria alguma coisa para (picada de cobra, mordida de cachorro, queimaduras, gengivite, picada de abelha). Queria (antisséptico, gaze, atadura, inalador). É uma (dor intensa, dorzinha chata, dor persistente). Eu me sinto (enjoada, tonta, fraca, febril). Eu tenho (problema do coração, reumatismo, hemorroidas). Dói. Dói muito. A dor ocorre (todo dia, toda hora, a cada meia hora, a cada quinze minutos). Dói o tempo todo. Estou doente. Meu filho está doente. É urgente. É sério.

"A privada está interditada. O gás está vazando. O aquecedor não funciona. Estou com dor de dente. Quebrei minha dentadura. Perdi (minhas lentes de contato, uma obturação, minha bolsa, minha chave do carro, tudo). Alguém roubou (meu carro, meu passaporte, meu dinheiro, minhas passagens, minha carteira, tudo). Aconteceu um acidente. Acabou a gasolina. Meu carro pifou. Meu carro não dá partida. Meu carro está (a um quilômetro, a três quilômetros). Estou (com um pneu furado, um para-brisas quebrado). Acho que o problema é aqui.

"Não desligue. Houve um atraso. Desculpe, estou atrasada. Não entendo você. Acho que isso é errado. Não, isso não. Já chega, obrigada. Não aceitarei, obrigado. Por favor, pare."

"Ah, obrigada!", lembrei de dizer.

"Espero que seja útil", disse Ivan. "Dei uma olhada em vários livros e esse era o melhor. Não perde tempo com gramática inútil, e o guia de pronúncia é muito bom."

Dei uma olhada no guia de pronúncia. "Meg-kairem, hodj vaaghyoh le aw feyait aish aw for-kaat", dizia.

"Posso dar uma olhada?", perguntou Owen. Passei o livro pra ele. "Que maravilha", ele disse. "Muito útil. Preciso comprar um."

Ivan disse a Owen onde poderia encontrar o livro. Sua coxa direita balançava-se no espaço entre nossos assentos. Ele era alto demais para o carro. Era só para mim que ele parecia mais presente do que as outras pessoas, ou seria um fato objetivo? Agora ele estava de bermuda e, evidentemente, estava assim há um bom tempo, pois as pernas estavam tão uniformemente bronzeadas quanto os braços.

Na rampa de entrada da autoestrada, meu joelho esquerdo e sua perna direita entraram em contato. Mudei de posição para olhar pela janela. Ivan olhou pra mim, depois de volta pra estrada.

"É uma pena que o tempo esteja uma porcaria", ele disse. "Eu queria que o tempo estivesse decente pra te mostrar minha cidade."

"Acho que sua cidade é bonita", eu disse. Ivan riu. O céu estava quase preto e passávamos por uma desolação de depósitos e fábricas.

"Meu tio fez o projeto daquela fábrica."

"Qual?"

"A maior e mais feia."

Ivan fez algumas perguntas a Owen sobre a vida dele. Doutorando em história, Owen estava escrevendo uma tese com a palavra "hegemônico" no título, sobre a Ucrânia. Disse que era preciso começar a dizer apenas "Ucrânia", sem o artigo definido, porque em russo "Ucrânia" queria dizer "fronteira", e chamar um país inteiro de "a fronteira" era insultuoso. Aparentemente, se você chamasse apenas de "fronteira", as pessoas pensariam que era um nome de verdade, não relacionado semanticamente com suas outras ocorrências.

Ivan apontou para um carro azul acinzentado, seguido ruidosamente por uma nuvem de fumaça azul do tamanho de outro carro: esse, ele disse, era o Trabant, alimentado por um motor igual ao de uma serra elétrica, manufaturado na Alemanha Oriental a partir de papelão.

"Bem, papelão, não", concedeu Ivan, um momento depois, ainda que ninguém o tivesse questionado. "Mas a carroceria é feita de plástico."

"Não derrete?"

"Não, e esse é o problema. Não dá nem pra queimá-lo. Quer dizer, dá, mas a fumaça é tóxica. Então era indestrutível, até..." Começou a rir. "Até os alemães ocidentais desenvolverem uma bactéria para comê-lo!"

Caminhamos ao longo de uma passagem a céu aberto num condomínio suburbano. O sol saiu e subitamente ficou bem quente, depois voltou pra dentro das nuvens. "Acho que é aqui que a avó do Peter mora", disse Ivan, parando em frente a uma das portas e tocando a campainha. Um velho abriu a porta. Ele e Ivan conversaram em húngaro. Ivan conhecia tantas palavras que ele nunca tinha usado comigo! Eu estava acostumada a ver as pessoas tentando decifrar o que ele dizia, já o velho riu de imediato e comentou alguma coisa.

"É no número onze", Ivan disse, depois que o homem entrou.

Tocamos a campainha no apartamento onze. A porta se abriu. Era Peter. Nós o seguimos até uma sala de estar sombria, com cortinas de veludo, um piano de cauda e algumas plantas. Havia duas mulheres: Cheryl, uma das professoras de inglês presentes na orientação, e uma mulher húngara da idade de Peter.

Todos sentamos — Owen e eu num sofá ultramacio, Peter e Ivan em poltronas dispostas uma de frente para a outra, e a mulher húngara, Andrea, numa cadeira de madeira angulosa. Cheryl sentou no carpete debaixo do piano.

"Tem certeza de que não prefere uma cadeira?", Peter perguntou. Cheryl balançou a cabeça. "Estou com a minha bolsa aqui", ela disse, baixinho. Andrea tinha acabado de mudar de volta pra Budapeste e estava dando aulas de inglês. A avó de Peter jogava canastra. Daniel, outro professor do programa, tinha uma mãe húngara, mas não falava húngaro.

"Por que ele não fala húngaro?", Ivan perguntou.

"Acho que é porque ele não tem ninguém com quem falar húngaro em Vermont", Peter disse.

"Ele podia falar com a mãe dele." Quando Ivan disse aquilo, me senti implicada, pois geralmente falava com minha mãe em inglês, o que agora me parecia infantil — como tudo que é americano.

"Como está *Eunice*?", indagou Peter, que tinha um jeito de enunciar enfaticamente os nomes das pessoas, como se estivesse corrigindo uma pronúncia errada.

"Está bem", Ivan respondeu, num tom orgulhoso e pesaroso ao mesmo tempo. "Está igual."

"Ela ficou um pouco em Budapeste?"

"Não, a gente se encontrou em Paris e viajamos um pouco pela Itália e Suíça, depois ela foi pra casa. Está passando o verão em Cambridge, estudando com o Vogel."

"O 'velho tirano sisudo'?"

"Parece que eles se dão bem."

"Eles se dão bem? Bem, tenho certeza de que ela está aprendendo bastante."

Ivan franziu a sobrancelha. "Eu não sei por quanto tempo ela vai ficar se escondendo assim, antes de virar uma acadêmica de fato. Ela fica sempre se escondendo por trás desses obstáculos, por trás de Harvard."

"Ela *gosta* de Harvard."

"Ela gosta, ela gosta. Ela não quer ir embora nunca. Ela já sabe chinês clássico, coreano e japonês, mas ainda assim encontrou alguma outra razão pra adiar o próprio trabalho."

"Chinês clássico é muito diferente de chinês moderno, não?"

"Completamente diferente."

"Mas o japonês vai ser bem útil."

"Por que diz isso?"

"Ela já vai saber alguns dos caracteres chineses."

"Kanji é uma parte pequena do japonês. A gramática inteira é com katakana."

"Sim, eu sei que eles têm um alfabeto fonético pra palavras estrangeiras, mas as raízes são basicamente caracteres chineses."

"Não, há *dois* alfabetos fonéticos. Um é só pra palavras estrangeiras."

Enquanto a conversa seguia, Ivan começou a parecer cada vez mais irritado, ao passo que Peter sorria de um jeito cada vez mais afável. A campainha tocou. Dois garotos entraram: Frank, de quem eu lembrava da orientação, e Gábor, uma pessoa desconhecida pra mim, que tinha sobrancelhas densas e carregava uma sacola de plástico cheia de sapatos. "Estou tentando vender uns sapatos", Gábor explicou.

"Bem, vamos deixar esses na porta por enquanto", Peter disse.

Ivan e Gábor se cumprimentaram com a cabeça — já se conheciam.

"E você, Frank? Conhece o Ivan?"

Frank e Ivan tinham feito uma disciplina sobre Dostoiévski. Começaram a criticar o professor — o mesmo que ministrara a disciplina sobre o romance do século XIX que eu tinha cursado. Gábor sentou ao meu lado, olhou fixamente pro meu rosto e balbuciou alguma coisa com quatro sílabas que parecia um espirro. Por um momento me perguntei se era sobre os sapatos. Mas, quando ele repetiu, compreendi que era "Oi, como vai?", em húngaro.

"Bem, obrigada", respondi.

"Gábor! Não sobrecarregue meus professores!", Peter disse.

"Eles precisam aprender cedo ou tarde", Gábor disse. "Para *sobreviver*!"

Quando os outros professores chegaram, seguimos todos para o albergue onde ficaríamos. Peter e os demais foram de metrô, enquanto eu e as bagagens fomos no carro de Ivan. O rio apareceu, com sua gama de pontes; a fachada gótica do Parlamento se elevou na outra margem, tão intricada e orgânica quanto uma formação de corais ou algo que tivesse sido engenhosamente carcomido por cupins. Uma mulher de bronze parecia pairar por cima das copas das árvores distantes, segurando uma folha sobre a cabeça: um monumento, Ivan disse, aos "libertadores" soviéticos.

O albergue, durante o ano letivo, era um dormitório. No lobby sombrio, um velho esperava numa cabine, sob a luz de um abajur. Puxou um caderno do balcão. Ivan se inclinou e apontou para uma das páginas. O homem disse alguma coisa de um jeito meio atravessado. Ivan respondeu num tom charmoso, mas não funcionou: o homem fechou o caderno e cruzou os braços.

"Ele não vai nos dar a chave do quarto até Peter chegar", Ivan disse.

Carregamos juntos todas as malas do carro até a escadinhas que davam no elevador, num corredor escuro perto de uma cafeteria. Tinha cheiro de vida — a vida inteira de algumas pessoas. Ivan se encostou na parede. Eu sentei na minha mala. Ivan olhou o relógio.

"Por que demoram tanto? Tenho de encontrar uns amigos da escola no Danúbio."

"Ah."

"Estão fazendo um churrasco, com fogueira. Plantam cerejas lá, e ameixas. A namorada de um dos meus amigos fala russo. Ela supostamente estuda literatura russa, então deve falar russo. Podemos descobrir. E todos meio que falam inglês. Meu amigo Imre vai estar lá, de Harvard, e, claro, ele também fala inglês, como eu."

"Bacana", eu disse, perplexa, sem saber por que ele me dizia aquelas coisas. Fiquei realmente surpresa quando ele perguntou se eu queria ir junto. "Claro", eu disse.

"Quer *mesmo*?"

"Só se não for inconveniente."

"Não, não seja louca. Fico feliz."

Ivan disse que podíamos deixar as malas lá mesmo e ir: os outros não podiam estar perdidos, já que Peter estava com eles. Perguntei se eu deveria deixar minha mala com as outras.

"Acho que não vão ficar muito contentes com a ideia de levar sua mala lá pra cima. Eu levo de volta pro carro."

Do lado de fora, o sol reaparecera. O ar estava quente, claro e estático.

"Então", Ivan disse, enquanto dirigíamos para fora da cidade. "Como foi em Paris?"

"Foi o.k. Alguns momentos foram meio tensos." Expliquei como eu tinha de impedir que a Svetlana ficasse sobrando ao lado do Bill e da Robin, coisa que eu não sabia se o Bill tinha gostado muito.

"Bill é aquele que estava do lado dela no avião? Achei que ele fosse namorado dela, pelo jeito como estavam dormindo."

"Não, ele é namorado da Robin."

"E onde ela estava?"

"Na fileira da frente."

"Ela também estava no avião?"

"Sim, na fileira da frente."

Ivan franziu a sobrancelha. "Esse Bill era meio babaca?"

Fiquei contente quando ele disse aquilo, pois com certeza significava que Ivan não era como Bill, que ele não estava se comportando comigo como Bill fazia com Svetlana. "A gente não se deu muito bem", eu disse. "Depois chegou a tia da Svetlana, que contou que, quando tinha nossa idade, organizava festas para a sobrinha do médico da Marina Tsvetáieva. Depois obrigou Svetlana a pagar seiscentos dólares num corte de cabelo e dois mil dólares num vestido. Daí Svetlana andou tendo crises de ansiedade em relação à feminilidade e vestidos."

"Hum-hum. E você também teve crises de ansiedade em relação à feminilidade e vestidos?"

Enrubesci e não consegui dizer nada. Ele esperou um pouco, depois desistiu. "Então, me fale da Svetlana. Suponho que ela é incrivelmente inteligente."

"Sim. Ela pensa bem diferente de mim. Nunca vê nada como um evento isolado — sempre coloca tudo em perspectiva. Qualquer coisa que você faz é sintoma de toda a sua personalidade e resultado da história da civilização ocidental, ou uma metáfora da civilização ocidental, ou alguma coisa relacionada à civilização ocidental. Enquanto, pra mim, tudo parece muito mais um caso individual, e tenho muita dificuldade de pensar sobre a civilização ocidental. Às vezes fico impressionada pelo modo como ela consegue encaixar todas as partes. Mas outras vezes não parece verdade."

Ivan concordou, como se soubesse o que eu queria dizer. "Meu melhor amigo da escola, Dávid, é assim", disse.

Tentei pensar em alguma coisa pra perguntar sobre Dávid, para prolongar aquela sensação de que estávamos de fato conversando um com o outro. Mas não consegui pensar em muitas perguntas, e o momento passou. Do lado de fora havia muitas luzes brancas, e alguns cartazes publicitários — um deles com a imagem de uma barra de chocolate gigante e outro, um cartaz da Benetton, exibindo uma loura esquelética e um africano deslumbrante enrolados num lençol. Não consegui imaginar como era a vida deles.

"Qual foi a melhor coisa de Paris?", Ivan perguntou.

Recapitulei o que eu tinha gostado e o que não tinha gostado em Paris e disse que tinha gostado de ir correr na beira do rio com Svetlana. "Fomos quase todas as noites."

"Você foi correr enquanto estava em Paris? E foi disso que você mais gostou?"

"Gosto de ver as luzes."

"Humm. Certo."

"Do que você mais gostou?"

"Montmartre", ele respondeu, imediatamente. "Parecia a parte mais intensa da cidade. Você gostou de Montmartre?"

"Gostei. Mas não sei. Fomos à Sacré-Cœur de noite e fiquei com medo."

"Medo do quê?"

"Da cripta, acho..." Eu estava pensando no garoto que vimos chorando.

"O sagrado coração? Você ficou com medo do sagrado coração?"

"Sim, fiquei com medo do sagrado coração."

A certa distância fora da cidade, o motor parou de funcionar bem no meio da estrada. Ivan puxou para o lado e o carro atolou numa vala arenosa.

"Isso acontece muito. Preciso pegar um pouco de água. Você acha que o restaurante chinês tem água?"

Ele estava olhando para um prédio vermelho com um teto em forma de pagode. Letras amarelas pintadas num cartaz vermelho soletravam RESTAURANTE CHINÊS em húngaro.

"Acho que mesmo na China se bebe água", eu disse, na esperança de que fosse engraçado, mas não foi.

"O quê?", Ivan perguntou.

"Nada."

"Não, diga."

"Nada."

"Mas o que você disse?"

"Acho que o restaurante chinês vai ter água."

"Veremos."

Tirando um jarro de dentro do bagageiro, ele atravessou a rua, que tremeluzia no calor. Pouco mais à frente havia uma praça com uma estação de trem, uma banca de jornais, telefones públicos e uma estátua amarela abstrata, do tipo que Svetlana e eu tínhamos começado a chamar de relógio de sol moderno. O sol se refletia nas janelas do restaurante chinês, mas lá dentro você podia ver cabines em vinil vermelho e frascos de molho de soja, como mulheres minúsculas, em cada mesa. Ele conversou por um tempo com uma senhora chinesa, que, no fim, pegou o jarro, entrou para os fundos do restaurante, depois voltou, agora carregando o jarro com as duas mãos.

"Eles tinham água", Ivan disse, abrindo o capô. "Primeiro achei que ela não queria me dar, mas era só porque ela não sabia húngaro. Mas, por algum motivo, sabia alemão." Havia alguma coisa tolerante e divertida no modo como ele dizia "ela".

Ivan desenroscou alguma coisa e derramou a água. O vapor sibilou raivosamente. Ele voltou pro carro e deu partida. O motor tossiu três vezes, depois começou a funcionar. Contudo, quando Ivan tentou voltar pra estrada, escutamos um som terrível e impotente, e o carro não saiu do lugar — estava atolado na areia. As rodas giravam e nada.

"Devo sair do carro?", perguntei, saindo. Eu tinha certeza de que meu peso estava prendendo o carro. Mas a roda continuou girando sem resistência. Ivan pôs o carro em ponto morto e desceu pra empurrar.

"Também posso empurrar."

"Ajuda mais se você voltar pro carro e guiar."

Sentei no banco do motorista e num ato reflexo afivelei o cinto, tirando logo em seguida, envergonhada. Coloquei meu braço direito no assento do passageiro e olhei pelo retrovisor. Ivan se afastou e jogou todo seu peso contra o para-choque traseiro. O carro balançou pra frente. Ivan posicionou os braços no bagageiro, os músculos se destacaram, um triângulo de suor se formou em sua camisa e o carro moveu-se pra frente e pra trás, até que, finalmente, com um som de raspagem, os pneus desatolaram. Guiei o carro para a estrada. A direção era hidráulica, como no velho Volkswagen da minha mãe. No retrovisor, vi Ivan quase correndo atrás do carro, e senti desespero e inveja. É claro que ele não me amaria, eu vivia por trás de muitas camadas, tinha medo de Montmartre e colocava o cinto de segurança para guiar um carro pra fora de uma vala.

O carro pulou para o asfalto e eu corrigi a direção. Ivan ficou de pé, então sua cabeça desapareceu do retrovisor. Considerei passar por cima da caixa de marchas para o assento do passageiro, mas em vez disso saí do carro e dei a volta. Ivan sentou no banco do motorista, esfregou as mãos sujas de óleo e olhou em volta, procurando talvez por um guardanapo. Abri minha bolsa e retirei um dos lenços umedecidos em álcool do hospital, que minha mãe tinha me dado. Ivan franziu as sobrancelhas com mais intensidade.

"Nossa", ele disse, num tom sombrio. "Obrigado."

Registrei essa informação com um suspiro interno: não se espera que você ande por aí com lenços umedecidos em álcool.

Ivan enfiou a embalagem e o lenço escurecido na lixeira, deu partida no carro e ligou a seta. "Estava vendo você guiar", ele disse. "Dá pra ver que você dirige bem. Você provavelmente dirige muito."

"Já faz dois anos que eu tirei a carteira de motorista."

"Deve haver muitas outras coisas que você faz bem que eu não sei." Não respondi nada.

Estacionamos num terreno não pavimentado em frente a um mercadinho. "É um churrasco, então é melhor a gente levar alguma coisa", Ivan disse. A expressão "a gente" me deu uma sensação ruim, como se eu já tivesse feito alguma coisa errada — como se eu estivesse parasitando. Comecei a descer do carro. "Você pode ficar aqui se quiser", Ivan disse. Fiquei olhando ele entrar na loja, pensando. Por que eu quereria esperar no carro? Desci, mas não consegui decidir se entrava ou não na loja. Vi uma cabine telefônica e lembrei que tinha prometido ligar pra minha mãe de Budapeste. Fui lá e tentei ligar, mas era preciso depositar uma moeda.

Voltei pro carro e sentei de lado, com a porta aberta. *Húngaro: Apenas o necessário* estava no painel. Dei uma olhada no capítulo sobre alimentos, em algumas das frases que Ivan poderia estar usando agora. O vocabulário do "açougueiro" incluía um desenho de uma vaca dividida em treze setores numerados. Era impressionante que fosse possível nomear treze cortes de bife, depois de ter o carro roubado e ter sido picado por uma cobra.

"Aprendeu alguma coisa útil?" Ivan retornara com uma pesada sacola de plástico.

"Lombinho", eu disse, em húngaro, mostrando o livro.

"Hum?" Ele olhou para o desenho. "Ah, muito bem, você pode trabalhar numa fábrica de embalar carne." Um dos amigos dele estava namorando uma eslovena que não falava nada de húngaro, que tinha se mudado para a Hungria só pra ficar com ele, e tinha conseguido um emprego numa fábrica de embalar carne. Ivan a mencionara mais de uma vez. Na Eslovênia, ela estudava engenharia.

Caminhamos por um pântano, entre samambaias e árvores rasteiras. Ivan comia cookies em formato de espiral.

"Tem certeza de que não quer um cookie?"

"Não, obrigada."

Um vira-lata apareceu. O rabo vigoroso e desgrenhado me lembrava a folha de palmeira de um escravo egípcio num filme em *fast-foward*.

"Esse cachorro é animado", Ivan disse, pondo a embalagem de cookies logo acima da cabeça do cachorro, que ficou dançando nas patas traseiras e chorando.

"Você não gosta de provocar o cachorro", ele disse, olhando pra mim. Jogou um cookie pro cachorro, que o pegou no ar. Ivan tentou tirar alguma coisa do bolso. "Pode segurar isso por um segundo?", pediu, me entregando a caixa de cookies. Assim que aceitei, o tal cachorro animado pulou em cima de mim, tateando meu vestido com as patas. Segurei a caixa no alto e joguei um dos cookies a alguns metros de distância. O cachorro correu pra pegar.

"Ah!", Ivan exclamou, com tristeza. Primeiro achei que ele tinha ficado chateado por eu desperdiçar mais um cookie com o cachorro. Depois olhei pra baixo e vi que meu vestido estava coberto de lama. "Desculpa", ele disse.

"Tudo bem. Dá pra lavar."

Ivan olhou pro chão, depois pra mim de novo. "Sabe, não fiz isso de propósito."

"Como?"

"Não te dei os cookies pra você segurar de propósito."

A sensação de mágoa me deixou sem fôlego. Nunca me ocorreria que ele tinha feito aquilo de propósito.

"É melhor você tirar o vestido."

"Tirar?"

"Eu lavo pra você na minha casa. Talvez eles não tenham máquinas de lavar nos vilarejos. Levo pra você amanhã."

"Não precisa."

"É o mínimo que eu posso fazer. Enfim, suas coisas estão no meu carro, você pode trocar de roupa."

A gente já estava voltando para o carro. O cachorro veio atrás da gente. Ivan comeu os últimos cookies, enfiou a caixa na sacola de plástico e fingiu chutar o cachorro, que fugiu.

Ivan abriu o bagageiro, deu a volta no carro e ficou de costas pra mim, encostado no capô. Abri minha mala. Todas as minhas roupas estavam lá, exatamente onde as tinha posto em Paris. Descalcei as sandálias e vesti um jeans por baixo do vestido. Depois peguei uma camiseta. Tão rápido quanto podia, tirei o vestido e botei a camiseta.

"Já está decente?"

"Não sei."

Ivan me entregou um saco de plástico, para o vestido sujo. Eu preferiria jogá-lo no rio, mas dobrei e coloquei no saco.

"Amanhã eu devolvo", ele disse. Caminhamos de novo pelo pântano e chegamos às margens de uma praia úmida, onde um grupo de meninos e meninas jogava vôlei. Ivan gritou alguma coisa. Os jogadores acenaram, e um deles veio até a gente — tinha cabelos encaracolados angelicais, olhos azuis bem claros e estava usando um short branco e uma camisa branca manchada.

"Imre, conhece a Selin?", Ivan perguntou.

"Não", Imre respondeu, me olhando com seus olhos azuis bem claros. "Mas acho que sei tudo sobre ela."

Imre disse alguma coisa para Ivan em húngaro, e Ivan respondeu, também em húngaro.

"Então", Imre disse, "você está de visita."

"Sim."

"Vai ficar quanto tempo?"

"Cinco semanas."

"Cinco *semanas*?"

"Não em Budapeste. É um programa para ensinar inglês em vilarejos."

"Quer dizer que você está no programa do *Peter*? Você já esteve num vilarejo húngaro?"

"Não."

"Vai ver muitas ovelhas. Gosta de ovelhas?"

Dei de ombros. "Ovelhas são o.k."

"O que eu devia ter perguntado era: você gosta de pastores? Esse é o objetivo do programa, ensinar inglês para pastores. Você gosta de pastores? Já ensinou inglês para pastores? Já?", reforçou a pergunta, quando não respondi. "Já ensinou inglês para pastores?"

"Tudo tem uma primeira vez", eu disse. Uma garota de cabelo encaracolado preto gritou alguma coisa para Imre, que voltou pro jogo.

"Gosta de vôlei?", Ivan perguntou.

"Não. Mas você pode jogar. Trouxe um livro."

"Nah, eu também não gosto de vôlei." Ivan sentou no chão, estendendo ao lado dele a camisa de manga longa que ele vinha carregando. Sentei ao lado dele, retirando automaticamente a camisa do chão, que estava úmido. Entendi que a ideia era que eu sentasse *na* camisa. Era uma camisa vinho-clara — eu lembrava dela da faculdade. Fiquei com ela nas mãos enquanto assistíamos ao jogo de vôlei. Imre mergulhou na areia, mas a bola voou na direção errada, quase pra dentro da água.

"O que diabos ele está fazendo?", Ivan perguntou.

"Não tenho ideia."

Ele riu. "Ei, quer correr ao longo do rio?"

"O quê?"

"Podemos correr ao longo desse rio. Como você fez no Sena."

"Ah, não. Está tudo bem."

"Que tal uma caminhada então?"

Nós nos levantamos, eu devolvi a camisa pra ele e logo me arrependi. Por que não a segurei um tempinho mais?

Caminhamos até um píer. Ivan me contou de um colega de colégio que explorava cavernas neolíticas e colecionava rochas. Um dia ele acabou recolhendo rochas radioativas, que os pais o obrigaram a jogar fora. Outro amigo gostava de mergulho submarino e visitara um navio viking afundado na Finlândia. Um dia antes de os arqueólogos subaquáticos realizarem o inventário, ele mergulhou e pôs a estátua de um ginasta húngaro dentro do navio e a estátua terminou listada no inventário. Depois contou uma história que envolvia um armário de taxidermia na escola deles.

Sentindo que eu tinha de dizer alguma coisa, contei do dia em que meu professor de biologia me acordou jogando uma lampreia morta na minha cabeça.

"Uma o quê?"

"Uma lampreia."

"O que é isso?"

"Tipo uma enguia. Elas nadam rio acima, como os salmões."

"Ah."

Aquilo pareceu pôr um ponto final no assunto zoologia.

"Todo mundo diz que Paris é cara", Ivan disse. "Não achei tão cara. Você achou?"

"Não achei, não."

"Vinho é barato, pão é barato. Queijo é barato."

"Pão é barato", concordei. Não tinha comprado nem vinho nem queijo. "Um dia estava tendo uma promoção de melões."

"Falando em queijo: um dia a gente adormeceu num banco e alguém roubou o case da nossa câmera fotográfica…" Ivan começou a tossir.

"Ah, não…"

"… mas dentro", continuou — e vi que não era tosse, mas uma gargalhada nascente — "só tinha queijo! Ha!"

"Aha! Que engraçado."

"A gente riu um bom tempo, imaginando o ladrão abrindo o case da câmera e achando o queijo." Depois de um momento, Ivan parou de rir e tossiu, limpando a garganta. "Olha aquele cachorro de novo."

Ele estava certo. Era o mesmo cachorro.

"Tem uns olhos tão comoventes", ele disse. "Meio dostoievskianos."

"É?"

"Acho que sim. Você gosta de Dostoiévski?"

"Mais ou menos." Olhei pra ele. "*Você* gosta?"

"Sim."

Comecei a acariciar o cachorro, tocando sua cabeça e as orelhas sedosas. Ele sentou, fechou os olhos e varreu o chão com a cauda. Virei as orelhas dele do avesso. O cão sacudiu a cabeça, e as orelhas voltaram ao normal. "Ele não gosta de ficar com as orelhas invertidas", eu disse.

"E você se espanta?" Ivan começou a espanar minha orelha com a parte de trás da mão. Senti meu corpo se enrijecer e fiquei aterrorizada. E, ainda assim, eu sabia que eu queria que ele me tocasse — não queria? Não era essa minha diretriz geral?

"Você gostaria se alguém decidisse virar *suas* orelhas do avesso?", ele perguntou, puxando minha orelha de leve. O horror se intensificou, concentrando-se agora nas minhas entranhas. Eu sabia que orelhas eram sexuais — tinha aprendido numa aula sobre Shakespeare. Será que ele estava zombando de mim — da minha diretriz geral? E não estava certo, que eu tinha atormentado o cachorro?

"Não", eu disse.

Ele tirou a mão. O chão pareceu afundar, e eu também — o píer onde estávamos sentados não era um píer, mas uma balsa de madeira flutuando na água. O cachorro deu um passo pra trás para se recompor e balançou o rabo.

"Será que jogo o cachorro na água?", Ivan perguntou.

"Por que você jogaria o cachorro na água?"

"Ver um rio me dá vontade de jogar coisas nele. E eu não posso jogar *você* nele."

Embora eu soubesse que aquilo era uma brincadeira, me senti insultada e humilhada. "Ah", eu disse.

Ele suspirou. "Acho que você não gosta de jogar o cachorro no rio."

Ivan contou outra história. Ele e a namorada queriam ir até Verona, mas, quando conseguiram carona e disseram "Verona", os italianos responderam "ah, Roma", e eles tiveram de repetir "Verona, Verona". Era só isso a história.

"E vocês conseguiram ir pra Verona afinal?"

"Sim", ele respondeu, mas não parecia querer falar sobre Verona. "Então, o que você não gosta no Dostoiévski?"

Parei pra refletir. "Ele me deixa constrangida e cansada."

"Por quê?"

"Não sei."

"Mas o que você acha que é?"

"Ele inventa esses problemas supostamente complicados e depois se deixa perturbar por eles — tipo, é o inferno, é uma humilhação intolerável, é o ponto matematicamente mais elevado de degradação. Mas, pra mim, nada daquilo parece particularmente infernal ou humilhante ou complicado. Eu, quando fico perturbada, sinto meio um constrangimento. E cansaço."

"Puxa. Mesmo *Crime e castigo* te deixa assim?"

Concordei balançando a cabeça. "Tipo, ele faz essa coisa lamentável e deprimente — mata a velha. Mas, em vez de lamentável e deprimente, vira uma crise filosófica catastrófica."

"Mas você não acha que tem um conflito filosófico ali? Não acha que, em certo sentido, Raskolnikov tem uma justificativa plausível pra matar a velha? Se só assim ele pode estudar?"

"Acho que sim. Mas por que só haveria essa saída? Por que ele não poderia fazer outra coisa?"

"Assim não haveria história."

"Pois é."

"Mas não é uma questão real: o que há de tão terrível, em *termos práticos*, em matar uma velha de quem ninguém gosta? Pessoalmente, aquela velha me irrita muito. Vejo mulheres como ela no elétrico o tempo todo. Sempre esperam que você ceda o lugar. Às vezes estou lendo e me irrita demais ter de me levantar pra ela sentar e não pensar em nada."

Não entendi por que ele tinha de me contar uma coisa tão terrível sobre ele.

"Sentiu uma gota de chuva?", perguntei.

Ivan franziu a sobrancelha. "Sim."

Voltamos para o carro e entramos para esperar a chuva passar. "Sobre o que é que a gente estava conversando?", Ivan perguntou.

"Sobre como não tem problema nenhum sacrificar velhinhas se isso permite seu desenvolvimento intelectual."

Ele riu. "Não estou dizendo que eu mataria alguém. Apenas tenho pensamentos violentos no metrô, e isso me ajuda a compreender Dostoiévski. Você nunca pensa essas coisas?"

"Não sei. Com certeza há certos momentos em que estou cansada e não quero ceder meu lugar no ônibus para uma pessoa mais velha. Mas fico deprimida, não com raiva. Deprimida com o fato de que algum dia eu vou ser uma velha e vou me sentir ainda mais cansada do que agora. Nunca penso que mereço aquele lugar porque estou lendo um livro." Temendo que isso soasse arrogante, acrescentei: "Talvez seja porque nunca leio no ônibus, fico enjoada".

Os colegas de escola de Ivan, agora em maior número, sentaram-se ao redor de uma fogueira, pelando gravetos para espetar pedaços de gordura de bacon. Assavam a gordura na fogueira, depois pingavam no pão e comiam. Nunca comiam o bacon em si, só pingavam a gordura que escorria no pão. Ivan preparou um graveto pra mim. Quando a gordura de bacon crua veio na minha direção num recipiente de isopor, peguei um pedaço e me esforcei para empalá-lo no graveto. Só tinha um problema: eu não queria um pedaço de bacon empalado num graveto.

"Você tem que fazer com mais força", Ivan disse. Ele pegou o bacon e rapidamente o atravessou com o graveto. Eu segurei a gordura acima das chamas por um tempo, mas não conseguia me imaginar comendo ou pingando aquilo em cima de qualquer coisa, então devolvi.

"Acho que você precisa ter comido isso desde criança pra gostar", Ivan disse, em tom de desculpas, e cortando uma fatia de pão.

Alguns amigos de Ivan me perguntaram de onde eu era. Ficaram animados quando eu disse que meu nome era turco, mas perderam imediatamente o interesse quando disse que cresci na América. Logo desistiram de conversar comigo e voltaram a falar em húngaro. Eu conseguia entender muitas das palavras que eles diziam, porque muitas delas eram números. Ficaram produzindo um monte de frases cheias de números em húngaro e rindo sem parar. Todos tinham ido pra uma escola especial de matemática.

"Estão falando de quanto lastro usar num balão inflável", Ivan explicou. "Tem certeza de que não quer um pouco de pão? Coma pelo menos um tomate."

Tinha escurecido. Fiquei contemplando o fogo e contando as diferentes cores: laranja, amarelo, branco, azul.

Comi um tomate.

Alguém por perto repetia uma palavra que parecia "Sônia". "Sônia, Sônia!" Fiquei me perguntando o que significaria. "Sônia — Selin!" Era Imre me chamando de Sônia. Me senti tão traída que mal consegui falar.

"Sim?", consegui dizer.

"O pão", Imre disse.

Olhei pra ele. "O quê?"

"Atrás de você, na sacola."

Eu me virei. De fato, havia uma sacola de pão. Entreguei pra ele, mas ele não pegou.

"Você tem de aplicar uma faca", ele disse, sorrindo.

"Como?"

"Você tem de aplicar uma faca no pão."

"Ele quer dizer que você tem que cortar", Ivan explicou. "Você está com a faca."

Era verdade. A faca de pão estava bem do meu lado. Corri o olhar da faca para Ivan, depois para Imre e de novo para Ivan. Depois de um momento, Ivan pegou o pão, a faca, cortou um pedaço e deu pra Imre.

"Obrigado", Imre disse.

Eu me levantei.

"Vai a algum lugar?", Ivan perguntou.

"Preciso ligar pra minha mãe. Dizer que cheguei bem."

"Agora? Não sei se tem telefone por aqui."

"Eu vi um orelhão perto de onde você estacionou. Do lado de fora do mercado."

"Foi? E por que não ligou?"

"Eu estava sem moedas."

Ele franziu as sobrancelhas. "Você podia ter me pedido."

Não respondi.

"Então agora você continua sem moedas, certo?"

"Certo."

"E como vai ligar?"

"Vou comprar alguma coisa no mercado e usar o troco."

"O mercado pode estar fechado. Você tem florins?"

"Tenho cheques de viagem."

"Cheques de viagem? Por que você tem cheques de viagem?"

Me senti horrível. Por que você tinha qualquer coisa? "Porque estou viajando", respondi. Minha mãe tinha me dado os cheques de viagem. Assinei todos na nossa mesa de jantar.

"É muito melhor usar cartão de crédito. Você pode ir direto num banco e conseguir um câmbio melhor."

"Eu não trouxe cartão. Não sabia que funcionaria aqui."

"Funcionaria melhor do que cheques de viagem." Ivan revistou os bolsos dele. "Também não tenho moedas. Vou com você até o mercado."

Sentei de novo. "Deixa pra lá. Eu ligo amanhã."

"Mas sua mãe está esperando que você ligue hoje?"

"Bem... Talvez ela tenha esquecido o dia exato."

"Hum. Mas se ela não esqueceu, vai ficar preocupada, certo?"

Não respondi nada.

Ivan limpou a garganta e disse alguma coisa para os amigos dele, apontando na minha direção. Reconheci a palavra mãe, que ecoou pelo acampamento em diminutivos diferentes: *anya, anyu, anyus, anyuska*.

O mercado ainda estava aberto. "Desculpa pela comida", Ivan disse. "Você quer comer alguma coisa? Uns cookies?"

"Não, valeu."

Ele comprou cookies mesmo assim e me deu uma moeda. "Mas você precisa de algum código de acesso. Sabe qual é?"

"Sei."

"Sabe? Então tudo bem." Ele ficou parado em frente à cabine telefônica, de costas pra mim. Eu entrei e disquei o número. Dei uma olhada no relógio enquanto esperava. Eram quatro da tarde no horário de Nova Jersey. Minha mãe atendeu. "Você chegou? Onde está?", ela disse, em turco.

"Estou em Budapeste. Acabei de chegar."

"Está tudo bem? Encontrou seu amigo? Ele está se comportando como um ser humano?"

"Está tudo bem. Todos estão se comportando como seres humanos."

"Mas sua voz não está muito boa. De onde está ligando? O amigo húngaro está aí?"

"Estou numa cabine telefônica. O amigo húngaro está esperando do lado de fora."

"Do lado de fora? Bem, não vou tomar seu tempo. Mas eu não posso esquecer de te dizer uma coisa: alguém ligou pra você. Você se candidatou pra um trabalho na Turquia esse verão, como pesquisadora?"

"Não. Digo, sim — pra *Let's Go,* um guia de viagem."

"*Let's Go,* isso mesmo. Eles ligaram. Querem que você vá pra Turquia agora, por oito semanas. Eu disse que achava que você não iria poder, mas que eu perguntaria mesmo assim."

"Não, eu não posso simplesmente ir embora daqui. Posso ir em agosto."

"Agosto, né? Foi o que eu disse. Mas disseram que você teria de ir imediatamente e passar oito semanas."

"Então não dá."

"Eles pareceram chateados. Parece que queriam muito que você fosse."

"Eu me candidatei pra um trabalho lá mil anos atrás e eles me dispensaram."

"Dispensaram? Bem, espero que estejam contentes agora. Disseram que o garoto que foi teve *problemas emocionais* e precisou voltar pra Boston." Ela disse "problemas emocionais" em inglês. "Não achei que você fosse. Mas fiquei pensando como seria ótimo se você estivesse na Turquia agora, tranquilamente, em vez de estar metida por esses vilarejos húngaros de Deus."

"Mas precisam muito de mim nos vilarejos húngaros de Deus."

"Ah, claro, você é a peça que está faltando nos vilarejos húngaros!"

Voltamos pra fogueira. "Como está sua mãe? Ficou contente com a ligação?"

"Sim." Contei do *Let's Go* e do garoto com problemas emocionais. "Talvez seja verdade que todos os pesquisadores que vão pra Turquia sofrem um colapso nervoso. Fico me perguntando se comigo iria ser a mesma coisa."

"Na Turquia? Você não ia ter um colapso nervoso. Você *provocaria* vários colapsos nervosos." Quando ele disse aquilo, eu o perdoei por muitas coisas. Perdoei quase tudo.

O fogo tinha diminuído. Periodicamente um galho se desintegrava em cinzas e toda a estrutura desabava alguns centímetros. Ivan me ofereceu um pedaço de melancia. Finalmente, começaram a apagar o fogo, levantando e recolhendo garrafas e lixo. Ivan falava com Dávid, Imre e um garoto de jaqueta de couro.

"Estamos indo embora", Ivan me disse. "Vamos dar carona pra algumas pessoas."

"Hello", todo mundo começou a dizer. "Hello, hello."

"Hello" significava tanto olá quanto adeus. Eu nunca me cansava de ver húngaros dizendo "hello" com vozes sérias e depois se virando em direções opostas e saindo.

O mercadinho estava fechado quando voltamos para o Opel. Os três garotos sentaram no banco de trás e eu sentei na frente. O carro tinha um cheiro forte de bacon e fogueira. Caí no sono quase imediatamente.

"Ouviu isso, Sônia?", Imre me perguntou, certo momento.

"Não."

"Vacilou. Foi engraçado."

Aquilo até me fez rir. Que babaca, pensei, e voltei a dormir.

O carro parou, e Imre e o garoto de jaqueta de couro desceram numa esquina deserta e escura.

"Já nos livramos de dois", Ivan me disse, dando a ré num beco. "Você é a próxima."

Rodamos pelo centro da cidade, passando por todas as pontes iluminadas e hotéis internacionais, onde adultos se hospedavam por razões não relacionadas a churrascos, depois subimos a Castle Hill, onde Ivan deixou Dávid numa rua estreita margeada por edifícios góticos. "Decidi que era mais rápido vir por aqui primeiro, e te deixar no albergue na volta."

Era quase uma da manhã quando chegamos ao albergue. Todas as luzes estavam apagadas. "Esqueci do toque de recolher", Ivan disse, estacionando o carro. "Vou ter de falar com o porteiro."

Na recepção escura, o mesmo velho encontrava-se sentado na mesma cabine com a lamparina amarela. Ele e Ivan discutiram. O velho repetiu a palavra "tempo".

"Vamos embora daqui", Ivan disse, finalmente. Voltamos pro carro. Ele disse que o porteiro não ia me deixar entrar. "Provavelmente há espaço pra você lá em casa." Ivan deu a partida. "Você pode conhecer algumas das minhas irmãs."

Logo a gente estava rodando por uma estrada sem nome, de luzes esparsas e carros esparsos. Os faróis do carro revelaram quatro ou cinco meninas magras, paradas no escuro na beira da estrada — pernas desnudas, saias curtas e faces pálidas. Pareciam ter a minha idade, talvez menos.

"Não acredito na quantidade de prostitutas", Ivan disse. "Sempre que volto, está pior. Agora elas chegaram até aqui." Não parecia que ele não tinha pena, mas também parecia que ele estava criticando as prostitutas.

Viramos numa rua ainda mais estreita e escura. Ivan ligou o farol alto. Houve um sacolejo súbito, e o braço direito dele correu pra me segurar. Um animalzinho tinha entrado na frente do carro. Estava congelado bem sob a luz dos faróis, os olhos brilhando, como se um pedacinho de sua força de vontade estivesse brilhando na nossa direção de dentro da cabeça dele. Fugiu logo em seguida.

"Sabe dizer o que era?", Ivan perguntou.

"Não."

"Talvez fosse um gato. Ou um rato."

"Hum."

"Olha a que lugares horríveis estou te trazendo. Você deve confiar muito em mim."

Senti uma pontada. "Claro que confio."

Ele franziu as sobrancelhas. "Na verdade, eu não te trouxe a nenhum lugar horrível. É aqui que eu moro."

A estradinha de cascalho, invadida por arbustos, terminava numa curva em frente a duas casas de aspecto moderno com grandes janelas negras e um jardim arborizado. Os faróis iluminaram um tipo de piscina. Ivan levou minha mala até a porta de uma das casas, onde entramos por um pequeno corredor.

"Acho que minha irmã mais nova está dormindo na sala", ele disse, baixinho. "Melhor a gente deixar os sapatos aqui." Escutei passos descendo a escada apressadamente, e uma garota magra e pálida apareceu. Usava óculos de aros redondos, uma camisola de flanela, meias de tricô, e tinha uma expressão de alegria descontrolada. Acariciou o braço de Ivan, sorrindo pra ele e depois pra mim.

"Esta é minha irmã Edit", Ivan disse. Estendi a mão, que ela apertou com as duas mãos dela; fiz o mesmo, e nós duas começamos a rir. Depois ela e Ivan trocaram algumas palavras, e ela saiu. Pude ouvi-la correndo escada acima.

"Ela está de bom humor", Ivan explicou.

"Eu percebi."

"Acabou de ter o primeiro encontro." Ouvindo a palavra "encontro", meu rosto se desmanchou — perdi a alegria que senti ao ver aquela pessoa tão feliz e adorável, e não havia nada que eu pudesse fazer pra disfarçar.

Subimos um lance de escada até um andar repleto de estantes de livro. "Nós mesmos fizemos o projeto da casa", Ivan disse. Seguimos por uma estreita escada em espiral, que dava num espaço largo e escuro. Por uma longa janela parecida com uma janela de ônibus, viam-se luzes brilhando numa colina distante. Ivan trouxe a mala e ligou um abajur. Numa pequena elevação, como numa ilha, ficava a cama enorme.

"Eu dormia aqui no meu último ano de colégio", Ivan explicou. "Agora quem fica aqui é minha irmã mais nova. Nesta visita ela disse que iria me ceder meu antigo quarto e dormiria na sala. Eu disse que não, claro — mas ela realmente gosta de dormir no sofá! Só que meu pai não gosta, porque, quando ele levanta pra ir trabalhar, tem gente dormindo na sala."

A cabeça de Edit apareceu no topo da escada. "Só encontrei umas roupas de cama meio pequenas, desculpa", ela disse, entrando no quarto e tirando os travesseiros das fronhas. Os travesseiros eram quadrados e pelo menos duas vezes maiores do que qualquer travesseiro que eu já tivesse visto em qualquer cama.

"Vou te mostrar o banheiro", Ivan disse. Eu o segui pela escada até a cozinha, depois por outra escada até uma área com paredes vermelhas. A privada ficava num cubículo e a banheira em outro. "Meus pais estão dormindo do outro lado. Tente não fazer barulho."

Balancei a cabeça, de acordo.

"Quero conversar com minha irmã agora. E você provavelmente quer dormir."

"Quero, sim."

"De manhã eu te acordo."

"Certo. Obrigada."

"Boa noite."

"Boa noite."

Quando saí do banheiro, Ivan e Edit estavam sentados na cozinha escura e todos tivemos de dizer boa-noite de novo. Edit perguntou se eu gostaria de tomar um banho. Eu disse que podia esperar até de manhã.

"Mas você vai se sentir melhor *agora*."

"Isso, toma um banho", Ivan concordou. "Você teve um dia longo."

De fato, tinha sido um dia não apenas longo, mas malcheiroso. Subi as escadas pra pegar meu xampu e roupas limpas, depois tornei a descer. O banheiro me lembrava a Turquia — tinha um chuveiro portátil, uma banqueta de plástico, um desodorante e nenhuma cortina. Entrava uma corrente de ar por uma janela perto do teto. Na torneira de água quente, a água mal chegava a ser morna. Foi um pouco custoso me despir. Não me olhei no espelho.

Com os movimentos mais circunscritos possíveis, morrendo de medo de molhar o chão ou de fazer barulho, lavei meu cabelo duas vezes com o xampu infantil de essência de damasco que Svetlana e eu tínhamos comprado numa promoção no Monoprix. A água começou a ficar gelada, e eu ainda cheirava a churrasco. Lavei meu cabelo uma terceira vez, na água gelada, até já não sentir cheiro de fumaça.

A cozinha estava tão escura e silenciosa como se estivesse vazia há muitos anos. De volta à água-furtada, onde eu deixara a luz acesa, vi uma blusa feminina de manga curta e uma saia de brim largadas no chão, e um telescópio numa longa mesa de madeira debaixo da janela. Quis olhar pelo telescópio, mas tive vergonha — era como olhar o armário de medicamentos de alguém. O armário de medicamentos de Deus. Além do mais, o que mudaria se eu visse algumas estrelas?

Não conseguia superar a enormidade da cama e dos travesseiros. Fiquei me perguntando o que teria acontecido se Edit não estivesse lá pra trocar as fronhas. Ivan teria trocado, ou teria simplesmente me oferecido as fronhas limpas, ou não haveria troca de fronhas?

Os lençóis não tinham sido trocados, e havia todo tipo de coisa na cama. Encontrei uma meia, um relógio, um bilhete do metrô de Paris. Gradualmente, outros itens emergiram: um lápis, um segundo bilhete de metrô, dois bilhetes amarelos do trem metropolitano de Paris e um exemplar do *Let's Go Tailândia*, com um marcador em "Bangcoc: Lugares para ficar". Pensando em todas as outras pessoas que deviam ter dormido ali, desliguei o abajur, e então a única luz que havia era a das montanhas distantes, do lado de fora da janela.

No café da manhã, conheci a mãe do Ivan, que era idêntica a Edit. Fiquei surpresa, primeiro, com a juventude dela, depois percebi que, embora Ivan parecesse muito mais velho do que eu, tínhamos basicamente a mesma idade, e nossas mães também tinham provavelmente a mesma idade. Conheci a irmã mais nova do Ivan, Ilona, que usava um vestido desbotado na altura da batata da perna. "Ilona", ela disse, numa voz séria enquanto apertávamos as mãos. Não sorria em nenhum momento, mas olhava bem dentro dos meus olhos, com uma expressão séria e aberta. A mãe do Ivan disse que era ótimo que eu estivesse lá pra conhecer todo mundo. Disse que só faltavam duas irmãs do Ivan: uma estava na Transilvânia, num acampamento popular, enquanto a mais velha estava no hospital em Pest, com o pai do namorado. "Parece que ele está morrendo", a mãe do Ivan disse, sobre o pai do namorado da irmã. "Mas isso quer dizer que você tem que voltar, pra conhecer todo mundo."

Ivan desceu com a minha mala. Compreendi que o resto da minha vida consistiria em obrigar Ivan a transportar aquela mala pra dentro e pra fora do velho carro da mãe dele, por todos os nossos dias. Antes de seguir para o apartamento da avó do Peter, deixaríamos Edit no trem comunitário. Tinha chovido de novo e a terra estava lamacenta. Andamos por entre os pés de melancia e as rosas esmaecidas do junho tardio, sob as árvores carregadas de frutos. Ivan me ensinou as palavras húngaras para cereja e cereja amarga, e perguntou se em turco também havia duas palavras diferentes, e qual dos dois tipos de cereja eu preferia. Eu preferia as mais doces, mas achei que soaria infantil dizer aquilo.

"Prefere as amargas?", perguntei.

"Sim, as amargas são mais interessantes. As doces não têm um sabor tão peculiar. Mas estão maduras agora." Ele escolheu duas das cerejas escuras, quase pretas, e me deu uma.

Num canal margeado por proteções de plástico, havia carpas laranja, gordas e lustrosas, com barbatanas transparentes, abrindo e fechando as bocas redondas e queixosas, como se desejassem alguma coisa o tempo todo. "São lindas", eu disse.

"São um saco", Ivan respondeu. No inverno precisavam ser capturadas e transferidas pra dentro da casa. Ele apontou o tanque de inverno das carpas pelo vidro empoeirado do anexo.

Edit apareceu usando botas e saia longa — como se já fosse outono, como se já fosse hora de outras coisas acontecerem, e não mais o verão.

De volta ao apartamento de Peter, Cheryl sentara-se outra vez debaixo do piano, enquanto Andrea ensinava todo mundo a dizer "por favor" em húngaro. "Então você não conseguiu entrar?", Peter disse.

"O porteiro não quis entregar a chave", Ivan explicou.

"Por que você não disse pra sua colega de quarto que ia chegar tarde?", Peter me perguntou. "Ela podia ter deixado a chave pra você lá embaixo."

"Eu não sabia quem era minha colega de quarto."

"É a *Dawn*."

"Oi", disse uma menina ruiva e roliça, vestindo uma camiseta onde se lia EVITE CONFUNDIR.

"Oi."

"Ou podia ter pedido pra mim", insistiu Peter.

"Não me ocorreu. Desculpe."

"Você não tem que pedir desculpas", interveio Ivan. "O porteiro com certeza tinha uma chave extra, ele só não quis ajudar. Provavelmente queria que a gente o subornasse."

"Você mencionou o nome da *Andrea* pra ele?"

"Eu mencionei *seu* nome."

"Mas eu disse que a *Andrea* é quem tinha feito as reservas."

"Não, não acho que você me disse isso."

Peter sorriu para o Ivan, depois me deu uma palmadinha no ombro: "Bem, o importante é que você está aqui. Vamos colocar essas malas onde minha avó não tropece e quebre o pescoço. Excelente. Todos prontos?".

"Peter vai levar vocês pra passear", Ivan me disse, enquanto os outros se levantavam. "Eu tenho que fazer umas coisas."

"O.k."

"Você tem meu número."

Saímos em fila do apartamento, ao longo da varanda até as escadas. Ivan se deixou ficar pra trás. "É melhor você ir e fazer amizade com aqueles garotos. Afinal, é pra eles que você vai ter de ligar caso tenha algum problema nos vilarejos." Quando disse aquilo, o mundo pareceu parar. Ele viu minha cara e acrescentou: "Digo, depois que eu for pra Tóquio".

"Certo." Precisei arregalar bem os olhos pra evitar que lágrimas corressem.

Conversar com Dawn era tão diferente de conversar com Ivan que Ivan quase deixou de existir. Dawn quis saber como conheci Peter. Expliquei que ele era amigo de um amigo. Dawn conhecera Peter no começo do ano na London School of Economics. Londres era incrível, especialmente a sidra. O inconveniente era que a meleca no seu nariz ficava preta. Era totalmente democrático — até a meleca da princesa Diana era preta. Felizmente, era uma condição temporária.

"Esse é só meu segundo dia em Budapeste, e quando assoo o nariz, a secreção já está bem mais clara. O ar aqui deve ser bem limpo mesmo. Por falar em assoar o nariz, tomara que Peter leve a gente a algum lugar onde se possa comprar lenços, porque não tem papel higiênico no albergue. Acho que 'eles usam jornal. Tinha umas pilhas de jornais velhos nas cabines do banheiro. Dá pra ver que na maior parte do tempo só garotos se hospedam aqui. Não perguntei ao Peter, mas tenho certeza de que vendem papel higiênico em Budapeste. Não acha?"

"Sim."

"Pois é, Budapeste é uma cidade totalmente moderna. Aposto que só os universitários usam jornal. E universitários são porcalhões em qualquer lugar do mundo. Por via das dúvidas, vou fazer um estoque aqui, caso não tenha papel higiênico nos vilarejos."

Quando olhei para o estacionamento, não vi Ivan. Não vi o carro dele.

Primeiro, Peter levou a gente ao American Express. Todo mundo trocou os cheques de viagem ou os dólares, como eu — ninguém levara cartão de crédito. A próxima parada foi uma livraria, onde compramos livros de frases. Tinha uma prateleira de livros em inglês. Peguei um chamado *Os melhores contos húngaros de um minuto*. O primeiro conto, "Sobre a trivialidade das conversas", era em forma de diálogo:

"Como você está?"
"Estou ótimo, obrigado, e você?"
"Estou o.k., mas por que você está arrastando essa corda?"
"Não é uma corda, são meus intestinos."

Isso era a história inteira. Fiquei perplexa. Será possível que o receio em relação à trivialidade das conversas, que eu tinha tomado como sendo uma das particularidades de Ivan, era na verdade parte do caráter nacional da Hungria? Como separar de onde uma pessoa vinha de quem essa pessoa era?

Folheei um livro chamado *Miscelânea: Ensino de inglês como segunda língua*. Era cheio de conselhos péssimos. Se você tivesse um aluno particularmente tímido e não participativo, dizia, você deveria fazer com que os outros alunos formassem um círculo ao redor do "não participante". O resto da aula seria conduzido daquele jeito. Sempre que alguém levantasse o braço para perguntar ou responder uma pergunta, a pessoa tinha de dirigir a pergunta ou o comentário não para você, o professor, mas ao não participante, que teria de dar o melhor de si pra responder.

"Esse livro parece bem útil", Owen disse, folheando outro exemplar. "Tem um monte de exercícios legais."

Conferi os exercícios. "*O cachorro chutado pelo menino é vermelho*. Circule a imagem correspondente." As imagens mostravam um cachorro vermelho chutando um menino, um cachorro chutando um menino vermelho, um menino vermelho chutando um cachorro e um menino chutando um cachorro vermelho. Era o tipo de teste usado para diagnosticar afasia de Wernicke.

"Acho que vou comprar", decidiu Owen. "Quer dividir? Um de nós pode ler em Budapeste, e o outro pode levar pro vilarejo e deixar lá como presente."

Eu não queria ler aquele livro, nem em Budapeste nem no vilarejo, mas também não queria parecer mal-humorada, então disse que o.k. e paguei metade. Não era caro, mas era grande, e, como Owen não estava de mochila, terminei carregando o livro o dia inteiro.

Passamos a tarde visitando pontos turísticos. Vimos uma igreja e uma cripta com um rei e uma rainha de oitocentos anos. Sob domínio turco, fora uma mesquita. Vitrais representavam várias cenas da vida de santo István, incluindo a morte do filho de István, enquanto caçava ursos.

"O padrão geométrico dos azulejos é supostamente baseado em modelos islâmicos", Peter me disse. "Consegue ver uma semelhança?"

"Acho que sim", respondi, com muita dúvida.

"Ah, você acha?"

Visitamos um teatro que, em outra época, havia sido um monastério carmelita. Fora reformado por Kempelen Farkas, também conhecido como Wolfgang van Kempelen, o inventor do Turco, o jogador de xadrez. Vimos um monumento gigantesco, de um verde meio Incrível Hulk, representando sete conquistadores húngaros, cavalgando cavalos aparentemente biônicos. Um dos cavalos tinha chifres. A mão direita de santo István ficava numa caixa em algum lugar. A Chain Bridge fora reconstruída após cada uma das guerras mundiais. Diziam que o escultor das estátuas dos leões se afogara de tanta vergonha, pois os leões não tinham língua — já outros diziam que, reparando bem na boca dos bichos, dava pra ver a língua, sim.

A ilha Margarita se chamava ilha do Coelho, ou porque os turcos que construíram um harém ali fodiam feito coelhos, ou porque os primeiros reis húngaros — que adoravam caçar, mas não tinham florestas próximas à cidade — enviavam todos os coelhos para essa ilha, onde depois os caçavam. Durante a invasão dos tártaros, Béla IV prometeu que, se os tártaros fossem derrotados, ele daria sua filha, Margarita, a Deus. E os tártaros foram derrotados. Béla construiu um convento na ilha e enviou Margarita pra lá. Ela tinha nove anos. Virou freira, nunca se lavava acima dos tornozelos e morreu aos vinte e oito anos.

"Ninguém sabe por que se chama Bastião dos Pescadores", disse Andrea, no Bastião dos Pescadores. "Alguns dizem que é porque uma guilda de pescadores defendeu o castelo. Outros dizem que aqui tinha uma vila de pescadores. E outros que havia um mercado de peixes medieval."

"Essas opções não são mutuamente excludentes", ponderou Owen. "Não pode ser tudo verdade?"

Andrea lhe lançou um olhar misterioso. "Quem sabe?"

"Essa praça não tem esse nome por causa de um cobertor, tem?", perguntei a Andrea, na praça Batthyány. *Battaniye* era cobertor em turco.

"A praça tem esse nome por causa do conde Batthyány."

"O Owen me contou que vocês compraram um livro interessante", Peter disse. Puxei o *Miscelânea* da minha bolsa.

"A Selin viu primeiro", Owen disse.

"Posso pegar emprestado?", Cheryl perguntou.

"Claro. Quer pegar agora?"

"Ah, não — você pode ler primeiro."

Fiquei surpresa ao saber que Cheryl tinha vinte e três anos. Ela parecia tão mais jovem, com o cabelo encaracolado e o rostinho pequeno e pontudo. Estava usando uma camisetinha listrada, com short branco e sandália branca, como Piglet, e levava uma pequena bolsa de alça cruzando o peito. A princípio, senti uma afinidade com Cheryl, pois ela era a única além de mim que estava realmente tentando aprender húngaro — carregava debaixo do braço a mesma edição do *Aprenda húngaro sozinho* que eu deixava escondida na minha mala. Enquanto eu conduzia meus estudos em segredo e fingia não entender nada, Cheryl fazia exercícios em restaurantes e não parava de fazer perguntas para o Peter. Às vezes perguntava sobre inconsistências no livro, inconsistências que também tinham me intrigado, então eu me sentia muito próxima dela.

Por isso foi um golpe compreender que, assim como eu estava interessada em húngaro por causa do Ivan, Cheryl estava interessada em aprender húngaro por causa do Peter. Éramos iguais, exceto que também éramos diferentes, pois quando o Ivan dizia coisas idílicas sobre cerejeiras e ameixeiras eu me sentia tensa e desconfiada, ao passo que Cheryl parecia realmente gostar de coisas bucólicas. Não parava de perguntar sobre o vilarejo onde moraria — se havia montanhas, lagos, animais. Peter disse que a Hungria era cheia de lindas montanhas, lagos gelados e cavalos brincalhões, e que talvez ela conseguisse pegar emprestada a bicicleta da família que a hospedaria, vestir o maiô por baixo da roupa e pedalar até o lago para nadar sob as montanhas, entre os coelhos e os cervos.

Cheryl queria muito se hospedar com uma família cheia de crianças não falantes de inglês, para aprender húngaro. Na terceira ou quarta vez em que disse isso, Peter explicou que tudo levava a crer que haveria pelo menos um falante de inglês em cada casa. As pessoas da vila provavelmente organizariam as coisas assim, pois queriam praticar inglês, assim como ela queria praticar húngaro. Cheryl disse que com certeza eles poderiam fazer uma troca para ela — encontrar uma família com muitas crianças que não soubessem nada de inglês. "Contanto que haja estudantes iniciantes e um lago, e que eu possa ver uma montanha, vou estar perfeitamente feliz", ela disse, me lembrando de como meu avô costumava comentar que era um homem simples de gostos simples: "Tudo o que eu preciso é de um pouquinho de leite de uma cabra que tenha sido alimentada com peras verdes silvestres por um mês".

Combinamos de ir a um clube de jazz encontrar Gábor, o vendedor de sapatos. Primeiro eu precisava deixar minha mala no albergue — ainda estava no apartamento da avó de Peter. Peter disse que estava ficando tarde e que eu teria de ir ao albergue sozinha e depois tomar um táxi para encontrá-los. Anotei o nome do clube, e Peter levou minha mala até a parada do elétrico. Andrea foi com a gente. O sol estava se pondo e tudo estava bonito, numa cor malva e dourada.

"Queria entender por que você não deixou sua bagagem no albergue ontem, junto com as dos outros", Peter disse.

"A gente esperou vocês chegarem", respondi, pensando ansiosamente no dia futuro quando eu não teria mais de responder por aquela mala. "Mas o Ivan estava com pressa. Ele tinha de encontrar uns amigos."

"Sim, tudo bem, mas suas coisas. Por que não deixou lá?"

"O Ivan disse que eu não devia, porque outra pessoa teria de carregá-las pra cima."

"Teria sido menos trabalhoso do que isso, não acha? Digo, outra pessoa ainda está tendo que carregar suas coisas."

Não respondi nada.

"Mas, enfim", Peter disse, "acho que foi melhor assim, já que você terminou dormindo na casa do Ivan, e assim você estava com suas coisas. Teria sido inconveniente se suas malas estivessem no albergue."

"Peter, estou pensando", Andrea disse. "Por que eu não levo a Selin no meu carro? Daí a gente se encontra no clube."

"Ah, você tem carro?"

"Claro que eu tenho carro."

"E funciona?"

"Sim!" Depois, em tom jocoso: "Não, você precisa empurrar".

"Antes era assim!"

"Isso foi ano passado!"

"Ah, sim, claro, é óbvio que *não* poderia ser o mesmo carro."

"Não poderia."

"Claro."

"Cuidado com meu carrinho!"

"Não vou machucar seu carrinho."

Andrea suspendeu a alça superior e eu a alça lateral e colocamos a mala entre nós duas.

Meu quarto ficava no quarto andar. Tinha três camas, três mesas, um lavabo, um armário e algumas equações matemáticas rabiscadas nas paredes. Isso com certeza não era trabalho da Dawn, que evitava confundir. Deixamos a mala e partimos.

O clube de jazz ficava num subsolo. O saxofonista se recurvava, contorcia o rosto e arfava entre as frases. Os sons pareciam vir de um lugar fora da própria vida. Você ficava não apenas com pena, mas com medo. Fiquei me perguntando onde o Ivan estaria.

Peter me ofereceu um copo com uma lima dentro. "Isso é um gim-tônica."

Não tinham sidra, mas o bartender fez um drinque pra Dawn com suco de maçã, Sprite e vodca, e ela disse que era ainda melhor.

Num salão escuro com luzes laranja e música espanhola a todo volume ficamos num grande círculo, dançando. Aquilo me lembrava do jardim de infância, quando você também tinha de ficar num círculo e bater palminhas. Comecei a intuir vagamente por que as pessoas bebiam quando saíam pra dançar, e me ocorreu que talvez a razão pela qual o jardim de infância foi como foi era porque você tinha de passar por tudo aquilo sóbria.

Quando ninguém estava olhando, voltei pra mesa onde tínhamos deixado nossas coisas. Peguei minha bolsa e acendi um cigarro. Depois da primeira tragada, uma energia fraca, mas perceptível, se acumulou por trás dos meus olhos. Subitamente, reparei na Cheryl sentada entre as jaquetas e bolsas, a cabeça tombando por baixo da juba macia. Quando eu disse oi, ela ergueu os olhos melancólicos. Parecia um cãozinho doente. "Não estou muito bem. Queria que o Peter levasse a gente embora."

Sentindo uma onda de pena por nós duas, sugeri que dividíssemos um táxi. "Eu vi uns táxis lá fora."

"Pode ir", ela disse, depois de um longo silêncio. "Acho que não seria educado ir embora antes do Peter."

Não havia nada o que responder. Dei outra tragada no cigarro. "Peter me disse que você é da Turquia", comentou uma voz conhecida.

"Ah, oi, Gábor."

"Tenho muita curiosidade pela posição dos turcos em relação ao colapso do império otomano. Num dia, vocês são o maior império do mundo; no outro, viraram uma república do tamanho do Texas."

"Ah, que engraçado", respondi, procurando um cinzeiro.

"Gostaria de saber qual é a atitude padrão turca em relação a isso."

Vi um cinzeiro algumas mesas adiante. Quando voltei, Gábor ainda me encarava, cheio de expectativa. "É provavelmente a mesma posição dos húngaros em relação a serem uma república do tamanho da Carolina do Sul."

"Ha!", gritou Gábor. "Trianon! Touché!"

* * *

Voltamos para o albergue às três. Dawn falava sem parar, mesmo enquanto escovava os dentes. Os travesseiros eram do mesmo tamanho dos travesseiros na água-furtada de Ivan. Dawn testou o despertador do rádio, fazendo uma senhorita húngara falar no meio do nosso quarto. Adormeci tentando descobrir como posicionar meu corpo em relação ao travesseiro gigante.

Quando dei por mim, Louis Armstrong cantava "What a Wonderful World". *"I see friends shaking hands, saying, 'How do you do?'/ They're really saying, 'I love you...'"* Lembrei das vezes em que Ivan e eu trocamos apertos de mão. Meus olhos se encheram de lágrimas.

O banheiro feminino no albergue era um grande box azulejado sem cabines — só uma fileira de chuveiros. "É exatamente como nos filmes sobre campos de concentração!", Dawn exclamou, tirando a camisa e a calcinha. Engoli um suspiro. Os golpes nunca cessavam na vida adulta. Tirei minhas roupas e as pendurei num gancho de metal.

"Espero que o que saia seja realmente água!", comentou Dawn, alegremente, abrindo o chuveiro. Eu me virei pra olhar pra ela, mas lembrei que não estávamos vestidas e olhei pro outro lado.

O chuveiro era maravilhoso: forte e quase insuportavelmente quente. "A água está muito quente", Dawn disse. "O chão é inclinado. Não sei por que perco tempo raspando as pernas." Depois de um minuto, uma cascata de espuma escorreu do chuveiro da Dawn para o ralo. Uma cascata similar escorreu pelos meus ombros.

"Não é triste que as garotas sejam muito mais preocupadas com o corpo do que os garotos?", Dawn perguntou. Eu concordei que era triste.

* * *

Às oito nos encontramos na estação do trem metropolitano para um passeio a Szentendre, que segundo Peter era uma cidade histórica pitoresca às margens do Danúbio. Andrea trouxera *kifli* — rolinhos em forma de lua crescente assados pela primeira vez pelos húngaros para comemorar a derrota dos turcos em Viena, mais tarde introduzidos por Maria Antonieta em Paris, onde ficaram conhecidos como croissants. Na estação em Szentendre subimos duas escadas rolantes enguiçadas passando por uma rampa de concreto coberta de pixações. Li minha primeira frase nativa completa escrita à mão em húngaro. Dizia: *János esteve aqui.*

Chegamos a uma praça ensolarada e estranhamente familiar. No momento seguinte reconheci o relógio de sol moderno, o restaurante chinês e o terreno arenoso onde o carro de Ivan tinha superaquecido. Então aquilo era Szentendre. Dessa vez, ao invés de continuar pelo rio, entramos por uma rua íngreme para a velha cidade, repleta de igrejas sérvias. Passamos por um Museu do Marzipã com um Elvis de marzipã na janela e escutamos um sanfoneiro cego. Peter acompanhou batendo palmas, olhando nos olhos da gente e sorrindo. A cruz da Igreja Ortodoxa incorporara uma meia-lua para simbolizar a vitória sobre os turcos. Owen conseguia ler as inscrições em eslavo antigo. Alguns mercadores sérvios agradeciam a Deus pelo fim da praga.

O interior da igreja tinha aquele cheiro inequívoco de interior de igreja. Uma colônia de artistas pintara afrescos no coro. Cristo e os apóstolos estavam sentados em fileiras, olhando pra frente, com traços altamente humanos e específicos. Pareciam rapazes com os quais você poderia se deparar ao retornar do banheiro para seu assento no avião. A catedral fora "construída pelos dálmatas".

No cume da montanha havia uma praça pavimentada cercada por um parapeito, cheia de tendas de artistas. Em uma das tendas, um casal alemão gritava para um quadro de cowboys. Os dois simplesmente apontavam para a pintura e gritavam. O artista, com ar entediado, encostou-se ao parapeito e acendeu um cigarro, de costas para a vista da cidade, que se esparramava como uma salada fantástica.

Um dos quadros representava uma família entreolhando-se com sorrisos vivazes; na minha cabeça o intitulei *Agora estraçalharemos uns aos outros*.

As três outras garotas no programa — Cheryl, Dawn e Vivie — não paravam de tirar fotos em grupo. O problema de uma foto em grupo é quem vai tirá-la. Andrea e eu sempre nos voluntariávamos, mas as regras de etiqueta ditavam que o dono da câmera tinha de tentar encontrar um estranho que tirasse a foto, para que todo mundo pudesse aparecer.
Enquanto posava com as meninas ao lado de um canhão, eu me perguntava se tornaria a ver Ivan. Ele dissera "você devia me ligar". Isso tinha sido ontem ou há muito tempo? Quão próximos eram Ivan e Peter — com que frequência se falavam? Ivan sabia que a gente estava aqui? Olhei pro meu relógio. Fazia vinte minutos que o tempo praticamente não passava.
A alemã segurava agora outra tela, examinando-a por sobre os óculos. Na pintura, uma ovelha, um pastor e algum tipo de esfregão autônomo.

Peter precisou ir a algum lugar por alguma razão. Esperávamos por ele num parapeito com vista para o Danúbio, bem acima de uma rotatória em cujo centro havia a estátua de um urso.

"Foi esse o urso que comeu o filho de István?", perguntei a Andrea. Era para ser uma pergunta educada, mas saiu um tanto abrupta.

"Acho que não."

"É que me lembrou da história que você contou sobre como o filho de István foi comido por ursos."

"Bem, é possível que seja um dos ursos. Mas não acho que o escultor planejou fazer um urso em particular."

"Como se diz urso em húngaro?", Cheryl perguntou.

"*Medve*", Andrea respondeu.

"É parecido com a palavra russa", Owen disse.

Andrea explicou que em tempos antigos, quando a Hungria era xamânica, o urso havia sido um animal sagrado. Ao longo dos séculos a palavra húngara original se tornou tabu e uma palavra eslava foi adotada no lugar.

"Nossa! E qual é a palavra real, tabu?", Vivie perguntou.

Andrea riu. "Quem sabe?"

Os olhos de Vivie se arregalaram. "Ah, você não pode dizer!"

Estava frio para nadar, mas havia duas pessoas na água: um homem de peitoral largo e uma garotinha de biquíni azul. A garotinha quase explodia de alegria, e o homem, desajeitado como o primeiro convidado a chegar numa festa, oscilava o peso do corpo na água pela altura dos joelhos e coçava os braços. Logo se acocorou, de forma que só sua cabeça continuou fora da água, depois desapareceu completamente, reaparecendo quase um minuto depois, com uma expressão perplexa. A menininha bateu palmas e gritou, virou o homem pelos ombros e subiu nas suas costas. O homem ficou de pé, o torso coberto de folhas. Transbordando de felicidade, a garotinha começou a cantar. Estava tão feliz — mas nada sabia da realidade. Não conhecia o significado das coisas. Sabia ainda menos do que a gente.

A barca de volta pra Budapeste estava cheia de mulheres por volta dos cinquenta anos, divertindo-se. De braços dados, dançavam, pulavam, cantavam e tossiam. No bar, derrubavam garrafas no balcão. Os poucos homens na festa estavam largados na mesa, as cabeças enterradas nos braços. Só dois sentavam-se com a coluna ereta, enfrentando com um canivete um salame de aparência indestrutível.

Não havia assentos vagos. Não importa onde parássemos, bloqueávamos o acesso do bar ao banheiro feminino. Owen, Dawn e eu subimos uma escada e encontramos o convés superior vazio. Sentamos sobre pilhas de cordas. Owen adormeceu. Eu abracei meus joelhos e observei o cenário passando por trás dos cabos de metal pintados de branco.

O sol desaparecera por trás de um monótono céu cinza.

"Southern Comfort", Dawn dizia. "Será que eles vão se ofender?"

"Não vejo por que se ofenderiam", respondi, me perguntando o que seria Southern Comfort.

"Peter disse pra gente levar presentes, certo? E disse que os húngaros gostam de beber. Eu queria levar alguma coisa representativa do lugar de onde eu vim. Minha mãe ficou com raiva. Disse que desse jeito eu podia muito bem levar uma espingarda."

"Um pouco de Southern Comfort agora cairia bem", eu disse.

"É mesmo." Ela apoiou os pés numa caixa de salva-vidas. "O que você está levando pra família que vai te hospedar?"

"Chocolates."

"Chocolates." Ela suspirou.

"Estou com medo de comer tudo sem querer antes de chegar lá", comentei, seguindo a regra de que você precisa sempre fingir que sofre desse problema de não conseguir resistir a chocolates.

"E se eu beber sem querer a garrafa de Southern Comfort antes de chegar lá?"

O céu era de um cinza cremoso, que, se você olhasse sem piscar, brilhava e incomodava os olhos. Dawn ficou quieta, o que não era muito a cara dela. Adormecera.

Uma casa elegante de projeto moderno passou por nós — tão perto que era quase possível tocá-la. Tentei imaginar quem morava ali, se tinham uma filha. Tirei o *Drácula* da mochila. No primeiro parágrafo, o herói, um advogado do mercado imobiliário, chegava a Budapeste. Tendo cruzado uma esplêndida ponte ocidental sobre o Danúbio, encontrou-se "entre as tradições da lei turca". O advogado tinha de ir à Transilvânia ajudar o Drácula a comprar propriedades em Londres. Drácula, que aprendera inglês sozinho por meio de livros, pedia ao advogado para corrigir sua pronúncia. "Mas, conde, o seu inglês é impecável!", protestou o advogado.

O advogado começou a enfrentar vários problemas. Havia íncubos e súcubos e lobos. O Drácula interceptava sua correspondência. Percebi de imediato onde ele se equivocara: não fizera amigos o suficiente. É *óbvio* que teria problemas no vilarejo.

Deslizamos para dentro de Budapeste ao anoitecer. A cidade se derramava num azul brilhante e viscoso, e as luzes já resplandeciam nas esplêndidas pontes ocidentais. Na água do rio, outdoors eletrônicos refletiam-se de cabeça pra baixo, anunciando cerveja Tuborn e câmeras Minolta.

Passamos o resto da noite numa apresentação a céu aberto de *O elixir do amor,* de Donizetti. Os cantores olhavam para o público de um jeito suplicante, como se pudéssemos ajudá-los de alguma forma. Um elixir do amor — que ideia. Você amava *aquela* pessoa específica, a pessoa que não amava você. Que utilidade haveria num elixir que a transformasse em outra pessoa? Fiquei observando a plateia nas arquibancadas, muitas pessoas de meia-idade, vestindo roupas confortáveis. Todas se importavam com o amor, mas quanto? Muito, ou só um pouquinho? A ópera continuou por um bom tempo. Finalmente, as duas pessoas mais jovens presentes no palco se casaram, para que enfim pudéssemos ir pra casa.

No dia seguinte, domingo, tínhamos de ir à missa numa catedral famosa, e, em seguida, às salas de banho de um hotel famoso, onde você não usava roupa e alguém te massageava com alguma coisa maravilhosa. O despertador da Dawn tocou às sete e meia. Com a cabeça afundada no travesseiro enorme, condenei todas as religiões organizadas, especialmente o islã e o catolicismo. Se não fosse a obsessão islâmica por banhos públicos, então talvez não houvesse uma tradição de banhos públicos em Budapeste, que teria expirado junto com os romanos, e talvez os otomanos não tivessem invadido a Europa, e Ivan não teria que ter lido todos aqueles livros quando era criança. E, se não fosse o catolicismo, não haveria missa matinal, e Ivan nunca teria escrito aquelas mensagens tão intricadas sobre liberdade, inferno, inocência e sedução. A essa altura eu já estava com muita raiva. Não tinha a menor possibilidade de ouvir alguém falando em latim.

O rádio tocava Louis Armstrong de novo — agora, "Blueberry Hill". Dawn acordou cheia de perguntas sobre o que vestir e se deveria raspar ou não as pernas, mesmo tendo feito isso dois dias antes. Raspando-se na pia, acabou cortando a perna. Depois, surgiu um problema pior ainda: ficou menstruada. Com as mãos na cabeça, sentou-se na beirada da cama. "Você acha que eu posso usar o.b. no banho do hotel?"

"Sim", respondi, sem nenhum tipo de evidência que pudesse corroborar ou contradizer aquela afirmação.

"Você acha?" Ela endireitou o corpo. "Posso simplesmente usar um maiô, certo? Você acha que outras pessoas vão usar maiô?"

Eu disse que eu usaria, e ela se animou. Era muito fácil animá-la.

Dawn levava o passaporte, as passagens de avião e os cheques de viagem numa carteira de zíper presa ao corpo. O dinheiro era transportado numa bolsinha amarrada ao sutiã. O negócio se chamava Engana-Ladrão. Quando viu que eu planejava deixar meu passaporte e meus cheques no quarto, Dawn insistiu que eu os fechasse no armário de madeira junto com outros itens valiosos: meu walkman, o Southern Comfort e o despertador dela. Eu não conseguia entender como o armário poderia ser mais difícil de arrombar do que o quarto.

"Estou ansiosa pra chegar ao vilarejo", ela disse, "por questões de segurança. Digo, numa vilazinha, posso deixar todas as minhas coisas na mala — e se de noite eu perceber que está faltando algo, vou *saber* quem pegou." Imaginei Dawn, como a srta. Marple, indo de porta em porta no vilarejo, tentando solucionar o mistério de quem roubou seu despertador.

"Acho que vou precisar de um cheque-chuva", eu disse ao Peter no saguão do hotel.

"Cheque-chuva?" Ele sorriu.

"Não exatamente..."

"Como assim cheque-chuva?", perguntou Andrea.

"Cheque-chuva significa prometer ir outro dia", Peter explicou. "Digamos que você marcou de assistir a uma ópera a céu aberto e começa a chover. Aí você pode ganhar um *cheque-chuva* para ir outro dia. É uma metáfora. Se eu e você combinamos de ir ao cinema e eu peço um cheque-chuva, significa que não posso ir hoje mas prometo ir outro dia."

"Entendo", disse Andrea, parecendo chateada porque eles não iam ao cinema.

"Enfim, não vou à missa", expliquei.

"Isso não é exatamente um cheque-chuva."

"Verdade. Eu não estava muito segura sobre como usar essa expressão, mas agora já aprendi e posso ensinar às crianças no vilarejo."

"Excelente. É isso que eu quero ouvir."

Voltei pra cama e acordei às onze e meia. Abri as cortinas e olhei pra rua de três vias, o elétrico, os pálidos edifícios. Depois de tomar um longo banho no banheiro vazio, desci pra cantina e comprei um pacote de biscoitos de avelã. Passei o resto da manhã na parte mais ensolarada da cama, comendo biscoitos de avelã e lendo o *Drácula*, que tinha virado uma narrativa fragmentada de múltiplas vozes, o tipo de livro que eu menos gostava. Um cowboy chegava de algum lugar e dizia coisas como "Srta. Lucy, eu sei que *num* presto não pra consertar os acompanhamentos do sapato da senhora". Só que eu sabia muito bem que acompanhamento é o que você serve junto com o peru, e não gostei que o cowboy sugerisse outra coisa.

O autor não foi capaz de decidir quais seriam os poderes e limitações do Drácula — se havia circunstâncias nas quais ele poderia se aventurar fora do caixão durante o dia, ou atacar alguém que estivesse com um crucifixo; se seu poder se estendia a todos os animais ou apenas a alguns; se toda pessoa que ele mordia automaticamente virava um vampiro.

Van Helsing chegou de Amsterdã para explicar tudo: "Assim, embora ele poder fazer o que quer dentro de seus limites, quando tem sua casa-terra, sua casa-caixão, sua casa-inferno... em outras horas ele só pode mudar quando chegar momento".

Nunca tinha conhecido um holandês que falasse daquele jeito. Eles sempre falavam um inglês maravilhoso.

Saltei para a biografia do autor. "Estudante de matemática pura, Stoker era também um conferencista ativo na Sociedade Filosófica", li. Achei esquisito que um matemático tivesse criado um mundo tão inconsistente internamente.

De tarde, entrei num elétrico aleatório para ver aonde ia. Passando pelo apartamento da mãe de Peter, o elétrico enveredou por uma rua desconhecida, cada vez mais residencial. A cada parada certo número de pessoas descia e ninguém subia. Logo já não restava ninguém, exceto alguns idosos. Grades de ferro gradualmente substituíram as cercas de madeira, e debaixo dos trilhos a areia tomou o lugar do cascalho. Passaram-se mais cinco minutos, e agora mesmo os idosos haviam descido, com exceção de um homem, que estava ou desmaiado ou morto.

Desci numa rua estreita, ladeada de árvores, em frente a uma cerca de ferro. Um dobermann começou a latir feito louco do outro lado. Numa placa se lia HARAPÓS KUTYA. Consultei o dicionário. Significava "cachorro que morde".

Quase todas as casas naquela rua tinham uma placa como essa e o respectivo cachorro para respaldá-la. Dei uma volta pelo quarteirão. Os latidos não pararam nem por um minuto. Avistei apenas dois humanos, senhoras idosas, sentadas no quintal. Quando me aproximei, olharam na minha direção. "Bom dia", eu disse, ao passar. "Bom dia", responderam. Quando olhei por cima do ombro, ainda me observavam.

Tomei o elétrico de volta e andei em linha reta até encontrar uma cabine telefônica. Tudo ao redor da cabine eram edifícios de pedra com fachadas de argamassa nos mais variados tons de amarelo. Puxei minha caderneta do Van Gogh e pensei em telefonar para o Ivan. Em vez disso, liguei pra Svetlana em Belgrado. Tia Bojana atendeu. Disse que Svetlana chegara da Itália naquela manhã e que ainda dormia.

"Acho que aquele garoto a deixou exausta. Ela vai ficar triste por não ter falado com você. Tem algum número onde ela possa encontrar você?"

Não havia tal número.

Conferi o relógio e vi que já era manhã em Nova Jersey. No segundo toque minha mãe atendeu. "Sim?", ela disse, friamente.

"Sou eu, Selin."

Houve uma pausa. "Selin, meu anjo! Onde você está? Pela ligação parece que você está aqui no quarto ao lado."

"Ainda estou em Budapeste. A conexão é muito boa."

"Está ligando do hotel?"

"Não, de um orelhão. Na rua."

"Tem alguém com você?"

"Não."

"Você está sozinha na rua? Que horas são?"

"É dia ainda. Três da tarde."

"Ah, o.k." Ela suspirou. "Não consigo imaginar. Não consigo imaginar você do outro lado do mundo, num orelhão no meio da rua." Perguntou como era a rua. Falei dos prédios amarelos e disse que havia begônias numa floreira.

"Parece uma beleza." Quis saber do Ivan. Contei que tinha conhecido a mãe dele.

"Ele tem mãe? Não acredito. Como ela era?"

"Era legal, me deu um livro."

"Que tipo de livro?"

"Um livro sobre a Hungria. Todo mundo aqui é obcecado com a ideia de ser húngaro."

"E o resto da família? Conheceu também?"

Expliquei que tinha conhecido todo mundo, menos a irmã da Transilvânia e a do hospital.

Minha mãe soltou um suspiro. "Ele vai querer casar com você. Fico muito preocupada. Quando apresentam as irmãs, é isso."

"Não se preocupe, ninguém quer casar comigo", retorqui; contudo, uma pequena parte de mim sentiu um arrepio de alegria.

À noite, fomos à ópera assistir ao *Rigoletto*. *Rigolleto*, como fiquei sabendo, era sobre uma pobre moça que era desonrada e depois assassinada, o que inevitavelmente causava muita tristeza ao pai.

À meia-noite voltamos ao albergue. No saguão a TV estava ligada — iam começar as Olimpíadas de verão. De manhã cedo partiríamos para o interior.

Depois que arrumamos as malas, Dawn disse que iria escrever no diário. Puxou uma pasta, uma pilha de brochuras e ingressos, um par de tesouras e uma cola. Eu peguei meu caderno. Em algum lugar um relógio badalou, marcando duas da manhã. Dawn decidiu ligar para os pais no Texas, onde ainda eram apenas sete horas. Pensei em ligar pra Ivan, só que na casa dos pais dele eram duas da manhã.

Dawn parou no umbral da porta. "Olha, tem um bilhete pra você!"

Ela me entregou um papel dobrado — uma folha de cálculo com respostas em milímetros. Kovács Csaba acertara todas. Virei para ler o verso. *Querida Selin*, dizia. *Talvez este seja o último de uma longa série de "estou com saudades". Vou voltar pra casa agora. Passei o dia tentando localizar você. Se quiser, pode me ligar até tarde hoje. Iván.*

A porta se fechou e Dawn saiu. Imaginei as escadas até o saguão, as cabines telefônicas no escuro, as moedas, a voz dele.

O sufoco para achar coisas para falar, entre alguns momentos de trégua, durante os quais eu teria de ouvir o que ele tinha preparado para me dizer. E depois o som do telefonema encerrado de novo, mais agudo do que na América — sempre lá, como o mar dentro de uma concha — e a sensação abafada de vazio no meu peito, como agora, mas pior.

Ao mesmo tempo, parecia inevitável que em algum momento no futuro eu realmente fosse querer ouvir a voz dele e não seria possível, e então eu pensaria nessa noite em que ele me pediu para telefonar para ele, e tudo pareceria tão incompreensível quanto um convite para falar com os mortos.

Dawn reapareceu e disse que os telefones estavam enguiçados. Eu tinha certeza de que ela tinha usado as moedas erradas.

Alguém bateu na porta. Era Peter, com uma sacola de plástico de uma biblioteca — do tipo que dizia que UM LIVRO MOLHADO NÃO ESTÁ ACABADO. Ele tinha ficado preso do lado de fora do apartamento da avó e precisava de um lugar pra passar a noite, e nisso lembrou que tínhamos uma cama extra. "Posso?", perguntou. "Claro", Dawn disse.

Peter olhou pra mim. "Claro", confirmei.

A sacola de plástico de Peter na verdade continha uma escova de dente, o que não respaldava muito a história de que ele tinha ficado preso do lado de fora. Mas fiquei contente por ele estar ali. Embora fosse amigo do Ivan, ele de alguma forma representava um mundo no qual toda aquela angústia e incerteza não eram reais.

Julho

Alguém em algum lugar comia alho cru. Tínhamos nosso próprio compartimento. Gotas de chuva descansavam na vidraça da janela. Vez por outra a gota mais gorda deslizava, como uma lágrima irreprimível. Quando o trem começou a se mover, gradualmente, as gotas se retesaram e começaram a desenhar linhas tortas entre as vidraças, como um gráfico de algum processo desconhecido.

Todo mundo adormeceu. Peter parecia menor do que o habitual, um boneco de si mesmo; a cabeça de Andrea, contudo, reclinada em seu ombro, parecia em tamanho real. Cheryl dormiu sentada, ereta, as mãos pálidas nos apoios de braço, as pálpebras tremulando. Vivie, que tinha talento para o conforto, fez um travesseiro com a jaqueta e se aconchegou contra a janela. A cabeça de Dawn pendulava, cada vez mais perto do meu ombro, até finalmente descansar, pesada. O trem meteu-se pelo subterrâneo, e eu fechei os olhos.

O segundo trem estava mais cheio e recendia à condição humana. Entre as fileiras, um homem empurrava aos solavancos um carrinho de bebidas alcoólicas. Não eram nem oito da manhã, mas ele já emplacava bons negócios, vendendo doses e garrafas. O copo da dose era de vidro fosco, amarrado ao carrinho com corda e fita adesiva. Quando passamos por um trecho repleto de trilhos irregulares, homem e carrinho tombaram em um dos compartimentos, várias garrafas se partiram, adicionando seus vapores ao já robusto buquê de aromas.

Pela janela olhei para a faixa de campos de girassóis e igrejas amarelas, procurando me preparar para os diferentes cenários que talvez surgissem nos vilarejos, como o de uma criança correndo atrás de mim com chifres. Pensei muito sobre essas coisas, mas não fiz muito progresso.

O prefeito do vilarejo central foi buscar nosso grupo na estação e nos levou à prefeitura do município. Na sala de conferências, pôsteres representavam vários aspectos da vida rural da Hungria: um castelo medieval, um caramanchão com videiras, um rapaz assando um boi. O prefeito fez um discurso, que Peter traduziu, agradecendo por termos ido compartilhar nossa língua e nossa cultura, torcendo para que levássemos algo em troca. Depois perguntou se algum de nós entendia de HTML, pois a vila precisava de uma página virtual. Owen entendia. O prefeito apertou sua mão e disse que teria o prazer de hospedá-lo.

O filho adolescente do prefeito, Béla, nos levou pra passear. Estava com fones de ouvido amarelo-claros ao redor do pescoço, o fio desaparecendo por dentro da jaqueta fofa. Quando Vivie perguntou o que ouvia, puxou um discman Sports do bolso e o fez passar de mão em mão, para que ouvíssemos um pouco de rap húngaro. Eu, na verdade, nunca tinha ouvido música num discman. Escutei um leve som sibilante e depois um bando de garotos gritando em húngaro com perfeita nitidez. Estavam ali dentro, gritando no seu ouvido.

Seguimos Béla por uma estrada de cascalho enlamaçada, passando por casas rosadas de madeira e pequenos terrenos semeados com milho e girassol, até uma igreja do século XII. A igreja estava fechada. Nos fundos, perto do cemitério, havia uma cabana onde se lia num cartaz ZELADOR, SZEKERES JÁNOS. Béla bateu na porta e nas janelas, até que Szekeres János apareceu, esfregando os olhos. Quando abriu a porta da igreja, desatou a falar por uma hora inteira sobre pilares e naves e Caim e Abel.

Era possível que parte do corpo de um grande rei tivesse ficado enterrada naquela cripta em algum momento. O rei fora enterrado originalmente em Budapeste. Uma vez canonizado, seu corpo foi exumado e despachado em pedaços para relicários por todo o país. Os restos dos restos mortais voltaram para debaixo da terra, mas, durante a Invasão Otomana, foram outra vez desenterrados e transladados por questões de segurança — talvez para aquela cripta mesmo, mas também era possível que não. O zelador pesou meticulosamente as evidências a favor e contra. Em todo caso, já não havia nada ali, tudo fora enviado de volta para Budapeste depois que os otomanos partiram. Eu esperava que a cripta fosse sombria e pesada, mas era clara e leve, com arcos e tetos abobadados amarelos. Talvez a morte também fosse daquele jeito.

Visitamos um museu de folclore. Lá estava János novamente, como num sonho enfadonho, descrevendo os diferentes métodos de transformar algodão em fios de algodão. Nos fundos do museu uma mulher nos serviu costeletas de porco. Eu nunca tinha comido costeletas de porco. Meus pais raramente comiam porco. Quase ninguém na Turquia comia, nem mesmo os ateus.

A princípio, meus olhos se encheram de lágrimas, e engolir me custou grande esforço. Mas, aos poucos, era como comer qualquer outra coisa.

Todo mundo fez mil perguntas a Béla. Escutei cuidadosamente, para aprender como falar aos adolescentes do vilarejo húngaro. Não aprendi nada útil. A certa altura, Owen perguntou a Béla se ele já tinha ido a Budapeste, que ficava a duas horas de trem.

"Pra Budapeste?", repetiu Béla.

"A gente acabou de vir de lá", Owen explicou.

"Às vezes meus amigos e eu vamos a Peste nos fins de semana." Béla olhava para Owen com uma admiração explícita e disse que os dois seriam irmãos.

Quando Vivie se desculpou por comer devagar, Béla disse que comer devagar era bom: "Se você come devagar, pode sentir a comida".

"Você não *sente* comida", Owen disse, "você *sente o gosto* da comida."

"Sim", Béla disse. "Mas também quero dizer algo *mais* do que sentir o gosto."

"Você *saboreia*", sugeriu Daniel. "Se você come devagar, você *saboreia* a comida."

"Você saboreia", repetiu Béla.

"Você *desfruta*", Owen disse. "Você *degusta*."

"Degusta?"

"É tipo saborear, mas com mais prazer ainda."

"Não conheço essa palavra", Béla disse, os olhos brilhando.

Eu nunca corrigiria alguém que dissesse "você pode sentir a comida". Por isso Owen terminaria com alunos que diziam "degustar", enquanto meus alunos diriam *papel iss blonk*".

Depois do almoço voltamos para a sala de conferências. Representantes de cada vila tinham vindo receber seus novos professores de inglês. Primeiro apareceu um médico de aspecto cansado, enviado pelo mesmo vilarejo onde um dos garotos tentara empalar Sandy com um par de chifres. "Precisamos de um rapaz atlético", ele disse. Frank foi o escolhido para o vilarejo dos chifres.

Os outros representantes eram mulheres, professoras de inglês. Abordaram, primeiro, Cheryl, mas Cheryl só balançava a cabeça e dizia que estava esperando uma família que não falasse inglês.

Depois de Owen e Frank, os próximos a serem escolhidos foram Dawn e Vivie, em seguida Daniel. Restamos Cheryl e eu. Só havia mais uma representante, uma mulher com o cabelo em estilo pigmaleão e uma expressão gentil no rosto.

"Olá, meu nome é Margit, a professora de inglês de Kál. Acho que você é Cheryl."

Cheryl concordou com a cabeça. "Mas estou esperando por uma família que não fale inglês."

"Ah. Bem, isso é uma lástima, porque eu sou professora de inglês." Margit sorriu na minha direção. "É você que irá comigo, então?"

"Estamos esperando outra família?", perguntou Peter ao prefeito.

"Não veio ninguém de Apafalva." O prefeito conferiu o relógio. "Melhor esperar."

No momento em que saíamos da sala, Cheryl perguntava se Apafalva localizava-se perto das montanhas.

"Pobre Cheryl", disse Margit, enquanto manobrávamos minha mala para dentro de seu Ford Fiesta. "Fico com dó de deixá-la sozinha. Não entendo essa fixação por uma família que não fale inglês."

"Ela quer muito aprender húngaro e acha que vai aprender melhor se a família não falar inglês."

"É uma pena, pois não acho que ela vá encontrar essa família. Uma família que não fale inglês vai ficar com vergonha de hospedar uma estudante americana, entende? Nós queremos que vocês fiquem à vontade."

"Cheryl tem ideias muito peculiares sobre ficar à vontade."

"Acho que seu amigo Peter também tem ideias peculiares. É verdade que ele pôs vocês num trem partindo de Peste às seis da manhã?"

"Bem, era mais tipo seis e meia."

"Isso é incomum e difícil de entender, pois há muitos trens saindo mais tarde. O que vocês ficaram fazendo aqui a manhã inteira?"

"Passeando."

"Pois é, isso é muito curioso. Vocês vieram de Budapeste para Feldebrő às seis e meia da manhã pra passear."

"Acho que o Peter queria visitar a cripta."

"Ah, entendo. Bem, a cripta é interessante. É muito antiga. Você achou interessante?"

"Muito. Só acho que ficamos lá um pouco mais do que o necessário", eu disse.

Ela perguntou quanto tempo tínhamos ficado na cripta. Quando respondi, ela quase morreu de rir. "Vocês vieram de Budapeste às seis e meia da manhã pra ficar numa cripta por mais de uma hora? Veja só como você está agora! Está com olheiras!"

"Estou?"

"Está. O que sua mãe acharia disso? Ela ia achar que estamos torturando você."

"Ah, não, ela ia achar que estou criando estamina."

"Estamina! Duas horas numa cripta!"

Margit saiu da rodovia rural e entrou numa estradinha de terra. Os postes telefônicos e de eletricidade pareciam estranhamente altos, talvez porque as casas eram bem pequenas — caixinhas de gesso branco com telhados vermelho-escuros. Pequenos terrenos serviam para o cultivo de uma variedade de plantas altas e frondosas. Quando nos aproximávamos de carro, as plantas pareciam um matagal caótico, mas de certo ângulo elas se alinhavam miraculosamente em longas fileiras. Por um instante você conseguia enxergar a outra casa entre elas, depois tudo se dissolvia em desordem de novo.

Eu ficaria com Margit e sua família apenas durante a primeira semana do programa. Havia tanta gente no vilarejo desejando uma professora de inglês que eu me hospedaria com três famílias diferentes. Trabalharia por quase quatro semanas e passaria uma semana com crianças num acampamento perto de Szentendre.

A família de Margit consistia de seu marido, Gyula, seus filhos, Nóra e Feri, e Barka, a cachorra. Havia muitos gatos, que não podiam entrar na casa. Nóra tinha dado nomes a todos eles, que só ela sabia. O tipo físico de Margit eu já conhecia, mas Gyula não parecia com ninguém que eu tivesse visto antes. Forte, bronzeado, com um bigode dourado, usava camisa xadrez de manga longa enfiada para dentro dum short curto de brim e um boné azul equipado com um visor. "*Wilkommen!*", ele disse, retirando minha mala de dentro do bagageiro e levando-a escada acima.

O andar superior da casa era uma adição recente; as paredes do quarto da frente ainda tinham feixes de madeira entrelaçados e uma argamassa de isolamento rosa. Um plástico cobria a moldura da janela. Mas o quarto dos fundos estava pronto e era muito bonito: tinha um carpete amarelo, um sofá-cama verde, uma mesa de vidro com um vaso de arnica e, no canto, uma pequena doninha empalhada. Quando Margit viu a doninha, fez uma expressão contrariada e disse alguma coisa para Gyula, que deu uma resposta longa.

"Meu marido pensou que seu quarto estava muito vazio e que talvez você fosse gostar de uma pequena doninha ali no canto. Podemos levá-la lá pra baixo. Ninguém vai ficar magoado." Não ficou bem claro quem não ficaria magoado — se o marido ou se a doninha. Em todo caso, me pareceu óbvio que, se você desejasse realmente ser escritora, você não mandaria a doninha embora.

"Tem certeza de que você não vai ficar com medo quando acordar?"

"Não vou."

Quando acordei, fiquei com medo.

Fatias de pepino finas como lâminas flutuavam no vinagrete gelado. As beterrabas não correspondiam a nenhuma ideia prévia minha. No meio do jantar, Gyula saiu pela porta da frente e voltou com uma garrafa de um litro e meio de coca-cola contendo algum tipo de vinho caseiro que eles guardavam no depósito de ferramentas. Gyula encheu três canecas pesadas e ergueu uma delas. Margit traduziu o que ele dizia: que eu devia considerar aquela casa como se fosse minha e que, caso eu acordasse com fome no meio da noite, eu poderia me servir de tudo que eles tivessem.

O jeito de falar de Margit me lembrava o de Ivan — o modo como pronunciava meu nome, e as perguntas que fazia, como que línguas eu falava e que outros países eu visitara. Margit tinha estado em Paris e Viena, e em Petersburgo, quando ainda se chamava Leningrado. Estudara russo por doze anos sob o regime soviético, mas tinha esquecido tudo. "É uma pena, pois é uma língua muito bonita."

A cada dois anos Margit viajava de trem para Londres com um grupo de estudantes de inglês. Na última viagem tinha chovido todos os dias e eles passaram uma tarde inteira bebendo uísque no quarto do hotel. Não podiam beber no bar, pois a maioria dos estudantes ainda não tinha dezoito anos. Aquilo era estranho para Margit, pois na Hungria não havia idade para beber, e, de todo modo, não estavam os estudantes sob responsabilidade dela, num bar ou num quarto? O uísque em Londres era muito bom.

Margit perguntou o que eu achava da série *Plantão Médico*, que acabara de estrear na Hungria. Ela tinha achado menos estúpida do que *Dallas*.

Depois do jantar, chegou a hora de conferir as plantações. A família inteira se amontoou dentro do carro. Quando Gyula abriu o bagageiro, Barka saltou pra lá na mesma hora e se aconchegou, como se viajasse ali o tempo todo. Margit foi no banco de trás com as crianças. Eu sentei na frente e pus o cinto de segurança. Gyula disse alguma coisa em voz alta, abanando os braços.

"Ele está dizendo que você pode confiar nele", Margit disse, rindo. "É um motorista muito cuidadoso e não vamos muito longe."

Tirei o cinto imediatamente, o que provocou outra onda de hilaridade. "Não, não", Margit disse, "fique de cinto e se sinta segura!" Expliquei que afivelar o cinto de segurança não refletia nenhum julgamento a respeito da minha segurança, era apenas um impulso automático, pois no meu país era contra a lei não usar cinto de segurança. Também acharam isso hilário. "Se algum policial nos pegar, pode ser que ele prenda você!"

As plantações ficavam a alguns minutos de carro. Gyula pegou uma espingarda do bagageiro e desapareceu pelo milharal. Um espantalho de aparência feminina balouçava numa estaca alta, o vestido ondulando no vento. Margit disse que era um vestido velho dela. "Encolheu, então Nóra e eu fizemos um espantalho. Por alguma razão, Nóra deu para ela uma cara de gato." De fato, o espantalho tinha narizinho de gato e bigodes.

"Deve ser assustador para os pássaros."

"Infelizmente, nossos pássaros são muito corajosos." Andamos pelo campo, Margit apontando as diferentes plantações: tabaco, trigo, grão-de-bico, melancias, e também melões, papoula, uvas, cerejas, maçãs.

De volta pra casa, Margit pôs as crianças pra dormir e em seguida trouxe um bolo de maçã que ela mesma tinha feito. Gyula pôs uma garrafa de uísque na mesa. Fiquei sem jeito de comer bolo sem as crianças. Margit, que parecia adivinhar meu pensamento, disse que Feri não gostava de bolo e que Nóra não podia ficar comendo doces toda hora, mesmo tendo apenas sete anos de idade. Será que alguém alguma vez pôde ter o quanto quisesse de alguma coisa?

"Agora", disse Margit, quando Gyula serviu o uísque. "Conte tudo sobre você."

"Mas já contei. Você já sabe tudo sobre mim."

"Agora você vai contar a versão mais longa." Ela se recostou na cadeira. "Temos muito tempo. Temos a noite toda."

Tive uma impressão muito forte quando ela disse isso. Por um breve momento, como num clarão, vislumbrei um cenário invisível se abrindo diante de mim em todas as direções, até desaparecer na escuridão de novo.

Margit perguntou o que eu queria ser depois da universidade. Eu contei. "Você vai escrever um romance sobre a gente", ela exclamou.

"Talvez algum dia", eu disse.

Fiquei surpresa quando ela perguntou se eu tinha namorado. Achei que fosse óbvio que eu não era o tipo de pessoa que tem namorados. Mas quando disse que não tinha, ela não acreditou. "Imaginei que você talvez tivesse um namorado húngaro e que era por isso que você veio pra Hungria."

"Não. Por que achou isso?"

"Não sei. Acho que foi só uma coisa que passou pela minha cabeça."

O alarme tocou quinze para as oito. Permaneci deitada na cama por alguns minutos procurando entender por que exatamente eu tinha de me levantar e ensinar inglês para um monte de crianças de um vilarejo na Hungria — se eu tinha cometido algum erro e, se sim, onde.

Nóra já estava na mesa com sua mochilinha, comendo um enroladinho com manteiga e geleia. Por que as crianças tinham de aprender inglês no verão? Margit preparou um Nescafé bem forte pra mim, depois entramos todos no Ford Fiesta. Adormeci e só acordei com os pneus triturando o cascalho atrás do prédio da escola.

A sala encontrava-se completamente desprovida de chifres — aliás, de qualquer coisa que pudesse servir como arma. Havia uma samambaia, alguns desenhos infantis e um mapa da Hungria. Os estudantes sentaram-se ao longo de três grandes mesas organizadas em forma de U. Margit se posicionou na mesa mais baixa com as crianças menores, sorrindo, cheia de expectativa. Eu não tinha previsto que ela permaneceria na sala. Foi um alívio.

Pedi às crianças para dizerem seus nomes e idades e há quanto tempo estudavam inglês. Ádám, de quinze anos, estudava há três anos e falava superbem — tinha condições de conversar em inglês. Róbert, que tinha a mesma idade, nunca estudara nada de inglês, assim como muitas das crianças mais novas, incluindo Nóra. O menorzinho, Miklós, tinha quatro anos e mal conseguia dizer qualquer coisa em qualquer língua.

Katalin, dezessete anos, era linda: o cabelo liso caía até a cintura, o rosto era perfeitamente comum. Por que "comum" seria um eufemismo para "feia", quando a marca essencial da beleza humana é sua simplicidade, a simetria singela que parece sempre tão jovem e inocente? Era impossível não pensar que sua beleza era uma das coisas mais importantes que havia nela — algo que tinha a ver com quem ela era de fato.

A mãe de Miklós, Tünde, trabalhava na escola. Magra, de cabelo quase grisalho, óculos grandes e um sorriso suplicante, ela muitas vezes se demorava na sala, circulando Miklós, que era incrivelmente pequeno, mesmo para uma criança de quatro anos. Frágil, rosado, parecia um esquilo infante. Se lhe perguntassem qualquer coisa, ele se retorcia na cadeira num paroxismo de timidez. Tünde o cutucava com o dedo, e ele se contorcia ainda mais. Ela lhe dava inúmeros conselhos, todos equivocados. Insistia com particular tenacidade para que ele pronunciasse todos os *es* silenciosos. Se ele por acaso conseguisse dizer *"one"* ou *"five"*, ela o corrigia: *"Oh*-neh. FEE-veh".

"Five", eu disse, bem alto.

"Fee-veh", ela repetia, com o sorriso obsequioso.

"Será que tem algum jeito de fazer essa mulher parar?", perguntei à Margit.

Margit refletiu. "Vamos pedir pra ela buscar um apagador." Não havia nenhum apagador na lousa, só um trapo saturado de giz. Pelo resto da manhã, Tünde desapareceu. No dia seguinte reapareceu, sentada à mesa do professor com uma grande esponja rosa em formato de coração e um balde d'água. Sempre que eu olhava na direção dela, ela me estendia o coração gotejante. Continuava estimulando o filho a dizer *"fee*-neh" quando lhe perguntavam *"How are you?"*. Róbert, que era influenciável, também começou a dizer "fee-neh" e "fee-veh". Nóra, que nunca tomava partido, balbuciava alguma coisa no meio do caminho. Nóra batia palmas toda vez que Miklós abria a boca e dava tapinhas na cabeça dele e nos ombros.

Ao meio-dia, todos iam pra casa, exceto Róbert e eu, cuja mãe era a diretora da escola. Ele e eu entrávamos numa espécie de grande despensa onde, numa mesa de madeira cercada por mapas e projetores, nos serviam um almoço caprichado, feito pelo cozinheiro da escola, Vilmos, que usava avental branco e chapéu de chef de cozinha. Primeiro era sopa, depois frango com páprica ou ensopado de carne, costeletas fritas ou rolinhos de repolho, e, finalmente, conservas de frutas artisticamente dispostas nos pratos de sobremesa. Atacávamos essas refeições com dedicação, diligência e poucas palavras. Às vezes eu perguntava como ele estava, e ele dizia que estava "fee-neh". Depois ele perguntava como eu estava, e eu dizia que estava *fine*. De início, me pareceu estranho entrar todos os dias numa despensa e comer uma refeição de três pratos na companhia de um garoto de quinze anos de idade, mas logo passei a enxergar isso como parte da ordem natural das coisas.

Depois do almoço, eu preparava Ádám e mais dois outros garotos de quinze anos para o exame de admissão numa escola de computação especial. Era mais fácil do que a sessão matinal, pois os três já sabiam muito e trabalhavam duro, e também porque Tünde não estava presente — só aparecia para trazer uma garrafa de dois litros de Pepsi sem gás e um copo numa bandeja de prata. Eu me servia, depois entregava a garrafa aos garotos. Geralmente, eles só davam alguns golinhos educados, mas um dia passaram o intervalo do almoço jogando bola e depois beberam os dois litros inteiros — dois litros de Pepsi que desapareceram para dentro de seus corpos, sugados pelas células.

Até aquele verão, eu quase nada sabia sobre os Beatles. Não sabia por que o corte de cabelo dos Beatles tinha sido importante, nem como se chamava o tal corte. Quando ouvia pessoas mais velhas falarem sobre eles, eu me abstraía, o que nunca tinha me causado problemas. Tinha chegado mesmo a acreditar que poderia atravessar minha vida inteira desse jeito. Mas os Beatles se revelaram uma daquelas coisas que você não pode evitar, como o álcool ou a morte. "Não seria divertido ensinar algumas músicas dos Beatles às crianças?", Margit perguntou, logo no primeiro dia. Quando eu disse que não conhecia nenhuma música dos Beatles, ela fez uma das garotas da sala me emprestar uma coletânea: duas cassetes de noventa minutos com os títulos das músicas escritos em caneta esferográfica.

Os Beatles me intrigaram — aquela contradição entre o canto alegre, inocente e harmonioso, e a visão de mundo, cínica e calculista, que se insinuava por trás de tudo. Os Beatles queriam ser legais com a menina, mas ao mesmo tempo ficavam anotando tudo e ainda por cima se magoavam porque ela esperava que eles ensinassem o caminho, se achavam no direito de esperar que a menina também fosse legal com eles. Falavam de como tinham de trabalhar feito cachorros pra conseguir dinheiro e comprar coisas pra ela, mas em troca ela tinha de dar tudo pra eles. E se ela não desse? E se ela não soubesse como?

"Seventeen" me assustava por conta do verso que eu esperava que dissesse "e ela parece muito além da idade dela", mas que, em vez disso, dizia, ou assim eu entendia, "e ela parece muito além do homem dela". Fiquei profundamente chocada com a desigualdade entre a garota e o homem, com o modo como aquilo de alguma forma a tornava vulnerável aos Beatles, ao passo que também indicava que ela já havia sido derrotada e humilhada, obrigada a ceder a alguém muito abaixo dela. Ao mesmo tempo, o fato de que ela só tinha dezessete anos e já tinha um homem implicava que minha juventude não podia me servir de desculpa para o fato de que eu era incapaz de obrigar alguém a dirigir meu carro, ou de dizer aos Beatles coisas que eles quisessem saber, ou de despertar neles ou em qualquer outra pessoa os sentimentos que eles descreviam, os sentimentos que o Ivan devia sentir pela namorada, oito dias por semana.

Margit me levou para visitar uma ex-aluna, Judit, que agora falava inglês tão bem quanto Margit, mas que insistia em pedir mais aulas. "Judit é uma menina muito inteligente", Margit disse, com um ar descontente. "Ela lê muito — em inglês, em alemão, em muitas línguas. Está muito avançada pra mim. Não tenho mais o que ensinar a ela."

"Então é uma história de sucesso", eu disse. Era o que minha mãe diria.

"Sim", respondeu Margit, sem convicção. "Ela tem um apetite grande para aprender. Vai adorar conversar com você. Mas não vou ficar."

Encontramos Judit no sofá, lendo, perto de uma janela que dava para o terreno baldio separando a casa dos seus pais dos trilhos do trem, bem no extremo da vila. Havia livros em toda parte — empilhados na mesa de centro da sala, em cima da TV, na saliência da janela, no chão entre o sofá e a parede.

Judit se levantou quando nós entramos. Era mais alta do que eu, mais de um metro e oitenta, vestia uma roupa de correr folgada que escondia seu corpo, mas expunha seus pulsos e tornozelos extremamente magros. Seus olhos impressionantes — rosados ao redor, cinza, quase trêmulos — eram ampliados pelos óculos grossos.

A mãe de Judit, que de alguma forma se parecia com Judit, mas tinha um aspecto comum, o que Judit não tinha, trouxe limonada numa bandeja. Judit afastou alguns dos livros, inclusive o que ela estava lendo: *O moinho à beira do rio*.

"É bom?", perguntei.

"Sim, é interessante. Mas preciso checar muitas palavras no dicionário." Ela pegou um copo de limonada com uma mão notavelmente magra e longa.

"Está lendo pra escola?"

"Indiretamente. Eu abandonei meu curso na primavera."

Judit vinha estudando numa academia de voo. Seu sonho de infância era ser piloto, mas era impossível, pois ela era um centímetro alta demais — mesmo para um homem, ela era alta demais. Fiz uma expressão de simpatia. Virando seus grandes olhos aquosos na minha direção, ela disse: "É por causa do jeito como as cabines são projetadas".

"Foi por isso que você abandonou o curso?"

"Não. Eu não estava no curso de piloto. Estava estudando para me tornar controladora de tráfego aéreo."

"Era... Não era divertido?"

"Divertido?" Ela franziu as sobrancelhas. "Saí por causa da minha vista. Eu sempre tive problemas oculares. De tempos em tempos preciso de cirurgia. E desde a cirurgia que fiz no inverno passado, ficou muito difícil passar no teste de visão, mesmo com óculos."

Fiquei pensando no que dizer para alguém numa situação tão diferente da minha e que parecia tão mais difícil. A expressão que me veio à cabeça foi "que azar dos diabos", como os personagens de romances ingleses dizem sobre as tragédias de guerra. "Que azar", eu disse, em voz alta.

"Não vejo assim", Judit disse. "É melhor abandonar o curso agora do que me formar, virar controladora de voo e acabar derrubando um avião porque não o vi no meio do nevoeiro." Concordei; por aquela perspectiva, era melhor que as coisas tivessem se dado daquela maneira. "No outono", continuou, "vou começar a trabalhar para a empresa de importação e exportação do meu tio. Minhas habilidades linguísticas talvez sejam úteis." Além de inglês, ela sabia francês e alemão e estava estudando italiano.

"Você já foi para outros países europeus além da Hungria?", perguntou.

Eu disse que ia à Turquia todos os anos, ver minha família, e que acabara de visitar Paris.

"Você tem família lá também?"

"Não, fui com amigos."

"Com seu namorado?" De novo essa história de namorados.

"Não." Contei sobre Svetlana, Robin e Bill. Enquanto falava, me pareceu que eu a confundia de alguma forma, o que era mesmo o caso. "Não entendo como sua amiga foi convidada pra essa viagem", ela disse. "Se meu namorado estivesse interessado em outra pessoa, ou se outra garota estivesse interessada no meu namorado, eu não convidaria essa pessoa para nos acompanhar numa viagem."

"Mas Svetlana e Robin são amigas há muitos anos, desde antes de conhecerem Bill."

"Não concordo. Se ela fosse realmente uma amiga, não teria ido a Paris, e não teria lhe contado essas coisas." Quando ela disse aquilo, fiquei com vergonha e me perguntei onde eu tinha errado. Foi por ir a Paris, ou por ficar sabendo da história, ou por ter contado tudo para uma estranha?

Fiquei aliviada quando escutei o carro de Gyula do lado de fora. Margit tivera de sair com as crianças, por isso era ele que estava ali para me pegar.

Quando chegamos, a casa estava vazia. Eu já subia as escadas quando Gyula me levou até a mesa e puxou uma cadeira; quando vi, já pegara o uísque de novo. "Marlboro?", sugeriu, tirando um maço do bolso. A ideia de fumar cigarros com um adulto era estranha demais, então recusei o cigarro, bem como o uísque. Gyula pareceu pensativo, então foi até o depósito do lado de fora da casa e voltou com uma caixa de ferramentas laranja, de onde retirou duas bandejas empilhadas do compartimento superior. Estavam cheias de munição, balas e cartuchos, elaboradamente dispostos em seções.

Ele pegou vários cartuchos e os dispôs na posição vertical, em cima da mesa. "Alemãs", ele disse. "Americanas — como você." Aqui, até as balas tinham nacionalidade. Havia balas tchecas, finlandesas, iugoslavas e chinesas. "Bala soviética", ele disse, em russo, apontando um cartucho abobadado com uma fita vermelha.

Segurando um dos cartuchos alemães, Gyula apertou o nariz e fez movimentos de galope com as mãos. Depois bateu as palmas das mãos nas pernas de um jeito que soava como asas, expelindo uma corrente de ar, *ffff*, entre os dentes. Por esses gestos entendi que o pequeno cartucho alemão era para caçar coelhos e faisões.

Dispondo um cartucho maior, americano, na mesa, Gyula fechou os olhos por um instante, depois pressionou os indicadores contra as têmporas, apontou para cima, arregalou os olhos e virou a cabeça rapidamente, de um lado pro outro. "Őzbak", disse. Era uma corça.

Puxou então um terceiro cartucho, bem diferente dos anteriores, banhado em latão envelhecido, lembrando uma caneta. Olhou pra mim por um momento e disse, em voz baixa: "*Mensch*". Depois, em húngaro: "Homem".

Depois contou uma história de caçador. Envolvia uma corça, Barka, a polícia, um confronto e muitos latidos. Enalteceu Barka repetidas vezes e disse que ela era uma "*vizsla*", imitando o jeito como ela apontava com a pata. "*Biztosítás*", disse. "Entende? *Biztosítás.*"

Conferi "*biztosítás*" no dicionário. Significava segurança. Quando viu que eu tinha um dicionário, Gyula mencionou outras palavras: registro de arma, licença para caçar, licença para portar armas. O ponto mais importante era que você precisava de duas licenças — uma para você e outra para a arma.

"Duas licenças", repeti.

Ele confirmou com a cabeça e disse que eu era esperta.

O Ford Fiesta parou do lado de fora, as crianças entraram correndo na casa, seguidas por Margit. "Ai, meu Deus", disse Margit, notando a garrafa de uísque, a caixa de ferramentas e a coleção de balas e licenças. "Pelo jeito alguém andou palestrando."

Na manhã seguinte, tanto Margit como Gyula estavam ocupados, então o diretor da escola me deixou em casa. Quando chegamos, Gyula saía às pressas pela porta da frente, vestindo um terno azul-claro. Ao passar por nós, acenou, gritando alguma coisa sobre o ônibus. O diretor tentou oferecer uma carona, mas ele já ia a meio caminho da estrada principal. Corria verdadeiramente rápido, mesmo naquele terno, que, como soube mais tarde, era reservado para as aulas semanais de alemão na cidade.

Pela primeira vez em muitos dias, estava sozinha. Lembrando que haviam me dito que eu podia comer o que quisesse, cortei um belo pedaço de bolo de maçã e comi, lendo *Drácula*. Foi maravilhoso comer sem ter de ouvir ninguém, nem balançar a cabeça, nem sorrir ou fazer qualquer coisa com a minha sobrancelha. Drácula estava visitando o Departamento de Lobos no Zoológico. "Aqueles lobos parecem irritados com alguma coisa", notava. Na manhã seguinte, a jaula apareceu deformada, e Berserker, o lobo-cinzento, tinha sumido. Drácula ocupara seu corpo temporariamente. A experiência do zoológico para o Drácula era completamente diferente da experiência das outras pessoas.

Alguém começara a bater na porta de vidro. A porta principal estava aberta, e, por trás do vidro, havia uma mocinha loura.

"Olá", eu disse.

"Olá. Sou a Reni. Nós vamos numa excursão."

Abri a porta. Ela entrou, mas não quis sentar, e só olhava para o pequeno relógio, menor do que uma moeda. Também não parecia interessada no bolo, só repetia que iríamos numa excursão.

"O.k.", eu dizia. Levantei e comecei a limpar a mesa.

"Iremos numa excursão agora."

"Agora? Tipo, já?"

"Sim, claro!" Só então reparei que ela estava com uma pequena mochila presa aos ombros pelas duas alças. Suprimi um suspiro. A Hungria era como ler *Guerra e paz*: novos personagens surgiam a cada cinco minutos, com nomes estranhos e locuções peculiares, e você tinha de prestar atenção neles por certo tempo, ainda que talvez você nunca mais fosse vê-los pelo resto do livro. Eu preferiria conversar com o Ivan, o interesse amoroso da história, mas de alguma forma não me cabia decidir. Ao mesmo tempo, eu sentia que essa superabundância de personagens não era de modo algum irrelevante, pelo contrário, e que quando o Ivan me sugeriu que fizesse amizades, ele estava me dizendo algo importante sobre o mundo, algo sobre como o personagem fatídico da sua vida não era aquele que te trancava na pedra, mas o que te conduzia a mais pessoas.

Tão logo deixamos a casa e alcançamos a estrada principal, a expressão de Reni se iluminou.

"Depois de dez minutos, ônibus", ela disse, alegremente. "A gente senta."

Sentamos na beira do asfalto, de frente pra floresta. Reni inclinou a cabeça e olhou o céu claro e ensolarado. "Adoro fora de casa!", ela disse, acrescentando: "Não gosto da casa da Margit".

"Não?"

"Não. É muito animais."

"Barka?"

"Não, os animais matar, aquele marido da Margit, com a arma. Eu odeio caçadores. Claro, eu não dizer isso para marido da Margit."

O ônibus chegou — um ônibus alto de viagem, com assentos aveludados e janelas escuras. Subimos as escadas e sentamos pelo meio. Reni explicou que fora aluna de Margit — a pior de todas. Agora estudava engenharia agrícola e tinha um namorado. Reni tinha vinte anos; o namorado tinha apenas dezesseis, mas em geral ele era bem adulto. Só agora eles estavam brigando e ele se comportava como alguém de dezesseis.

"E por que vocês estão brigando?"

"Muitas coisas. Ele não é maravilhoso."

"Não é maravilhoso?"

"De jeito nenhum."

Eu me virei pra olhá-la — a conversa sobre o namorado me deixara curiosa em relação à aparência dela. Ela era bonita, tinha um ar profissional, cabelos loiros até o queixo, uma camiseta branca simples e óculos de armação de metal. Falamos sobre rotação de culturas. O ônibus nos deixou em Gyöngyös, a segunda maior cidade da Hungria. Em uma hora outro ônibus nos levaria a uma floresta de Natal nas montanhas (que, mais tarde, se revelou uma floresta de pinheiros e abetos. "Árvores de Natal", Reni disse, apontando pela janela). Antes, em Gyöngyös, visitaríamos o museu de história natural, o lugar favorito de Reni, onde eles tinham um animal muito especial. Um animal grande, que não existia.

"Você quer dizer imaginário? Como um unicórnio?"

"Não, não, é muito velho. Vemos os ossos."

"Ah, um dinossauro."

"Não, não um dinossauro."

"Como se chama em húngaro?" Ela pareceu relutar em me dizer, mas insisti, até que ela me olhou nos olhos e disse, devagar e bem alto: *"MAMUTE".*

O mamute vivia numa longa mansão amarela previamente habitada por aristocratas húngaros. Todas as luzes estavam apagadas. Senhoras idosas usando saias pretas históricas e aventais brancos dobravam lençóis ao lado de uma janela empoeirada. Quando entramos, duas mulheres guardaram o lençol e nos acompanharam pelo museu: uma delas seguia na frente, de lanterna, acendendo as luzes, que eram em seguida apagadas pela mulher que vinha atrás. Vez por outra, uma das duas nos incitava a comprar as monografias com títulos em latim que elas guardavam nos bolsos dos aventais. Reni recusou, primeiro de maneira educada, depois num acesso de raiva que me surpreendeu, ainda que aparentemente não tenha ofendido as mulheres.

Não gastamos tempo com a história geológica, petrológica e mineralógica da região de Gyöngyös — essas coisas claramente irritavam Reni, que passou por tudo isso com pressa. Mas tão logo alcançamos as samambaias seu rosto se iluminou, e, chegando à sala de insetos, ela já estava em êxtase. "Eu *amo* a natureza", suspirou, contemplando um antiquíssimo besouro rola-esterco. Conhecia o nome latino de todos os insetos e quis saber os nomes em inglês. O único que eu sabia era *"ladybug".*

Chegamos aos vertebrados. "Ah, é *maravilhoso."* Quando encontramos o porco-espinho, Reni recobrou o fôlego. O porco-espinho era bacana, mas não estava menos morto ou menos caçado do que qualquer um dos animais na casa de Margit.

Parada de pé à porta de uma sala escura, uma das mulheres apontou a lanterna, e conseguimos distinguir o brilho dos grandes ossos arqueados. Ela ligou o interruptor, e lá estava — o mamute, de frente para uma cortina de veludo verde, numa plataforma elevada, sem grades. Era possível andar por baixo das gigantes presas recurvadas. Livres de qualquer carne ou pelo, as costelas eram elegantes — altas, abobadadas, brancas como o mármore, feito a mais graciosa das pontes. Oh, Mahmut Bey, você deve saber que ainda estou esperando por você, sempre, mesmo agora, depois de tantos anos.

Na volta para o vilarejo, descemos do ônibus cedo demais e acabamos num cruzamento entre um restaurante, um posto de gasolina e uma placa que dizia KÁL 6 KM. Sugeri que caminhássemos, mas Reni disse que seis quilômetros era muito longe e que eu ficaria cansada.

"Tenho uma ideia", ela disse. "O telefone do meu namorado."

"O telefone do seu namorado?"

"É só um quilômetro. Vamos."

Deixamos a estrada, caminhando por uma rua pavimentada estreita que a certa altura virava uma estradinha de terra. Depois de quase meia hora, chegamos a uma casa laranja e marrom cujo portão exibia uma placa de CACHORRO QUE MORDE. Reni bateu no portão. Um cachorro preto de cara feia saltou da casinha, correu pelo quintal e se jogou babando na cerca.

"Ai, Milord!" Reni enfiou as mãos pelo portão e segurou a cabeça do cachorro de tal modo que ele ficou incapacitado — embora não menos desejoso — de enfiar os dentes na pessoa dela. Seu traseiro se agitava no ar. "Milord é um cachorrinho muito bom", Reni disse, enquanto a baba do cachorro escorria pelo pulso dela.

Uma mulher apareceu carregando um balde plástico cheio de roupa suja, viu Reni, franziu as sobrancelhas e voltou pra dentro.

"É a mãe do meu namorado. Ela não me ama."

Assenti com a cabeça.

"Mas ela não tem jeito. O filho dela me ama. Agora ela chama ele."

"A mãe do seu namorado não deixaria a gente usar o telefone?", perguntei, alguns minutos depois.

"Ah, não. Ela acha que eu sou... uma menina muito má. Não sei em inglês." Ela ainda segurava a cabeça do cachorro, que emitia um grunhido baixinho. Eu me ofereci para bater na porta e perguntar se eu poderia usar o telefone, mas Reni disse que a mãe era muito cheia de suspeitas e concluiria que eu também era má.

Depois de esperar na frente da casa por uns dez minutos, e embora nossa circunstância externa não tivesse mudado de nenhuma forma perceptível, o humor de Reni sofreu uma transformação.

"Meu namorado sabe que estamos aqui", ela disse, esforçando-se para olhar pelas janelas superiores. Soltou o cachorro, que se entregou a um ataque de nervos, e mirou na janela com a mão cheia de cascalho. Um das pedrinhas acertou Milord, que reagiu de maneira coerente com sua personalidade. Reni se apoiou por cima do portão e começou a abrir a trava por dentro, depois olhou para a espuma voando da boca de Milord. "Laci! *Laci*!", gritou, virando-se pra mim. "Chame você também."

"Laci", gritei.

"Precisamos fazer um som *maior*!", ela disse. "Juntas. Um, dois, três."

"LACI!", berramos. "LACI!"

O garoto que apareceu na varanda parecia ter mais do que dezesseis anos. Tinha a pele morena, lábios cheios e gel no cabelo. A camiseta cavada branca revelava uma cruz dourada aninhada no peito cabeludo. Reni contou do ônibus e do telefone. Laci se inclinou na grade da varanda, sem fazer qualquer sinal de que viria ao portão. A mãe reapareceu. Ela e Reni gritaram uma com a outra, então Laci disse alguma coisa, e a mãe entrou.

Reni e Laci trocaram algumas palavras. Laci manteve a postura relaxada e o tom de voz preguiçoso.

"Ele disse que não podemos usar o telefone." A voz de Reni tremia.

"Não tem um telefone público aqui por perto?", perguntei.

"Tenho um cartão telefônico." Eu tinha comprado um cartão no mercadinho com Margit, mas ainda não tinha usado.

"Ah, um cartão telefônico!", Reni exclamou, gritando alguma coisa para Laci. Laci suspirou e desapareceu dentro da casa, depois se aproximou e entregou um cartão por cima da cerca.

"Não usamos o seu", Reni disse, "pois você é hóspede."

Caminhamos por cinco minutos rua acima até um telefone público. Reni discou o número da Margit e pediu que ela viesse nos buscar.

"Era o marido da Margit", ela disse, depois de desligar. "Não é confortável. Nós temos muitas discussões, pois odeio caçadores."

Ela suspirou. "Bem, eu vou agora. Você espera aqui."

Perguntei aonde ela ia. Ela disse que tinha de devolver o cartão a Laci, pois na verdade pertencia à mãe dele. Começou a fazer o caminho de volta até a casa pela longa estradinha de terra. Quando se encontrava a uns cem metros de distância, notei uma figura se aproximando. Era Laci, correndo. Reni parou, e ele continuou se aproximando, agora a meio trote. Do outro lado da estrada, uma encosta cheia de mato descia para o que eu então pude reconhecer como uma plantação de tabaco. Enquanto eu telefonava, Reni apareceu na cabine, reluzente. Laci era maravilhoso de novo.

Gyula não pareceu chateado por ter de nos buscar, nem incomodado com as opiniões de Reni sobre seu modo de vida. No carro, fez várias perguntas a ela, gargalhando a cada resposta.

"Todos nós gostamos muito da Reni", Margit me disse, quando chegamos.

"Também gostei dela", comentei.

"Mas do namorado dela, não. Ele não é inteligente, nem sério, nem gentil. Infelizmente, ele é muito bonito. Você o conheceu?"

"Sim."

"E achou bonito?" Enquanto eu pensava no que responder, Margit desatou a rir. "Não achou!", gritou, batendo palmas.

No fim da tarde, fomos de bicicleta até a casa dos pais de Gyula. Nóra tinha sua própria bicicletinha. Feri foi de sling nas costas de Gyula. Eu me empoleirei em cima de uma bicicleta de dez marchas feita aparentemente para homens gigantes.

"Estava preocupada pensando que você ia ficar com câimbra, por causa das suas pernas longas", Margit disse. "Mas felizmente o filho dos vizinhos é tão alto quanto você."

O pai de Gyula, engenheiro agrícola, tornara-se famoso pelo cruzamento de grão-de-bico e trigo (não entre si). Gyula também era engenheiro agrícola, mas perdeu o emprego quando os soviéticos pararam de financiar o centro de pesquisa do vilarejo. Passamos em frente a esse centro: três longos edifícios, um de chapas de metal onduladas, um de estuque rosado e o terceiro em rosa rebuçado. O mar de milho e tabaco ao redor refletia-se tão claramente nas janelas que parecia estar dentro do prédio.

A rua dos pais de Gyula tinha um ar de subúrbio americano, com calçadas, gramados e arbustos não comestíveis. A mãe de Gyula, vestindo blusa e saia listrada de seda, nos recebeu na sala de estar e mostrou as monografias do marido, em húngaro, alemão e russo. Havia um panfleto trilíngue sobre precipitações invernais e beterrabas e uma tradução para o inglês de um fórum sobre irrigação. Na primeira página havia uma lista de participantes:

ÁBEL, Gy., *assistente administrativo*, Fazenda Modelo Estatal Szarvas, Szarvas.
ÁDÁNY, N., *diretor assistente*, Serviço Nacional de Meteorologia, Instituto Central de Física Atmosférica, Budapeste.
BALOGH, Zs., *acadêmico, professor universitário*, Universidade de Eötvös Loránd, Departamento de Fisiologia Vegetal, Budapeste.
BÁRDOS, A. S., *engenheiro-chefe*, Borsod Chemical Works, Seção de Agroquímicos, Kazincbarcika.
BÖDÖR, J., *chefe de departamento*, Research Institute for Viti- and Viniculture, Kecskemét.
CSAPÓ, J., *diretor aposentado*, Estação de Pesquisa sobre Cultura de Beterrabas, Sopronhorpács.
CSORNAI, Sz., *vice-presidente de produção*, Fazenda Cooperativa Lenin, Tiszaföldvár.
DEÁK, B., *pesquisador*, Instituto de Pesquisas em Agricultura da Academia Húngara de Ciências, Martonvásár.
DUDÁS, E., *vice-ministro*, Ministério de Agricultura e Alimentos, Budapeste.

As perguntas, em negrito, eram seguidas pelas respostas dos participantes em ordem alfabética pelo último nome. Era impossível não admirar o modo claro e conciso com que o pai de Gyula distinguiu as necessidades de irrigação da cevada no inverno e no verão, questionou o descaso em relação ao arroz na Grande Planície e resumiu as vantagens da irrigação por inundação em pastos alcalinizados.

A mãe de Gyula foi buscar um velho anuário. O pai de Gyula e outros vinte jovens sérios de cabelo bem penteado nos olhavam das lustrosas páginas em preto e branco. Pensei em todo aquele tempo, muito antes de eu nascer, em que eles já estavam memorizando o ciclo de Krebs, comendo salame de inverno e imaginando um futuro — seu próprio futuro e o futuro da agricultura húngara. "Trouxe você aqui porque a mãe de Gyula faz um frango com páprica e macarrão caseiro delicioso", suspirou Margit.

A conversa durante o jantar girou ao redor da nomenclatura ambígua da cevada sazonal. A mãe de Gyula trouxe um strudel de maçã e serviu licor a todos. Bebi o licor porque era menos trabalhoso bebê-lo do que me justificar. Na saída, ela pôs uma coisa quente, pesada e quebradiça nas minhas mãos, enrolada numa folha de alumínio, que parecia viva. Era outro strudel.

No caminho de volta, não consegui manter o guidão completamente reto; ainda assim, navegando em arcos pela estrada vazia iluminada pela lua, aprendi que cair de uma bicicleta era muito mais difícil do que eu tinha imaginado.

Em sala, trabalhamos as orações condicionais. "Se eu fosse Picasso", Katalin disse, "eu amaria muitas mulheres." Uma garota menos bonita não diria aquilo, pensei. Pessoas bonitas vivem num mundo diferente, têm relações diferentes com as outras pessoas. Desde o começo eram criadas para o amor.

Para a aula sobre direções, desenhei mapas de cidades americanas. Pegue a esquerda na rua principal, depois a segunda à direita na Elm Street. O corpo de bombeiros vai estar à sua direita.

"À sua direita, Selin, ou *na* sua direita?"

"Os dois jeitos funcionam."

"Mas qual é mais educado?"

* * *

Nóra e eu fomos passear. Ela me dizia os nomes húngaros das coisas e eu anotava. Não tinha levado o dicionário, então era o que o filósofo da linguagem Donald Davidson chamava de "interpretação radical". A rua parecia vazia, mas estava cheia de palavras: "poça", "lama, "garrafa", "embalagem de chocolate", "chiclete", "embalagem de chiclete". Nóra apontou com tristeza um passarinho morto e disse *"Madár"*, que eu achei que significava "morto", mas depois ela apontou para o céu e disse *"Madár"* de novo, e entendi que era "pássaro". A relva às vezes era *"gaz"*, outras vezes era *"fű"*.

"O que é isso, *gaz* ou *fű*", perguntou.

"Gaz?"

"Não, Selin: *fű!"*

Chegamos à estrada principal, equipada com linhas de telefone e de energia elétrica.

"Telefon oszlop", Nóra disse. *"Telefon oszlop, telefon oszlop, telefon oszlop. Elektromos oszlop."* Eu não sabia ao certo o que era *oszlop*, se o poste ou a linha, até que chegamos a uma coluna de concreto que brotava da terra até a altura da cintura: *"Beton oszlop"*, Nóra disse. Eu sabia que *beton* era concreto — era a mesma palavra em turco. Era engraçado que você podia ter um *oszlop* de telefone, um *oszlop* de eletricidade ou um *oszlop* de concreto. O mundo inteiro poderia ser redescrito em termos de *oszlop*. Tentei dizer a Nóra que ela era um *oszlop* de Nóra. Ela ouviu aquilo com uma expressão séria, depois disse: "Agora nós corremos", e correu na direção das montanhas. "Corre, Selin", gritou. Apesar da constituição robusta, ela corria bem rápido. Nós corremos e corremos, passando por ruas cada vez mais residenciais, chegando no fim à casa dos pais de Gyula. A mãe de Gyula apareceu na porta com uma expressão cansada e nos

ofereceu bolo. Dez minutos depois, Margit veio nos buscar de carro. Parece que a tendência de Nóra de correr à casa dos avós era bem conhecida. A razão era uma só: o bolo.

Na sexta, fiquei de pé na frente da turma, cantando "Hello, Goodbye" dos Beatles. Era como cair de um precipício: o tempo se estendia, e você podia ter mil pensamentos diferentes. *"You say yes, I say no"*, cantei. *"You say stop, I say go go go."* Lembrei de uma expressão turca: "Eu digo *bayram haftası* [semana de férias], ele diz *mangal tahtası* [a base de madeira de um braseiro]". Pensei na semana de férias, e que era sexta-feira, e que Ivan tinha dito que podíamos nos ver nos finais de semana.

"*Hello, hello!*", cantei. "*I don't know why you say goodbye, I say hello.*"

"*Hello, hello!*", cantavam as crianças menores. "*Hello, hello, hello, hello, hello, hello!*"

Quando voltei pra casa da Margit, eu já havia gasto muitas horas pensando em ligar para o Ivan, tentando decidir o melhor jeito de chegar ao telefone público. Mas tão logo tirei minha mochila, Margit disse que certa sra. Nagy viria me encontrar em meia hora. Exatamente trinta minutos depois, a sra. Nagy chegou com o filho Zoltán.

Sentamos à mesa. Margit e a sra. Nagy conversavam em húngaro. Zoltán, cuja cabeça pequena e pálida e o cabelo liso preto o deixavam parecido com um desenho de Edward Gorey, olhava pro chão. Eu, mecanicamente, comi todos os palitinhos de pretzel que Margit serviu, como se fosse um serviço que alguém tinha me dado para fazer. Margit disse que a sra. Nagy disse que eu devia conversar com Zoltán em inglês, pois ele não sabia nada de inglês, só de alemão. Aquilo não me pareceu uma boa razão para conversar com ele em inglês. "Ela está dizendo pra você falar com ele e não ter vergonha", Margit disse. A própria sra. Nagy não falava inglês, embora desse aulas de alemão e no passado tivesse dado aulas de russo.

Olhei pra Zoltán. Ele olhava para o chão. "Devo falar com ele *agora*?"

Margit também olhou para Zoltán. "Bem, talvez mais tarde", ela disse.

Acabei jantando com os Nagy. Tudo tinha cobertura de creme azedo. "COMA", disse a sra. Nagy, em húngaro e em russo, me olhando nos olhos. "COMA." Eu tentei, mas nunca gostei de creme azedo. No fim, para meu alívio, a sra. Nagy pegou meu prato e pôs na frente do irmãozinho de Zoltán, Csaba — um menino pálido e atarracado que era igualzinho ao pai e que comia tudo. Fiquei muito feliz de ver a comida desaparecendo dentro do seu corpinho.

Enquanto comíamos docinhos de creme, a sra. Nagy me interrogou em russo sobre a educação superior na América: queria saber se só os ricos podiam ir para a universidade, quanto dinheiro meus pais ganhavam e se era muito difícil se tornar um estomatologista. Depois disse que eu devia ver os prédios que o marido dela tinha construído.

"AR, QUI, TE, TO", ela gritou, me entregando uma pasta com folhetos. O sr. Nagy se aproximou para mostrar várias características das construções, ambas longas estruturas de dois andares feitas de madeira avermelhada. Eu balançava a cabeça, fingindo entender, pois tive receio de que a sra. Nagy voltasse a traduzir.

Depois de examinar os edifícios, Zoltán e Csaba recitaram poesia em alemão. Felizmente, não conheciam muitos poemas. Csaba, em seguida, pegou uma flauta de plástico e tocou uma canção incrivelmente repetitiva sobre um cuco.

"Já basta", disse o pai. Com um sorrisinho danado, Csaba lançou-se pela quinta vez ao refrão.

"Já basta", repetiu o sr. Nagy. O garoto riu. Os dentes batiam no plástico, o ar das risadas, soprando por dentro da flauta, apitava.

"JÁ BASTA!", gritou o pai, acertando um soco no estômago de Csaba. O menino se aquietou. Foi tão rápido que o sorriso ainda se insinuava nos cantos de sua boca. Certa vez minha mãe me disse que, sempre que via uma criança apanhar em público, procurava demonstrar solidariedade, fosse falando com a criança ou tentando olhar nos olhos dela. Mas, de onde eu estava sentada, não consegui pensar num jeito de demonstrar solidariedade, e também me pareceu que seria hipocrisia da minha parte, pois eu não queria que Csaba voltasse a tocar a flauta.

Tentei imaginar como eu descreveria esse jantar para Ivan, caso ele me perguntasse por que não tinha telefonado. Não consegui. Pensei em contar pra Svetlana. *Só você terminaria numa situação dessas*, ela diria, como costumava fazer. Será que é verdade que pessoas diferentes gravitam para situações diferentes? Por um lado, não me parecia que eu tinha feito nada de especial para estar ali — poderia ter acontecido com qualquer um. Por outro lado, eu não conseguia imaginar Svetlana sentada na mesa de jantar dos Nagy. É isso que chamam de destino?

Lembrei de uma garota da faculdade, Meredith Wittman. Morava no mesmo andar que Hannah, Angela e eu. Nas poucas vezes em que lhe disse oi, ela murmurou alguma coisa de volta, sem olhar na minha direção, nem mexer a boca. Graduada em Andover, carregava os livros numa bolsa da Christian Dior e uma vez escreveu uma reportagem para o jornal estudantil sobre a cena de salsa e merengue em Boston. Por acaso entreouvi uma conversa dela com uma amiga, Bridey, e descobri que Meredith Whittman estagiava na *New York Magazine*. Refleti então por um momento sobre o fato de que, embora tanto eu quanto Meredith Wittman desejássemos ser escritoras, ela perseguia isso por meio de um estágio numa revista, enquanto eu me encontrava sentada naquela mesa num vilarejo húngaro tentando formular a expressão "talento musical" em russo, para poder dizer alguma coisa que representasse encorajamento para uma criança irritante cujo pai acabara de socar no estômago. Só consegui pensar que a abordagem de Meredith Wittman era mais direta.

Às dez, a sra. Nagy finalmente levantou-se e disse alguma coisa pra Zoltán, que vestiu a jaqueta. A sra. Nagy pôs as mãos nos meus ombros.

"ATÉ AMANHÃ", entoou, em russo. "VEJO VOCÊ AMANHÃ, ÀS SETE DA MANHÃ."

"Amanhã?"

"AMANHÃ NÓS VAMOS PARA A GRANDE PLANÍCIE."

Aquilo me pareceu excessivo. "Infelizmente, não estou livre amanhã", eu disse.

A sra. Nagy riu alegremente e disse que não era verdade, que tinha confirmado com Margit e que sabia que eu estava livre. Ao partir, insistiu para que eu falasse em inglês com Zoltán na volta pra casa, pois às vezes ele parecia estúpido, mas na verdade era apenas calado.

"Ele não parece estúpido!"

A sra. Nagy me deu um tapinha no ombro e disse que eu era uma boa menina.

Zoltán e eu voltamos caminhando por uma estrada de terra entre campos verdes escurecidos. Uma grande nuvem baixa e azulada avançava rapidamente sobre a abóbada negra e estrelada do céu.

"Você devia falar alguma coisa", disse, abruptamente, Zoltán — em inglês, uma língua que, segundo me relataram, ele não falava. Quase morri de susto. Eu disse que o céu estava bonito. Ele concordou. "Está azul." Dobramos numa rua mais larga, com fios de telefone. "Tem uma cabine telefônica ali", eu disse.

"A gente podia ligar pra alguém."

"A gente podia ligar pra qualquer telefone no mundo."

Duas figuras caminhavam no escuro na nossa direção: Reni e o namorado.

"Olá, Reni", eu disse.

"Olá."

"Zoltán, esta é Reni. Reni, este é Zoltán."

"Olá."

"Olá."

"Laci", disse o namorado.

"Zoltán", disse Zoltán.

Ficamos em silêncio por um instante.

"Olá", disse Reni, por fim.

"Olá", disse Zoltán.

"Olá", disse Laci.

"Olá", disse Reni.

"Olá", disse eu. Reni e o namorado seguiram em frente.

"Você devia falar alguma coisa", insistiu Zoltán, um minuto depois.

"Acho que está chovendo", eu disse.

"Está." Ele me olhava com expectativa.

"Por que *você* não fala um pouco?", perguntei. "Me conta algo sobre você."

Houve um longo silêncio. "Sou entediado", ele disse.

"Entediado?"

"Desculpe, errei. Não entediado — *entediante*."

A chuva começou a cair de verdade quando alcançamos a entrada. Um raio iluminou os campos e o quintal. Zoltán se recusava a entrar.

"Está relampejando", eu disse.

"Tudo bem. Estou acostumado".

"Bem, a gente se vê amanhã."

"Na primeira hora", ele disse, sombrio. Ficou nas sombras perto do galpão enquanto eu batia na porta. Margit abriu.

"Aquilo é um animal?", ela perguntou, perscrutando a tempestade.

"Não, é Zoltán."

"Zoltán!", Margit gritou, saindo na varanda. Mas ele já tinha ido.

Um raio iluminou o quarto inteiro, como se as cortinas transparentes nem existissem, clareando cada centímetro cúbico, até a doninha empalhada.

Eu dissera a Margit que não acordasse cedo comigo na manhã seguinte, mas fiquei feliz quando ela acordou. "As suas olheiras estão piores do que nunca", ela disse. "Tente dormir no carro."

No carro, dormir não era uma opção. O sr. Nagy foi dirigindo, Zoltán sentou na frente e Csaba e eu fomos atrás, com a sra. Nagy entre nós.

"VACA, Selin", ela disse, com urgência, sacudindo meu ombro. "VACA, VACA, VACA. Em húngaro, dizemos VACA."

Zoltán perguntou se poderia ligar o rádio.

"Eu amo rádio!", eu disse.

Uma batida de disco music preencheu o carro. "Acredite em mim, nunca vou te decepcionar", cantava um homem pouquíssimo convincente.

"PONTE", berrou a sra. Nagy, apertando minha perna.

Girassóis tomavam as janelas, se estendendo até o horizonte. Gritei preventivamente a palavra húngara para girassol. Não funcionou. "GIRASSOL, GIRASSOL, GIRASSOL", repetiu a sra. Nagy, em tom agudo, dando tapinhas nos meus joelhos e apontando pela janela.

Levou um tempão para chegar à Grande Planície, e, quando chegamos, ainda havia um longo trajeto até o destino final: uma feira ao ar livre, quente, lotada, ensolarada e coberta de poeira. O sr. Nagy precisava de uma calça nova. Passeamos entre cabides de ternos, vestidos de seda e camisolas. A sra. Nagy escolheu várias calças. O sr. Nagy ia até um canto, tirava a calça que estava usando e experimentava as novas. Depois a sra. Nagy conferia a cintura e a virilha e o obrigava a dar voltinhas. A calça que ela mais gostou era verde-clara.

"O que acha?", ela me perguntou, em russo.

"Notável", respondi.

Compraram a calça verde, que o sr. Nagy vestiu imediatamente, levando a velha calça cinza debaixo do braço.

Em seguida, procuramos uma arma de plástico para Csaba e uma camiseta de futebol para Zoltán. Zoltán experimentou várias camisetas por cima da camisa; sua mãe puxava as bainhas, afastava-se para examinar de longe, ajoelhava-se no chão e pedia minha opinião. O suor escorria pelas têmporas de Zoltán. Terminaram não comprando camiseta nenhuma.

A sra. Nagy disse então que era hora de me comprar um presente. "UM PRESENTE, UM PRESENTE, UM PRESENTE." Sempre que passávamos por um vestido longo, ela o puxava do cabide, segurava-o na minha frente e perguntava a Zoltán se ele achava bonito. O sol subia mais e mais. Estávamos todos encharcados de suor. Csaba atirava em todo mundo com a arma. Subitamente, a sra. Nagy decidiu que me compraria um chapéu.

"UM CHAPÉU, UM CHAPÉU, UM LINDO CHAPÉU", ela disse, me puxando para as barracas que vendiam cestas e outros produtos de palha.

Senti uma espécie de resistência primitiva irracional à ideia de deixá-la me comprar um chapéu, embora estivesse claro, ou devesse estar, que esse era o único modo de podermos seguir com nossas vidas. Ela escolheu um chapéu infantil de aba grande com um laço, pôs na minha cabeça e começou a puxar a aba, tentando fazer o chapéu caber. "Chapéu", ela murmurava baixinho em húngaro.

Um pânico tomou conta do meu corpo. "NÃO PRECISO DE CHAPÉU!", gritei em russo. Todo mundo se virou. "Sabe do que eu gosto? Disto", eu disse, pegando uma pequena cesta disforme.

"Eu não sabia que você gostava de cestas", ela disse, num tom levemente acusativo. Comprou a cesta e um cãozinho de caça de pelúcia que cabia nela. O cãozinho tinha uma expressão trágica; um coração de plástico colado às patas dianteiras dizia EU AMO VOCÊ em letras brancas.

"Gostou do mercado?", Zoltán perguntou, no caminho de volta para o carro. "Foi interessante. Vocês vêm muito aqui?"

"Não. É a primeira vez."

No domingo de manhã, peguei um ônibus para uma cidade vizinha, Eger, onde encontrei Peter e os outros professores de inglês. O ônibus foi um paraíso. Por uma hora ninguém me ensinou nada, nem quis que eu ensinasse nada, e eu pude ouvir "All My Loving" e pensar em Ivan. Cheguei a Eger uma hora mais cedo e imediatamente dei de cara com Dawn. "Graças a Deus você está aqui", ela disse. "Preciso muito de um drinque e não queria ir ao bar sozinha."

Entramos no primeiro bar que encontramos. Alguns rapazes já bebiam lá dentro. Dawn pediu suco de maçã, vodca e Sprite; eu pedi uma coca diet. Sentamos ao fundo, perto da mesa de sinuca. Dawn explicou que fora enviada para uma família de abstêmios não falantes de inglês, logo não tinha falado com ninguém, nem bebido nada a semana inteira. "Se eu soubesse disso antes não teria dado o Southern Comfort de presente", ela disse. "Eles trancaram a garrafa num armário, e eu não sabia como pedir de volta."

Quando terminamos nossas bebidas, caminhamos até o lugar combinado: um monumento representando a batalha do século XVI em que István Dobó conduziu dois mil húngaros à vitória sobre cem mil otomanos. Quando Peter apareceu, senti um súbito mal-estar. Percebi que era porque Ivan não estava com ele.

Naquele dia havia muitos casamentos em Eger — a não ser que fosse um único casamento gigantesco, serpenteando pela cidade. Você não parava de captar pequenos vislumbres entre os prédios: uma banda, uma mesa cheia de flores, uma família com ar solene se reunindo para uma fotografia. Estátuas e edifícios amarelos-cinza se destacavam contra um céu nublado. Peter nos levou para subir no famoso minarete de Eger, a edificação otomana mais setentrional em toda a Europa. A mesquita foi destruída em 1841. Ali sozinho, o minarete parecia desesperadamente mirrado e deslocado, como se tivesse se perdido depois de sair para dar uma volta.

Os calabouços da fortaleza de Eger haviam sido convertidos num museu da tortura. Era como a manifestação arquitetônica do calabouço das conversas triviais. Era possível tirar uma fotografia com um homem bigodudo, de turbante e pijama, segurando uma cimitarra.

Sempre que eu tentava comentar com húngaros sobre as semelhanças impressionantes entre o turco e o húngaro, eles se recusavam a acreditar que as duas gramáticas tivessem qualquer coisa em comum, mencionando invariavelmente a presença em húngaro de palavras emprestadas do turco, como aquelas para chicote e algemas. Na verdade, embora as palavras para chicote fossem de fato semelhantes — *kırbaç* e *korbács* — a palavra turca para algemas (*kelepçe*) era na verdade a palavra húngara para armadilha, enquanto a palavra húngara para algemas (*bilincs*) era a palavra turca para consciência. Eu não sabia o que pensar sobre isso, embora seja sem dúvida verdade que a consciência pode ser uma armadilha.

A triste história da Cheryl: por três noites ela acampara no sofá do prefeito. Na quarta-feira tinha sido enviada a um vilarejo mais remoto, duas horas ao sul, para ficar na casa do faz-tudo local.
"Ele me trata como uma idiota", ela disse, calmamente. "Pensava que eu não sabia ligar um interruptor, nem abrir uma torneira. Tentei explicar que nós temos eletricidade e encanamento na América, mas ele não me ouvia. Continuava ligando e desligando o interruptor. Para me mostrar como a privada funcionava, deu descarga sete vezes seguidas. Agora a privada não funciona mais."
"Ele é faz-tudo?", Owen perguntou.
"Não deve ser lá muito bom", Cheryl respondeu.
"Estamos fazendo o possível para te tirar de lá", Peter disse. Cheryl ficou calada.

Nós nos revezamos para conversar com Peter, que em dois dias partiria para a Mongólia; não o veríamos de novo até o dia 12 de setembro, ao meio-dia, em frente ao Science Center. Cheryl foi primeiro. Esperamos sentados perto de uma fonte assistindo a um pedaço de uma procissão de casamento entre dois prédios, trocando histórias da vida nos vilarejos. A classe inteira de Daniel consistia de garotas adolescentes, algumas delas bem atraentes. Todos os pais fizeram a mesma piada, que ele ouvia pelo menos uma vez por dia: "Se você encostar na minha filha, vai ter que casar!". Depois riam e riam.

Todo mundo queria fazer uma viagem juntos ao final do programa. Queriam ir à Romênia ver as lindas florestas. Salteadores viviam nessas florestas, e, se você não soubesse o que estava fazendo, acabaria morto, mas Peter tinha amigos romenos que levariam todo mundo de carro. A ideia toda não me parecia nada atraente — só haveria os amigos do Peter pra proteger a gente dos salteadores, e só os salteadores para proteger a gente dos amigos do Peter. Mas não disse nada. De toda forma eu estaria na Turquia.

Quando chegou minha vez de conversar com o Peter, ele me perguntou se eu tinha falado com o Ivan. Eu disse que não.

"Por que não?"

Parei pra pensar. "Eles não param de me enviar em excursões."

Ele riu. "Você devia ligar pra ele."

"Acho que sim." Percebi que eu tinha arrancado um punhado de grama do chão. "Não sei por que estou arrancando a grama de Eger."

"Ah, não arranque."

"É um hábito destrutivo", concordei.

"Bem, então é isso. Não arranque a grama e ligue pra Ivan. Esse é nosso plano pra você."

Vivie, Owen e eu voltaríamos no mesmo ônibus — nossos vilarejos ficavam na mesma direção. Numa banca de revista, Owen lia um jornal alemão, enquanto Vivie e eu folheávamos revistas húngaras de moda, comentando como as modelos pareciam menos atormentadas do que as modelos nas revistas americanas.

"Talvez seja porque em culturas onde todo mundo passa fome mulheres magras demais estão fora dos padrões de beleza", Vivie disse. Nós duas contemplamos por um momento as confiantes mulheres húngaras, que conheciam dezenas de milhares das palavras que eram as mais próximas de Ivan.

No ônibus, Vivie disse que o pai de sua família hospedeira se referia aos girassóis como "os cinco dedos de Deus".

"O que significa?", perguntei.

"Não tenho ideia."

Naquela noite, no chuveiro, depois de escorrer o xampu do cabelo, posicionei o jato de água entre as pernas, que era algo que se podia fazer com um chuveiro de mão, embora nunca tivesse me ocorrido. A sensação era familiar e nova ao mesmo tempo, como uma música que tempos antes eu não tivesse ouvido até o fim. Enquanto sentia meu corpo todo se contraindo e se retesando ao redor de uma coisa que não estava ali, senti que compreendia pela primeira vez o propósito do sexo, e pensei em toda a ânsia sem lugar que sentia quando estava perto do Ivan, e me pareceu que eu não conseguiria viver nem um momento mais sem senti-lo dentro de mim, preenchendo aquele vazio terrível. E, no entanto, aparentemente, eu conseguia viver, sim, e tinha de viver, e vivia. Lá em cima, a doninha e a arnica me esperavam. Pensei pela milésima vez em ligar para o Ivan e pela milésima vez fui incapaz de contornar as questões de como chegar ao telefone e do que dizer. Entretanto, o fato de que eu teoricamente podia telefonar continuou me atormentando, até que adormeci e sonhei que ia para uma casinha onde eu tinha de viver, e que o Ivan estava lá dentro e gritava para que eu fosse embora, depois mudava de ideia e me mostrava como abrir e fechar as torneiras.

Nóra soluçava com aquele abandono terrível das crianças, como se nunca fosse se consolar. Uma das gatas tivera filhotes.

"Agora temos pelo menos quinze gatos", Margit disse. "Pode haver mais. Nóra diz que eles vão comer os ratos, mas não acho que ainda restem quinze ratos aqui."

"Eles não poderiam comer os ratos dos vizinhos?"

"Eles já comeram os ratos dos vizinhos." Eu estava arrumando a mala, embora não soubesse para onde iria. Nóra me seguia de quarto em quarto, chorando, um filhotinho nos braços. Inclinou o corpo contra mim, quente e úmido e vaporoso. Até o topo da cabeça dela, quando a consolei, parecia úmido e lacrimoso. O gato estava ensopado e com um ar um tanto surpreso. Então isto é a vida, parecia pensar.

Quando Gyula voltou da aula de alemão, Nóra pôs o gatinho na mesa e pulou nos seus braços. Gyula a ergueu no ar e secou seus olhos. O gatinho se aproximou da beirada da mesa, olhou para o chão e miou. Então pulou e correu para um canto, desaparecendo na direção dos quartos.

Gyula depositou Nóra no sofá, para carregar minha mala até o carro. Margit e eu entramos. Nóra estava sentada na mesa redonda da varanda, a cabeça enfiada nos braços. Gyula recolheu algum tipo de foice e começou a afiá-la numa pedra, o que produziu um som choroso excruciante. Margit deu ré no carro. No retrovisor vi Nóra ficar mais longe, depois mais perto, depois longe de novo. O rosto ainda aninhado num dos braços; com o outro, acenava, tragicamente.

Pela esquerda, um ônibus vermelho acelerava na nossa direção; pela direita, um ônibus azul. "Temos opções", Margit disse. "Podemos ser mortas por um ônibus azul ou por um vermelho." Cruzamos os trilhos de trem, depois dirigimos em paralelo por alguns minutos, parando numa pequena casa rosa voltada para a estação. Margit disse que eu passaria a próxima semana ali com uma moça chamada Rózsa, que tinha minha idade e estava estudando para ser professora de inglês. Disse que não ficaria muito tempo, pois Rózsa não gostava dela.

Rózsa veio até a porta com sua tia Piri. Ficaríamos na casa de Piri, que era maior do que a casa dos pais de Rózsa. Rózsa e Piri eram pequeninas, de pele clara e cabelo preto, mas Rózsa era mais alta e mais magra. Piri vestia uma roupa de treino amarela; Rózsa, uma blusa de flanela e calça de corrida, ambas azul-turquesa. Rózsa era silenciosa e severa. Piri, uma afinadora de pianos que falava esperanto fluente, alisou meu cabelo e pronunciou exortações misteriosas. "*Saluton!*", disse. "*Bonvenon!*"

Margit foi embora imediatamente. Rózsa me apresentou meu quarto. Levamos as malas para cima e depois sentamos em silêncio. Tendo notado uma máquina de lavar no banheiro, perguntei se eu podia lavar algumas roupas. A máquina, na verdade, estava quebrada. Rózsa pôs-se a lavar todas as minhas roupas ela mesma na banheira, esfregando cada item, até as calcinhas, com uma pequena escova.

"O que é isso?" Ela mostrava uma camisa branca ensopada — parecia enorme nas mãos dela, como uma bandeira — e apontava uma mancha amarela. "Aqui, debaixo dos braços."

"Bem, acho que é do desodorante."

"Não gosto disso", ela disse, sombria. "Não gosto nem um pouco."

Várias vezes eu disse que eu mesma podia lavar as roupas, mas ela respondia que eu não conseguiria, já que eu estava acostumada com a máquina de lavar.

Colocamos as roupas molhadas numa cesta de plástico, saímos da casa, depois começamos a estendê-las num varal amarrado entre duas árvores. Depois de estender duas das minhas camisas-bandeira encharcadas, escutei um som de rachadura, uma das árvores partiu-se ao meio, e o varal caiu.

Recolhemos as roupas molhadas e fomos até o quarto de Emese — Emese era a filha de Piri, que trabalhava numa loja. Uma linha de pescar corria pelo muro, para pendurar pôsteres. Havia apenas um pôster pendurado: um retrato de Beethoven, numa placa de espuma.

"Acho que vai ser uma bela surpresa para a Emese encontrar suas roupas na parede", disse Rózsa, subindo na cama e estendendo meu short jeans.

"Não podemos estender as roupas no meu quarto?"

"Por quê? Está com medo da Emese?" Ela olhava meu rosto penetrantemente, como se buscando sinais de medo.

"Como? Nem conheço a Emese."

"Você não deve ter medo dela, sabe?" Seu rosto estava tão perto do meu que ela não podia ver meus dois olhos de uma vez e ficava olhando de um para o outro.

"Tudo bem, mas ainda assim não quero deixar a cama dela toda molhada."

Em resposta, Rózsa prendeu uma das minhas calcinhas ao lado de Beethoven.

Voltamos para o banheiro para secar as mãos. O suporte de toalhas se desprendeu numa nuvem de poeira de reboco. Destacado da parede, parecia um osso pré-histórico.

Piri trouxe as peças de uma mesa de plástico branca e disse que deveríamos montá-la, assim poderíamos jantar no pátio. Rózsa e eu desdobramos as pernas e as atarraxamos, mas, ao pôr a mesa de pé, as pernas cederam e desabaram. Piri alegremente trouxe um rolo de fita adesiva. Recolocamos as pernas retas. No minuto que pusemos a mesa de pé, houve um estrondo de trovão e a água começou a cair do céu como se de um gigantesco balde entornado. Não jantamos no pátio.

Rózsa e eu sentamos na sala de jantar cor de mostarda, onde quatro relógios incrivelmente barulhentos marcavam horários diferentes. Coisas caíam na cozinha.
"Piri está cozinhando", disse Rózsa, com uma voz carregada de significado.
"Será que não seria bom a gente ajudar?"
"Não. Piri não sabe cozinhar. E coloca remédio na comida."
"Remédio?"
Rózsa consultou o dicionário. "Laxantes. Ela coloca laxantes na comida."
"Por quê?"
Checou de novo o dicionário. "Porque ela acredita que todo mundo sofre de constipação."

Em cada lugar à mesa havia um guardanapo de papel quadrado. Quando desdobrei o meu e pus no colo, Piri pulou da cadeira, puxou o guardanapo e correu pra cozinha.
"Por que você fez isso?", perguntou Rózsa. "Por que fez isso com o guardanapo?"
"Não sei. Na América nós colocamos o guardanapo no colo."
"Por quê? Os americanos sempre respingam comida na roupa, feito bebezinhos?"
Refleti por um segundo. "Acho que sim."
Piri voltou com uma toalha grande, provavelmente uma toalha de mesa, que ela me entregou com um floreio. "Ela diz que isso vai proteger suas roupas melhor do que um guardanapinho", Rózsa explicou. Tentei recusar, mas Piri estava empolgada demais com a toalha de mesa. Agradeci e cobri meu colo com a toalha.

Emese chegou no meio do jantar. Era alta, tinha uma pinta numa das bochechas e um espaço entre os dentes da frente que lhe dava um aspecto de ovelhinha sempre que ela sorria. Chutando as botas de cano alto para longe, afundou-se numa das cadeiras com um suspiro luxuriante, massageando a parte de trás do pescoço.

Emese reparou que eu gostava dos picles de pepino e não parava de movê-los para perto do meu prato. Eu poderia ter comido um balde inteiro daqueles pepinos, que tinham sido tratados no sol, sem vinagre. Vi que ela gostava de milho, então deslizei a tigela para perto dela.

"Não entendo gente que se empanturra", Rózsa disse.

Depois do jantar, Emese vestiu uma minissaia e saiu. Rózsa, Piri e eu vestimos roupas de dormir e sentamos na sala, conversando sobre esperanto.

Esperanto continha palavras de todas as línguas do mundo. Contudo, as únicas palavras húngaras eram *papriko* e *gulašo*. Quando se ergueu para pegar seu livro de frases, Piri derrubou um espelho de prata, que se partiu em três pedaços. Ela e Rózsa caíram numa gargalhada incontrolável, depois Piri foi buscar a cola.

Ela voltou com um livro de frases, publicado nos anos 1980, com traduções paralelas de frases em russo, esperanto, húngaro, alemão e inglês. "Gostaríamos de saber mais sobre as casas de repouso (sanatórios) do seu país", li. "Gostaríamos de falar com os trabalhadores." "Eu sou comunista (socialista, democrata, liberal)." "Eu sou ateu (católico, protestante, judeu, muçulmano)." "Eu gostaria de ver este torno mais de perto."

A lista de palavras frequentemente usadas incluía: luta pela paz, mulher, amor, constituição, representante, amigo, mão, garotinha, salmão, esturjão, caviar vermelho (preto), champanhe, vodca, melancia, cereja, ginja, raiz-forte e bife.

"*Fini!*", exclamou Piri, com alegria: terminara de colar o espelho.

A caminho da cama quase caí da escada; o carpete só estava preso ao degrau mais alto. No meio da noite, quando levantei para usar o banheiro, vi uma figura alta à espreita, perto da escada. Era um rapaz com uma faca de entalhe. Ele me olhou dos pés à cabeça, disse "Hullo", morosamente, e desceu as escadas. Corri para o banheiro e tranquei a porta.

Piri preparara croquetes para o café da manhã, que eu tinha de comer com geleia. Ninguém mais estava comendo com geleia.

"Nós sabemos que você gosta de geleia", disse Rózsa, me entregando uma colher de sopa e um grande pote de geleia. "Não, você pode pegar mais do que isso. Fizemos muito." Piri me deu a toalha de mesa. "Aqui está a toalha da Selin", disse Rózsa. "Porque você é um bebezinho!"

"Ah, obrigada."

Enquanto comíamos, perguntei a Rózsa sobre o rapaz que eu havia visto zanzando com a faca de entalhe. Ela disse que era o namorado da Emese, András, e que ele tinha vindo cortar uma melancia. "Ele é muito habitual. Vem à meia-noite ou à uma da manhã, com uma melancia. Mas se levanta bem cedo e vai trabalhar. Você precisa comer mais geleia."

"Onde ele trabalha?"

"Na discoteca. Ele acorda bem cedo e trabalha duro." Eu tinha visto a discoteca, depois dos trilhos do trem — chamava-

-se Diszkó Elefánt. Fiquei me perguntando que tipo de trabalho precisava ser feito tão cedo por lá. "Ele não é interessante para mim", Rózsa disse. "Mas tudo bem. Emese ama. Eu não amo. Eu não faço picuinha."

A casa de Piri ficava tão perto que podíamos caminhar até a escola. Rózsa levava o bolo que preparara para Tünde. Era parte de uma trama para induzir Tünde, que tinha influência na questão, a deixar Rózsa ir para Szentendre comigo na semana seguinte.

Margit veio deixar Nóra, mas não ficaria para a aula; disse que Rózsa não iria gostar. Sem Margit, Tünde se intrometia constantemente, mandando as crianças pronunciar vogais silenciosas e orientando Rózsa a me dizer que eu precisava falar mais, em vez de fazer as crianças falarem.

"Ela diz que seu trabalho é falar muito mais, para que as crianças escutem uma americana."

"Eu *falo* muito."

Rózsa deu de ombros. "Eu não digo isso. Tünde *néni* diz. Ela adora picuinha."

A nova turma era maior e se reunia de manhã e de tarde. Rózsa fizera planos bem detalhados em húngaro; se eu não a interrompesse, ela estava preparada para falar sozinha a aula inteira, sem nunca dar a palavra às crianças. Pela maior parte do primeiro dia sentei perto da janela e a ouvi falar, enquanto comia os amendoins que Tünde tinha trazido numa tigela de prata. No segundo dia, sugeri a Rózsa que ela poderia seguir o plano de aula dela pela manhã e que de tarde eu seguiria o meu próprio plano.

"Não, esta aula é da Selin", Rózsa disse. "Você precisa ensinar a aula toda. Sou apenas sua tradutora."

"Não é verdade, você pode seguir o seu plano."

"Eu fiz pra nós duas!"

"Bem, acho que, já que o plano é seu, você deveria segui-lo. E eu sigo o meu."

"Ah, tem você um plano? Então não preciso traduzir. De agora em diante, fico calada. Sento no canto." Ela de fato foi sentar no canto, numa das cadeirinhas, de onde me encarou pelo resto do dia.

Tínhamos de estudar partes do corpo, então desenhei uma pessoa no quadro e falamos sobre as partes do corpo. Depois, jogamos O Mestre Mandou. Tendo feito o papel do mestre por um bom tempo, eu disse que era a vez de uma das crianças e que quem se habilitasse ganharia um Blow Pop. Um garoto chamado Attila levantou a mão. De início fez um bom trabalho, mas depois deve ter ficado sem ideias, pois só repetia "O mestre mandou pegar no joelho. Pegue no joelho. O mestre mandou pegar no joelho. Pegue no joelho". Depois jogamos Forca. Distribuí Blow Pops para todos os vencedores.

"Esse é seu plano?", Rózsa perguntou mais tarde, com uma voz cheia de indignação. "Doces e jogos?"

"Esse é o estilo americano, basicamente."

"Acho que você é muito..." Ela consultou o dicionário. "Inexperiente."

"Temos sistemas diferentes."

"Sim — eu sou séria, e você não!"

Enquanto caminhávamos de volta para a casa de Piri, encontramos Reni, que estava de luvas de lona e uma blusa grande demais, que escondia seu short. Ela disse que estava trabalhando no jardim.

"Você conhece a Rózsa?", perguntei.

"Sim", ela respondeu, na mesma hora em que Rózsa disse "Claro". Ficamos paradas ali por um momento, depois Reni foi embora.

"Não sou popular aqui", Rózsa disse.

"Não?"

"Não. Alguém um pouco mais inteligente do que a maioria disse que eu era especial."

"Especial como?"

Checou o dicionário. "Convencida", ela disse. "Exigente. Minuciosa. Detalhista."

"Acham que você faz picuinha."

"Isso."

Fomos à casa de Tünde para que Rózsa tentasse angariar um pouco mais de simpatia à sua causa. Tünde nos ofereceu coca-cola e doces de amendoim, depois pôs o filho, Miki, no colo e teve uma longa conversa com Rózsa. Eu comi a tigela de doce quase toda e fiz caretas para Miki, que sorria e se contorcia no chão.

"Qual é o problema com você?", Rózsa me perguntou, bruscamente.

"Nada", eu disse.

"Selin gosta de crianças", Tünde disse, em húngaro.

"Selin *é* uma criança".

"Não, não, ela é uma professora", disse Tünde, com seu sorriso obsequioso.

Mais tarde perguntei a Rózsa como tinham sido as coisas e o que Tünde dissera. Rózsa lançou um olhar à distância.

"Ela disse muitas coisas estúpidas. Mas sou uma garota perseverante. Firme."

Emese estava tocando alguma coisa de Liszt ao piano, debruçando-se sobre o teclado para trabalhar as passagens mais suaves e lançando-se às mais barulhentas como um gato num rato. Seu agasalho esportivo branco fazia pequenos ruídos quase inaudíveis. Considerando que Piri era afinadora, o piano — um piano velho, de armário — encontrava-se impressionantemente desafinado.

András veio para o jantar com sua faca e um melão amarelo. Perguntei qual era a palavra húngara para melão amarelo. Era "melão amarelo" mesmo. Piri fez bolinhos de carne assados, arroz com passas, maçãs cozidas e salada de pepino. Um dia inteiro de comilança quase constante deixara meu apetite estranhamente intacto.

Piri instou Rózsa a comer mais. Rózsa respondeu que não via sentido em comer quando não estava com fome. Eu me ofereci para lavar os pratos. András, que ficou em silêncio a noite toda, disse que eu era diferente de Emese — eu era uma mulher que gostava dos serviços domésticos.

"É verdade?", Rózsa perguntou, olhando para mim. "Você gosta dos serviços domésticos?"

Comecei a lavar os pratos. Rózsa se posicionou atrás de mim e disse que eu estava usando água e sabão demais. Tentei ser mais regrada, mas ainda assim ela me cutucava e reclamava, até que eu disse para que ela mesma lavasse os pratos, que assim eu poderia aprender como usar menos água.

"Estou vendo que eu sou a única mulher que gosta de trabalhos domésticos aqui", Rózsa disse, tomando as luvas de borracha.

Em vez de ensaboar e esfregar cada prato individualmente, Rózsa pôs todos numa bacia de água cheia de sabão e depois trocou a água misturada com sabão por água normal. De fato, usou menos sabão e menos água.

* * *

Saímos para oferecer as sobras do arroz para o cachorro do vizinho. O cachorro, um pequeno cocker, sentou-se nas patas traseiras e latiu. Eu me ajoelhei para afagá-lo entre os arames da cerca. Seus olhos brilhavam de emoção, desejo e algo que parecia amor. Rózsa deixou que eu pusesse o arroz em seu prato. Ele devorou tudo. Toquei sua pequena testa. Quando voltamos pra dentro da casa, o cachorro latia tristemente atrás de nós. Olhando para trás, vi sua cabeça apontando, insistente, por cima da cerca.

"Se você não o amasse, não seria triste", Rózsa disse, impaciente.

Eu sempre procurava deitar cedo, para poder ler em inglês — inglês de verdade, denso, com muitas frases consecutivas, bem diferente de "O mestre mandou encostar o joelho no cotovelo", ou "Eu gostaria de ver esse torno mais de perto", ou "Alguém um pouco mais inteligente do que a maioria disse que eu era especial". Terminei o *Drácula* e comecei *A montanha mágica*. Encontrei muita coisa com o que me identificar em *A montanha mágica*, particularmente o fato de que eles tinham dois cafés da manhã todos os dias. Às vezes, depois de um dia inteiro comendo, eu subia correndo as escadas e devorava alguns quadradinhos do chocolate que eu tinha trazido de Paris para dar de presente.

Mais cedo ou mais tarde, os degraus rangiam aos passos de Rózsa, que parava do lado de fora da minha porta. "Você disse que estava cansada, mas vejo que sua luz está acesa."

Rózsa queria ficar até tarde na sala de estar, tendo conversas profundas.

"Não há *nenhuma coisa* que você queira saber sobre mim?", perguntou Rózsa, na sala de estar. "Sou entediante assim?"

O tom ocre e o tique-taque do relógio pareciam se intensificar a cada segundo.

"Não é que eu não queira saber nada sobre você. Só não consigo pensar em nenhuma pergunta."

Rózsa me lançou um olhar inflamado. "Você não consegue me fazer perguntas, mas eu conseguiria fazer muitas perguntas pra você."

Não perguntei quais seriam as perguntas, mas ela continuou mesmo assim. Primeiro ela queria saber o que eu achava do povo húngaro. Eu disse que o povo húngaro parecia amigável e hospitaleiro. Ela disse que eu tinha de lhe comunicar meu pensamento verdadeiro.

"Esse é meu pensamento verdadeiro. Todo mundo que eu conheci foi muito amigável e hospitaleiro."

"Eles só fingem ser assim com você, porque você é a convidada!"

Suspirei. "Por que você quer que eu diga algo negativo?"

"Eu quero uma confissão honesta. Quero a verdade completa, o bom e o negativo."

Tentei pensar numa confissão. "Tünde me tira do sério."

Rózsa se zangou. "É óbvio que você não gosta da Tünde. Quem gosta da Tünde?"

"Você também não gosta dela?"

"Claro que não! Ela é orgulhosa. Não sei como, pois ela não é nem bonita nem inteligente. Mas eu perguntei sobre todos os húngaros, não apenas Tünde."

"Eu só estou aqui há duas semanas. Só posso falar da Tünde."

"A Tünde *não é* interessante. E quanto a *mim*? O que você acha de mim?"

Ela parecia tanto com a Lucy do *Snoopy* que senti uma onda de ternura por ela.

"Acho que você tem uma paixão pela verdade."

"E você é diferente? Você não ama a verdade?"

Refleti por um segundo. "A verdade é o.k."

"Eu odeio mentiras. É o que eu mais odeio nos húngaros: eles dizem uma coisa, mas pensam outra."

"Tenho certeza de que todo mundo faz isso — não só os húngaros."

"*Eu* não faço. Eu digo o que eu estou pensando ou não digo nada. Não minto."

"Mas a civilização é baseada em mentiras."

Piri chegou com uma bandeja de biscoitos em formato de rolinhos e perguntou do que falávamos. Rózsa disse que eu tinha dito que a civilização é baseada em mentiras.

"Mas isso é verdade, Rózsa", Piri disse. Ela pôs a bandeja na mesa e saiu da sala, rindo consigo mesma e dizendo *"Igaz, igaz"*.

"Tenho outra pergunta. Quantos anos tem seu amigo húngaro?"

"Que amigo? Zoltán?"

"Não, seu namorado. O garoto húngaro da América."

"Ele não é meu namorado. Tem vinte e dois anos."

"Ah, santo Deus. Ele é muito novo. *Meu* amigo tem vinte e cinco. Mas ele é como o seu amigo. Ele é afastado. Não é meu namorado não mais."

"Que pena."

"Pena por quê?"

"Porque vocês... Tiveram um desentendimento."

"Nós tivemos um desentendimento." Ela inclinou a cabeça pra trás. "Os homens húngaros são muito interessantes. Eles sabem dizer o que você quer ouvir. São muito inteligentes. Mas eles não querem dizer essas palavras. Cinco ou seis meses depois, quando já basta, então eles dizem as coisas realmente horríveis."

Aquelas palavras — "quando já basta" — ficaram comigo por muito tempo.

* * *

Rózsa e Piri me levaram em excursão à caverna do homem primitivo.

"A caverna do homem primitivo?"

"A caverna onde mora o homem primitivo."

"É tipo um ermitão ou algo assim?"

"Talveeez", disse Rózsa.

Próximo a uma estrada de ferro estreita, Rózsa e Piri sentaram-se com a cesta de piquenique. Fiquei recostada numa grade, olhando a floresta.

"Está vendo?", Rózsa disse, apontando a locomotiva.

"Sim."

"Nós chamamos de máquina de café."

"Por quê?"

"Porque é pequena e faz fumaça!".

Esperei pelo que eu torci que fosse um intervalo decoroso, depois pus os fones de ouvido. Tudo o que eu queria era ficar ali parada, ouvir os Beatles, olhar as árvores movendo-se com o vento e pensar no Ivan. Elevando a voz, Rózsa disse que eu não podia ficar na grade, pois corria o risco de cair. Fingi que não ouvia.

"Selin, Selin."

"O quê?"

"Por que você não senta?"

"Eu gosto da vista."

"Que vista? Não tem nada. A caverna do homem primitivo ainda não é aqui. Aqui só tem árvores. Você não precisa ficar de pé para vê-las."

"Mas vejo mais se fico assim de pé."

"Mas você não está olhando de verdade! Você está…" — ela folheou o dicionário. "Fanta, siando!"

"É verdade. *Estou* fantasiando."

"Está pensando no seu amigo. É por isso que não quer me ouvir."

"Mas, Rózsa, você nunca gosta de fantasiar?"

"Não, não sou sonhadora."

A caverna do homem primitivo ficava no topo de uma colina íngreme. Eu estava usando sandálias de couro masculinas, tão feias que achei que seriam boas para fazer trilha, mas não eram.

"Por que você está usando sandálias?", Rózsa perguntou.

"Eu não sei."

O homem primitivo já não morava na caverna. Sua presença havia sido estabelecida pelas coisas que ele deixara para trás, como pontas de lanças de pedra de cem mil anos. Foram encontrados ossos de animais que viveram antes da última era do gelo: ursos da caverna, hienas da caverna, cervos da tundra.

Rózsa me pegou pela mão e me levou para dentro da escuridão. Era a primeira vez que eu entrava numa caverna. O cheiro era horrível. Quanto mais penetrávamos, mais frio, mais escuro e mais malcheiroso ficava. Teias de aranha se entrelaçavam nos nossos braços e rostos como longas fileiras de sufixos aglutinantes. Quando nossos olhos se acostumaram à escuridão, conseguimos ver as aranhas. "Estão cansadas", Rózsa disse. Eu realmente nunca tinha visto um bando mais indolente de aranhas.

Tentei pensar sobre o homem primitivo, imaginá-lo acordando ao amanhecer. Como o homem primitivo sabia que amanhecera? Fiquei me perguntando se Ivan já tinha estado ali. Não parecia uma caverna muito frequentada.

Foi mais difícil descer a montanha do que escalar. As sandálias escorregavam.

"Você tem que dar passos curtos", Rózsa disse. "Não precisa se apressar, senão vai cair."

O problema é que passos curtos pareciam criar mais oportunidades de escorregar, então dei passos longos e acabei correndo com tanto ímpeto que precisei me esforçar para parar ao final sem pisotear quem estivesse fazendo piquenique.

"Eu sei por que você fez isso", Rózsa disse, ao me alcançar. "É porque você estava com medo."

Ao anoitecer, quando ninguém estava olhando, cruzei a rua até a estação de trem. Rózsa tinha dito que eu não devia ir ali: o café era frequentado por ciganos.

Nuvens fibrosas e pálidas se estendiam na superfície do céu, que lembrava uma tigela azul-escura invertida. A lua era um disco branco perfeito. Na janela do café, homens, mesas, garrafas e um piano se destacavam tão nitidamente como numa cena de filme. A certa distância, do outro lado da entrada da estação, resplandecia uma cabine de telefone.

Entrei e fechei a porta. A luz da cabine se acendeu. Comecei a discar o número do Ivan, mas não consegui ir adiante. Liguei pra Svetlana em Belgrado. No segundo toque ela atendeu e se lançou quase imediatamente à descrição da viagem italiana com Bill.

"Nós estávamos arrebatados pelo êxtase da presença um do outro", ela disse.

"Essa frase é ótima."

"Admito que preparei de antemão. Estava esperando por alguém com quem pudesse usá-la."

"Ah, pensei que você tinha preparado só pra mim."

"Bem, provavelmente preparei, de certa forma. Não consigo imaginar a quem mais eu poderia dizê-la. Talvez ao meu psiquiatra, mas ele fica rabugento quando falo do Bill. Mas eu sabia que você entenderia. Quando você pensa no número infinito de galáxias e combinações de DNA, e mesmo contra todas as probabilidades você conhece essa pessoa — é um milagre. Eu queria me prostrar no chão de todas as igrejas."

"Muito bem." Eu não conseguia ver a presença de Bill na Terra como um tipo de milagre, mas não seria exatamente isso o milagre — que o amor fosse uma conexão obscura e insondável entre indivíduos, e não uma competição econômica em que as pessoas se uniam de acordo com quão apaixonantes elas eram?

Falei pra Svetlana sobre a casa da Piri. "Eu *conheço* essa sala de estar", ela disse. "Tem sempre uma mosca pairando, e ninguém consegue pegá-la. Por que o Ivan não te resgatou ainda?"

"Eu não liguei pra ele."

"Por que não? Não foi pra isso que você foi pra Hungria?"

"Eu não quero que ele ache que estou reclamando. E de todo jeito é melhor que eu mesma resolva meus problemas." Contei que ele tinha dito que eu devia fazer amizades.

"Você não percebe que parece uma louca falando? Liga pra ele, antes que o tique-taque desses relógios te deixe ainda mais maluca."

Svetlana encontrara Sanja para um café — a amiga que ela costumava torturar quando eram crianças. Sanja estava tendo um caso com um homem casado de trinta e cinco anos, pai de dois filhos pequenos. Era um locutor numa estação de rádio nacional. Svetlana conhecia a voz dele intimamente — todos os sérvios conheciam. "Fiquei sabendo da renúncia de Radovan Karadžić através do pai de família que está dormindo com a minha velha colega de escola Sanja", refletiu Svetlana.

"Ele deve ter uma voz agradável."

"Na verdade ele fala num tom monótono irritante. Sanja diz que a voz dele é totalmente diferente na cama. Espero que seja, pelo bem dela. Já imaginou ficar ouvindo confissões de amor na cama na voz de um locutor de notícias?"

"Você a fez chorar?"

Houve uma pausa. "Fiz. Não foi de propósito. Eu só estava tentando descobrir, por interesse científico, se ela tinha algum problema ético em ter um caso com um homem casado."

"E tinha?"

"Não, nenhum! Primeiro ela fez piada, depois ficou na defensiva, depois começou a chorar. Mas não por remorso — só pra me fazer ter pena dela e mudar de assunto. Meu pai diz que sobreviver a uma guerra deixa você ou muito amargo ou muito frívolo. Acho que a Sanja ficou frívola."

"E você ficou amarga?"

"Com certeza. Mas prefiro ser amarga do que frívola. O.k., minha experiência sexual pode se limitar a ter beijado o namorado da minha prima num zoológico em Belgrado quando eu tinha treze anos, enquanto a Sanja está tendo um caso com um locutor de rádio, um pai de família de trinta e cinco anos. Ainda assim, acho que tenho uma compreensão do amor mais profunda do que a dela."

Naquele ponto nossa conversa foi interrompida por um som de vidro se espatifando. Levantei a cabeça e vi um homem saindo pela janela quebrada do café da estação, uma perna para dentro, a outra nos arbustos. Ele gritava para um cara ainda dentro do café, até que os dois saltaram da janela e caíram rolando no chão.

"Achei que a Rózsa estava sendo racista em relação aos ciganos."

"Não, a Hungria tem problemas com os ciganos. Não acredito que você está aí vendo pessoas se jogarem umas às outras pelas janelas."

"Não acredito que *você* está aí, levando pobres amantes às lágrimas."

"Eu sei. Pensei em telefonar pra mulher dele, mas concluí que não era da minha conta. Por outro lado *sinto* que é, pois faz parte da história da minha viagem a Belgrado. Tenho pensado muito sobre isso ultimamente. Sabe?"

"Sobre o que faz parte da história da sua viagem?"

"Isso, exatamente. Falar com você pelo telefone agora é parte da história da minha viagem a Belgrado, assim como a briga no café. E quando *você* contar para você mesma a história da *sua* viagem à Hungria, Sanja será parte dela."

"É verdade."

"Já faz um tempo que tenho consciência dessa tensão no meu relacionamento com você. E acho que esse é o motivo. É porque nós duas inventamos narrativas sobre as nossas vidas. Acho que é por isso que decidimos não morar juntas ano que vem. Embora também seja por isso que a gente sinta tanta atração uma pela outra, obviamente."

"Todo mundo inventa narrativas sobre a própria vida."

"Mas não nessa dimensão. Pense nas minhas colegas de quarto. A Samambaia, por exemplo. Não estou dizendo que ela não tem vida interior, que ela não pensa sobre o passado ou que não faz planos para o futuro. Mas ela não rearranja compulsivamente tudo que aconteceu com ela na forma de uma história. Ela está na minha história — eu não estou na dela. Isso nos torna desiguais, mas também dá à nossa relação uma certa estabilidade e segurança. Temos papéis diferentes. É como um contrato implícito. Com você, existe mais instabilidade e tensão, porque eu sei que você também está inventando uma história, e na sua história *eu sou* só uma personagem."

"Não sei. Ainda acho que todo mundo vivencia a própria vida como uma narrativa. Se você não tivesse algum tipo de história em andamento na cabeça, como você saberia quem você é ao acordar pela manhã?"

"Essa é uma definição fraca de narrativa. É como dizer que narrativa é só memória mais causalidade. Pra nós duas, narrativa envolve estética também."

"Mas não acho que isso se deva às nossas personalidades. Não será porque nossos pais têm muito mais dinheiro? Você e eu podemos nos dar ao luxo de perseguir essa ou aquela narrativa só porque é interessante. Você pode ir pra Belgrado fazer as pazes com a vida depois da guerra, e eu posso ir pra Hungria aprender mais sobre o Ivan. A Samambaia tem que trabalhar no verão."

"*Você* está trabalhando."

"Mas minha mãe pagou minha passagem. Não estou aqui ganhando dinheiro pra enviar pra minha família."

"Não acho que o ponto seja esse. A Samambaia é só um exemplo. Os pais da Valerie são engenheiros, ela não precisa trabalhar, e ainda assim ela é mais parecida com a Samambaia do que com a gente."

"Não sei. Acho muito elitista ver as coisas desse jeito."

"Você não acha que é meio sonsice da sua parte *você* fingir que não é elitista? Se você realmente pensar sobre quem você é e sobre o que você valoriza?"

Quando voltei, Rózsa esperava por mim. "Agora precisamos conversar", ela disse, puxando-me para a sala. "Como está seu amigo — qual é mesmo o nome dele? *Iván?*"

Eu não sabia quem tinha falado pra ela o nome do Ivan.

"Eu não sei como ele está."

"Por que não?"

"Porque não falei com ele! Falei com outra pessoa."

Rózsa ficou calada. "Desculpe", ela disse. "Desculpe. E estou pronta."

"Pra quê?"

"Estou pronta."

"Está pronta para o quê?"

"*Őrület*", ela disse, apontando para uma entrada no dicionário. "Mania, frenesi, loucura."

"Você está pronta para a loucura? Como assim?"

"Enquanto você foi à estação, eu também falei ao telefone. Tünde ligou. Posso ir com você ao acampamento."

O ônibus para Szentendre partiria bem cedo. Piri me deu um comprimido no café da manhã e disse que aquilo evitaria enjoos. Quando eu disse que esperaria ficar enjoada antes de tomar qualquer comprimido, tanto Rózsa quanto Piri começaram a falar afobadamente. "*Malsano!*", Piri gritou, em esperanto, fazendo um gesto como se vomitasse. "*Malsano*, bleeeh." Acabei pondo o comprimido debaixo da língua e fingindo engolir.

Quando o ônibus passou pela estação, vi que a janela do café cigano estava tapada com fita adesiva. Adormeci com a cabeça na janela e acordei bem quando chegamos ao cruzamento onde o carro do Ivan tinha superaquecido. Tudo estava lá, de novo: o restaurante chinês, a estação de trem, o relógio de sol moderno.

Rózsa e eu estávamos empacadas no portão do acampamento. Ela segurava nossas malas e eu não conseguia abrir o ferrolho. O cachorro do segurança correu babando na nossa direção, depois parou subitamente, como se uma mão fantasmagórica tivesse puxado sua correia. O segurança saiu da guarita e começou a gritar com a gente. Rózsa e eu ficamos paradas, olhando pra ele.

"Ele disse que você é estúpida", Rózsa me explicou, um momento depois.

"Entendo."

O segurança ainda gritava.

"Não estúpida", Rózsa disse, pensativamente. "Idiota."

As crianças estavam sendo organizadas para caminhar até a cafeteria, onde almoçariam. Um dos professores de ginástica trouxe uma lata de milho e um bom pedaço de melancia pra mim. Entendi que eu mesma não iria para a cafeteria com os outros, mas permaneceria no acampamento, comendo milho e melancia. Parecia um arranjo esquisito — acho que parecia esquisito para todos nós — mas nos submetemos. Questões de segurança foram mencionadas. "Você mesma pode abrir a lata, ninguém tocou nela", Rózsa disse.

Uma delegação de professores de ginástica me trouxe um copo de água de torneira, depois imediatamente a tiraram da minha mão e despejaram na pia. Um professor saiu, pegou uma lata de coca-cola de uma criança pequena que estava prestes a abri-la e me deu. Tentei devolvê-la, mas todos protestaram veementemente, inclusive a criança.

Sentei num banco, bebendo coca e olhando as crianças serem tangidas para fora do acampamento. Quando todas saíram, decidi que eu iria à estação de trem ligar para o Ivan. Enquanto esperava, acabei comendo a lata de milho inteira e quase toda a melancia.

O telefone tocou três vezes e Ivan atendeu. *"Hallo?"*
"Ivan?"
O silêncio do outro lado da linha demorou tanto que achei que a chamada tinha caído.
"Onde você está?", ele perguntou, finalmente.
"Estou em Szentendre. No relógio de sol moderno."
Houve outro silêncio.
"Você quer que eu vá te buscar?"

Assenti com a cabeça, depois lembrei que ele não podia me ver. "Sim."

"O.k.", ele disse, e alguma coisa pareceu relaxar entre nós.

"O que diabos você está fazendo aí?"

Tentei descrever o acampamento. Pensei que pudesse ser um tipo de instituição que faria sentido pra ele enquanto húngaro, mas logo percebi que não fazia.

"É um acampamento de inglês, estão estudando inglês?"

"Não."

"Então o que é que você está fazendo?"

"Não sei. Acho que estou de férias."

Ivan disse que, se eles não precisavam de uma professora de inglês, eu deveria pegar uma escova de dentes e dormir na casa dos pais dele. Disse que poderia me pegar em uma hora num restaurante que ele conhecia. O restaurante ficava num barco. "É fácil de reconhecer, pois é o único restaurante que fica num barco."

Mesmo pra ele, aquele ponto de referência parecia uma escolha diabólica. "Como vou encontrá-lo, se fica num barco?"

"O barco fica ancorado. Sabe", ele acrescentou, "eu acho que você me deve algum tipo de presente."

Era verdade: eu nunca tinha dado nada a ele e ele tinha me dado dois livros e uma fita cassete. Depois que desligamos, passei na banca de revistas. Vendiam cigarros, flores, jornais e bilhetes de loteria. Mas Ivan não fumava, garotas não davam flores a garotos, fotografias horríveis de políticos estampavam todos os jornais e não parecia certo dar um bilhete de loteria para alguém fazendo doutorado em probabilidade.

De volta ao acampamento, pus uma escova de dentes, lentes de contato e uma muda de calcinhas na mochila. Eu poderia usar o mesmo jeans no dia seguinte, mas precisaria de uma camiseta extra. Não conseguia decidir entre duas: a que tinha o decote que me favorecia mais ou a que estava mais limpa. A camiseta limpa — na verdade, nunca usada — era larga, parecida com um avental, tinha uma gola redonda apertada e uma imagem do Sam-I-Am do Dr. Seuss equilibrando uma bandeja de ovos e presunto verdes numa haste. Era um presente do meu meio-irmão de cinco anos de idade — ele mesmo escolhera. Uma parte de mim sentiu que não era a ocasião apropriada para usá-la. Ainda assim, eu sabia — tinha por princípio — que eu não poderia mudar os sentimentos do Ivan por mim só por aparecer diante dele com uma camiseta e não com outra, então levei a que estava limpa e que tinha sido um presente do meu irmão, que era inocente naquilo tudo.

Conferi meus pertences para ver se havia alguma coisa que pudesse ser transformada em presente. Tudo o que encontrei foi a revista de agricultura com um artigo do pai de Gyula. A princípio me pareceu inapropriado, mas depois notei que a edição inteira era sobre cevada de inverno. Achei que o Ivan entenderia a alusão à nossa correspondência sobre cultivos de cereais — sobre grãos que dormem na terra e despertam. Levei a revista na mochila.

Quando a diretora do acampamento, Ildi, retornou do almoço, contei que visitaria um amigo e que voltaria no dia seguinte. Essa notícia não foi bem recebida — nem por Ildi, nem por nenhum dos professores de ginástica. "Quem é esse amigo?", perguntou um dos professores, e então todo mundo começou a falar ao mesmo tempo. Cada professor defendia um ponto de vista. Teria sido interessante ver como tudo terminou, mas quando cheguei as horas vi que já haviam se passado quarenta minutos desde meu telefonema pro Ivan. Quando ninguém estava me olhando, pus a mochila nos ombros e escapuli pelo portão.

* * *

Caminhando pela margem do rio, examinei todos os barcos procurando por sinais de um restaurante. Um cara num dos barcos comia um sanduíche, mas parecia que era o sanduíche dele mesmo.

"Restaurante num barco?", perguntei a certa altura a um homem de aspecto alegre com um kit de pescaria.

"Restaurante num barco. Um quilômetro."

Reconheci de imediato — era quase cômico como parecia tanto um barco quanto um restaurante. Compacto, azul, tinha um bar na parte de baixo e um restaurante no deque de cima. Ivan não estava nem no bar nem no restaurante. Sentei num banco na entrada, subindo e descendo suavemente com as correntes.

De onde eu estava, debaixo do nível da terra, tudo o que vi a princípio foram as pernas do Ivan. Reconheci na mesma hora e saí correndo do barco. "Que felicidade", eu disse.

"Que felicidade", ele repetiu. Ficamos um segundo olhando um para o outro. Notei, então, que a mãe do Ivan estava lá, e também o carro dele, o Opel, com uma canoa amarrada ao teto. Levei um tempinho para entender qual era o plano, que era este: Ivan e eu remaríamos até Budapeste, e a mãe dele levaria o carro de volta. Antes, contudo, entramos todos no restaurante para beber alguma coisa.

"Você quer uma cerveja?", perguntou a mãe do Ivan.

"Ela não bebe cerveja."

"Sério? Há alguma razão?"

"Acho que não estou acostumada", eu disse, acrescentando que na América havia uma idade para beber e que era difícil conseguir uma identidade falsa.

"Ah, então é por causa da lei americana", ela disse.

"Bem, não sei se é por causa da *lei*."

"Claro que é!" Ela soava tão convencida disso que me perguntei se não seria verdade. Quando pedi coca e Ivan pediu limonada, ela disse ao garçom "Água com gás, então", num tom de pesar.

Em seguida, ela perguntou sobre o vilarejo. Falei da Margit, de Gyula e de Rózsa. As partes sobre Rózsa eram para ser engraçadas, mas nem o Ivan nem a mãe riram, e a mãe na verdade pareceu um pouco preocupada. Quando tentei pagar pelas bebidas, ela tocou na minha mão e disse que era por conta dela. "Não é todo dia que eu posso passear com o Ivan e conhecer os amigos dele."

A ideia de que eu era amiga do Ivan, ou que me conhecer diria alguma coisa sobre a vida dele, era tão estranha que desatei a rir. Ela riu também. Depois perguntou se as pessoas no acampamento sabiam que eu passaria a noite fora. Eu disse que quando saí eles estavam discutindo a questão de maneira muito acalorada.

"Ótimo, então eles sabem", Ivan disse. Mas me senti aliviada quando a mãe dele disse que iria até o acampamento para conversar com eles.

A mãe do Ivan sentou no banco de trás do carro, Ivan dirigiu e eu sentei na frente, apontando o caminho. Quando estacionamos em frente ao portão, o cachorro do segurança começou a latir feito louco. O segurança olhou na nossa direção, puxou a coleira do cachorro e entrou na guarita, batendo a porta. Um segundo depois vimos as cortinas da janela da frente fecharem-se raivosamente.

"Aquele cara acha que eu sou idiota", expliquei, com certo orgulho.

Rózsa saiu da cabana principal, com uma roupa de marinheira. Apresentei Ivan, que era bem mais alto do que ela, e a quem ela se dirigiu de maneira cortês e reservada, bem diferente do tom aforístico e funesto que usava comigo em inglês.

A mãe do Ivan e eu esperamos ao lado do carro. "Você não tem muita sorte, indo direto da Rózsa para o Ivan", ela disse, pondo o braço ao redor da minha cintura. "Parece que você está sempre debaixo das ordens de algum capitão."

Levei um tempo para processar esse novo agrupamento de ideias — Rózsa, Ivan e a minha sorte.

Ildi emergiu da cabana. Seu olhar vagou por Ivan, Rózsa, por mim, pela mãe do Ivan, pelo carro estacionado, a canoa no teto, e voltou para o Ivan. "Este deve ser o amigo da Selin." Ivan conversou com ela com sua voz mais gentil, a que não funcionara com o porteiro do albergue. Logo ele e Ildi sorriam. "Até amanhã", ela disse, e acenou para a mãe do Ivan, que acenou de volta.

Fui a primeira a entrar na canoa, que balançava e parecia a vida. Ivan entrou na água, empurrou a canoa pra longe da praia e subiu atrás de mim. Depois me mostrou como segurar o remo e o ângulo em que colocá-lo na água. Como eu estava na frente, eu não precisava conduzir ou marcar o ritmo. Só precisava remar de acordo com o ritmo dele para que não girássemos em círculos. Enquanto ele falava, senti que eu gostava de seguir instruções, o que me deixou envergonhada. Seguir instruções foi o que levara ao Holocausto. E, no entanto, vergonha era uma coisa separada. Se você gostava de alguma coisa, você gostava, sentisse ou não vergonha.

A princípio não poder ver Ivan me incomodou. Mas, gradualmente, comecei a senti-lo cada vez mais presente, como se eu estivesse de frente pra ele. Era incrível estar tão perto da água, ver o mundo se erguendo ao nosso redor como uma planta maluca. Caminhões de dezesseis rodas deslizavam em barcaças, pairando perto de nós, bloqueando o sol temporariamente. Ivan explicou que os caminhões não podiam trafegar nas ruas aos domingos, então eram transportados nas barcaças. Sacudimos com a passagem de um barco a motor, suave, mas vigorosamente.

Ivan se esforçava, como sempre. Falou a maior parte do tempo e me contou a história de são Jorge. Havia duas versões: uma mais verdadeira, outra menos. Na mais verdadeira, matavam são Jorge oito vezes, martelando pregos na sua cabeça numa prisão da Palestina, mas ele sempre voltava à vida. A menos verdadeira era a versão sobre o dragão.

Era uma vez, disse Ivan, uma cidade invadida por um dragão. Por anos as pessoas da cidade conseguiram apaziguar o dragão oferecendo-lhe dois bodes por mês. Depois se acabaram os bodes, e foi preciso oferecer humanos. O governador organizou uma loteria, "uma espécie de rifa", para escolher a vítima. Um dia, o destino recaiu sobre sua filha. O governador ficou fora de si. Mas a filha disse que as regras eram as regras.

"Por que tantas caras tristes?", perguntou são Jorge, que passava por ali. Explicaram a situação. Ele disse que sabia o que fazer: mataria o dragão.

A filha, que estava tendo um péssimo dia, disse: "Ah, vá embora, são Jorge" — embora na verdade ele ainda não fosse santo, então o que ela disse foi "Vá embora, Jorge. Você só vai acabar sendo comido também. Seu plano é uma porcaria".

Bem nessa hora apareceu o dragão. Jorge ergueu a pá de madeira que, por algum motivo, ele carregava, em vez de uma espada ("algo tipo isto", disse Ivan, mostrando o remo), e o dragão caiu. Jorge pôs o cinto ao redor do pescoço do dragão — eu fiquei um tanto interessada nessa parte em que ele tira o cinto — e o levou até a cidade.

"Vejam", disse Jorge às pessoas da cidade. "Domei o dragão, e agora, se vocês se converterem à Cristandade, irei matá-lo."

Esse era o grand finale — a parte em que Ivan, que começara a rir no "Vá embora, Jorge", caiu na gargalhada a mais não poder, tanto que achei que a canoa viraria. Eu também ri, mas não entendi. Não sabia por que Jorge tinha de matar o dragão, uma vez que ele já estava domado, ou como ele o domara com uma pancada, e não com amor. Remando sem parar, sempre com o mesmo movimento, começou a me parecer que eu era o dragão, e que Ivan havia me domado, por razões que não tinham nada a ver comigo. O sol incidia sobre nós — era a hora mais quente da tarde. Não me identifiquei em nada com a filha do governador. Não me identificava com nenhuma das garotas nas histórias que Ivan contava. A confiança atrevida delas, o espírito, tudo me parecia completamente estranho.

Outra canoa aos poucos nos ultrapassou. Ivan cumprimentou os remadores — um casal alegre e bronzeado em seus sessenta anos. Conversaram um pouco.

"Acabaram de se aposentar", Ivan me disse, quando o casal passou. "Pela primeira vez na vida podem andar por aí de canoa tanto quanto quiserem. Foram de Budapeste para Visegrád esta manhã e agora estão voltando. Essa é a parte fácil, porque agora é a favor da corrente." Por um momento não parecia que estávamos no Danúbio, mas no rio do tempo, e todo mundo estava num ponto diferente, embora, em outro sentido, estivéssemos todos ali ao mesmo tempo.

Alcançamos os limites da cidade, passando pela primeira das seis pontes. A segunda ponte parecia vir quase imediatamente. Ivan apontou a ponte entre sua casa e seu antigo colégio. "Eu passava por aqui todo dia. Duas vezes."

Passamos por um barco chamado СОНЯ — "Sonya" — e outro chamado STEAUA, que era romeno para estrela, ou algo parecido com estrela. "Basicamente, todo barco romeno tem estrela no nome", Ivan disse.

O plano era aportar perto da sexta e última ponte, encontrar um telefone e ligar para o pai do Ivan, que nos buscaria. Parecia um plano esquisito, mas aparentemente os húngaros tinham uma tolerância alta para arranjos de última hora e passeios de carro ao campo. Mas quando nos aproximávamos da sexta ponte Ivan disse que não sabia bem onde estaríamos se aportássemos ali — não tinha certeza de que o pai dele saberia onde a gente estava. Depois disse que havia, na verdade, uma sétima ponte, mais nova, construída para uma Feira Mundial que nunca tinha acontecido. Perto da ponte para a feira inexistente havia uma vila que o pai dele com certeza conhecia.

"Que acha? Seguimos até a sétima ponte?"

Seguimos até a sétima ponte. O tráfego e o barulho da cidade esvaneceram, e por alguns minutos paramos de remar, ficando à deriva. Os únicos sons eram os da água batendo na canoa, os pios e sibilos distantes dos pequenos animais e o zumbido ainda mais longínquo de um avião. O sol afundava na água. O ar era leve e dourado.

Logo a sétima ponte apareceu sobre nós, estranha e moderna, com um tipo de pilar de aço vermelho. Mas tinha chovido muito nos últimos dias, e o lugar onde Ivan tinha pensado em ancorar estava inundado. Você conseguia ver a copa de árvores jovens e arbustos fora da água. Era impossível chegar à praia. Continuamos remando até encontrar um pequeno promontório. Ivan saiu primeiro e empurrou a canoa até a terra, depois entreguei a ele nossas sacolas e sapatos. Ele me ajudou a descer.

"Estou com tanta fome que posso comer a primeira coisa que aparecer", ele disse.

"Isso soa como uma maldição num conto — tipo, você diz isso e daí a primeira coisa que você vê é sua ovelha favorita."

"Eu não tenho ovelha favorita. Quando estou com fome, o que existe é ovelha e não ovelha. Comida ou não comida. Aliás, você é comida?"

"Não sei..."

"Não se preocupe. Não vou comer você. Você é minha ovelha favorita."

Chegamos a uma trilha junto a um aterro. Ivan disse que procuraria um telefone e voltaria em vinte minutos. Eu ficaria esperando, tomando conta da canoa.

Sentei num tronco e tomei conta da canoa. As folhas das plantas pareciam grandes e pré-históricas. O mundo inteiro lentamente ficou azul. Escutei passos — muitos. Um homem apareceu tangendo dois bodes. Os bodes tinham expressões tolas e gentis. Não pareciam interessados na canoa.

Ficou mais difícil ver as horas no relógio. Eu tremia e lamentava não ter levado uma jaqueta. Depois de um minuto, abri a mochila do Ivan. Era maior e mais masculina do que a minha, preta com acabamento em vermelho. Ele também não tinha trazido uma jaqueta. Escutei um motor e me preocupei pensando que as brigadas finalmente tinham vindo confiscar a canoa. Em vez disso, dois policiais apareceram, em motocicletas. Fiquei perfeitamente ereta e torci para que não me notassem, mas notaram. Desceram das motocicletas e começaram a fazer perguntas. A única pergunta que entendi era se eu era uma desabrigada. "Você tem uma *casa*?", gritaram, e um deles pôs as mãos por cima da cabeça no formato de um telhado.

"Casa, sim", eu disse. Os policiais ficaram aliviados, disseram mais algumas coisas e me olharam com expectativa, aparentemente esperando um relato sobre a minha situação.

Pensei por um momento em como resumir da melhor forma as circunstâncias. "Meu amigo", eu disse, "foi ao telefone."

Essa explicação pareceu satisfazê-los completamente. "Bom, bom", eles disseram, então voltaram para as motocicletas e foram embora. Quando saíram, eu me senti um tiquinho abandonada.

Não consegui ficar mais nem um minuto ali. Decidi caminhar na direção que Ivan tinha tomado e continuar até encontrá-lo — ou até encontrar um telefone. Já era quase impossível distinguir a canoa, mas arrastei alguns galhos cheios de folhas e pus na frente dela, só por segurança. Depois peguei meu caderno e sentei no aterro para escrever um bilhete, no escuro, explicando a Ivan que eu não podia mais continuar vigiando a canoa.

Eu tinha acabado de escrever *Querido Ivan* quando ouvi passos pesados se aproximando. Ficaram cada vez mais altos, até que Ivan saltou no chão bem ao meu lado, sem ar, a camisa rasgada e manchada de lama.

"Pensei que não ia conseguir encontrar você", ele disse.
"Nunca acho que vou conseguir encontrar você."

Eu queria tocar nele, retê-lo de alguma forma, mas só peguei na manga dele. "Estava escrevendo um bilhete. Estava quase indo atrás de você."

Ivan relatou a experiência dele. Havia sido perseguido por vários quilômetros por um cachorro do mato. Em algum momento ele despistou o cachorro, mas depois o cachorro reapareceu com um coelho morto gigante na boca. No fim, Ivan pulou uma cerca — foi assim que ele escapou do cachorro. Mas depois teve de se virar para encontrar um telefone do outro lado da cerca.

"Eu realmente não queria estragar tudo. Depois da última vez."

"Da última vez?"

"A comida não estava boa, começou a chover..."

Ele me ofereceu uma garrafa de dois litros de Sprite — a loja não vendia água. Ficamos sentados ali por um momento falando sobre o cachorro, bebendo goles profundos de Sprite morno, altamente gaseificado, até que Ivan disse que devíamos ir para a estrada, onde os pais dele iriam nos buscar. Os dois estavam vindo: o pai, que conhecia a estrada, e a mãe, que tinha bebido menos vinho no jantar.

Fiquei surpresa ao descobrir como a estrada era perto — menos de dez minutos de caminhada. Sentamos numa parada de ônibus que dava para um argumento complicado envolvendo uma via superior, uma via inferior e uma rotatória. Tudo parecia novíssimo. As letras nas placas e os sinais brancos nas pistas brilhavam. O asfalto parecia liso e fofo como um suspiro recém-assado. Não havia carros à vista. A placa de um posto de gasolina brilhava à distância.

Ivan começou a pensar nas diferentes coisas que poderiam ter dado errado com os pais dele. Sua mãe poderia ter deixado o pai dirigir. Ou o pai poderia ter adormecido no banco do passageiro, ficando incapaz de indicar a direção.

"Nem sempre me dou bem com meu pai", Ivan disse.

"Por que não?"

Um ônibus inteiramente iluminado acelerou por sobre o viaduto.

"Ele acha que sou egoísta."

O Opel apareceu, avançando hesitantemente. Ivan se pôs na estrada, um dos braços erguido, até que a luz dos faróis o inundou, bem como tudo a seu redor. A mãe do Ivan estacionou o carro; o pai estava no assento do passageiro. Ivan e eu entramos na parte de trás. O clima era mais alegre do que eu esperava. Ninguém parecia com raiva ou particularmente preocupado.

De início, pensei que seria fácil localizar a canoa, já que estava tão perto, mas o carro não podia voltar por onde tinha chegado. Quando finalmente circulamos todo o aterro e saímos do outro lado, eu já perdera meu senso de direção.

"Você ficou vigiando a canoa por um tempão", Ivan disse. "Lembra onde ela está?"

Parecia realmente inacreditável que eu tivesse tão pouco a oferecer depois de passar todo aquele tempo vigiando a canoa.

No fim, foi Ivan quem reconheceu o lugar onde aportamos,

graças a uma árvore morta. Ivan e o pai carregaram a canoa de volta e a amarraram ao teto do carro. "Todos os meus amigos estavam com saudade de mim", comentou a mãe do Ivan, espantando os mosquitos.

Na cozinha, a mãe do Ivan fatiou frios, pepinos e tomates para sanduíches e abriu uma garrafa de vinho tinto, que ela e Ivan beberam. Quando terminamos de comer, ela me mostrou onde eu iria dormir. Era um pequeno quarto na parte de baixo da casa, mobiliado com um sofá-cama, uma TV e um guarda-louça de mogno com uma coleção de xícaras de chá de filigrana. A ocupante habitual do quarto, Böbe, parente ou empregada, não sei dizer, viajara naquele fim de semana.

Quando fiquei sozinha, tomei banho, vesti a camiseta do Dr. Seuss, deitei na cama e comecei a escrever no meu caderno. Eu não conseguia parar de pensar na natureza desigual do tempo — no modo como o tempo era quase sempre tão vazio, até surgirem, sem sobreaviso, alguns poucos dias tão densos e vivos e reais que parecia inquestionável que *aquilo*, sim, era a vida, que sua verdadeira natureza havia finalmente se revelado. Mas logo o tempo passava e impensavelmente tornava-se morto de novo, e você via que aquela plenitude tinha sido uma aberração e talvez não voltasse nunca. Eu queria escrever alguma coisa enquanto ainda era possível sentir e enxergar aquela plenitude ao meu redor, enquanto as xícaras de chá ainda pareciam trêmulas. Subitamente me ocorreu que o sentido de escrever não era apenas registrar algo passado, mas também prolongar o presente, como em *As mil e uma noites* — estender o tempo até que a próxima coisa aconteça. Tão logo tive esse pensamento, vi uma sombra por trás do vidro fosco e ouvi uma batida na porta.

"Entre."

"Eu estava quase achando que você não estaria aqui", Ivan disse. "Nunca sinto que posso contar que você estará em algum lugar." Ele contemplava o guarda-louça.

"Também sinto isso", respondi. "Xícaras legais."

"Böbe trouxe da Inglaterra e organizou desse jeito. Ela mesma decorou o quarto, por isso é assim." As alças douradas das xícaras estavam todas dispostas para a direita. Ivan virou uma para a esquerda e disse que Böbe pensaria que foi um fantasma — o fantasma de Jesus Cristo ou de Winston Churchill. Por fim, olhou pra mim. "O que está escrevendo?"

"Nada." Guardei o caderno na mochila. "Ah, você quer uma revista de agricultura sobre cereais de inverno?"

"Não. Posso sentar?" Eu disse que sim. Ele hesitou entre a cama e a cadeira e, por fim, sentou na cadeira. "Pensei que você não ia me ligar. Essa Rózsa deve ser terrível."

Expliquei que queria ter ligado mais cedo, mas que as coisas tinham estado complicadas. E disse que a Rózsa não era tão ruim — só era intensa. Ivan perguntou em que sentido ela era intensa, então contei da sala com os quatro relógios, de como ela queria que eu fizesse perguntas sobre a vida dela e confessasse coisas.

"Isso pode ser divertido."

"Sou muito ruim nisso."

"Nós dois somos. Mas podemos praticar. Quem sabe a gente melhora?"

"Praticar como?"

"Podemos fazer perguntas um ao outro, como num jogo, com regras. Tem que ser perguntas de verdade, e a outra pessoa tem que ser sincera. Quer tentar?"

"Agora?"

"Posso começar. Faço a primeira pergunta." Ele olhava pro chão. O perfil dele sempre me surpreendia. Era tão delicado.

"O.k."

Ele ergueu a cabeça. "Por que você me ligou hoje?"

"Eu" — limpei a garganta. "Eu queria ir embora num clima melhor." De onde tinha surgido aquela frase? Quase todas as palavras estavam erradas. Tudo depois de "Eu queria" estava errado.

"Num 'clima' melhor?"

"É. Com outro desfecho."

"Então o clima não é bom quando você simplesmente desaparece? Quando some sem aviso?"

Olhei-o no rosto para ver se ele falava sério.

"Não. Não é."

Alguma coisa mudou na atmosfera. "O.k.", ele disse. "Agora é sua vez."

Nada me vinha, nem pensamentos, nem palavras. Ivan sugeriu fazer outra pergunta, para me dar tempo. "Por que você me escreveu? Da primeira vez?"

Senti meu rosto se iluminar. "Eu me perguntei isso muitas vezes. Eu estava tão curiosa em relação a você. Você tinha uma energia tão diferente das outras pessoas. Eu queria falar com você, mas não sabia como."

"Acho que entendo. Enfim, fico contente por você ter escrito."

"Fiquei contente quando você respondeu. Não tinha certeza de que você responderia."

"Você achou que tinha alguma chance de eu não responder? De jeito nenhum. Sua mensagem era tão revigorante, tão diferente das coisas que as pessoas dizem geralmente."

"É como eu me sentia em relação a você."

"Que bom."

"Eu sei." Nenhum de nós dois falou nada por um tempo.

"Acho que vou ter um ataque do coração desse jeito", ele disse. "Acho que seria mais fácil se a gente estivesse bebendo um pouco de vinho. Mas acho que você não quer."

"Mas você pode beber."

"E se eu trouxer a garrafa e você beber um pouquinho também?"

"O.k."

Assim que ele saiu, o quarto me pareceu diferente, vazio. Olhei ao redor. Alguma coisa se movia — uma mariposa, rodeando a luz. Eram três lâmpadas, cada uma em seu lírio de cristal, todas desabrochando de um ventilador de teto.

Ivan voltou trazendo uma garrafa de cerveja. "Acho que minha mãe bebeu o resto do vinho. A gente tinha bebido a maior parte no jantar. Ela disse que eu devia ter te entretido mais, levado você pra passear."

"Mas você me levou pra passear."

Ele tomou um gole e me ofereceu a garrafa. Recusei. "Não acredito que você prefira fazer isso sóbria. Bem, acho que é sua vez."

Respirei fundo e tentei dar firmeza à voz. "Por que você me disse pra esquecer você?"

Ele fixou o olhar num ponto no carpete a um metro à frente dele, como se a resposta pudesse estar escrita ali. "Eu sempre soube que essa coisa entre a gente era muito delicada." Quando ele disse "essa coisa entre a gente" meu peito se contraiu. "Sempre achei que chegaria um momento em que você iria se cansar. Então decidi desde o começo que, quando isso acontecesse, eu deixaria você partir e não ficaria ligando pra você. Quando escrevi aquilo, achei que você tinha decidido me esquecer."

Eu não disse nada.

"Era a *única* coisa que eu podia imaginar, pelo modo como você estava agindo."

"Mas se eu já tinha decidido, por que você teve de me dizer?"

Houve um silêncio. "Boa pergunta", ele disse. Fiquei orgulhosa. Depois fiquei envergonhada por me sentir orgulhosa. "Acho que eu estava dizendo aquilo pra mim mesmo. *Eu* preciso esquecer *você*. Me senti heroico fazendo aquilo. Decidi que era a hora de deixar você ir, e deixei."

"Doeu muito."

"Eu sei disso agora. Desculpa. Mas, quando eu liguei e você não me respondeu, eu também fiquei magoado. Então, quando escrevi aquilo, em parte foi uma questão de poder."

O ar ficou preso na minha garganta. Nunca tinha me ocorrido que "poder" era algo que ele realmente *usaria*, ainda mais contra mim. "Quer que eu faça outra pergunta agora, pra gente ficar quites?"

"Pergunte."

"Por que você tinha tanta certeza de que eu me cansaria em algum momento? Por que desde o começo imaginou que no fim você teria de abrir mão de mim?"

"Bem, em parte era porque eu sabia que eu iria embora. Sabia que provavelmente iria pra Califórnia, não iria mais morar em Boston. Mas também sempre achei que isso tudo era muito difícil pra você. Sempre achei que era mais difícil pra você do que pra mim."

"Por que seria mais difícil pra mim?"

"Porque você é sozinha."

Aquilo foi como se me dessem um soco, como se eu descobrisse que a pior coisa que eu tinha imaginado era verdade. "O quê?"

"Digo, você cresceu sozinha, foi filha única por muito tempo. Essa coisa de conversar, por exemplo, é mais fácil pra mim. Eu tenho um monte de irmãs, estou acostumado a conversar com elas."

Não me pareceu que era aquilo que ele tinha querido dizer. Mas não quis investigar ou saber mais. "Sua vez", eu disse.

Ele concordou e tomou outro gole da cerveja. "Por que você escreveu aquilo pra mim, quando eu estava na Califórnia?"

Senti um choque, como quando ele falou sobre o poder, mas dessa vez a sensação era inebriante. Eu senti, senti o poder dele — mas como se ele fosse usá-lo delicadamente — mas não como se ele não fosse usá-lo. Soltei a presilha que prendia meu cabelo, que caiu, cobrindo meu rosto, depois prendi de novo.

"Eu tinha de chamar sua atenção. Primeiro você tinha a tese, ficou semanas sem me escrever. Depois, quando finalmente escreveu, já estava prestes a viajar pra outro lugar. Você estava indo embora e eu precisava chamar sua atenção."

"Bem, você definitivamente chamou minha atenção."

"Eu sei."

Ele riu. "Mas, sabe, eu ainda não sei se você escreveu aquilo a sério ou se estava só tentando, como você disse, chamar minha atenção."

"Também não sei."

Ele ergueu a garrafa, como num brinde, bebeu de novo, depois me ofereceu por cima da cama. Depois de uma breve hesitação, peguei a garrafa. Gostei do peso, da frieza áspera do gargalo revestido. A cerveja em si era amarga e aguada, como sempre. Chegava a ser cômico como era igual a todas as outras vezes em que eu tinha bebido cerveja.

"Sua vez", ele disse.

"Bem, não entendo por que você..." Respirei fundo. "Por que você..."

"Por que eu o quê?"

"Por que você se dá ao trabalho?"

"Trabalho?" Ele parecia irritado.

"Por que faz todo esse esforço?"

"Que esforço? Por que me esforço pra passar tempo com você? Porque eu gosto. É isso que você queria ouvir?"

"Você gosta?"

"Sim, gosto. Agora é a minha vez, certo?"

"Sim."

"Por que você não me ligou depois que foi pro vilarejo? Por que ficou sem me ligar por duas semanas?"

Eu não disse nada.

"Você não pode não responder."

"Porque, às vezes, depois de ver você, eu me sinto muito mal. É quase uma dor física." Toquei no meu esterno.

Ele virou o rosto. "Isso não parece com nada que estou acostumado a ouvir de você", ele disse, e percebi pela voz dele que ele sorria. Estava feliz com o fato de que eu sentia aquela dor. E eu sabia que eu ficava igualmente feliz sempre que ele dizia que se sentira magoado por minha causa. Por que era divertido causar sofrimento um ao outro? Já que era assim, divertido, aquilo não era amor? O amor não podia ser *aquilo*, podia?

Em todo caso, depois que admiti que tinha sentido uma dor física, as coisas correram melhor entre nós, o próprio tempo pareceu fluir mais suave. Como a Rózsa, Ivan perguntou o que eu tinha achado da Hungria. Eu disse que era interessante. Disse que algumas coisas pareciam me dizer mais sobre ele, enquanto outras não pareciam ter qualquer relação.

"Foi assim que me senti em Nova Jersey. Eu queria aprender alguma coisa sobre você. Mas não aprendi nada. Era apenas outro subúrbio." Ivan perguntou se Nova Jersey era um lugar intenso e há quanto tempo eu sabia que queria ser escritora. Eu perguntei por que ele tinha ido estudar fora da Hungria e por que o pai achava que ele era egoísta. Ele tirou os óculos e pareceu tão cansado e bonito...

Depois, perguntou por que era tão difícil pra gente ter uma conversa. Evitamos isso por tanto tempo, e, quando finalmente nos forçamos a ter uma conversa, quase morremos.

Eu disse que talvez fosse um problema específico de conversa cara a cara. "Por e-mail a gente conseguia."

"Não sei. A gente se revezava, mas basicamente você escrevia alguma coisa, e eu escrevia outra coisa, e depois você outra. Nunca foi uma conversa mesmo."

"Nunca foi uma conversa mesmo", repeti, pensando.

"Era algo *melhor*", ele disse.

A mariposa, que tinha adormecido na lâmpada, acordou e começou a zumbir pelo quarto. "Você provavelmente não quer que eu a mate", Ivan disse.

"Pode matar."

Mas ele não matou. Em vez disso, capturou a mariposa entre as mãos e me disse pra abrir a janela. Pulei da cama e ergui o vidro, ele se pôs do meu lado e deixou a mariposa voar pra longe. Lembrei que eu estava só de camiseta e calcinha e voltei pra debaixo do cobertor. Ivan ficou de pé, pairando ao lado da cama. "Já passou das cinco", ele disse. "Talvez não seja uma má ideia a gente dormir um pouco."

"Não é uma má ideia."

Ele se demorou um momento mais, depois recolheu a garrafa de cerveja, apagou a luz e saiu.

Sonhei que estava sentada numa casa de banho azulejada. A luz do entardecer descia por uma janela superior, e por baixo da porta a água deslizava, enchendo o ambiente aos poucos, elevando-se mais e mais. Depois a porta se abriu e um muro de água se rompeu, e pela mesma porta apareceu meu irmão, mas não era meu irmão de verdade, era Ivan. Eu me levantei, e a gente se abraçou. A água batia nos nossos joelhos. Ficamos entrelaçados num abraço muito, muito apertado.

"Eu amo tanto você", eu dizia.

"Eu sei — eu também amo você."

Acordei com lágrimas nos olhos. A luz do sol fluía pela janela, reluzindo sobre as xícaras de chá. Encontrei uma câmera descartável no bolso lateral da mochila e tirei uma fotografia das xícaras, uma das alças voltada para a esquerda. Assim eu saberia que não tinha sonhado toda aquela história sobre as xícaras.

Pela manhã tinha café com pão. Quando criança, você ouve aquelas rimas, e elas parecem tão abstratas — mas depois você cresce e lá estão todas aquelas coisas: café com pão, o pau e o gato, o leão e a criação, a casa engraçada e o nada. Ninguém podia entrar nela. Ninguém. Nem lá, nem em lugar nenhum.

Conheci as outras duas irmãs: a que estava num acampamento na Transilvânia e a que estava no hospital com o pai do namorado. A mãe do Ivan me mostrou uma tabela que a família usava quando todos ainda viviam na mesma casa — uma grade com os dias da semana e as diferentes tarefas, os pratos e bebidas de cada almoço, a mesa por fazer, com marcadores para cada um dos cinco filhos. Dava pra ver o quanto aqueles dias significavam para ela.

"Agora é muito raro estarmos todos juntos aqui", ela disse. "Felizmente, amanhã será uma dessas ocasiões." A irmã mais velha explicou que todos iriam a um passeio de canoa no oeste húngaro.

Antes do Ivan me deixar em Szentendre, precisamos passar na embaixada tailandesa em Budapeste. No carro ele me explicou que era o último dia para retirar o visto tailandês: "Vamos viajar amanhã, voltamos na sexta, e parto pra Bangcoc no sábado de manhã".

"Entendo", eu disse.

"Então você escolheu um bom momento pra ligar." Foi aí que percebi que não o veria de novo — não tão cedo, e talvez nunca mais.

A embaixada tailandesa localizava-se numa rua lateral arborizada, sem sinalização nas faixas e sem calçada. Ivan estacionou no acostamento, quase numa cama de hera, e caminhou até o portão. Eu fiquei sentada no carro coberto de sol, ouvindo os pássaros. Quando ele voltou, pediu desculpas por demorar tanto. Mas eu teria adorado ficar ali o dia todo.

O visto tailandês ocupou uma página inteira do passaporte. Impresso num papel com as cores do arco-íris, juntava um holograma, um homem-águia vermelho num círculo de fogo e uma foto do passaporte xerocada, que exibia um Ivan compenetrado e desfocado, tão sombrio e sujo de fuligem quanto um minerador dos tempos antigos.

Quando voltamos a Szentendre, o acampamento estava deserto. Rózsa havia dito a Ivan que, caso chegássemos tarde, poderíamos encontrá-los na praia. Ivan dirigiu até um grande hotel branco, no fim da rua. Segundo ele, a praia mais conhecida ficava ali. Do estacionamento não se conseguia enxergar a faixa de areia — ficava colina abaixo, por trás das árvores.

"Você quer ir e se certificar de que eles estão lá?", Ivan perguntou.

Respondi que não. "Aposto que estão lá." Saímos do carro e ficamos de pé, de frente um para o outro.

"Então você está indo embora", ele disse.

Senti minhas sobrancelhas franzindo-se. "Você que está."

"Minha conta de e-mail ainda vai ficar ativa por um tempinho. Então podemos manter contato."

Toda aquela frase doeu, especialmente "podemos" e "por um tempinho". "Tente se divertir", ele continuou. "Mesmo aqui."

Assenti com a cabeça.

"Você devia me visitar na Califórnia."

"Certo."

"Vem aqui." Quando dei um passo à frente, ele me puxou pra perto e me abraçou tão forte que ficou difícil respirar. Na ponta dos pés, com o rosto comprimido lateralmente contra o peito dele, eu não conseguia olhar por cima de seu ombro, então olhei pra baixo, para a estradinha de cascalho que levava até a praia. Dei uns tapinhas nas costas dele, que me pareceram muito sólidas e presentes por baixo da camiseta. Senti que perdia tudo e que não tinha controle sobre nada — minhas palavras, meu fôlego, meu pensamento.

Falei "Até mais" primeiro — para ser corajosa. Eu ainda achava que coragem era algo que de alguma forma seria recompensado.

"Até", ele respondeu.

Tive a sensação de levar muitas horas só pra alcançar o começo da estradinha de cascalho. Então desci a colina na direção da praia. Alguns passos depois, parei. Não ouvira a porta do carro bater, nem o motor sendo acionado. Considerei dar meia-volta. Era uma coisa que se podia fazer, certo? Lógico que era. Lá estava eu, no mundo, com os mesmos direitos de qualquer pessoa — eu podia me virar, andar em círculos, bater o pé. Mas nenhuma dessas coisas mudaria o fato de que ele estava partindo para o outro lado do planeta, sem nenhum plano e sem qualquer razão para voltar para onde eu estava.

Continuei andando em direção ao rio. Eu podia *ouvir* as lágrimas brotando. Estalavam. Eu me sentia exausta demais para dissipá-las piscando os olhos, e, de todo modo, não tinha ninguém ali para ver. Senti meu rosto se alterando, minhas bochechas ficando quentes e macias. Encontrei uma quadra de tênis. Dois casais da idade dos meus pais jogavam uma partida de duplas. Um dos homens, que tinha barba e estava parado bem perto da rede, soltava um grito — *"És!"* — a cada jogada. Ninguém parecia notar ou se importar com o fato de que havia uma pessoa chorando logo ali, com uma camiseta do Dr. Seuss. Invisibilidade era uma bênção.

Por trás da quadra havia algumas bolas de tênis tingidas de verde no meio do cascalho cinza. A praia apareceu. Senti uma inundação de alívio e percebi que era porque não havia ninguém lá. As pessoas do acampamento estavam em alguma outra parte. Eu não estava pronta para me juntar a eles. Voltei pra quadra de tênis e assisti ao jogo por alguns minutos, para dar tempo do Ivan desaparecer. Então, subi a colina de novo. Ele tinha ido embora.

Acendi um cigarro e andei pela avenida principal. O cigarro mágica e inequivocamente interrompeu o fluxo de lágrimas. Era impossível não sentir que se tratava de uma força benevolente, pelo modo como protegia você daquele jeito. Passando pelo barco-restaurante, segui pelo caminho sombreado ao longo do rio até a doca. Uma felpa branca parecendo asclépia caía das árvores, silenciosamente, em grandes quantidades. Não havia nada disso da outra vez. A brancura caía e caía, como numa frase de linguística ou de filosofia da linguagem. Pensei sobre o inverno — sobre como às vezes eu topava com o Ivan no pátio coberto de neve, uma alça da mochila cruzando a jaqueta preta estufada. Lembrei de como tínhamos tido tanto tempo pela frente.

Na doca, sentei num banco debaixo de um salgueiro, procurando traçar um plano. O principal era não começar a chorar de novo — levar as coisas com leveza. Mas aquele pensamento me deu um nó na garganta: por acaso eu não tinha levado tudo com leveza? Não tinha ouvido todas aquelas descrições sobre balas e cartuchos, não tinha cantado músicas dos Beatles e vigiado a canoa? Tinha comido um monte de carne de porco, pensei, retendo outra lágrima.

Encontrei uma cabine telefônica e tentei ligar pra Svetlana. "Todas as linhas para esse país encontram-se ocupadas", disse a telefonista. Não entendi como aquilo podia ser possível. Depois de uma breve hesitação, liguei pra minha mãe. Ela não estava em casa, mas a encontrei no laboratório. A princípio eu não soube explicar a situação, mas depois disse simplesmente que Ivan estava de partida para a Tailândia, e ela entendeu tudo. Disse: "Vá ver coisas bonitas". A beleza estimulava a produção de endorfinas, que por sua vez ajudavam as pessoas a se sentirem bem — e preveniam inflamações. Fiquei na cabine telefônica por um bom tempo. Uma italiana não parava de gritar *"Telefono!"*, batendo no vidro. Fingi que não via.

Dei uma volta procurando coisas bonitas. Vi uma ponte arruinada, torres se desmanchando, a luz do sol, um jardim, edifícios que pareciam armários, edifícios dentro de outros edifícios, placas com caveiras e ossos cruzados e uma madona de cerâmica no formato de um bolo inglês. Sentei numa igreja por um bom tempo, escrevendo no caderno.

Cinco freiras cantavam no fundo da nave. Pessoas não paravam de chegar. Olhavam as freiras e se retiravam, respeitosamente. Ninguém me pediu pra ir embora. Passei o dia inteiro perambulando e escrevendo, alternadamente.

Ao entardecer, voltei pro acampamento. Rózsa foi me receber no portão.

"Onde esteve?"

Contei da embaixada tailandesa e de como procurei por eles na praia. Tentei fazer com que essas coisas soassem complicadas o suficiente para terem tomado o dia inteiro.

"Você estava *vadiando*", ela disse. Rózsa não era nenhuma tolinha.

Fiz amizade com as crianças. Duas menininhas, Zsófi e Cica, me seguiam por toda parte. Zsófi sentava no braço da minha cadeira e sorria pra mim, de baixo pra cima, enquanto Cica sentava no meu colo e também sorria, mas de cima pra baixo. "Sua presilha de cabelo é tão bonita", diziam, numa vozinha doce. "Sua mochila é bonita. Você fala húngaro muito bem." Adoravam jogar badminton. Às vezes me pediam pra pentear o cabelo delas. Eu era a favorita delas e estava orgulhosa disso.

Havia outra garotinha, Erzsébet, que estava sempre tentando sentar no colo das pessoas e fazer contato visual. Era um pouquinho mais velha, maltrapilha e abatatada. Ninguém queria lhe dar colo. De início, tive pena e tentei fazer um carinho nela. "Você não precisa fingir que gosta de Erzsébet", Rózsa disse, para me provocar. E, de fato, logo comecei a achar Erzsébet insuportável e me esforçava para evitá-la. Fiquei espantada com a repulsa que senti por sua máscara de menina sorridente e tímida, seu caráter abjeto que parecia de alguma forma agressivo, pelo modo como ela repetia meu nome e tentava subir nos meus ombros.

Os meninos também queriam interagir, mas de um jeito diferente. Gostavam de se aproximar correndo, dizer alguma coisa e cair fora. Às vezes perguntavam sobre letras de músicas que não entendiam. "Eu nunca partiria seu coração", Ádám leu num papel que trazia dobrado no bolso — queria saber o que significava partir o coração de alguém.

"O que é *Tokyo ghetto pussy*"?, perguntou outro menino. Alguns balançaram a cabeça, em acordo — todos queriam saber.

Fábián, que tinha catorze anos, estava sempre subindo no telhado ou pulando de uma árvore. Eu o via o tempo todo, pois o kit de primeiros socorros ficava na nossa cabana. Uma tarde, quando eu estava lendo na cabana e Rózsa passava creme na picada de abelha dele, Fábián olhou bem na minha direção e disse alguma coisa que não entendi. Rózsa respondeu, ríspida. Imaginei alguma piada sobre mim, mas quando ele saiu Rózsa me lançou um olhar cheio de significado. "Ele quer uma coisa de você. Eu disse que você já tem um amigo e que você é velha demais."

Será que aquilo nunca chegaria ao fim? Quando Fábián mais uma vez apareceu na cabana, correndo feito um revolucionário louco, a camiseta suja de sangue enrolada no braço, senti um leve abalo.

"A garota americana não entende nada do que estou dizendo?", perguntou para a Rózsa, enquanto ela pegava o iodo.

"Nada."

"Mas eu ouvi ela falando húngaro."

"Ela só sabe imitar, como um papagaio."

"*Papagaio*", ecoei.

Os olhos de Fábián se arregalaram. Ele se demorou por um momento, me olhando fixamente, depois correu.

Rózsa disse à servente do refeitório que não me servisse muito de nenhuma das opções, pois eu não estava com fome. Não era verdade. Depois descobri que era um plano para me obrigar a ir com ela ao supermercado, coisa que eu teria feito de qualquer jeito.

O supermercado tinha tudo. Nunca senti tanta alegria em ver Whiskas, a comida de gato. Comprei cookies de amêndoas e Rózsa comprou absorventes. Eu também estava menstruada, por sinal — acabamos ficando sincronizadas. No corredor de produtos de beleza, Rózsa contemplou as caixas de tintas de cabelo. "Quero pintar meu cabelo, mas, ah, é tão caro", anunciou numa voz mecânica, como alguém lendo num teleprompter. Do lado de fora, ofereci-lhe um cookie, mas ela disse que estava de dieta.

"Você não precisa de dieta", eu disse, sendo honesta e educada ao mesmo tempo. Mas ela me lançou um olhar apaixonado e disse: "Comer sem necessidade é horrível — não consigo entender. Quando você come coisas sem necessidade, engorda".

Andamos em silêncio por um momento.

"Não estou feliz", Rózsa disse.

"Por que não?"

"Não sei."

"Está preocupada com a escola?"

"Não."

"Então por quê?"

"Porque não tenho ninguém."

Senti uma onda de exasperação e desespero. A vida inteira seria desse jeito — você precisava ficar triste se não tivesse um namorado?

"Nós temos uma a outra", eu disse, tensa.

Na estação de trem, Rózsa começou a pechinchar com uma das vendedoras de flores. Segurava um buquê de cravos e flores silvestres, com uma rosa vermelha no meio, tudo bem amarrado com uma fita elástica. Custava vinte florins. Rózsa queria comprar apenas a rosa. No fim, conseguiu por cinco florins. "Esta é sua rosa", ela disse. "Você vai colocá-la no seu vaso e assim não estamos sozinhas."

Ela disse que ainda era cedo para voltar para o acampamento — podíamos dar uma volta, por onde eu quisesse. Não havia nenhum lugar especial aonde eu quisesse ir. Sugeri que fôssemos aonde *ela* quisesse. "Não", insistiu. "Você escolhe."

"Mas eu quero ir aonde você quiser."

"Não, eu preciso sofrer. Devemos ir a algum lugar aonde eu não quero ir."

Parei pra refletir. "Por que você não pensa em algum lugar que vai te fazer sofrer, e então a gente vai lá?"

"Selin não quer *nada*", Rózsa disse, numa voz zombeteira. "É verdade?"

"Antes fosse."

"Por quê?"

"Não há sofrimento se você não deseja nada."

O olhar de Rózsa pareceu ainda mais abrasador. "Isso é uma palermice", ela disse.

Sentamos num parapeito. Um vento fresco corria sob o céu escuro, um bebê chorava em algum lugar e um grande guarda-chuva amarelo com um logo de cerveja rolava pela montanha.

"Eu estava lá — aonde você quer ir", Rózsa disse. "Estava lá segunda-feira."

"Lá onde?"

"Lá, eu estava lá", Rózsa repetiu. E me pareceu que ela falava da doca, onde aquela coisa branca tinha caído das árvores, embora eu não soubesse dizer por que ou o que ela fazia por lá.

"Você acha que vai chover?", perguntei.

"Sim. Por quê?"

Meu coração acelerou. "Não sei", eu disse. Logo entendi que eu queria que chovesse, pois talvez assim Ivan e a família voltassem pra Budapeste um dia antes e Ivan me ligasse. Eu sabia que havia muitas falhas nesse raciocínio. Mas meu corpo não sabia.

Um oceano inteiro de chuva pareceu cair do céu. Sentamos debaixo de um toldo perto do estacionamento de um hotel e comemos ameixas amarelas. Rózsa, finalmente, comeu um dos cookies que comprei, e eu me senti feliz e orgulhosa por isso, como se eu tivesse alimentado com êxito um animal tímido e orgulhoso.

Poucos minutos depois o sol já cintilava como se não se lembrasse de nada.

Uma noite, as crianças participaram de um desfile organizado por Ildi e os professores de ginástica. Havia um palco ao ar livre, com cadeiras dobráveis para os adultos. Os garotos mais velhos estavam num programa, as garotas em outro. Os mais novos não participariam. Sentaram-se sobre cobertores debaixo do olhar vigilante dos professores.

Para a apresentação dos garotos, uma tela fora suspensa a menos de um metro do chão. Música eletrônica alemã começou a tocar. Um por um, os garotos marcharam pelo palco no ritmo da música. A tela escondia seus corpos da cintura pra cima. Tudo o que você conseguia ver eram suas pernas, com números afixados nos shorts.

"A garota americana julgará as pernas dos garotos", um dos professores de ginástica anunciou, entregando-me uma prancheta com um formulário mimeografado onde pontuar as pernas numa escala de um a dez.

Olhei do formulário para as pernas dos adolescentes. Eu sabia que as pernas estavam andando em círculo, pois os números se repetiam. Mas, fora os números, todas pareciam iguais. Todas pareciam pernas. Era por isso que as pessoas tinham rostos: assim dava para saber quem era quem.

"Não consigo", eu disse, quando a música parou. Tentei devolver o formulário, mas não aceitavam.

"Ela precisa ver de novo!", Ildi gritou.

A música recomeçou. As pernas voltaram a circular. Comecei a notar diferenças entre elas. Algumas eram mais longas, outras mais curtas, algumas mais magras, outras mais musculosas. Algumas eram sardentas e outras tinham os joelhos esfolados. Percebi que o número 11 era Fábián, pois ele tinha um corte na coxa e também pelo jeito como ele andava — era um tipo de dança em que ele batia o pé. Apesar do fato de que tudo o que você podia ver eram as pernas dele, ou talvez justamente por isso, aquela dança parecia tanto cômica quanto altamente característica da sua personalidade.

Ainda assim, quando tentei pôr as pernas em algum tipo de ordem, crescente ou decrescente, senti um pânico crescer no meu peito. Os professores e professoras de ginástica apontavam para a prancheta e me diziam para escrever. Ou será que eu precisava ver as pernas uma terceira vez, perguntou um deles. Todo mundo riu.

"Você quer ajuda?", Rózsa sussurrou. Eu concordei com a cabeça.

"Ela quer ver os números 7, 11, 2, 14 e 10", Rózsa gritou. Os números 7, 11, 2, 14 e 10 voltaram, troteando pelo palco. Rózsa avaliou cada perna cuidadosamente e me sussurrou as pontuações. Então os garotos saíram de trás da tela, e eu entreguei medalhas de papelão aos vencedores. O primeiro lugar ficou com um garoto musculoso de pele escura, que tinha quinze anos e me lembrava o namorado de Reni. Fábián foi o segundo classificado.

"Vogue", da Madonna, começou a tocar. Era hora da competição das garotas: um desfile de moda. Caminharam pelo palco, duas garotas de cada vez, cada uma vindo de um lado. Faziam uma pose no meio, depois seguiam em direções opostas. De batom, sombra e presilhas nos cabelos em formato de flores ou conchas, pareciam muito arrumadas — vestidas para agradar. Nenhuma tela escondia seus rostos, e era possível ver as diferentes coisas que sentiam.

Zsófi e Cica entraram juntas: Cica num pequeno top dourado, Zsófi num vestido de bolinhas verde. Cica, desinibida, com suas covinhas, trotou toda autoconfiante ao som da música, posando com uma das mãos na cintura. Mais alta e assustada, com longos e trêmulos cílios, Zsófi permaneceu basicamente parada, dançando sem sair do lugar, de um modo tímido e pensativo.

Achei que o primeiro lugar iria para Ági, que tinha quinze anos e um ar um tanto rebelde, com cabelo curto de menino.

Entrou marchando com botas de cano alto e uma jaquetinha de couro. Quando tirou a jaqueta, rodopiando-a num dedo, todo mundo aplaudiu e assobiou. Ági dividiu o palco com uma amiga, Éva, que estava paralisada de timidez. Quando Ági tirou a jaqueta, Éva tentou se livrar do casaco marrom com um movimento dos ombros, timidamente. "Você vai ficar resfriada!", gritou um professor de ginástica. Ela pôs o casaco de volta.

Os juízes eram três homens adultos: o professor de ginástica, um visitante — o marido de Ildi — e um faz-tudo que estava sempre por ali, parafusando coisas. Eles pediram várias rodadas, nas quais as meninas que não eram chamadas de volta ficavam encolhidas na lateral do palco. Por fim, o faz-tudo anunciou a campeã e a segunda colocada: Zsófi e Éva — entre todas as garotas do concurso, as duas que tinham a expressão mais confusa e desconfortável. Num primeiro momento, fiquei sem entender. Mas depois compreendi que, quando se analisava para além da postura, das roupas e dos cortes de cabelo, Zsófi e Éva tinham de fato a beleza física mais pura. O rosto de Éva estava tão contraído de nervosismo que você mal conseguia olhar pra ela, mas ela tinha um corpo adorável e pernas longas.

Zsófi aceitou o buquê com uma expressão plácida de Bambi. Éva ameaçou tirar o casaco de novo, então parou, depois completou a operação. Dessa vez notei seus seios bonitinhos e otimistas. O faz-tudo beijou suas bochechas. No fim, todas as garotas voltaram ao palco, e os homens beijaram todas elas. O que é que os homens fizeram na vida pra merecer tanta graça e beleza?

Passei a última noite do acampamento na cabana, escrevendo. Eu tinha certeza de que Ivan me telefonaria, pois era sua última noite na Hungria. À noite ele chegaria da viagem com a família e partiria para Bangcoc pela manhã. Ele tinha o número do acampamento. E perguntara quanto tempo eu iria ficar. Por que teria perguntado, se não fosse telefonar?

Por alguma razão, quase todo mundo me deixou em paz naquela noite. Ninguém quis que eu cantasse com as crianças ou jogasse badminton. Houve uma única interrupção, pelas nove. Fábián entrou pela porta, esbaforido, com sua premiada perna esquerda coberta de sangue.

"Pode me ajudar?", perguntou.

Eu tinha acabado de identificar o frasco de iodo no kit de primeiros socorros quando dois dos professores de ginástica entraram. "Lukács Fábián, deixe a garota americana em paz!", gritaram. Conduzindo-o para fora, puseram um curativo na perna dele de um modo visivelmente eficiente. Continuei escrevendo até as dez.

Ivan não telefonou.

Agosto

Devíamos voltar para o vilarejo às oito da manhã. Às 7h40, todas as crianças encontravam-se enfileiradas do lado de fora do ônibus. No entanto, só partimos às 8h40. Não entendi muito bem o que se passou entre 7h40 e 8h40 — por que não entramos logo no ônibus, que estava ali parado, assim como o motorista. Fábián me encarou a maior parte do tempo. A certa altura nossos olhares se encontraram, e eu imediatamente virei o rosto.

Fábián e os amigos ficaram o tempo inteiro brigando, cantando e pensando em diferentes maneiras de explorar o fato de o ônibus ter uma saída de emergência no teto. Agora era o motorista que olhava fixamente pra Rózsa e pra mim, por meio de um espelho acima do seu assento.

Rózsa procurou no dicionário por palavras que ela achava que a descreviam. Anotou num papel: *impiedosa, inquestionável, inesquecível*. Eu disse que concordava com "inesquecível".

"Eu?", perguntou, engasgando. "Por quê?" Seus olhos, fixos

nos meus, pareciam assustados. Eu queria dizer a ela: *Você está sendo inesquecível agora mesmo!*

Fiquei vendo a paisagem passar, me perguntando se Ivan já estaria no aeroporto, se estava triste por deixar a Hungria ou apenas animado por ir à Tailândia. Parecia estranho como era importante pra ele tanto ser do país de onde ele era quanto visitar outros países. Ou não, não era estranho — ele apenas levava países a sério. Acreditava que países eram conceitos significativos e que era realmente importante de que país você era e quais países você visitava.

Depois de deixar todo mundo na escola, o motorista nos deixou com nossas malas na porta da casa de Piri. Jantamos na casa dos pais de Rózsa. Os pais não estavam se sentindo bem e decidiram não jantar. Comemos em bandejas no quarto que Rózsa dividia com a irmã: uma pessoa cuja existência ela não tinha mencionado uma vez sequer.

No domingo, fui a um show de cavalos com Juli, a garota com quem eu passaria a última semana do programa. Eu não tinha certeza do que seria um show de cavalos e, uma vez lá, continuei não tendo certeza. Havia muita poeira. Alguns dos cavalos puxavam carruagens. Depois houve uma rifa. Juli, que estudava para ser professora de inglês, estava convencida de que ganharia um cavalo. O pai dela ofereceu-se várias vezes para me comprar um leitão. Primeiro achei que era brincadeira, mas ele não estava rindo, e havia de fato um homem vendendo leitões.

Juli mencionou um belo cavalo que precisávamos ver. Fomos a um estábulo de madeira. Lá dentro havia um cavalo da ossatura mais delicada e olhos malucos, completamente cercado por moscas. O cheiro era horrível. Fazia exatamente uma semana que Ivan e eu tínhamos passeado de canoa. Os vencedores da rifa foram anunciados. Juli tinha uma confiança inabalável de que ganharia um cavalo — até que chamaram seu nome e ela ganhou uma cabra. Ela quis devolver. Os organizadores da rifa, primeiro, acharam graça, depois tomaram um ar ameaçador. A cabra causou problemas infinitos para Juli. No fim, ela contratou um homem com uma picape para levá-la a um vilarejo vizinho, onde a cabra ficaria por vários dias como uma espécie de hóspede, até Juli encontrar para ela um alojamento definitivo.

"Você gostou do show?", perguntou Rózsa, quando voltei para o jantar, coberta de poeira e suor.

"Foi estressante." Rózsa não conseguiu esconder a felicidade ao saber que eu ficara estressada com a apresentação dos cavalos.

"Eu sei que você viu os cavalos, mas — e o gorila?", perguntou Emese, a filha de Piri. "O gorila" era na verdade como elas chamavam o namorado de Juli.

Tudo parecia correr bem até o jantar, quando não comi todo o meu purê de batata. "Quantos sorvetes você tomou com a Juli?", perguntou Rózsa, batendo o garfo na mesa. De acordo com Rózsa, Juli não queria me hospedar, mas não teve escolha: todos tinham de me aturar, revezando-se.

Era estranho continuar conhecendo pessoas com o Ivan já fora do país. Eu tinha ido à Hungria por causa dele, e, agora que ele tinha ido embora, minhas razões pareciam cada vez mais incertas. Mesmo antes as razões eram incertas, mas isso tinha ficado mais aparente.

Juli e a família viviam num apartamento de seis cômodos em cima da Elefánt Diszkó, que o pai de Juli administrava. Uma figura correspondendo tanto em aparência quanto em postura à minha ideia de "homem derrotado", o pai de Juli dormia num quarto de hóspedes; o trabalho na discoteca muitas vezes o mantinha acordado até as quatro da manhã. Eu fiquei no quarto da irmã de Juli, Bernadett, enquanto Bernadett foi dormir na sala de estar, num sofá inflável. O sofá era decorado com uma raposa morta.

A mãe de Juli, uma esteticista, era muito magra, com olhos curiosamente brilhantes. Para o jantar preparou uma sopa chamada "sopa pega-rapaz" e um bolo chamado "bolo da sogra". Esses dois pratos pareciam sintetizar toda uma visão de mundo marcada pelo ludíbrio e o apaziguamento.

Bernadett, que também seria esteticista quando crescesse, nunca fazia qualquer tratamento de beleza e achava que esse tipo de coisa era estúpida. Passava horas no banho e muitas vezes andava pela casa sem roupa. "*Béna*", Juli sussurrava. Quando perguntei o que essa palavra significava, Juli leu no dicionário: "Uma paralítica — desajeitada, esquisita, desagradável, deformada".

"Não me elogie tanto!", gritou Bernadett.

A cadela de Juli, Blanka, uma husky cor de prata de olhos turvos, passeava pela sala de estar, pela sala de jantar e pela cozinha, trombando nas paredes e nos móveis. Às vezes subia no sofá inflável e ficava lá sentada com um ar de confusão e desinteresse, como um visitante de outro planeta.

Toda noite, Juli e Bernadett enchiam os bolsos de pedras e saíam para passear com Blanka. "Lobo! Lobo!", gritavam garotinhos, quando nos aproximávamos, e jogavam pedras — não diretamente nas garotas ou na cachorra, mas alguns centímetros à frente. Como resposta, Juli e Bernadett atiravam pedras bem na cabeça deles.

Era interessante: Rózsa sempre dizia que as pessoas a odiavam, mas eu nunca vi nenhum sinal disso, enquanto Juli e Bernadett, que viviam em estado de guerra com os garotos locais, mal pareciam notar algo de estranho e sequer interrompiam a conversa enquanto jogavam pedras nas cabeças das pessoas.

Quando chegamos aos campos depois da estação de trem, Juli tirou a coleira e deixou Blanka correr. Blanka se transformou completamente, o corpo alongado avançando pelo campo, o rabo enfunado atrás dela como uma pluma de fumaça.

Voltamos ao apartamento pela discoteca vazia. Uma bola espelhada reluzia na escuridão quase total. Juli serviu três pequenos copos da sua bebida favorita: Charleston Follies. Bernadett deitou de costas na mesa de bilhar e agora rolava com as pernas no ar. Juli olhou pra ela. "Feijão mexicano", ela disse, com desdém.

"Você acabou de chamá-la de feijão mexicano?", perguntei.

"Sim. Tem um verme dentro." Juli disse que Bernadett adorava "pular feito cocô de cabrito num barco". Disse que era uma expressão húngara.

"Juli, a luz estroboscópica", Bernadett disse, sentando-se.

Havia mesmo uma luz estroboscópica no canto, num tripé. Juli a acionou. Bernadett deitou de costas na mesa de bilhar e retomou seus giros. Blanka trotava em círculo ao redor da luz, cintilando na discoteca escura e vazia, como um filme mudo vivo. Era uma cena impressionante. E, ainda assim, eu não sabia onde colocá-la. Parecia simplesmente estar ali, como um chapéu de pele cujo apparatchik tivesse sido levado pelo vento.

Entrei em pânico: queria prestar atenção em tudo, descobrir que história era aquela e ganhar retroativamente o direito de estar na Hungria — afinal, eu sequer me candidatara ao programa: o Ivan é que tinha conversado com o Peter. Era provável que eu tivesse passado na frente de vários professores de inglês mais capacitados do que eu. Eu sabia que ainda devia haver alguma coisa importante para fazer ou aprender. Só precisava descobrir um jeito de não desperdiçar meu tempo e minhas oportunidades.

Sentei na mesa de Bernadett, debaixo de um pôster de uma banda alemã chamada Mr. President, e fiz uma lista de possíveis usos do meu tempo e das minhas oportunidades.

1. Aprender húngaro. (Como? Estudando neste quarto, conversando com Juli, tentando fazer amizades com os ciganos?)
2. Ter experiências universais e humanas (em inglês).
3. Entender a história regional ("otomanos", "comunismo", "Habsburgos").
4. Mudar a vida de crianças? Algumas delas (Ádám, talvez Csilla) parecem de fato querer mudar de vida.

Contemplei a lista por um bom tempo. Quanto mais olhava, menos sentido fazia.

A caminho do banheiro, espiei involuntariamente pela porta aberta do quarto de hóspedes — por que era tão difícil não espiar por uma porta aberta, mesmo quando você não quisesse ver o que tinha lá dentro? — e vi o pai de Juli, sentado na beirada da cama, assistindo às Olimpíadas de levantamento de peso. Os corpos dos levantadores pareciam quase verdes. Tremiam, inflavam e se contraíam, como se fossem explodir.

Na minha última semana, ajudei as crianças a montarem uma peça. Não me deixaram escolher qual. Era como Epicteto disse da vida: "Lembre-se que você é um ator numa peça cuja natureza cabe ao diretor escolher". A peça que Tünde escolheu era chamada *Chicken Licken*. A ação era idêntica à da história que eu conhecia como *Chicken Little*. Até ali, eu só tinha visto a expressão "chicken licken" como designação para um prato com tiras de frango num restaurante perto da universidade. Como nome de protagonista dramático, parecia sinistro e grotesco. Propus que mudássemos para "Chicken Little". Tünde disse que não. "Se é Turkey Lurkey também é Chicken Licken", ela disse, sombria.

Turkey Lurkey, Ducky Lucky e Goosey Loosey foram representados pelos três meninos mais crescidos da sala. Com bicos de papelão, movendo os ombros como se fossem asas, perambularam em fila única, como uma fileira de totens.

"O show já vai começar!", dizia o Narrador. "O pintinho mais estúpido do mundo inteiro."

Os diálogos da peça não eram muito desafiadores, então sugeri aos alunos mais avançados que escrevessem solilóquios que dissessem o que estavam pensando.

Turkey Lurkey falou sobre como seria a vida quando o céu caísse. "Não vai ter mais espaço nenhum", ele disse. "O céu vai ficar na terra, como um livro na mesa. Eu não sei quem é ou o que é um rei, mas precisamos de um."

Bernadett era Foxy Loxy. "Estou sempre com fome. Nunca estive cheia — nem uma vez. Comer é mais importante do que ter amigos." Ela disse que odiava covardia e estupidez. Jamais conseguiria ter pena de quem não era inteligente, corajoso e forte.

No último sábado do programa, todas as turmas de inglês se reuniram no auditório em Feldebrő, e cada uma apresentou uma peça. Os alunos de Daniel encenaram um *Romeu e Julieta* no estilo Velho Oeste, com pistolas e chapéus de cowboy. O texto, os apetrechos e os figurinos eram mais sofisticados do que os nossos. Tive receio de que meus alunos se sentissem mal. Contudo, quando vi a tropa de meninos entrando no palco fantasiados de pássaro, com aquela energia de hooligans e as esquisitas falas à parte, percebi que tudo estava bem e me senti cheia de afeição e orgulho.

Na minha última noite no vilarejo, houve uma festa na escola. Compareceram os alunos, os pais e os demais professores. Rózsa disse que não iria, mas foi, com lacinhos no cabelo, e me presenteou com duas toalhinhas ornamentais que ela mesma bordara, com bordas rendilhadas, rosas e dizeres em roxo; num deles se lia PARA A QUERIDA SELIN; no outro DA ROSA INESQUECÍVEL. Juli me deu um cacto num vaso, com olhinhos de mentira; o diretor da escola me deu uma presilha de cabelo feita de couro e um sapato em miniatura, decorativo.

Vilmos, o cozinheiro, estava lá com seu chapéu branco. Preparara uma sopa maravilhosa, pequenas bolas de carne, tortas de maçã e um ponche. Mais tarde ele me seguiu até o banheiro, aproximou-se e pôs a mão na minha cintura. Vi que estava bem bêbado. Não tive medo. "Você é um ótimo cozinheiro", eu disse, dando tapinhas em seu ombro e me afastando. Ele não me seguiu — desapareceu vagando de volta para o salão.

O sol se pondo transformava a fachada rosa da escola num líquido brilhante e escorregadio. Ao mesmo tempo, nuvens de chuva se amontoavam numa parte do céu. Os girassóis cintilavam na luz dourada, destacando-se com uma nitidez esplendorosa contra as nuvens escuras. Alguém acendera uma fogueira. Margit me deu um fósforo. Todos nos demos as mãos ao redor do fogo e cantamos uma canção sobre lindos olhos azuis. No único verso que mencionava olhos negros, Margit, que tinha olhos negros como eu, pegou minha mão e cantou com energia extra.

Quando escureceu, Ádám trouxe um som portátil e todo mundo dançou. Vilmos apareceu de novo, agora sem o chapéu branco. Quando começou uma música lenta e os casais de namorados formaram pares, Goosey Loosey me convidou para dançar. Pôs as mãos na minha cintura, e eu pus as mãos em seus ombros. Eu nunca olhara realmente pra ele, pois era um menino muito quieto e seu inglês não era grande coisa, mas então eu vi que ele era mais alto do que eu e tinha olhos amendoados. Disse algumas frases em inglês. Eram as que eu tinha ensinado para ele.

Às sete e meia da manhã, Juli e Bernadett me acompanharam até a estação de trem. Não paravam de dizer que eu não podia adormecer, senão acabaria em Praga. Mais de uma mãe me deu provisões para a viagem: muitos pêssegos, uma sacola com ameixas amarelas, um quilo de cookies e seis barras de chocolate de rum. Na plataforma, escutei meu nome e me virei para ver Nóra correndo na minha direção, seguida por Margit e Feri. Margit me entregou uma sacola de plástico. Abracei cada uma delas várias vezes. O trem apareceu, roncando cada vez mais próximo, trazendo o sentimento de vivacidade e plenitude inerente aos trens que chegam. Bem nessa hora, Gyula cruzou correndo o terreno baldio, acenando. Chegou à plataforma bem a tempo de colocar minha mala dentro do trem. "Adeus, Selin! Adeus", gritavam todos. Eu gritei "Adeus" também, e as portas fecharam-se.

Quando o trem afastava-se da estação, acelerando, as portas escancararam-se de novo, como um buraco no mundo. Não poderiam ser fechadas até a próxima parada. Olhei pra sacola que Margit me dera. Tinha o meu sanduíche preferido, com finas fatias de almôndegas e pimenta verde. Fiquei no corredor o tempo inteiro, para não adormecer e acabar em Praga. Um simpático rapaz gay andava pra cima e pra baixo do corredor, exibindo um cigarro apagado de um jeito engraçado. Dei-lhe uma caixa de fósforos. Ele juntou as mãos e se curvou, em agradecimento. Depois ficou do meu lado fumando pela janela até a parada dele: uma pequena estação no meio do nada. Havia apenas uma pessoa esperando lá, um homem de cabelo curto, parado na sombra. Os dois se abraçaram, muito felizes. A primeira coisa que o homem de cabelo curto fez foi oferecer fogo ao amigo.

Na fila de check-in do aeroporto, uma menina sorriu pra mim. Sorri de volta, ela se aproximou e me contou a história da vida dela. Chamava-se Teodora, era romena e estava indo encontrar o marido, o terceiro em comando num navio cargueiro do tamanho de uma cidade pequena. Normalmente o navio do marido circulava sem parar entre a China e a Dinamarca, mas agora tinha quebrado e ancoraria por três dias em Istambul. Era uma oportunidade para visitá-lo. "Não vejo meu marido há dois meses", ela disse. Por um momento, com tudo o que acarretavam, as palavras "marido" e "dois meses" pareceram abrir um abismo entre nós duas.

Esta seria a primeira vez que Teodora voaria de avião, embora já tivesse passado muito tempo em navios. Nunca fora à Turquia. "Tem muita gente como você?", perguntou, com uma expressão esperançosa.

"Definitivamente", respondi, me perguntando a que aspecto ela se referia.

Perguntou minha idade. Quando respondi, alguma coisa oscilou em seu rosto. "Tenho *vinte e seis*", ela disse, como se fosse uma má notícia que ela tivesse recebido recentemente.

"Não me sinto com essa idade."

"Com que idade você se sente?"

"Dezenove. Como você."

Pra mim, contudo, dezenove parecia uma idade avançada e de alguma forma alheia a quem eu era. Ocorreu-me que talvez levasse mais de um ano — talvez até mesmo sete anos — para aprender a sentir que eu tinha dezenove anos.

Quando chegamos ao balcão do check-in, Teodora começou a explicar alguma coisa muito complicada aos funcionários da empresa aérea. Havia alguma coisa especial sobre sua passagem ou sobre como sua bagagem tinha de ser manipulada, por conta do status internacional do navio de seu marido. Teodora pareceu acreditar que eles estavam duvidando das credenciais do marido.

"Como posso provar que meu marido é o terceiro em comando de um navio?", ela se perguntou. "Tenho âncoras desenhadas na camisa!" Os funcionários mostraram-se apenas moderadamente impressionados com a camisa.

No voo a maioria dos passageiros era formada por turcos de meia-idade com rostos devastados, voltando pra casa depois de uma excursão à Mallorca.

"Você não tem ideia do que a gente passou", disse-me um dos homens, em turco, no portão de embarque. A princípio achei que ele me confundira com alguém, mas logo vi pela cara dele que ele nem sabia, nem se importava se me conhecia ou não.

"Não foi bom?"

"O que teria sido bom? Ninguém lá falava turco. Tínhamos um guia, se é que se pode chamar aquilo de guia — um sádico, no sentido clínico. O que dizer de um homem como aquele? Ele passou a vida procurando uma base de operações e encontrou aquele lugar." Ele balançava a cabeça, aparentemente passando em revista todos os lugares do mundo onde sádicos clínicos podiam encontrar uma base de operações.

A caminho de Istambul, o pequeno avião sacudia-se e inclinava-se, subindo e descendo. De um lado, tudo o que se via era o chão se aproximando e se afastando loucamente; do outro, apenas o céu. Os compartimentos superiores escancararam-se. Um queijo gigante rolou pelo corredor. Em seguida, o avião perdeu altitude tão subitamente que várias pessoas deram com a cabeça no teto. Cada novo movimento violento provocava gemidos, gritos e risos. Alguns dos passageiros mais velhos rezavam. Um rapaz vomitou no saco plástico, depois todo mundo começou a vomitar também.

A pior parte foi a descida e o pouso. Cada segundo era mais nauseante do que o anterior. Era possível sentir sua alma se debatendo dentro do corpo, quicando lá dentro como cocô de cabrito num barco. Teodora segurou minha mão, eu apertei a mão dela de volta. De súbito, as últimas nuvens ficaram para trás, e se descortinaram o mar de Mármara e o Bósforo, tão vivos e cintilantes como os flancos de um peixe gigante. Teodora se debruçou avidamente sobre a janela. "É o navio do meu marido", ela disse, apontando os cargueiros lá embaixo. "Em algum lugar, um daqueles." Reparei em sua nuca, no suave fio de cabelo que escapara ao seu rabo de cavalo, a delicada corrente de ouro com o gancho na forma de S, pousada sobre a pele sardenta — coisas que seu marido devia conhecer tão bem.

Eu passaria a noite com minha tia Belgin e minha prima Defne, depois iríamos todas para Antalya, no Mediterrâneo, encontrar minha mãe e as outras tias. Belgin e Defne eram minhas únicas parentas em Istambul, uma cidade que eu não visitava desde a infância. Passara mais tempo em Ancara, a cidade natal da minha mãe — a cidade que Atatürk fundara, capital da república secular. Minha mãe achava Istambul triste, com suas ruas estreitas e construções degradadas. Mas eu queria ver, pois Ivan dissera que queria ir lá, porque parecia uma cidade de romance do século XIX: gigantesca, multifacetada, heterogênea, repleta de alpinistas sociais, monomaníacos e vendedores de móveis usados.

Minha tia Belgin trabalhava numa cadeia nacional de laboratórios que realizavam testes médicos. Eles disseram que poderiam enviar um motorista ao aeroporto. Não encontrei o motorista. Tentei ligar para o laboratório, mas o código do telefone não funcionava — era preciso comprar fichas de telefone. Eu não tinha dinheiro turco, e, no câmbio, não aceitavam nem moeda húngara, nem cheques de viagem.

Voltei ao orelhão. Enquanto tentava descobrir como realizar uma ligação a cobrar, um rapaz muito bem-vestido se pôs do meu lado. "Os telefones funcionam através de fichas", ele disse. Começou a explicar o conceito de ficha — "É como uma moeda, mas só funciona no telefone" — e se ofereceu para me comprar uma, se eu desse o dinheiro a ele. Expliquei que eu só tinha dinheiro húngaro.

"Que seja húngaro, então", ele disse, tolerante.

"Quanto devo lhe dar?"

"O quanto você considerar apropriado."

Dei uma nota. Ele partiu numa velocidade incrível, depois voltou segurando a mesma nota. "O câmbio não aceita dinheiro húngaro."

"É, não aceitam", concordei.

"Bem, me dê o dinheiro húngaro então", o rapaz disse. "Talvez eu o use um dia. Quem sabe encontro alguns turistas húngaros voltando pra Hungria, eles me dão suas últimas liras turcas, e eu dou meu dinheiro húngaro. Vão agradecer, e eu direi 'Adeus, boa viagem'." Aparentemente feliz com essa futura transação, ele me deu uma ficha telefônica, e eu finalmente liguei para o laboratório. Fui transferida quatro vezes. A quinta pessoa que me atendeu disse que o motorista tinha saído e que logo estaria ali.

O rapaz carregou minha mala até a saída da alfândega. Periodicamente uma onda de passageiros com ar devastado era cuspida do portão. Alguns passageiros tinham gente esperando por eles, outros se afastavam sozinhos, caminhando pesadamente.

Ofereci mais alguns dos meus florins ao rapaz, mas ele disse que já tinha o suficiente. "Talvez eu nunca encontre um turista húngaro." Também não aceitou um cookie. Disse que não tinha uma boa relação com doces. Em seguida, ofereceu-se para me comprar uma cerveja. Cerveja de novo! Eu me perguntei se Ivan teria aceitado — se ele e esse rapaz terminariam amigos, pelo amor comum à cerveja. Ao partir, o rapaz me deu outra ficha telefônica. "Talvez você precise. Senão, fica de lembrança."

A única pessoa esperando na saída da alfândega há tanto tempo quanto eu era um homem de cartaz na mão, em que se lia TURISMO ROYAL EMIRATES BEM-VINDO SENHOR AHIB SADEEN. Em momentos diferentes, duas mulheres me abordaram, perguntando se eu já tinha visto Ahib Sadeen.

"Ainda não", respondi.

Um homem saiu do portão, acompanhado por quatro mulheres em burcas negras. Vestia jaqueta e camisa, ambas brancas de cegar. Era Ahib Sadeen. Por alguma razão, sua chegada foi o evento decisivo que me fez pensar que eu estava esperando há tempo demais. Fui até o guichê de informações e pedi que contatassem o pager do "motorista dos laboratórios Güven". Disseram que era impossível acessar uma pessoa pelo pager sem saber o nome dela. Expliquei que eu sabia o nome do laboratório, e me responderam que laboratórios não tinham pagers — não era assim que funcionava.

"Você não poderia fazer isso por pura gentileza?", perguntei. Minha mãe sempre falava de gentileza em conversas com funcionários turcos. Comparado ao húngaro, o turco *parecia* claro como água, mas falar era muito difícil. Para dizer qualquer coisa eu precisava pesquisar no cérebro cada frase que eu já ouvira na vida e então reutilizar a que melhor se adequava à situação.

No fim, concordaram em contatar "Güven Bey" — sr. Güven —, o que, obviamente, não daria em nada, pois Güven era um nome comum, significava confiança, e não seria usado sozinho, sem sobrenome, para contatar o pager de alguém do aeroporto. Mesmo assim, esperei. Ninguém apareceu.

Usei a segunda ficha para ligar outra vez para o laboratório. "O quê — Yusuf Bey ainda não chegou?", disse uma secretária.

Uma onda de hilaridade subiu ao meu peito. Eu conhecia Yusuf Bey. Ele fora motorista do meu avô em Ancara por muitos anos. Nunca era pontual. Uma vez quebrou um carro porque passou por cima de uma pedra enorme largada no meio da estrada. Quando meu avô perguntou "Yusuf, por que você não *desviou?*", ele disse: "Pensei que era de papel".

Quando soube que era Yusuf Bey, não demorei a encontrá-lo. Estava sentado a um canto, comendo sementes de girassol.

"Ah, então *você* que é Selin Hanim", ele disse, admirado, espanando as mãos. "Na última vez que nos encontramos você era bem mais baixa."

"Eu tinha dez anos."

"Ah, por isso."

Tudo na casa de Belgin e Defne era pequeno — cadeiras, pratos, blocos de notas. Meus dedões mal cabiam nas pantufas. Belgin preparara um jantar maravilhoso, com folhas de videira recheadas, tainhas à milanesa que você comia inteiras e feijões corados ensopados no azeite.

Depois do jantar, meu primo Ayhan veio fazer uma visita. Desde a última vez em que o vira, Ayhan se tornara sinistramente bonito, com cabelos castanhos desgrenhados e penetrantes olhos azuis. Começara a trabalhar no escritório do pai, porque tinha sido despedido de seu último emprego por morder a orelha de um homem.

Nós quatro assistimos às notícias da noite. Uma bomba explodira em Atlanta, sem ferir ninguém. Um incêndio florestal persistia há semanas em Marmaris; contavam agora trinta focos de fogo e ninguém sabia como apagá-los. Em Valência, um toureiro fora morto a chifradas. Mostraram seu corpo de aparência tão leve sendo jogado de um lado para o outro pelo touro, e depois o caixão carregado por um mar de ombros. Tia Belgin mudou de canal. Homens africanos em tangas saltavam por um campo de relva alta e amarelada.

"Ah, o Drácula japonês", disse meu primo Ayhan. "Como pulam!" Repetiu a expressão "Drácula japonês" várias vezes.

"Como podem ser japoneses? É na África", disse Defne.

"O Drácula japonês também pode ser encontrado na África. Queria eu conseguir pular daquele jeito. Já pensou? De noite eu voltaria pra casa pulando, assim." Ele se levantou para demonstrar e esbarrou numa mesinha, mas conseguiu segurá-la antes que ela batesse no chão. "Bem, crianças", ele disse. "Vamos a um bar ou não?"

"Um bar, agora? Está maluco?", Defne disse. "Selin acabou de descer de um avião, está cansada."

"E você não tem que trabalhar amanhã?", perguntou tia Belgin.

"Não até as oito e meia. O que significa que eu tenho de levantar às sete e meia. Eu durmo três horas por noite — quatro horas, no máximo. Então temos cinco horas para ir a um bar."

"Vá pulando pra sua cama, Drácula japonês", tia Belgin disse.

"Quem me dera!", disse Ayhan, triste, vestindo a jaqueta.

As bordas da banheira e a parte de cima do armário do banheiro estavam tomadas por produtos para cabelos secos e danificados. Vi um xampu de recuperação profunda para reparo de danos profundos, uma touca hidratante para cabelos cacheados danificados, um condicionador de recuperação total para cabelos ressecados e danificados por cosméticos, um condicionador hidratante definitivo para cabelos muito estressados e um frasco em que se lia simplesmente TRATAMENTO DE EMERGÊNCIA: CABELO DANIFICADO POR RESSECAMENTO. Fiquei parada debaixo do chuveiro, deliciando-me na água quente, mas ainda assim perturbada por um crescente sentimento de preocupação em relação aos cabelos da família.

O sofá-cama era projetado para alguém bem diferente de mim — alguém não apenas menor, mas também com uma personalidade diferente.

De manhã, Defne me levou para conhecer a famosa universidade onde ela estudava administração. Situava-se no topo de uma colina, com vista para o Bósforo, logo acima de uma fortaleza do século XV que tivera um papel no cerco a Constantinopla. Embora fossem as férias de verão, a universidade tinha um clima de noites longas e relações intensas, de livros velhíssimos e novíssimos, e pela primeira vez senti uma centelha de excitação com a ideia de voltar à universidade no outono.

Visitamos o Palácio Topkapı, onde pagamos um pouco mais para entrar no harém — um labirinto requintadamente azulejado, antes conhecido como "a gaiola dourada". O harém era lindo, mas me senti aliviada quando chegou a hora de seguir para nossa próxima parada: um shopping center gigante, onde sentamos num pátio e comemos waffles belgas. Por toda parte ao nosso redor mulheres e adolescentes também comiam waffles belgas. O shopping tinha uma loja japonesa, onde comprei um novo caderno espiral. O papel era de textura mais suave e cremosa, e a capa rosa era decorada por um feijão marrom antropomórfico. O feijão tinha uma das mãozinhas na cintura e acenava com a outra. Era um caderno formidável.

Nosso avião pousou em Antalya às dez da noite. Minha mãe chegara algumas horas antes. Como sempre, ela tinha uma variedade de coisas elegantes que eu nunca tinha visto nem imaginado antes: óculos com lentes extrafinas e aros grossos, sandálias do mais pálido castanho-acinzentado e salto baixinho, uma bolsa de couro cor de vinho. As unhas dos pés estavam pintadas num azul-acinzentado quase idêntico ao das sandálias, mas ainda mais pálido, uma cor que eu nunca tinha visto em unhas. As sandálias eram impactantes, elas próprias pareciam duas mulheres graciosas.

Minha mãe não conseguia entender como eu tinha tanta energia depois de uma viagem de avião. "Não é normal", ela disse. "Você tomou alguma coisa?" Eu respondi que talvez fosse porque eu *não* tinha tomado nada. A expressão de preocupação em seu rosto não mudou. "Tome isto", ela disse, e me deu metade de um Valium.

Ela própria tomara metade de um Valium no avião de Nova York alguns dias antes e tinha subsequentemente perdido o passaporte e entrado no país de um jeito que achou melhor não me dizer exatamente qual fora. Mais tarde, em Ancara, tinha tropeçado e caído na rua, por causa da calçada irregular. Fora socorrida por uma ajudante de quitandeiro, que tinha corrido e a ajudado a se levantar. Chamara minha mãe de "irmã" e lhe oferecera um cigarro. A Turquia era isso: as ruas eram uma porcaria, mas as pessoas eram respeitosas com os mais velhos.

"Isto chegou pra você em Ancara", minha mãe disse, entregando-me um cartão-postal com uma foto da Ponte dos Suspiros. O verso estava coberto por uma caligrafia compacta e anelada.

Oi, Selin,
Bem, cheguei ao local de nascimento do seu herói literário, Casanova (ha, ha). A atmosfera é bem decadente, quase irreal. Fico com a sensação de que estou em "Morte em Veneza", prestes a sucumbir à peste, enquanto tento arrebatar um garotinho ou algo do tipo. Bill acabou de ir embora. Tivemos uns dias extremamente intensos, com mais idas e vindas do que o normal, sem falar no nosso tradicional "debate" sobre arte dentro de toda catedral. Além disso, tenho tido uns sonhos realmente bizarros aqui. Acho que posso estar sendo subconscientemente afetada pelo fato de que Veneza não tem história clássica. Foi fundada apenas no século quinto (por refugiados escapando de Átila, o Huno). Acho que, por conta da minha sensibilidade clássica, faz sentido que eu me sinta mais integrada em Roma. Mas, bem, talvez eu esteja apenas perturbada com a ideia de voltar pra Belgrado. Enfim. Por falar em Átila, espero que você esteja se dando bem na terra do "diabo encarnado" e que ninguém a esteja perseguindo com chifres. Queria muito que a gente pudesse fazer uma das nossas longas caminhadas. Queria contar um sonho que eu tive envolvendo um Carnaval orgíaco com freiras, mas não tenho mais espaço, como você pode ver.

Com amor, Svetlana

* * *

Havia algo aflitivo no hotel Antalya — o constante sibilar dos pulverizadores na vegetação ao redor, as expressões assustadas dos funcionários nos uniformes com detalhes entrançados dourados, os arbustos onde gigantescas flores alaranjadas bocejavam como leões dementes, as línguas rígidas como espetos. Em toda parte eu ouvia russo: o começo dos meus estudos do idioma tinha coincidido com uma explosão de turismo russo ao Mediterrâneo turco. Embora fosse agosto, as lojas de artigos de couro estavam cheias de russos comprando enormes casacos de pele de carneiro. Preparavam-se para o futuro.

No jantar, havia um bufê com uma estação de kebab e um cisne de manteiga derretendo num banheira de gelo. Sentamos todos numa longa mesa — eu, minha mãe, Defne, tia Belgin, tias Seda, Senay e Arzu, o filho de Arzu, Murat, e a nova namorada de Murat, Yudum. Sempre que Yudum se afastava por um minuto, todo mundo começava a criticá-la. Defne protestou contra o nome dela, que significava "gole". "Que tipo de nome é esse?", perguntou Defne, cujo nome significava "laurel".

Yudum tinha de compartilhar um quarto com a mãe de Murat, Arzu, que trabalhava para o serviço secreto, tinha mania de limpeza e estava sempre subindo em cadeiras para espanar as partes das coisas que estavam fora de vista. Murat tinha seu próprio quarto, mas Yudum não podia ficar com ele — tinha que ficar com Arzu. Juntas espanaram a parte de cima do armário.

Tentei permanecer na companhia dos meus pares — Defne, Murat e Yudum —, mas não consegui me adaptar àquele modo de ser. Pareciam estar sempre esperando por alguma coisa, o desaparecimento de algum obstáculo — que uma loja abrisse, que o sol saísse ou que alguém voltasse depois de ter ido à farmácia. Quando finalmente faziam alguma coisa, como entrar na piscina, almoçar ou caminhar para algum lugar, era de um jeito abstrato, sem convicção, como se demonstrassem que aquilo era apenas um desvio em relação ao objetivo principal, que era esperar. Só falavam de quando a tal coisa que estavam esperando aconteceria. Mas quando a coisa finalmente acontecia, nada mudava. A sensação de provisoriedade continuava a mesma, encontrando gradualmente um novo objeto.

No fim, passei a maior parte do tempo sozinha, lendo ou nadando. Eu era a pessoa da família mais interessada em nadar — isso vinha de eu ser americana. Também caminhava mais. "Ela anda sem parar, de lá pra cá, de cá pra lá e depois de lá pra cá de novo", observou tia Arzu, mais de uma vez.

"Ela é assim desde criança", explicou minha mãe, com orgulho.

Minha mãe nadava meia hora todos os dias, com a cabeça bem erguida. Às vezes eu me juntava a ela. Uma vez estávamos nadando juntas quando um enorme monte de bosta apareceu flutuando na altura dos nossos olhos. Imaginando que podia ser algum tipo de galho ou pedaço de pau, apontei pra minha mãe. "É merda", ela disse, com uma expressão dolorosa.

Nenhuma das minhas tias acreditou no que tínhamos visto. Insistiam em nos refutar em termos teóricos. "Se fosse cocô, tinha se desfeito em pedacinhos", argumentou tia Arzu.

"Não boiaria intacto daquele jeito", concordou Senay.

"Quem já ouviu falar de cocô flutuando? Cocô flutua? Nunca ouvi falar disso", corroborou Seda.

"Digo isso como médica", minha mãe falou. "Nadem ali e vocês vão ver merda boiando."

Todo dia perto do entardecer eu nadava até uma balsa de borracha amarrada junto às boias a mais ou menos cem metros mar adentro. Eu me esparramava de costas no plástico azul aquecido, escutando o bater das ondas e todos os ruídos interiores que nossa cabeça faz depois que a gente nada. O sol mergulhava na direção do horizonte, um pouco mais cedo a cada dia. Deitada com os pés voltados para a praia, eu pensava em como a cinco mil milhas *naquela* direção, na direção do sol, ficava Boston, ao passo que Tóquio, onde Ivan estava, ficava a cinco milhas no sentido da escuridão que se avizinhava. Outras cinco milhas de distância na mesma direção — em sentido horário, a partir do Polo Norte — era a Califórnia.

Normalmente, eu era a única pessoa na balsa, mas certa tarde percebi um homem se aproximar. Nadava em estilo livre, sem pressa e inexoravelmente, virando o rosto para respirar a cada quatro braçadas. Ao alcançar a balsa, nadou parado por um minuto, cerrando os olhos — estava nos seus quarenta ou cinquenta anos e tinha a cabeça raspada —, depois subiu pela escada de metal.

"Posso?", perguntou, apontando para a balsa. Eu disse que sim. Ele deitou-se de costas a um metro de mim, depois se apoiou nos cotovelos, a água resplandecendo nos seus braços e no peito arfante. Só de olhar dava pra saber que ele era russo. A balsa balançou por um tempo, depois, aos poucos, ficou quieta de novo.

Decidi tentar conversar com aquele homem. Eu nunca tinha conversado em russo fora da faculdade com ninguém que fosse realmente de lá. Contei que estava estudando russo.

"É mesmo?" Soando apenas ligeiramente entediado, perguntou em que universidade eu estudava, de onde eu era, de onde meus pais eram, onde eu tinha nascido e o que eu estudava: todas as perguntas que eu sabia como responder. Perguntei qual era sua profissão. Ele disse que era empresário.

"É interessante?", perguntei.

"A questão não é ser interessante", ele disse, depois de uma pausa, e roçou o dedo indicador no polegar. Senti uma descarga de energia sexual que me deixou impressionada. O que teria sido tão atraente? Sua indiferença ao tédio? O modo como aludira ao dinheiro? Por que eu me importaria com o dinheiro dele? Lembrei de como me sentira deslocada nos vilarejos húngaros, ouvindo músicas dos Beatles que falavam de dinheiro e mulheres — eu tinha achado que aquilo era alguma bizarrice dos anos 1950. Mas e se meu corpo também respondesse de algum modo ao dinheiro? E se as mulheres fossem assim?

"Então", disse o russo. "Está aqui sozinha?"

"Minha mãe e minhas quatro tias estão aqui."

"Quatro tias. É muita tia." Ele cerrou os olhos na direção da praia, possivelmente procurando pelas tias. "E de noite?"

"De noite?"

"Você passa as noites com suas tias?"

Senti a mesma sensação de insulto e injúria que eu sentia às vezes com Ivan — como se ele estivesse tirando sarro de mim ou tentando me enganar. "Não sei", respondi.

"O que você não sabe?"

Olhei pra ele — para o braço, que tinha um sinal marrom de nascença e outro de vacina pra catapora, e para a boca, que muito claramente não era, ainda que por razões que eu não poderia articular, uma boca de uma pessoa americana.

"Foi um prazer conhecê-lo", eu disse, deslizando para a borda da balsa, de volta à água gelada, que me possuiu inteira de uma só vez, todo o meu corpo, sem esquecer nem um centímetro.

Pelos primeiros cinco ou seis dias não sofri nada, arrastada pela mudança de cenário e o senso de progressão. Este era o próximo passo na história. Ivan estava em Tóquio, e eu estava ali. Era como quando dois personagens de um filme vão para lugares diferentes.

Então, alguma coisa mudou. Minha vida já não parecia um filme. Ivan, sim, continuava no filme, mas agora me deixara para trás. Já nada de extraordinário estava acontecendo, nem voltaria a acontecer. Eu estava com meus parentes, vivendo dias disformes, dias sem propósito, que não me aproximavam de nada, e aquilo era tudo. Aquele estado de coisas deixava minha mãe aliviada. Da perspectiva dela, as últimas semanas tinham sido uma aventura perigosa e temporária, algo a suportar, e agora as coisas tinham voltado ao normal. Era doloroso sentir que nossas visões eram tão contrárias. Quase tudo que era interessante e significativo na minha história representava um risco desnecessário ou um aborrecimento na história dela. Isso era ainda mais verdadeiro em relação às minhas tias. Não levavam nada que eu fazia a sério; tudo se resumia a uma atividade paralela trivial e levemente irritante na qual eu insistia, sem qualquer conexão com a vida de verdade. E eu era incapaz de desafiar ou de contradizer essa visão, nem mesmo para mim mesma, pois eu de fato não sabia fazer nada real. Não sabia mudar de cidade, não sabia fazer sexo, não sabia arranjar um emprego de verdade, ou fazer alguém se apaixonar por mim, ou realizar qualquer tipo de estudo que não fosse apenas um projeto de autoaperfeiçoamento.

Pela primeira vez na vida não consegui pensar em nada que eu desejasse estudar ou fazer. Ainda alimentava a velha ideia de ser escritora, mas isso era uma questão de ser, não de fazer. Eu não sabia o que era preciso fazer.

Acabei fisicamente doente. Meu estômago doía, eu me sentia enjoada o tempo todo, especialmente quando tentava ler, minhas pernas e ombros doíam, perdi a capacidade de ir a qualquer lugar ou fazer qualquer coisa, ou de sorrir, ou de manter minha boca numa posição normal quando falavam comigo. Meu rosto parecia um bolo. Minhas tias achavam que eu estava com raiva ou emburrada e me testavam. Eu não estava emburrada — eu simplesmente não conseguia mexer meu rosto. Não conseguia comer, ou pensar em comer. Não conseguia sequer me imaginar sentada durante o jantar, ouvindo todos dizerem coisas passivo-agressivas para Yudum, enquanto Yudum tentava conquistar capital social zombando de mim e de Defne, e tia Seda me provocando com carne de carneiro, porque eu já tinha sido vegetariana, e Murat insistindo que o bechamel precisava de mais manteiga. Minha mãe anunciou que eu estava com problemas estomacais e pediu chá e torradas no serviço de quarto. As torradas vieram enfileiradas numa bandeja de prata, como cartas prestes a serem enviadas, com geleia de marmelo — um tipo de geleia que antes sempre tinha sido motivo de piada para mim.

Depois de alguns dias, os sintomas físicos passaram. Na minha alma, eu ainda me sentia como se tivesse caído no final de uma esteira rolante, mas já conseguia comer, ler, nadar e manter uma expressão normal no rosto, de modo que eu já não estava o tempo todo encarando as pessoas com os olhos atormentados da morte.

Minha mãe e eu fizemos uma rápida viagem para visitar Şükrü, o meio-irmão da minha avó, que recentemente comprara uma participação num hotel na região de Antalya. Foi uma longa e confusa viagem de táxi por estradas sinuosas do interior. O hotel não tinha vista para o mar — parecia apenas um hotel de luxo vazio, construído no meio de um pântano, sem propósito algum. Şükrü foi nos encontrar numa rotatória. Robusto, untuoso e careca, com lábios carnudos e olhos claros, não se parecia em nada com a minha avó, que era magra e tinha os olhos negros, a voz profunda e uma risada pujante.

Şükrü nos recebeu numa varanda, onde um garçom nos trouxe chá e biscoitos. Ali nos explicou que estávamos sentadas no primeiro hotel de golfe da Turquia. Havia uma nova mania entre escoceses e americanos ricos de jogar golfe em localizações exóticas — na Malásia, por exemplo. Na Turquia, as pessoas ainda eram atrasadas e não sabiam nada sobre hotéis de golfe. Seus sócios haviam comprado aquela terra por uma bagatela, pois não havia praia, e os turcos só pensavam em praia. Bem, jogadores de golfe não estavam interessados em praias. Dê-lhes uma piscina e um campo de golfe de primeira, e eles ficam felizes.

Na verdade, a terra ali era um pouco pantanosa demais para uma experiência prazerosa totalmente consistente com o jogo de golfe; em outras palavras, era impossível acertar uma tacada numa bola de tal forma que ela chegasse muito longe. Boa parte da propriedade teria de ser drenada. O prédio principal, contudo, para todos os propósitos práticos, estava concluído. O próprio Şükrü estava morando ali com a filha — Seda nos informara sobre a filha, uma socialite que vivia aparecendo nos tabloides — e o neto, Alp. Ele disse que Alp estava se dando muito bem ali, no hotel vazio, no meio do pântano.

Alp dirigia um carrinho de golfe salpicado de lama. Embora tivesse apenas oito anos de idade, o corpo em forma de barril, a barriga e os olhos bem-humorados lhe davam o aspecto de um adulto em miniatura.

"Subam, subam", Şükrü disse. "Ele vai fazer um tour com vocês."

Minha mãe e eu nos entreolhamos. Depois de uma breve hesitação, subimos. Minha mãe sentou no banco de trás, perto e parcialmente debaixo de um ancinho de metal. Sentei na frente, ao lado de Alp, que tinha uma corrente de ouro com um pequeno skate dourado no pescoço. Mudando de marcha com um floreio profissional, deu a ré por cima de uns arbustos e seguiu pela estrada principal.

Passamos por uma frota de carrinhos de golfe estacionados, uma colina e um monte de areia, depois seguimos na direção do futuro campo de golfe. A terra era tão pantanosa que os pneus deixavam marcas na lama. O que mais impressionava de imediato era a quantidade de vida. Uma variedade de membros da criação divina voava, esbarrando nos seus braços e no seu rosto. A paisagem zunia e estremecia, a relva alta e as folhas das palmeiras balançavam, a lama parecia se contorcer. Sapos saltavam em pequenos lagos e criaturas desconhecidas se esgueiravam entre as folhas. Alguma coisa zuniu bem alto ao pé do meu ouvido, depois algo ou alguém voou para dentro do meu olho.

Alp forçou o motor para vencer uma pequena inclinação. Por um breve instante os pneus derraparam. "Não se preocupem — estou aqui", Alp disse.

"Vá com cuidado, Alp querido", pediu minha mãe.

"Vou mostrar tudo pra vocês."

"Você já nos mostrou bastante."

"Vocês ainda não viram nada."

A certa altura, Alp freou abruptamente, saltou do carrinho, pegou o enorme ancinho e começou a cavoucar a terra. Só depois entendemos que ele estava matando uma cobra. Ele partiu a espinha dela, depois bateu nela até que parasse de se mexer. Lembrei de são Jorge.

"Nojenta", exclamou, piscando na nossa direção.

Eu não sabia como estavam indo as coisas para Alp naquele resort de golfe deserto, num pântano repleto de cobras. Pelo que parecia, não estavam indo muito bem. Ainda assim, aquele encontro com ele me fez sentir um lampejo de otimismo. Pensei que eu poderia escrever alguma coisa sobre aquilo, sobre o hotel de golfe. Mas, quando tentei imaginar uma trama que levasse àquele pântano, não tive forças — outro hotel, não. Impossível.

Quando, no outono, voltei pra faculdade, troquei minha habilitação em linguística e não me inscrevi em nenhum outro curso de filosofia ou psicologia da linguagem. Aquelas disciplinas haviam me decepcionado. Não tinha aprendido o que queria aprender sobre como funcionava a linguagem. Não tinha aprendido nada.

Agradecimentos

Escrever este livro me deixou progressivamente consciente da dívida que tenho para com meus professores, sobretudo os que tive no primeiro ano da faculdade. Naquele tempo não foi sempre que acreditei neles, mas eles estavam basicamente certos a respeito de tudo. Também queria exprimir minha afeição e gratidão pelos meus colegas da mesma época, muitos dos quais eu não vejo há anos, embora suas personalidades mais jovens ainda sejam muito presentes e caras a mim.

"Nina na Sibéria" é baseado num texto real, "A história de Vera", que eu vi pela primeira vez em 1995, e que foi escrito ao longo de anos por alguns professores de língua russa trabalhando, até onde pude saber, sob um manto de sigilo. Agradeço ao Harvard Russian Language Program, sobretudo a Patricia Chaput e Natalia Chirkova, por me apresentarem a ele.

Uma primeira versão deste livro foi escrita em 2000-1 com o apoio de Eric Hsu. Beatrice Monti della Corte e Santa Monica Foundation me proporcionaram a atmosfera idílica, cheia de cãezinhos pug, onde eu mais tarde revisitei o texto e descobri que o tempo o tinha transformado num romance histórico. Também sou grata à generosidade da Rona Jaffe Foundation, da Whiting Foundation, Koç University e do Cullman Center for Scholars and Writers.

Minha agente, Sarah Chalfant, e minha editora, Ann Godoff, apoiaram A *idiota* e sua autora de todas as maneiras possíveis. Will Heyward forneceu insights sobre temas tão diferentes quanto Stendhal e a fauna da Nova Zelândia. Casey Rasch está destinado a grandes coisas. Lorin Stein fez comentários incríveis, como sempre. Dimiter Kenarov foi muito mais útil que o pente de um homem careca. Escrevi o final deste livro na escrivaninha de Rajesh Parameswaran. Meus queridos pais, Olcay Ayanlar Batuman e Vecihi Batuman, sempre tiveram meus estudos como uma prioridade em suas vidas. A leitura de Lindsay Nordell foi como uma esplêndida joia reluzente que eu ainda não acredito ter em minhas mãos.

Fiódor Mikhailovich: no que diz respeito a títulos, e não só a títulos, qual escritor poderá jamais tocar a fímbria de suas augustas vestes?

4ª EDIÇÃO [2021] 2 reimpressões

ESTA OBRA FOI COMPOSTA POR ACOMTE EM ELECTRA E IMPRESSA PELA
GRÁFICA BARTIRA EM OFSETE SOBRE PAPEL PÓLEN DA SUZANO S.A.
PARA A EDITORA SCHWARCZ EM MARÇO DE 2025.

A marca FSC® é a garantia de que a madeira utilizada na fabricação do papel deste livro provém de florestas que foram gerenciadas de maneira ambientalmente correta, socialmente justa e economicamente viável, além de outras fontes de origem controlada.